AQUARIUS

AQUARIUS

旗 標 FLAG

http://www.flag.com.tw

Chapter

1

生物視覺與機器視覺 (Biological and Machine Vision)

本章中，我們會初步認識生物的視覺系統，並說明深度學習（Deep Learning) 是如何以此為基礎，廣泛應用在機器視覺 (Machine Vision) 領域。

1.1 生物視覺 (Biological Vision)

自三葉蟲 (trilobites) 發展出視力以來的五億年間，視覺的複雜度已經增加了好幾倍。事實上，現代哺乳動物的**大腦皮質** (cerebral cortex) — 即位於大腦外側的**灰質** (gray matter) 構造 — 有很大一部分都與視覺有關[註1]。在 1950 年代晚期的時候，約翰·霍普金斯大學的生理學家 David Hubel 和 Torsten Wiesel (圖1.1) 開始研究「哺乳類動物大腦皮質如何處理視覺訊息[註2]」，他們因此獲得諾貝爾獎[註3]。Hubel 和 Wiesel 的實驗方法是：讓一隻被麻醉以控制其行動的貓觀看一些圖片，同時記錄**初級視覺皮質** (primary visual cortex, 即從眼球傳來之視覺訊號接觸到最前端的大腦皮質) 神經元的活動，如圖 1.2 所示。

---

*註1 關於大腦皮質的小知識：

1. 它是大腦中最晚演化出來的部分，負責處理哺乳類動物中較複雜的行為。

2. 當我們提到大腦時，一般講的都是它的**灰質** (gray matter)，灰質位於大腦的最外層，組織的顏色呈現灰色，我們可以將其視為大腦進行複雜計算的地方，而具有大面積大腦皮質的動物 (尤其是我們人類) 也具有做出複雜行為的能力。

3. 附帶一提，大腦中絕大部分其實是由**白質** (white matter) 構成的。相較於灰質，白質負責將訊息傳輸到比較遠的地方。你可以將「白質」想成是一條「高速公路」，它的匝道和出口較少，但是能夠將訊號快速地從大腦的一處送到另一處。而「灰質」可想成是「區域聯絡道路」，它將大量訊息傳遞到神經元進行複雜的計算。

*註2 參考文獻 Hubel, D. H., & Wiesel, T. N. (1959). Receptive fields of single neurons in the ca's striate cortex. The Journal of Physiology, 148, 574 - 91.

*註3 這裡說的是 1981 年的諾貝爾生理醫學獎，同年得獎的人還有 Roger Sperry。

▲ 圖 1.1：榮獲諾貝爾獎的兩位神經生理學家：
Torsten Wiesel (左) 和 David Hubel (右)

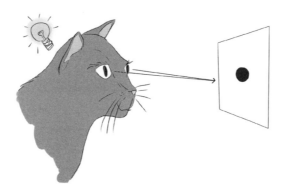

▲ 圖 1.2：Hubel 和 Wiesel 利用一台投影機對貓展
示投影片, 記錄其初級視覺皮質中神經元的活動

　　Hubel 和 Wiesel 一開始先向貓展示一些簡單的形狀, 像是圖 1.2 中的黑
點, 結果卻令人所望, 初級視覺皮質中的神經元一點反應也沒有。沮喪之餘,
他們也仔細思考：這些理應是大腦皮質視覺訊息入口的神經元, 為什麼對視
覺刺激完全無感呢？

　　Hubel 和 Wiesel 甚至還嘗試在貓咪面前揮舞雙手、甚至跳來跳去, 都徒
勞無功, 不過當他們將投影片從投影機上撤下時, 投影片筆直邊緣畫過螢幕的
影像竟然讓他們的記錄儀器發出聲響, 而這代表初級視覺皮質中的神經元接
收到訊號, 這讓他們高興地在實驗室走廊上手舞足蹈。

　　這個神經元被激活的現象並非特例。在隨後的實驗中, Hubel 和 Wiesel 發現：接收眼球訊息的神經元對於**簡單**的直線邊緣最為敏感, 根據這個現象, 兩人為這種細胞取了一個非常適合的名字：**簡單神經元** (simple neuron)。

　　根據測試結果, Hubel 和 Wiesel 發現特定神經元會對特定傾斜角度的邊緣產生反應, 也就是說, 只要每一個細胞都對應一個角度, 一大群神經元就可以應付全部 360 度的角度了, 如圖 1.3 所示：

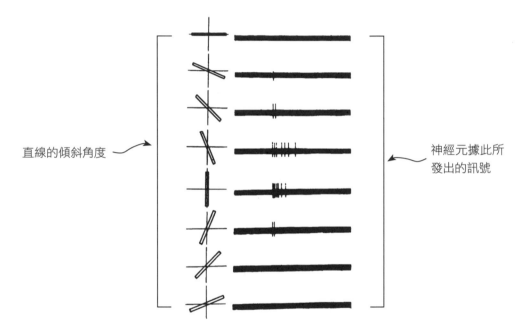

直線的傾斜角度

神經元據此所發出的訊號

▲ 圖 1.3：根據不同傾斜角度, 各簡單神經元會釋放不同頻率的訊號

　　從上圖可以看到,「垂直線」 ╬ 所引發的反應最為強烈, 不那麼垂直的線次之；而當線段接近或完全水平時 (如上圖最上面兩列及最下面兩列), 這些神經元基本上沒有任何反應。

從簡單神經元到複雜神經元

接下來, 這些偵測直線傾斜角度的簡單神經元會將訊號傳給一大群稱為 **複雜神經元 (complex neurons)** 的細胞, 每一個複雜神經元所接收到的都是被前一層數個簡單神經元處理過的訊號。而在複雜神經元這邊處理時, 不同角度的直線會被組合起來, 變成幾何圖形的角或弧線等更為複雜的形狀。

圖 1.4 呈現了訊號從簡單神經元構成的 **神經層 (neurons layer)** 往複雜神經層傳遞的過程。

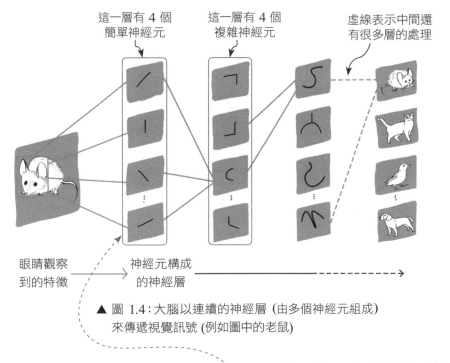

▲ 圖 1.4：大腦以連續的神經層 (由多個神經元組成) 來傳遞視覺訊號 (例如圖中的老鼠)

我們從簡單神經元構成的神經層看起：在本例中, 我們讓貓的視線落在老鼠的頭部, 該影像會刺激視網膜上的神經元而產生視覺訊號, 接下來訊號便會從眼球被送到大腦的初級視覺皮質中。在該皮質中, 接收這些原始訊號的第一層就是 Hubel 和 Wiesel 所發現的簡單神經元, 只會對傾斜一定角度的邊緣進行反應, 對直線尤其強烈。實際上, 大腦中有成千上萬個這種簡單神經元；為了簡單起見, 我們在圖 1.4 中只畫了 4 個, 簡單神經元會像傳遞接力棒一樣, 將訊號傳給位於下一層的複雜神經元。

接下來, 複雜神經元會消化並重組這些資訊, 成為更複雜的視覺訊號 (像是老鼠頭部的弧度)。而隨著訊號繼續通過之後的神經層, 視覺訊號也越來愈複雜, 經過數層的處理後 (圖 1.4 的虛線箭頭就表示中間所省略的神經層), 最右側的那一層神經元最終表現出老鼠的樣貌 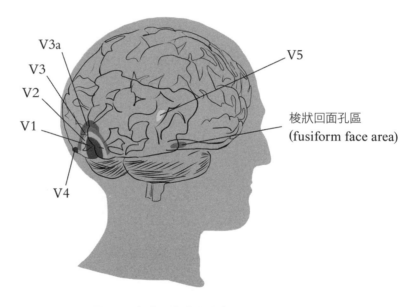。

如今, 透過無數次對腦手術病人進行神經元記錄實驗, 以及像是核磁共振 (Magnetic Resonance Imaging, MRI)[*註] 等非侵入式的方法, 神經科學家已經繪製出一張人類的大腦地圖, 標明了每區域專門處理的視覺特徵 (如:顏色、運動、臉等等):

V3a

V3

V2

V1

V4

V5

梭狀回面孔區
(fusiform face area)

▲ 圖 1.5:大腦視覺皮質的各區域

V1:直接得到來自眼球的訊號, 而存在其內部的簡單神經元會對各種傾斜角度的邊緣發生反應。

V2、V3、V3a:訊號在這幾區進行重組, 變得越來越複雜、抽象。

V4、V5、梭狀回面孔區 (fusiform face area):這些區域中的神經元分別針對顏色 (V4)、運動 (V5)、和人臉等視覺刺激進行反應。

---

*註 尤其是功能性核磁共振 (functional MRI), 該技術可以讓我們看出當大腦進行某項作業時, 哪些大腦皮質區域有顯著的活動、而哪些又處於不活動狀態。

1.2 機器視覺 (Machine Vision)

前一小節我們之所以從生物的視覺系統看起, 最主要的原因是因為它啟發了以深度學習 (Deep Learning) 為基礎的機器視覺技術, 這一節我們就來看機器視覺方面的發展。

請先看到底下的圖 1.6, 此圖分別呈現了生物視覺與電腦視覺的重要歷史進程。「上半部」是生物視覺的部分, 主要標出三葉蟲發展出視覺的時間、以及 Hubel 和 Wiesel 發現初級視覺皮質結構的 1959 年。

而「下半部」的機器視覺發展則區分成兩條線, 分別是該領域所使用的兩種方法。位於中間的時間線是本書主角：**深度學習**的發展歷程；位於底部的時間線則是以傳統**機器學習** (Machine Learning, ML) 的重要歷程：

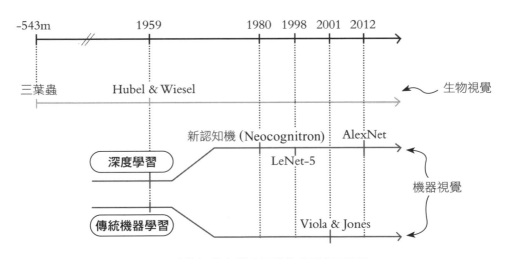

▲ 圖 1.6：生物視覺與機器視覺的重要發展進程

底下就依照發生的時序, 說明上圖中深度學習、傳統機器學習各自的重要發展, 看過兩者的介紹後, 我們可以清楚瞭解為什麼深度學習遠比傳統機器學習方法來得有效。

1.2.1 新認知機 (Neocognitron) (1970)

受到前文 Hubel 和 Wiesel 所提出的訊號傳遞結構所啟發, 來自日本的電機工程師福島邦彥在 1970 年代末提出了一個與之類似的機器視覺架構, 名為**新認知機 (Neocognitron)**[註1]。這個新認知機有兩個重點:

❶ 福島的論文引用了 Hubel 和 Wiesel 關於初級視覺皮質構造的三篇代表性文獻, 還借用了「簡單」與「複雜」這兩個詞彙來替新認知機的前兩層人**工神經元 (artificial neurons, 後續統稱為神經元)** 命名[註2]。

❷ 在架構中將神經元以階層構造排列, 讓它們像前面圖 1.4 中的生物神經元一樣透過層層傳遞進行運作。一樣, 越前面 (編: 即圖 1.4 愈左邊) 的神經層處理愈簡單的物體特徵, 例如線段的傾斜角度, 而越深 (編: 即圖 1.4 愈右邊) 的神經層則處理複雜、抽象的特徵。針對新認知機以及其衍生而來的深度學習模型是如何運作的, 後面我們再慢慢介紹。

1.2.2 LeNet-5 (1998)

新認知機已經能做到辨識手寫數字、字母影像[註3] 的任務, 而深度學習代表性人物 Yann LeCun (圖 1.7) 和 Yoshua Bengio (圖 1.8) 所提出的 **LeNet-5 深度學習模型**[註4] 則在辨識手寫數字的準確率方面有顯著的進步。

---

*註1 參考文獻 Fukushima, K. (1980). Neocognitron: A self-organizing neural network model for a mechanism of pattern recognition unaffected by shift in position. Biological Cynbernetics, 36, 193 - 202.

*註2 福島於 1980 年的研究也受到更早的感知器 (perceptron) 影響 (Frank Rosenblatt 於 1957 提出), 第 7 章我們會再介紹感知器這個最早的人工神經元, 目前您只要知道它們就是負責做運算的演算法就行了。

*註3 參考文獻 Fukushima, K., & Wake, N. (1991). Handwritten alphanumeric character recognition by the neocognitron. IEEE Transactions on Neural Networks, 2, 355 - 65.

*註4 參考文獻 LeCun, Y., et al. (1998). Gradient-based learning applied to document recognition. Proceedings of the IEEE, 2, 355 - 65.

▲ 圖 1.7：出生於巴黎的 Yann LeCun 是深度學習領域的
代表性人物之一。LeCun 是紐約大學數據科學中心的創
始人, 同時也是Facebook的首席 AI 科學家

▲ 圖 1.8：Yoshua Bengio 是深度學習領域的另一位重要人物。
於法國出生的他目前是蒙特婁大學的電腦科學教授, 並共同
指導加拿大先進研究所 (CIFAR) 著名的機器與大腦計劃

LeNet-5 的概要

　　LeNet-5 是史上第一個**卷積神經網路** (Convolutional Neural Network,
CNN), 它是深度學習當中的一種神經網路類型, 在當今的機器視覺領域佔有
主導地位 (我們將在第 10 章中看到更多細節)。LeNet-5 同樣是建立在新認
知機模型以及 Hubel 和 Wiesel 所提出的生物視覺啟示的基礎上, 其架構如圖
1.9 所示：

輸入圖片 ⟶ 萃取簡單的特徵 ⟶ 萃取複雜且細微的特徵 ⟶

模型輸出各數字的
機率值 (見下註)

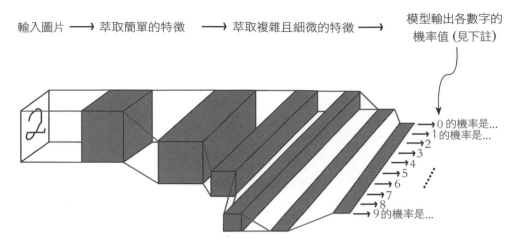

→ 0 的機率是...
→ 1 的機率是...
→ 2
→ 3
→ 4
→ 5
→ 6
→ 7
→ 8
→ 9 的機率是...

▲ 圖 1.9：用 LeNet-5 模型辨識手寫數字 2。愈左邊的神經層負責處理
簡單的特徵 (例如直線)，而愈往右邊的神經層則處理複雜的特徵

> **◆編註** 對深度學習模型來說，要辨識一張手寫數字影像為何，是經由層層的
> 運算，最終的輸出結果是預測此數字是 0~9 哪個數字的機率最大，後面實作時
> 會再帶您深入了解。

　　除了借鑑前人的研究外，Yann LeCun 等人還受惠於品質更好的訓練資料[*註1]、更快的電腦運算能力、以及最重要的一點：**反向傳播 (back propagation)** 演算法[*註2]。**反向傳播**能讓深度學習模型中每一層的神經元進行更有效率的學習，賦予了 LeNet-5 高度的穩定性，使其成為最早進入實際商業應用的深度學習模型。它甚至被美國郵政署用在讀取信封上的手寫郵遞區號，讓讀取流程全自動化。我們在第 10 章實作機器視覺的範例時，你就有機會親自設計一個能辨識手寫數字的 LeNet-5，感受一下該模型的力量。

---

*註1　也就是在本書第 2 篇我們在實作時經常會用到的 MNIST 手寫數字資料集。

*註2　針對反向傳播我們會在第 7 章中介紹。

LeNet-5 的優勢

在 LeNet-5 模型中, Yann LeCun 等人完全沒有在程式中加入與手寫數字有關的分析程式 (例如怎麼樣才能辨識 7 的那個轉彎), 但該模型卻照樣能夠正確辨識出來, 而這正是深度學習和傳統機器學習理論最根本的區別。

如底下的圖 1.10 所示, 傳統機器學習有個麻煩就是開發人員必須花費大量的精力在特徵 (features) 的萃取上, 這個過程稱為**特徵工程 (Feature Engineering)**。在此過程中, 開發人員會利用設計精良 (通常很複雜) 的演算法對原始資料 (raw data) 進行**預處理** (preprocessing), 將其轉換成一系列可以用傳統統計工具來處理的輸入特徵。這些傳統統計工具, 像是迴歸 (Regression)、隨機森林 (Random Forest)、支持向量機 (Support Vector Machine) 等, 大多數時候都無法應用於未處理的資料上, 也因此過去機器學習開發者投入最多的便是研究如何對得到的資料加工, 較沒什麼餘力在建立、優化機器學習模型。

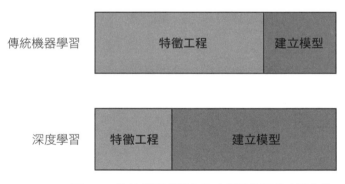

▲ 圖 1.10：傳統機器學習與深度學習的開發時間佔比

從上圖可以看到, 深度學習反轉了這樣的時間比例。基本上, 一個深度學習的開發人員在特徵工程上的時間大幅減少, 取而代之, 他會花大量精力嘗試不同的神經網路模型來處理資料, 而這些模型會自動從原始資料萃取有用的特徵。以上談到的這點就是深度學習與傳統機器學習最核心的差異, 底下的 1.2.3 小節會以一個特徵工程的案例來說明。

1.2.3 傳統機器學習 (2000)

但深度學習的發展並沒有就此一帆風順, 在 LeNet-5 之後, 關於神經網路和深度學習的研究就失寵了, 當時多數人的共識是: 自動產生特徵的做法並不太切實際, 雖然這種不依賴特徵的方法在手寫數字辨識很成功, 但在其它領域的應用可能就受限了[註1]。由於包含特徵工程在內的傳統機器學習方法看起來比較有發展性, 大家也就漸漸不再將研究經費投入到深度學習上頭[註2]。

為了帶您簡單了解特徵工程的概念, 下圖展示了一個在 2000 年代早期由 Paul Viola 和 Michael Jones 提出的著名案例[註3]。在該案例中, Viola 和 Jones 使用了數種由垂直或水平黑白粗線條構成的正方形濾鏡, 透過將濾鏡加在圖片上產生特徵後, 再將特徵輸入到機器學習演算法以偵測圖片是否有「臉」出現。這項研究之所以值得注意, 是因為 Viola 和 Jones 所用的演算法是少數能進行即時人臉偵測的模型[註4]。

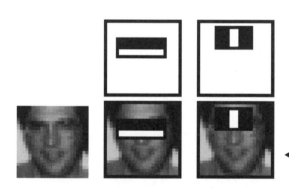

◀ 圖 1.11: 產生特徵後, 讓機器可以偵測出人臉

*註1 在當時, 存在一些與優化深度學習模型有關的困難點, 包括: 權重初始化 (Weight Initialization) 表現不佳 (第 9 章會提到), 以及被廣泛使用的 Sigmoid 函數 (Sigmoid activation function) 效率不佳 (第 6 章會提到) 等。

*註2 對於神經網路研究的資助在當時大量縮減, 然而加拿大聯邦政府對蒙特婁大學、多倫多大學、以及亞伯達大學的贊助卻是一個例外, 使得這些機構變成了神經網路研究領域的重鎮。

*註3 參考文獻 Viola, P., & Jones, M. (2001). Robust real-time face detection. International Journal of Computer Vision, 57, 137 - 54.

*註4 幾年之後, 該演算法在富士 (Fujifilm) 的數位相機中得到實際應用, 讓該相機可以自動對焦人臉, 這個功能如今已成為所有數位相機與智慧型手機的標準功能。

　　不過, 想要設計出一個「能有效將原始影像像素轉化為特徵」的濾鏡, 科學家必須先對臉部特性進行多年的研究。更不用說這種方法所得到的成果只能用來辨識「這是一張人臉」, 要想辨識特定的人臉 (如名人 Oprah Winfrey 的臉) 是辦不到的。如果我們想要產生專門用來辨識 Oprah 或者其它非臉物體 (如：房子、汽車、或者約克夏犬) 的特徵, 我們又需要研究與它們有關的特徵, 而這可能又得花上一堆時間, **光處理特徵就飽了**！

1.2.4　ImageNet 資料集與 ILSVRC 競賽

　　接著, 時序又輪回深度學習這一邊。之前所說, LeNet-5 的其中一項優勢是它背後有高品質訓練資料的加持, 事實上, 神經網路技術的下一個突破也是由 **ImageNet** 這個高品質的公開資料集所驅動的, 而這一次的資料量要比先前提到的 MNIST 大得多。ImageNet (http://image-net.org) 是由電腦科學家李飛飛 (Fei-Fei Li) 建立的影像資料庫, 該資料庫為機器視覺研究者提供海量的訓練資料[註], LeNet-5 所用的 MNIST 手寫數字資料集僅有數萬張圖片, 而 ImageNet 的圖片量則高達千萬張。

▲ 圖 1.12：華裔美籍的電腦科學家李飛飛 (Fei-Fei Li) 與她在普林斯頓大學的同事於 2009 年創建龐大的 ImageNet 資料集, 目前在史丹佛大學擔任教職

　　在 ImageNet 資料集中, 超過 1,400 萬張的圖片共被區分為 22,000 個類別, 包括：貨櫃船 (container ships)、豹 (leopards)、海星 (starfish)⋯等。從 2010 年起, 李飛飛利用 ImageNet 中一部分的資料舉辦了 ILSVRC (the ImageNet Large Scale Visual Recognition Challenge) 競賽, 而該比賽也成為

---

*註　參考文獻 Deng, J., et al. (2009). ImageNet: A large-scale hierarchical image database. Proceedings of the Conference on Computer Vision and Pattern Recognition.

全世界最尖端機器視覺演算法的重要競技場。ILSVRC 所用的資料集共包含 140 萬張圖片與 1,000 個類別, 除了提供差異度高的影像類別外, 該資料集還針對幾個類別加以細分 (例如狗這一類再往下細分不同種類的狗), 因此, 該競賽不僅測試演算法有沒有能力辨識差異性高的物體, 也考驗這些演算法區別細微差異的本事[*註1]。

1.2.5　AlexNet (2012)

深度學習大躍進的時刻來了！在最初兩年的 ILSVRC 競賽中, 所有參賽的演算法多半仍採取以特徵工程為基礎的傳統機器學習策略, 到了第三年 (2012 年), 仍只有一組是使用深度學習演算法的隊伍, 而那一組正是大名鼎鼎 **Alexnet**。

AlexNet 問世

2012 年的賽事中, 由被稱作深度學習之父的 Geoffrey Hinton (圖 1.14) 領導的實驗室中, Alex Krizhevsky 和 Ilya Sutskever 提交了被稱為 AlexNet 的作品[*註2] [*註3], 以無人能及的巨大差異拿下了冠軍, 辨識的錯誤率比其它演算法低了40%！於是, 這一年成了機器視覺領域的分水嶺, 一瞬之間, 深度學習就從機器學習的邊緣人躍升到了最前線, 各界人士都爭相想要了解神經網路的原理。自 2012 年後, 就像下一頁圖 1.13 所統計的那樣, 所有在 ILSVRC 中表現傑出的演算法基本上都是以深度學習為基礎。

---

*註1　讀者可以 google「Yorkshire vs Australian Silky Terriers」試著分辨約克夏 (Yorkshire) 和澳洲絲毛 (Australian Silky Terriers), 你會發現還真不是太容易, 但當代很多機器視覺模型都辦得到。

*註2　參考文獻 Krizhevsky, A., Sutskever, I., & Hinton, G. (2012). ImageNet classification with deep convolutional neural networks. Advances in Neural Infomration Processing Systems, 25.

*註3　圖 1.15 下方的圖片來源：Yosinski, J., et al. (2015). Understanding neural networks through deep visualization. arXiv: 1506.06579.

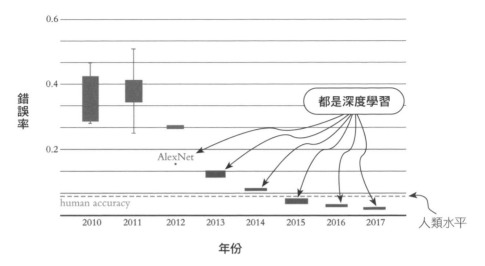

▲ 圖 1.13：每一年 ILSVRC 競賽前幾名的成績。2012 年使用深度學習演算法的 Alex 拿下冠軍, 在那之後, 所有名列前矛的演算法都是深度學習模型, 在 2015 年時, 模型的辨識準確率更是超過了人類

▲ 圖 1.14：英裔加拿大籍的 Geoffrey Hinton 是深度學習的先驅, 媒體習慣稱他為「深度學習之父」。Hinton 是多倫多大學的一名榮譽退休教授, 同時也是 Google 工程團隊的一員, 負責管理位於多倫多大學的大腦專案研究部門。在 2019 年, 他與 Yann LeCun、Yoshua Bengio 以深度學習的成就共同獲得了圖靈獎 (Turing Award), 該獎項是電腦科學領域的最高榮譽

AlexNet 的進步之處

　　如下圖所見, AlexNet 的架構與 LeNet-5 看起來很像, 兩者的第一層神經層 (圖片最左側) 都負責萃取邊緣這種簡單特徵, 而越後層的神經層所萃取的特徵也越來越複雜, 在本例中, 被輸入到 AlexNet 中的一張貓咪圖片被正確地辨識成了「貓 (CAT)」(即圖中右側的輸出)。

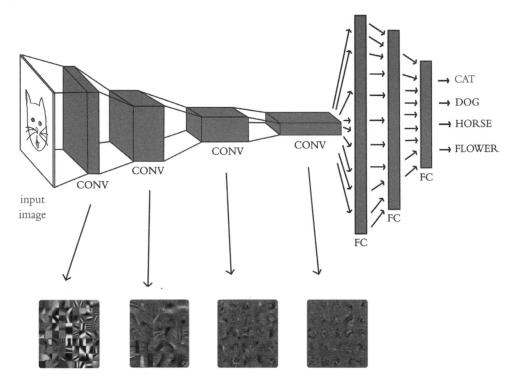

▲ 圖 1.15：AlexNet 的架構

> ★編註　上圖中的「CONV」代表該層為卷積層 (Convolutional layer), 而「FC」則代表全連接層 (Fully Connected layer), 它們都是不同類型的神經層, 我們後續再一一介紹。

雖然構造與 LeNet-5 很類似, 但 AlexNet 有 3 個很重要的進步:

● **訓練資料增加**:Krizhevsky 和他的同事不只應用了 ImageNet 中龐大的資料庫, 他們還對訓練圖片做轉換, 進一步地增加了資料量 (註:這稱為資料擴增 (data augument), 有利於模型的訓練, 我們會在第 10 章介紹)

● **電腦的運算能力提升**:電腦的計算速度在 1998 年到 2012 年間有了大幅提升, 而 Krizhevsky 等人還利用 GPU 來處理他們的大型訓練資料集, 取得前所未有的成效。

● **神經網路架構上的改良**:AlexNet 比 LeNet-5 擁有更多的神經層, 同時, 它還用了丟棄法 (dropout, 第 9 章會介紹) 等技巧, 想方設法提升模型的預測準確率。

　　AlexNet 這樣的深度學習模型之所以能在電腦與工業應用中掀起滔天巨浪, 主要的原因還是在於它們能夠減少建立模型時所需的特定領域知識 (domain knowledge), 這種從特徵工程取向轉移到深度學習模型 (自動生成特徵) 的趨勢不僅在視覺領域中成為主流, 在自然語言處理 (第 2 章)、生成藝術作品 (第 3 章)、設計電子遊戲 (第 4 章) 等領域也大為盛行。

　　簡言之, 例如我們想開發一個臉部辨識模型, 不需要先成為研究臉部視覺特徵的專家;想要寫出一個精通某遊戲的程式, 不需要先掌握該遊戲的各種技巧…隨著各式各樣的應用快速出現, 人們套用深度學習技術的能力變得比他們的專業領域能力還要重要。在以前, 想要養成一項專業能力往往需要取得某個領域的博士學位, 有時甚至還得進行好幾年的博士研究才行;但現在, 你只需要相對簡單的付出 — 例如:好好閱讀我們這本書 — 就可以學到深度學習技術的相關知識了!

1.3　上 TensorFlow Playground 網站體驗深度學習

　　看了這麼多, 是不是躍躍欲試呢！若你想稍微體驗一下深度學習的運作, 可以連到 TensorFlow Playground (http://bit.ly/TFplayground) 網站, 就可以看到一個網頁自動生成的神經網路模型：

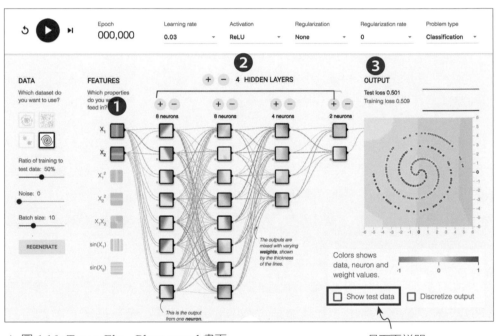

▲ 圖 1.16：TensorFlow Playground 畫面　　　　見下頁說明

TensorFlow Playground 畫面簡介

　　由於我們才剛起步, 畫面上各專有名詞不懂是很正常的, 我們也不急著現在統統介紹。目前, 你只需要知道這是一個神經網路模型就夠了, 並且具有六層神經層：

● 最左邊的是**輸入層** (input layer), 在上圖 ❶「FEATURES」標籤的正下方。

- 中間有四層**隱藏層** (hidden layers)；在上圖 ❷「HIDDEN LAYERS」標籤下方，這裡便是神經網路學習、訓練的主要位置。

- 最後則是一層**輸出層** (output layer)，在上圖 ❸「OUTPUT」標籤底下。

　　此外，位於最右邊的圖您可以看到一些橘點跟一些藍點，每個點都是一個 (x_1, x_2) 座標點，x_1 (水平) 軸和 x_2 (垂直) 軸的刻度都在 -6 與 +6 之間。這個神經網路的目標是學會分辨橘點與藍點的分佈，進而能夠依所輸入的座標點判斷這個點是屬於橘點還是藍點。而它分辨的唯一根據就是橘點與藍點的座標值。換句話說，對於每一個點而言，我們會向神經網路的輸入層 ❶ 輸入兩項資訊：這個點在水平軸上的位置 (x_1)、以及它在垂直軸上的位置 (x_2)。

　　最後，還有一個觀念也可以先提一下。最右邊圖片的下面有個「**Show test data (顯示測試用資料)**」的勾選鈕。如果沒有勾選，則畫面上顯示的是訓練神經網路用的「訓練 (train)」資料點，而如果將「Show test data」打勾，你就會看到訓練結束後用來評估該神經網路表現的「**測試 (test)**」資料點。

　　這裡我們沒有要勾選此選項，只是帶出一個觀念，在神經網路的學習 (訓練) 階段，這些測試用資料絕對不能被我們的神經網路知道，因為我們希望確保訓練好的模型不只能夠適用於訓練資料點，也能套用到未曾見過的新資料，而這些測試資料正在是訓練結束「後」用來測試模型成效的。這個觀念在本書會反覆提起，在此先有個印象就好。

體驗神經網路的訓練

　　簡單認識 TensorFlow Playground 的畫面後，現在，什麼都不用做，直接按下左上角的**播放** ▶ 按鈕，讓神經網路開始進行學習吧！這裡的目標是讓位於 ❸「OUTPUT」標籤底下的「Test loss (測試損失)」和「Training loss (訓練損失)」值趨近於零為止，針對損失值 (loss) 我們先不急著了解，目前只需要知道訓練神經網路的目標是希望這兩個損失值愈低愈好 (代表模型的預測能力愈好)。我們先設降到 0.1 為目標就好，要達到這個目標應該不會超過 5 分鐘。之後按下停止鈕，應該可以看到如下圖的結果：

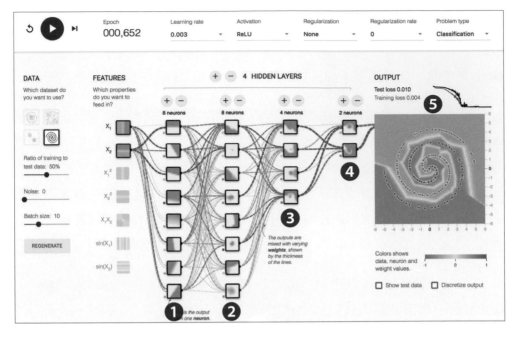

▲ 圖 1.17：訓練完成的神經網路

　　上圖代表訓練完成的神經網路，畫面上可以看到神經網路中的神經元 (就是那一個個正方形 ▉ ◪ …) 都代表著處理輸入資料後所萃取到的特徵，簡單帶你看一下：

　　位於最左側的這一整行隱藏層神經元 ❶ 偵測出傾斜角度不同的邊緣，接著訊號傳遞到第二個隱藏層 ❷，前一層所萃取出邊緣有關的資訊將會進行重組，形成曲線這種稍微複雜的特徵 ◪。之後的每一層神經元 ❸ 也都會重組由上一層神經元傳遞過來的訊號，讓特徵變得越來越複雜且抽象 ▨。

　　等到了最後一個隱藏層 ❹ (位於最右側)，其中的神經元已經可以表示複雜的螺旋構造了 ▨，這使得該神經網路可以從一個資料點的 X_1 和 X_2 座標值判斷出該點應該是橘點還是藍點。你還可以將滑鼠移到某個特定的神經元上，右方的「OUTPUT」區域 ❺ 就會將該神經元所萃取的特徵顯示在圖上。

1.4 上限時塗鴉 (Quick Draw!) 網站 體驗即時的深度學習運算能力

如果您意猶未盡，還可以進入以下網址：http://quickdraw. withgoogle.com 動手玩一玩這個名為「限時塗鴉」的遊戲，可以體驗到神經網路如何即時地執行機器視覺任務。

類神經網路能學會辨識塗鴉嗎？

只要將你的繪圖加到全世界最大的塗鴉資料集，就能協助訓練這個類神經網路。這個資料集的內容會公開分享，為機器學習研究提供參考資料。

▲ 圖 1.18：限時塗鴉網頁畫面

點擊畫面上的「**開始塗鴉！**」之後，網頁會指示你畫一個特定物體，而神經網路會即時在你的塗鴉底下猜測你畫的東西是什麼，判斷非常即時，一定要體驗看看。而你在「限時塗鴉！」網站所畫過的圖也將成為模型資料庫中的一部分，很有趣吧！

至於機器視覺方面的實作, 等到你讀完本書的第 10 章後, 將可以學會如何建構一個辨識影像的神經網路模型 (就像限時塗鴉網頁中猜你畫什麼的神經網路一樣！) 而在第 14 章中, 我們也會用這個網站所產生的資料集帶你設計一個能逼真地模仿真人手繪的深度學習模型, 讓你對機器視覺的技術更加熟悉！

1.5　總結

在本章中, 我們介紹了深度學習如何從生物得到靈感, 以及將深度學習技術推向機器視覺最前線的 AlexNet。在整個過程中, 我們不斷強調深度學習的核心就是層層架構堆疊而成的神經網路, 為了讓您更有感, 我們還在 TensorFlow playground 實際訓練了一個神經網路。接下來第 2 章我們改看一下深度學習在語言領域的應用發展。

用機器處理自然語言 (Natural Language Processing)

在第 1 章中, 我們看到了深度學習在視覺辨識方面的發展, 不只一次強調深度學習可以自動地從資料中萃取並學習特徵。本章, 我們也來看深度學習在人類語言方面的應用, 了解深度學習如何自動地學會文字語義的特徵。

來自奧地利的英國籍哲學家 Ludwig Wittgenstein 在其著作《哲學研究 (Philosophical Investigations)》中有一段很有名的論述:「一個字詞的意思取決於它的用法[*註]。」他還寫道:「我們不應該去猜測一個字詞的功能為何; 相反的, 我們**得去研究它是如何被使用的, 並從中習得它的意思。**」Wittgenstein 想要說明的是:一個字詞本身並沒有絕對的意義, 唯有瞭解該詞在語言中的使用脈絡, 我們才能確定它的意思是什麼。

如同本章所將介紹的, 以深度學習為基礎的**自然語言處理** (Natural Language Processing, NLP) 即是以上述理論來實踐。看完本章之後, 你可以對深度學習在自然語言處理領域的能耐有一定的認識, 而這也將成為你在第 11~13 章中實際撰寫程式的基石。

2.1 深度學習 + 自然語言處理

本章的兩個核心概念分別為**深度學習**和**自然語言處理**, 我們先分開來看, 之後再隨著章節進度將兩個主題合併在一起。

2.1.1 用深度學習自動學習特徵

第一章提到, 傳統機器學習演算法方法 (如:迴歸、隨機森林、或支持向量機等) 最費時就是建模前的特徵工程 (feature engineering) 作業。傳統機器學習方法若要表現得好, 一般需要依賴由人類精心設計的程式碼, 好將原始資料 (可能是圖片、語音檔案、文字檔案等等) 轉換成機器學習演算法可以讀取

[*註] 參考文獻 Wittgenstein, L. (1953). Philosophical Investigations. (Anscombe, G., Trans.). Oxford, UK: Basil Blackwell.

的特徵。也就是說, 這些傳統機器學習演算法很擅長權衡特徵的重要性, 但卻無法從原始資料中自動萃取出特徵。麻煩點來了, 這種用手動方式產生特徵的過程對於開發者的學識有著極高的要求, 以本章要介紹的語言資料為例, 你必須先修習過語言學的課程, 才有能力將語言資料轉換為有用的特徵。

而深度學習最大的好處便是：它大幅度降低了開發者必須具備某領域專業知識的要求。我們不再需要手動從原始資料取得特徵, 直接把原始資料餵給深度學習模型即可。如同第一章不斷展示的, 深度學習模型中靠近輸入層的神經元學習到的是資料中的簡單特徵, 而靠近輸出層的神經元所能表現的特徵會愈抽象、複雜, 這點在處理自然語言資料依然適用。

圖 2.1 就展示了機器學習家族中, 傳統機器學習與特徵學習的關係, 其中特徵學習這一塊代表所有可以自動從資料中萃取特徵的技術, 而目前該領域的霸主正是深度學習：

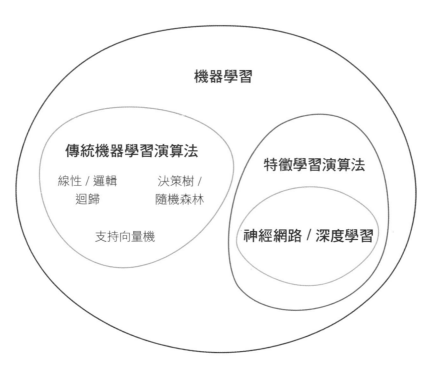

▲ 圖 2.1：傳統機器學習方法以及特徵學習方法兩大家族

　　而讓模型自動學習特徵不光只是為了方便而已, 還有其它好處。由人類進行的特徵工程一般來說適用範圍都不夠廣泛, 而且可能得花數年的時間反覆進行特徵概念構成、設計、驗證...等作業才能完成。相對地, 用深度學習產生特徵的速度很快, 一般來說只需要數小時到數天的訓練時間。

2.1.2　自然語言處理 (Natural Language Processing)

　　如下圖所示, **自然語言處理** (以下簡稱 NLP) 位於電腦科學、語言學、以及人工智慧等三門學科的交界處, 它涉及到讓機器讀取並處理由人類說出或寫出的語言, 並藉此將某些作業自動化、或者讓這些作業可以更容易地被人類執行。

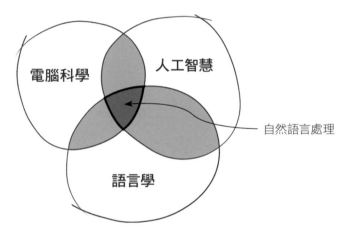

▲ 圖 2.2：NLP 位於電腦科學、語言學和人工智慧領域的交界處

NLP 的應用

　　常見的 NLP 應用包括：

● **文件分類**：利用文件 (如：一封電子郵件、一則推文、或者一篇電影評論) 中的文字將該文件分類 (如：急件/一般件、評論內容為正面/負面)。

● **機器翻譯**：將文章從某種語言 (如英文) 轉換成另一種語言 (如中文), 目前的機器翻譯雖然還未達完美, 但已經愈來愈進步。

● **搜尋引擎**：使用者在搜尋時, 自動幫使用者補完關鍵字, 並且預測使用者想找的資訊或網站為何。

● **語音辨識**：如同蘋果 (Apple) 的 Siri 等虛擬助理, 機器可以理解使用者的語音指令, 提供所需的資訊或者協助執行某項功能。

● **聊天機器人** (Chatbots)：我們總是期待聊天機器人可以和真人維持一段長時間的自然對話, 雖然以現在的技術還有得努力, 不過在對話模式單一且主題有限的情況下 (例如：客服電話中例行對話的部分), 這些聊天機器人還算堪用。

2.2 將語言量化

　　為了讓深度學習模型能夠處理語言, 最常見的就是將語言轉換成數字形式好讓機器處理, 例如將 dog 這個字轉成 [-0.54533, 1.2456] 這樣兩個數字的向量形式。將文字轉換成數字有兩種常見做法：**one-hot 編碼** (one-hot encoding) 與**詞向量** (word vector)[*註], 本節就來依序介紹。

---

*註　如果這是一本有關 NLP 專書, 可能還會提及一些基於**詞頻** (word frequency) 的做法, 如：TF-IDF (Term Frequency-Inverse Document Frequency, 詞頻－逆向文件頻率) 和 PMI (Pointwise Mutual Information, 點間相互資訊) 等, 本書不會觸及這些, 有興趣可再自行研究。

2.2.1　字詞的 one-hot 編碼 (one-hot encoding)

　　one-hot 編碼 (one-hot encoding) 是一種能將自然語言轉換成數值的傳統方法。此方法是將句子中的各個字轉換成**非 0 即 1** 的結果, 其中的 1 代表這個字出現在句子中的位置。以 "the bat sat on the cat" 這句為例, "the" 這個字的編碼結果就是 "1 0 0 0 1 0", 由於 "the" 出現了兩次, 因此最開頭以及倒數第 2 個的值均為 1, 其他位置則均為 0。又例如 "bat" 這個字的編碼結果就是 "0 1 0 0 0 0"...依此類推。

　　在處理時, 我們也可以用一個矩陣來協助編碼, 如下圖所示, 若想將 "the bat sat on the cat" 當中每個字轉換成 one-hot 編碼, 第一步就是先將這一句當中 6 個字都橫向排好, 形成矩陣的各行 (column)；至於此矩陣的各列 (row) 則只要列句子當中有出現的字 (若有重覆字, 只要列一次就好)。排完矩陣的各行、各列之後, 接著我們來講如何整理出各字的 one-hot 編碼結果：

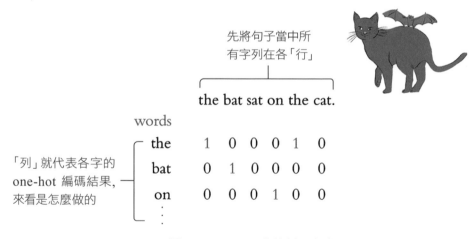

▲ 圖 2.4：One-Hot 傳統編碼方式

　　在上圖這個矩陣中, 每個行列相交的格子要嘛是 0、要嘛是 1, 做 one-hot 編碼很簡單, 只要行列相交的位置, 往上、往左看過去字是一樣的, 就填上 1, 若兩字不一樣, 就填 0。

做完以上動作後, 從「列」來看就是各字的 one-hot 編碼結果, 例如單字「the」在句子中出現在第一和第五個位置, 因此矩陣第一列中有兩個 1, 「the」的編碼結果就是 "1 0 0 0 1 0", 而「bat」出現在句子中的第二個位置, 「bat」的編碼結果就是 "0 1 0 0 0 0"。

附帶一提, 在上圖中, 我們所用的**語料庫 (corpus)**[註1] 總共只有 6 字而已, 其中 5 個字不重複, 所以這個矩陣是五列六行。假設你的自然語言演算法使用了一個含有 100 個不重複字的語料庫, 那麼 one-hot 編碼矩陣就會有 100 列 ; 有 1,000 個不重複的單字, 矩陣就會有 1,000 列⋯依此類推。

不過, 由於 one-hot 編碼的作法過於簡單且造成資料的稀疏性[註2], 導致 在自然語言處理的應用中有所不足, 稍後就會提到。

2.2.2 詞向量 (word vector) 與詞向量空間 (word vector space)

詞向量 (word vector) 是另一種字詞轉數值的方法, 它所提供的訊息量比 one-hot 大得多。one-hot 編碼基本上只會記錄單字的「位置」訊息而已, 而詞向量 (該方法也被稱為**詞嵌入** (word embeddings) 或是**向量空間嵌入** (vector-space embeddings)) 則會同時記錄單字的位置及意思[註3], 讓轉換後的數值更具資訊, 成為開發者偏愛的編碼方式。

---

*註1 在一項特定的自然語言應用中, 一個**語料庫** (其英文 corpus 來自拉丁文的「身體」) 代表被你當作輸入資料的所有字詞。在第 11 章中, 你將會用到一個由 18 本經典名著構成的語料庫, 而在第 12 章中, 也會看到另一個由 25,000 條電影評論構成的語料庫。

*註2 **稀疏** (sparse) 的意思是當中的值大部分是 0, 表示沒含太多資訊。相對而言是**稠密** (dense), 也就是當中的值大部分都不是 0, 這代表富含訊息。

*註3 嚴格來說, one-hot 編碼處理後的也是一個向量, 但太稀疏了, 在深度學習的圈子裡, 我們通常只會將「詞向量」這個術語用於稠密 (dense) 的特徵。

詞向量空間 (word vector space) 的概念

　　詞向量方式最核心的概念是：我們必須將語料庫中的每個字詞都與一個「多維度**向量空間 (vector space)**」中的位置對應起來。這個對應工作是 NLP 模型前期要完成的, 之後就可以運用這個結果對其他各種文件資料做各種處理 (文件分類、機器翻譯、語音辨識…等)。

　　一開始, 語料庫中各字詞在詞向量空間中的位置只能先隨機決定, 而深度學習模型在分析語料庫中哪些字比較常和某個特定字詞一起使用之後, 各字詞便會逐漸移動到適合的新位置上[註], 此時語義相近的字詞 (例如 green、pink 都是用來代表顏色) 就應該會靠得比較近。

> **★ 編註** word vector 為什麼稱為「詞向量」而不叫「字向量」呢？一般很多字的時候我們就會用上「詞」(或詞彙) 這個名稱, 而在上面提到這個向量空間 (vector space) 中, 有些向量是代表一個單字 (例如 dog、house), 而有些向量則是代表 New York、 Miss Taylor、Mr. Taylor 這種一個字以上的詞彙, 所以習慣上我們會將向量空間中的各向量稱為詞向量, 而不是字向量。

　　下圖用一個簡單範例來說明產生詞向量的做法, 這是一個只有 10 個字的迷你語料庫：

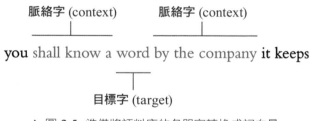

▲ 圖 2.5：準備將語料庫的各單字轉換成詞向量

[註]　如同本章開頭提到的, 這種「透過某個單字周圍的字來理解該單字」的做法是由 Ludwig Wittgenstein 提出的。而這個觀點在 1957 年時被英國的語言學家 John Rupert Firth 所採納, 並且簡化成更精簡的一句話：「You shall know a word by the company it keeps. (**你應該透過一個單字的夥伴關係來理解這個字。**)」, 出自 Firth J. (1957). Studies in linguistic analysis. Oxford: Blackwell.

從語料庫建立詞向量的方式是，一開始先將所有語料庫內容爬梳一遍：從最前頭的單字出發，一次往右移動一個字，直到到達最後一個字為止。而當我們移動到某個單字上時，該字詞便稱為**目標字** (target word)，如上圖所示，目前移動到的目標字是「word」，下一個目標字將會是「by」、再來是「the」、「company」，以此類推。

而停留在某個目標字時，我們都假設該字詞和位於其周圍的其它單字是有關的，這些位於周圍的單字被稱為目標字的**脈絡字** (context words)。在此範例中，我們將脈絡字的範圍訂為 3 個字 (註：是隨開發者訂的)，也就是說，當目標字是「word」時，在它左邊的 3 個字 (「a」、「know」和「shall」) 與在它右邊的 3 個字 (「by」、「the」和「company」) 都是它的脈絡字 (加起來共 6 個單字)。當目標字移動到下一個字 (即「by」) 時，脈絡字的範圍也會同樣往右移動一格。

有了以上概念後，接著就是用蘊含深度學習概念的各種轉換工具 (演算法) 將語料庫中的字一個一個嵌入詞向量空間，常見的工具有 Word2Vec[*註1] 和 GloVe[*註2]，第 11 章我們就會用前者來訓練出一個「詞向量空間」模型。而建立詞向量空間的做法大致是，利用給定的脈絡字來預測目標字是什麼、該放到詞向量空間哪個位置[*註3]。我們會將一個語料庫中脈絡相似的單字慢慢地 (以一次一個目標字的方式) 加到向量空間中相似的位置，一次一個直到處理完畢。

---

*註1　參考文獻 Mikolov, T., et al. (2013). Efficient estimation of word representations in vector space, arXiv:1301.3781.

*註2　參考文獻 Pennington, J., et al. (2014). GloVe: Global vectors for word representations. Proceedings of the Conference on Empirical Methods in Natural Language Processing.

*註3　或者，我們也可以反過來從給定的目標字來預測出脈絡字，第 11 章會介紹更多細節。

詞向量空間 (word vector space) 的例子

一個向量空間可以有任意維度, 因此是個 n 維向量空間, 若每個詞用一個數值表示就是 1 維, 用兩個值表示就是 2 維...。根據語料庫中資訊的豐富程度、以及 NLP 應用的複雜度, 所建立出來的詞向量空間可能會是 10 維、100 維、甚至是 1000 個維。

只不過, 人類的大腦無法想像超過 3 維的空間長什麼樣子, 為了方便讀者理解, 圖 2.6 中我們用一個 3 維詞向量空間來做例子。在此 3 維空間中, 語料庫任何單字都有三個座標值 (x、y、z):

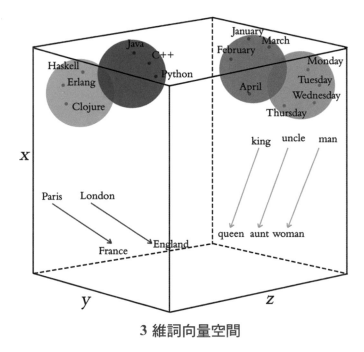

▲ 圖 2.6: 3 維空間中每個字詞的位置

如同上圖所示, 語料庫中的每一個字詞 (例如: king) 都會被指定到空間中某個位置, 此時「king」就化身為一個 3 個數字的 v_{king} 向量, 這個向量代表 x、y、z 座標, 例如 x = –0.9、y = 1.9 及 z = 2.2, 即 $v_{king} = $ [–0.9, 1.9, 2.2]。

從圖 2.6 這個假設的詞向量空間我們可以看出：

- 右上角「Monday (星期一)」、「Tuesday (星期二)」、「Wednesday (星期三)」這些和星期有關的字都在同一群, 佔據詞向量空間右上角的位置。

- 右上角和「月份」有關的字也形成一群, 與「星期」那一群很接近, 因為它們都跟時間有關。

- 左上角看到兩個「程式語言」相關的群集, 我們可以看到物件導向程式語言 (object-oriented programming languages) 如：「Java」、「C++」以及「Python」自成一群；而函數式程式語言 (functional programming languages) 如：「Haskell」、「Clojure」和「Erlang」則形成另一群。

> **★註** 上面都以名詞為例很好理解, 而一些定義不那麼明確、但本身仍具有特定意思的字 (例如「created」、「developed」、「built」等動詞) 在詞向量空間中也會有自己的位置。

2.2.3 詞向量的數學運算

圖 2.6 下半部也很值得一提, 這表示詞向量空間的「移動」概念。請看圖 2.6 偏左下角那一區, 兩組字詞之間都有箭頭, 猜猜看什麼意思？不難看出這兩組箭頭箭頭代表了「國家」與它們的「首都」之間的關係。說得再白話一點, 如果我們去計算「Paris (巴黎)」和「France (法國)」兩個詞向量之間的方向與距離, 得出結果後, 接著從「London (倫敦)」出發, 以剛才得到的結果移動, 我們將會走到「England (英國)」這個詞向量的位置。

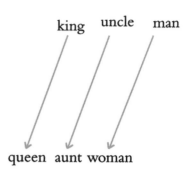

　　圖 2.6 右下方則是另一個例子, 這次我們去計算「man」和「woman」之間的方向與距離, 將這個代表「性別」相對關係的移動資訊記錄下來後, 如果我們從任何代表男性的詞向量出發 (如:「king」和「uncle」), 並且順著計算所得的方向與距離移動, 最終將停在與該男性詞向量對應的女性詞向量上 (即「king → queen」、「uncle → aunt」)。

　　很清楚的看到, 我們可以從一個詞向量追蹤到另一個詞向量, 並且得到有意義的結果 (如: 首都與國家的關係、性別關係等), 這個「移動」可以用數學運算來表示:

$$v_{king} - v_{man} + v_{woman} = v_{queen}$$
$$v_{bezos} - v_{amazon} + v_{tesla} = v_{musk}$$
$$v_{windows} - v_{microsoft} + v_{google} = v_{android}$$

▲ 圖 2.7:詞向量的運算

　　上圖第 1 個式子是個經典例子, 假如我們的起始點是代表「king」的 v_{king} 向量 (例如為 [–0.9, 1.9, 2.2]), 則「queen」向量大致的位置將等於 v_{king} 先減去代表「man」的 v_{man} (假設為 [–1.1, 2.4, 3.0]), 再加上代表「woman」的 v_{woman} (假設為 [–3.2, 2.5, 2.6]), 這樣就可以估算出 v_{queen} 詞向量的內容, 以下我們分別估算 3 個座標值:

$$x_{queen} = x_{king} - x_{man} + x_{woman} = -0.9 + 1.1 - 3.2 = -3.0$$
$$y_{queen} = y_{king} - y_{man} + y_{woman} = \ 1.9 - 2.4 + 2.5 = \ 2.0 \quad (公式\ 2.1)$$
$$z_{queen} = z_{king} - z_{man} + z_{woman} = \ 2.2 - 3.0 + 2.6 = \ 1.8$$

可以預期 v_{woman} 的位置在 [–3.0, 2.0, 1.8] 附近。

2.2.4 上 Word2viz 網站體驗 2 維詞向量空間

為了讓讀者對詞向量空間更有概念, 請開啟 **http://lamyiowce.github.io/word2viz** 網頁, 圖 2.8 顯示了 Word2viz 這個詞向量空間, 它是用一個 60 億字的語料庫 (其中包含了 400,000 個不重複的英文字詞) 訓練出來的, 語料庫中的單字都已經根據其意思被擺在適當位置。

網頁左邊所看到的就是詞向量空間, 我們可以用互動的方式將新字詞嵌入這個向量空間:

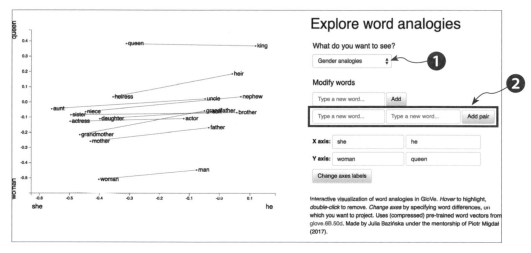

▲ 圖 2.8：Word2viz 的網頁畫面

例 1

請將位於右邊最上方的下拉式選單保持在「Gender analogies (性別類比)」選項 ❶, 並且利用位於「Modify words (修改字詞)」標籤底下的「add pair (加入詞對)」功能輸入一組新的單字 ❷。

如果你輸入了一組性別的相對字, 例如:「princess (公主)」和「prince (王子)」、或者「businesswoman (女生意人)」和「businessman (男生意人)」, 送出資料後就可看到它們在空間中的位置反映了它們的性別訊息:

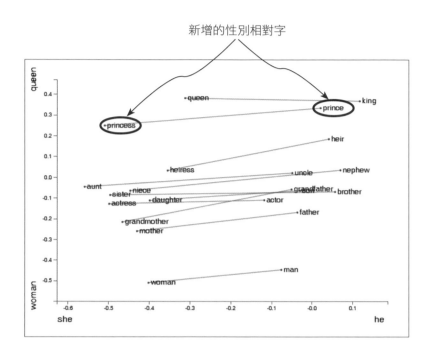

在網頁中, Word2viz 的開發者 Julia Bazińska 將原本具有 50 個維度的詞向量空間壓縮成上圖你所看到的 2 維空間, 這樣就可以讓各詞向量被表示在一個 xy 座標當中[*註]。

Bazińska 將座標系的 x 軸代表性別, 用「she (她)」和「he (他)」作為參考點, 意思是越女性的字會在左邊, 男性字則在右邊。至於座標系的 y 軸則以「woman」和「queen」定義, 意思是越接近 y 軸底部代表平民階級, 越往上則身分地位越高貴, 很有趣吧!

---

*註 這稱為降維 (dimension reduction), 第 11 章會介紹更多細節。

例 2

　　若你玩過「Gender analogies」性別類比選項, 那麼再試試其他選項吧！例如「Adjectives analogies (形容詞類比)」, 並且輸入一對新詞, 如「small」和「smallest」。接著, 你可以將 x 軸的標籤改成「nice」和「nicer」, 觀察一下會發生什麼變化；或者將 x 軸標籤換成「small」和「big」, 比較一下結果。這些就留待您嘗試看看囉！

例 3

　　事實上, 你還可以從零開始建立一個屬於自己的 Word2viz 圖。只要在右上角的下拉式選單中選擇「Empty (空白)」, 整個詞向量空間就由你主宰了。您可以先試試前面提過的「國家—首都」關係, 以便對於圖 2.6 有更深刻的認識, 請 x 軸調整成「west」和「east」, y 軸調成「city」和「country」。如此產生的新向量空間可以很好地展示以下詞對之間的相對關係：london—england、paris—france、berlin—germany 以及 beijing—china。

> **★註** 除了上面所示範的外, Word2viz 也可以分析出詞向量空間的優勢和弱點。舉例來說, 請將「What do you want to see?」標籤的下拉式選單改為「Verb tenses (動詞時態)」選項, 接著輸入「lead」和「led (lead 的過去式)」。你會發現, 這些詞在向量空間中的座標位置反映了用來訓練的自然語言資料集中存在著一種性別刻板印象。請再將下拉式選單調整到「Jobs (職業)」選項, 你可以看到, 性別刻板印象的作用在這裡變得更明顯了。
>
> 作者可以很有把握地說：不論有意或無意, 任何自然語言的資料集中都多少存在著偏見 (biases), 而去減少詞向量空間的偏見也是一項熱門研究領域[*註]。但目前, 想要因應資料中所存在的偏見, 最保險的方法便是讓你的 NLP 模型盡可能的接觸各種情境以及使用者, 好確保其所產生的結果能夠被大眾所接受。

[*註] 參考文獻 Bolukbasi, T., et al. (2016). Man is to computer programmer as woman is to homemaker? Debiasing word embeddings. arXiv:1607.06520；Caliskan, A., et al. (2017). Semantics derived automatically from language corpora contain human-like biases. Science 356: 183-6；Zhang, B., et al. (2018). Mitigating unwanted biases with adversarial learning. arXiv:1801.07593.

2.3 Google Duplex 的自然語言功力

近幾年以深度學習為基礎的 NLP 應用有一個非常吸睛的實例, 那就是 Google 在 2018 年 5 月開發者大會上公開的 **Google Duplex** 技術。在那場會議中, 執行長 Sundar Pichai 向在場觀眾展示了 Google 助理 (Google Assistant) 如何用 **Duplex** 技術自動地撥打電話到一家中國餐館訂位, 博得了滿堂采。最讓台下眾人嘖嘖稱奇的地方在於 Duplex 進行對話時的自然程度：它顯然已經掌握了正常人類對話的節奏, 還時不時會加入諸如「嗯」、「呃」之類的詞, 完全模擬出人員在談話中停頓思考時所發出的聲音。不僅如此, 這通電話的聲音品質並沒有經過特別處理, 而且餐廳員工的英文帶有濃厚口音, 但這些都沒有難倒 Duplex, 它最後順利地完成了訂位。

當然, 必須強調的是這只是一場展演而已 (而且還是預錄好的), 但這項技術還是非常讓人佩服。試想一下, 在通話過程中, 電話兩端的通話者 (即餐廳員工和 Duplex) 彼此之間來回地交換訊息, Duplex 需要一個精巧的語音辨識演算法才能即時地對聲音資料進行處理、適應對方的各種口音和通話品質、並且克服背景噪音的問題*註。

而一旦對方所說的話被順利辨識成文字後, 該 NLP 模型便要開始處理句子、並且判斷它們的意思為何。此處的重點在於：電話線另一頭的餐廳員工並不知道自己正在和一台電腦說話, 因此他說話的方式並不會因此而有所不同。這也就代表對方有可能使用非常複雜、多層次的句子, 而這對於電腦辨識而言是很困難的, 例如餐廳員工可能這樣說：

---

*註 這被稱為「雞尾酒會問題 (cocktail-party problem)」, 或者「多講者語音分離 (multitalker speech separation)」。人類天生就有處理該問題的能力, 我們能夠將單一聲音從一堆雜音中提取出來。但這對機器而言就困難了, 有許多團隊提出了解決方法, 請參考：Simpson, A., et al. (2015). Deep karaoke: Extracting vocals from musical mixtures using a convolutional neural network. arXiv:1504.04658；Yu, D., et al. (2016). Permutation invariant training of deep models for speaker-independent multi-talker speech separation. arXiv:1607.00325.

「我們明天已經客滿了，但是後天和星期四的八點以前都可以。

噢，等一下 …

星期四的七點已經有人預訂了，但是八點以後可以？」

　　如你所見，上面這個句子的結構是很混亂的 (你寫電子郵件的時候絕對不會寫出這種句子)。但是，在一段對話當中，隨時修正的現象非常常見，而 Duplex 必須要能掌握它們才行。

　　在將語音轉換成文字、並且處理完句子背後的意義後，Duplex 的 NLP 模型會開始產生回應。請注意，該 NLP 模型是以文字的型式產生回應，因此我們還需要一個「文字到語音 (Text-To-Speech, TTS)」引擎才能合成聲音。

★註 Duplex 結合了 Tacotron (bit.ly/tacotron) 和 WaveNet (bit.ly/waveNet) 的波形合成技術、以及較為傳統的「拼接式 (concatenative)」文字到語音合成引擎[*註1]，而這正是它能越過恐怖谷 (uncanny valley)[*註2] 的關鍵：演示中餐廳員工所聽到的聲音完全沒有真實人聲的參與。

WaveNet 使用了一個利用真人語音波形訓練出來的深度學習網路，以一次一個樣本的方式，生成百分之百合成的聲音波形。其背後的流程如下：Tacotron 會先將一系列文字對應到一系列相應的聲音特徵 (audio features) 上，後者包含了人類語音中的語速、語調… 等因素。接著，這些特徵會被送入 WaveNet 中，如此一來 WaveNet 便可以合成出餐廳員工所聽到的聲音了。以上系統可以產生非常自然的人聲，而在一些相對來說比較單純、只需套套公式便能解決的情境中，系統則會切換到較為簡單的 TTS 引擎，隨著需求不同，整套系統會在多種不同的模型間動態地切換。

---

*註1　拼接式 TTS 引擎的做法就是將語音拼接起來形成句子，但它們常會產生不自然的語音，也不能根據情況調整語速和聲調，例如無法讓整個句子聽起來像是一個問句。

*註2　恐怖谷是指：當某個物體很明顯不是人，但它和真人的相似程度卻到達某個等級時，我們會開始覺得它很詭異或恐怖。產品設計師會盡力去避免恐怖谷效應；他們知道當產品需要模仿真人時，要麼就弄得非常機械化、要麼就和真人一模一樣，如此人們才會對該產品有比較正面的反應。

我們可以用一句修改自電影《征服情海 (Jerry Maguire)》的經典台詞 "you had me at hello" 來形容上述情況：**"you had all of this at "hello"**, 意思是當聽到「哈囉」時, Duplex 底下的所有模型都開始運轉了, 包括語音辨識系統、NLP 模型以及 TTS 引擎等演算法…都開始協力運行。事實上, Duplex 的複雜程度可不僅止於此, 以上這些演算法的互動, 都是由一個擅長處理序列訊息的深度學習網路[*註] 管理的, 這個管理者網路會追蹤整場對話, 並且把眾多的輸入和輸出傳送到適當的模型之中。

經過上面的解釋, 你應該已經很清楚地意識到了：Google Duplex 是一個非常精緻的系統, 當中所有深度學習技術必須有條不紊地共同運轉, 才能造就電話兩端天衣無縫的對話。時至今日, 包含 Duplex 在內的 Google 助理 (Google Assistant) 正持續發展, 各項功能落實在最新的智慧裝置上, 象徵人工智慧領域正不斷往前邁進。

2.4 總結

在本章中, 我們見識到深度學習如何被應用在自然語言的處理上。我們重申了深度學習能自動從資料中萃取關鍵特徵的優勢, 並介紹了將字詞轉成詞向量以及嵌入詞向量空間的概念, 該技術可以記錄字詞的脈絡資訊, 提供給 NLP 模型使用。

在第 11 章中, 我們就會具體實作能夠將單字轉換成詞向量的 Word2vec 演算法。而在第 12、13 章, 除了建立詞向量空間外, 還會進一步建構一個 NLP 模型, 這個模型最初的神經層會產生詞向量空間, 再送到更深處、功能更強的神經層做處理, 到時再一起體驗吧！

---

*註 該神經網路被稱為循環神經網絡 (Recurrent Neural Network, RNN), 我們會在第 11 章介紹。

機器藝術 (Machine Arts)：
對抗式生成網路 (Generative Adversarial Network) 概述

　　「機器能創造藝術品嗎？」這樣的說法存在很大的爭議。加州柏克萊大學的哲學家 Alva Noë 曾經說過：「藝術能幫助我們更好地描繪出人類的本質 *註1」如果這樣的說法是正確的, 那麼機器怎麼可能自己創作出藝術品呢？或者, 換一種問法：「這些由機器所創造出來的東西能被稱為藝術嗎？」對於這個問題, 有一種看法是：這些東西的確是由工程師化身的藝術家所創造出來的藝術, 是他們揮動名為**深度學習**的畫筆完成了這些藝術品, 而這也是作者偏愛的觀點！別以為只有作者這麼想, 在拍賣會上, 由深度學習模型之一的**對抗式生成網路** (Generative Adversarial Networks, GANs) 所產生的畫作《Portrait of Edmond Belamy》(貝拉米的肖像) 就曾拍出了 $432,500 美元的價格*註2 (編註：可連上 https://www.christies.com/lot/lot-6166184 觀看這幅十分具有歷史意義的肖像)。

　　本章, 我們會帶你一窺 GANs 生成藝術品的概念, GANs 中的**潛在空間** (latent space) 概念也會拿來和第 2 章提到的詞向量空間 (word vector space) 對比, 另外, 我們還會介紹一種能夠顯著提升相片品質的深度學習模型。在一切開始之前, 讓我們先來喝一杯吧⋯

3.1　對抗式生成網路 (GAN) 的源起

　　在 Google 位於蒙特婁的辦公室下方開著一間名為 *Les 3 Brasseurs* (此為法文, 意思是「3 個釀酒師」) 的酒吧。2014 年, 來自 Yoshua Bengio 實驗室的博士生 Ian Goodfellow 在此構想出了一個能夠製造逼真圖片的演算法*註3, 該技術也被深度學習代表性人物 Yann LeCun (圖 1.7) 評為近幾年深度學習發展中最重要的突破之一*註4。

*註1　參考文獻 Noë, A. (2015, October 5). What art unveils. The New York Times.

*註2　參考文獻 Cohn, G. (2018, October 25). AI art at Christie's sells for $432,500. The New York Times.

*註3　參考文獻 Giles, M. (2018, February 21). The GANfather: The man who's given machines the gift of imagination. MIT Technology Review.

*註4　參考文獻 LeCun, Y. (2016, July 28). Quora. bit.ly/DLbreakthru

在此，Goodfellow 的朋友向他描述了一種自己正在研究的**生成模型**(generative model)，此模型的目的是生成沒有出現過的東西，例如：一句模擬莎士比亞 (Shakespeare) 風格的假名言、一段旋律、或是一件抽象的藝術品等。Goodfellow 的朋友想要開發的模型是能生成跟照片一樣逼真的圖片，例如：人臉的肖像。在傳統的機器學習方法中，想要讓這樣的模型有好表現，開發人員必須對重要的臉部特徵進行模擬，評估這些特徵之間的相對位置應該如何安排。在當時，此領域一直沒什麼進展，生成出來的臉要不是非常模糊，就是鼻子或耳朵不見了。

或許是啤酒激發了 Goodfellow 的創意，他提出了一個革命性的點子[*註]：**將兩個神經網路組合成一個深度學習模型，並且訓練這兩個網路彼此互相競爭**。如下頁的圖 3.1 所示，其中一個神經網路負責生成假圖片，而另一個神經網路則像鑑定師一樣負責辨識圖片的真假 (編註：辨識的時候會混入真圖片讓該網路一塊辨識)，簡言之希望藉由兩個敵對神經網路的對抗，使彼此的能力不斷提升。

當生成器網路 (generator) 製造的假圖片愈來愈像真的，**鑑別器網路 (discriminator)** 就必須進化出更好的鑑定能力，而這又會促使生成器網路生成更加精良的假圖。最後，這樣的循環就可以讓模型生成出風格與原始訓練圖片十分接近的假圖。更棒的是，Goodfellow 的方法可以讓開發者免去手動將圖片特徵輸入生成程式中的麻煩，就像我們在前 2 章不斷提到的，深度學習模型可以自動地萃取出物體的特徵。

[*註] 參考文獻 Jarosz, A., et al. (2012). Uncorking the muse: Alcohol intoxication facilitates creative problem solving. Consciousness and Cognition, 21, 487-93.

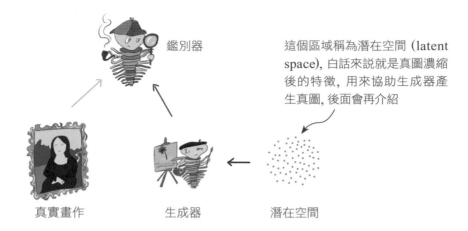

這個區域稱為潛在空間 (latent space), 白話來說就是真圖濃縮後的特徵, 用來協助生成器產生真圖, 後面會再介紹

鑑別器

真實畫作　　　　生成器　　　　潛在空間

▲ 圖 3.1：對抗式生成網路 (GAN) 的示意圖。由生成器合成的假圖片會連同真實的圖片一起提供給鑑別器, 而鑑別器的任務便是區別哪些是真圖、哪些是假圖

　　為了印證這個對抗式網路的可行性, Goodfellow 開始挑燈夜戰, 努力設計出一個雙神經網路的 GAN 模型, 結果, 這個模型第一次運作就很成功, 之後陸續產生其他變體, 令人驚嘆的對抗式生成網路家族 (GANs) 就隨之誕生了！

　　同年, Goodfellow 便和他的同事在權威的 NeurIPS 大會向全世界發表了 GAN[*註], 底下的 4 張圖就是他們展示的一部分成果：

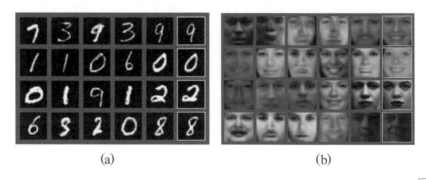

(a)　　　　　　　　　　　　　(b)

接下頁

---

*註　參考文獻 Goodfellow, I., et al. (2014). Generative adversarial networks. arXiv:1406.2661.

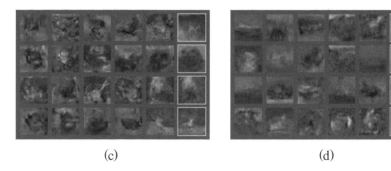

(c)   (d)

▲ 圖 3.2：Goodfellow 與同事在 2014 年 GAN 的論文中提出的研究成果

(a) 生成手寫數字圖片[*註1]

(b) 生成人臉照片[*註2]

(c)、(d) 生成飛機、汽車、狗等十種不同的照片[*註3]，其中 (c) 要比 (d) 清楚，因為前者是用特別為機器視覺所設計的卷積層 (第 10 章會介紹)，後者所用的是較普遍的神經層

★ **編註**

這是 2014 年的事了，所以圖片品質不是很好。請到 whichfaceisreal. com 可看到最新技術的 GAN 生成圖片，你已無法分辨真假了！

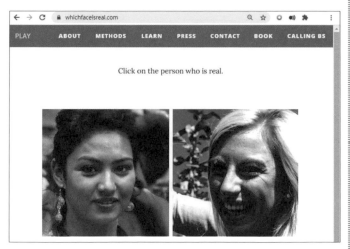

whichfaceisreal.com 的網頁畫面，其中一個是真人圖片，一個是 GAN 生成的圖片

---

*註1 是用第 1 章提到的 MNIST 資料集訓練模型，本書第 2 篇我們會經常用到這個資料集。

*註2 是用來自 Hinton (圖 1.16) 實驗室的多倫多人臉資料集 (Toronto Face database) 訓練模型。

*註3 這裡是用 CIFAR-10 資料集來訓練，其名稱源自於協助該資料集建立的加拿大先進研究所 (Canadian Institute for Advanced Research)。

3.2 經由「計算」生成假的人臉

　　繼 Goodfellow 之後，由美國機器學習工程師 Alec Radford 領導的研究團隊進一步在 GAN 中加入了一些設計，成功生成更逼真的圖片，該團隊以**深度卷積對抗式生成網路** (Deep convolutional GAN) 生成了下圖最右邊的假人臉 *註：

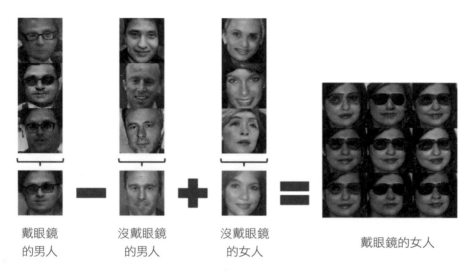

戴眼鏡　　　　沒戴眼鏡　　　　沒戴眼鏡
的男人　　　　的男人　　　　的女人　　　　　　　戴眼鏡的女人

▲ 圖 3.3：Radford 等人在論文 (2016 年) 中提出的潛在空間計算

　　具體的產生人臉做法是在圖 3.1 提到的潛在空間 (latent space) 做一些運算處理，我們先來認識潛在空間是什麼吧！

潛在空間 (latent space)

　　與其講一些很深奧的理論，不如直接看個例子！底下的圖 3.4 就展示了一個 3 維潛在空間：

---

*註4　參考文獻 Radford, A., et al. (2016). Unsupervised representation learning with deep convolutional generative adversarial networks. arXiv:1511.06434v2.

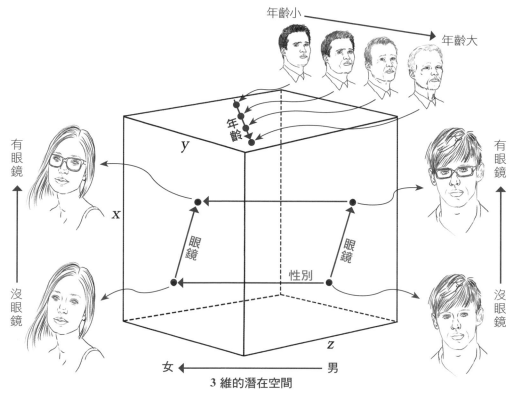

▲ 圖 3.4：對抗式生成網路 (GAN) 的潛在空間示意圖

　　圖 3.4 中所展示的 3 維潛在空間可能會讓你想起 2-10 頁圖 2.6 中的 3 維詞向量空間, 兩者的確有非常相似的地方：

❶ 為了方便理解, 上圖只畫了 3 個維度, 但是潛在空間事實可以是 n 維的, 通常都會有上百個維度。第 14 章我們實作的 GAN 範例就會用上 100 維的潛在空間。

❷ 若兩個點在潛在空間中的位置越接近, 則此兩點所代表的圖片也就越相似。

❸ 跟詞向量空間一樣, 在潛在空間中朝特定方向移動也是有意義的, 以圖 3.4 為例：

- 順著 x 軸的箭頭代表人臉有沒有戴眼鏡。
- 順著 y 軸的箭頭移動會看到年齡的變化。
- 順著 z 軸的箭頭移動則代表性別的變化。

以 y 軸代表的年齡為例, 只要延著 y 取樣 (sampling), 取樣出來的點就會是同一個人在不同年齡的長相。簡言之, 從圖 3.4 可發現, 潛在空間是由代表不同意義的軸所構成, 資料會依不同關聯性分布在各位置, 這跟第 2 章的詞向量空間是完全一樣的概念。

最後, 如果你想見識實務上真正的 GANs 的威力, 可連上 http://bit.ly/InterpCeleb 這個 Youtube 網址看看 GANs 所生成的一系列假名人、假車、及建築物照片; 你也可以連上前面提過的 whichfaceisreal.com 挑戰看看能否區分真實的人臉以及 GANs 生成的假人臉 (編:很難分辨喔!)。

潛在空間的向量運算

當我們在潛在空間中取一個點時, 該點的座標值即表示某張圖片, 以向量表示 (編:稱之為圖片向量好了, 跟我們在第 2 章中所稱呼的「詞向量」類似)。而跟詞向量一樣, 你也可以對這些圖片向量進行計算, 讓它們在潛在空間中做有意義的移動。

以下圖為例, 我們的起始點是潛在空間中代表著「戴眼鏡的男人」的點, 若將該點 (編註:實際內容是向量值) 減去代表「沒戴眼鏡的男人」的點, 再加上代表「沒戴眼鏡的女人」的點, 則最後產生的點會非常接近「戴眼鏡的女人」所代表的點:

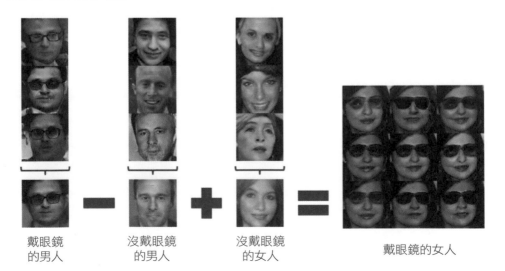

戴眼鏡的男人 − 沒戴眼鏡的男人 + 沒戴眼鏡的女人 = 戴眼鏡的女人

3.3 風格轉移 (style transfer) – CycleGAN

　　風格轉移 (style transfer) 是 GANs 技術的其中一項應用，圖 3.5 的 CycleGAN[*註] 就是一個很出色的例子。該模型是由柏克萊人工智慧研究 (Berkeley Artificial Intelligence Research, BAIR) 實驗室的 Jun-Yan Zhu、Taesung Park 及其同事所提出的。該研究的其中一名作者 Alexei Efros 在前往法國度假時拍了許多照片，於是該團隊便用 CycleGAN 技術將這些照片轉換成不同藝術風格的畫作：

輸入的照片　|　莫內　　梵谷　　塞尚　　日本的浮世繪風格

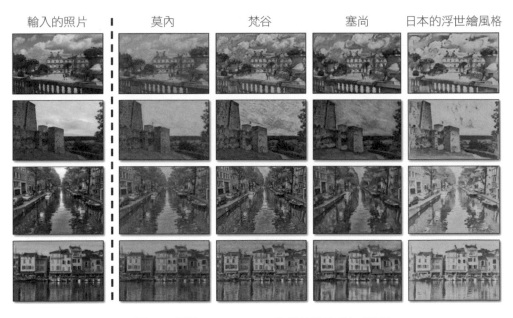

▲ 圖 3.5：透過 CycleGANs 將照片轉換成各式風格

---

*註　這種 GAN 之所以稱為「CycleGAN」，因為即使經過了好幾輪的訓練，依然看得出來是由同一張照片不斷「循環」修改的結果。可參考以下論文：Zhu, J.-Y., et al. (2017). Unpaired image-to-image translation using cycle-consistent adversarial networks. arXiv:1703.10593.

如果你連到 bit.ly/cycleGAN 網站, 還能在論文中看到完全相反 的例子, 例如將莫內的畫轉換成一張擬真照片。此外還有其它例子：

● 將夏天的景色轉換成冬天, 或者反向操作。

● 將一籃蘋果轉換成一籃橘子, 或者反向操作。

● 將品質很糟的相片轉成像是高檔相機拍出來的。

● 將一段影片中正在奔跑的馬改成斑馬。

● 將一段行車影像記錄的時間由白天改成晚上。

3.4 將自己手繪的塗鴉轉換成照片 – cGAN

Alexei Efros 所領導的 BAIR 實驗室還研究出另一個 GANs 應用, 稱為 **pix2pix**[*註], 可以將手繪的塗鴉轉換成照片, 你可以連到 bit.ly/pix2pixDemo 體驗一下該模型。

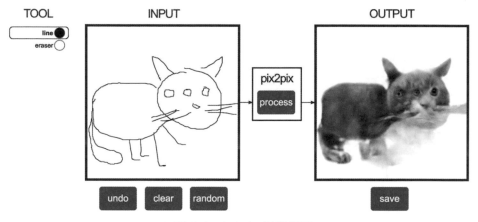

▲ 圖 3.6：pix2pix 網頁畫面

---

*註 參考文獻 Isola, P., et al. (2017). Image-to-image translation with conditional adversarial networks. arXiv:1611.07004.

　　上圖是以網頁內「edges2cats」這一區為例, 首先在左側繪圖區畫了一隻三眼貓咪, 經處理後, 右邊就生成一張擬真照片 (也是三個眼睛！)。你可以試試網頁其他區域, 將自己畫的鞋子、手提包、建築結構 (編：這個很有趣！) 轉換成對應的擬真照片。

　　pix2pix 的作者將他們的模型稱為 **conditional GAN** (簡稱為 cGAN), 意指一種「條件式」的 GAN, 因為該模型會依使用者所輸入的條件 (condition) (編：就是所畫的內容啦！) 來產生結果。

3.5 憑文字敘述就生成擬真圖片 – StackGAN

　　還有更酷的！請讀者看底下圖 3.7 那些有如真實照片的圖片, 這是用 **StackGAN**[註] 的模型所生成的。StackGAN 是指將兩個 GAN **堆疊** (stack) 起來, 第一個 GAN 先產生粗糙、低解析度的圖片, 圖片中物體的大致輪廓和顏色是正確的；接著再交給第二個 GAN 處理, 從低解析度轉成高解析度。

　　和前一節的 pix2pix 一樣都是 cGAN (條件式 GAN), 最厲害的是 StackGAN 是根據「文字」條件來產生圖片 (編：也就是你用英文描述一下想生成什麼圖片, 模型就幫你變出來啦！超酷的！)

[註] 參考文獻 Zhang, H., et al. (2017). StackGAN: Text to photo-realistic image synthesis with stacked generative adversarial networks. arXiv:1612.03242v2.

This bird has a yellow belly and tarsus, grey back, wings, and brown throat, nape with a black face

This bird is white with some black on its head and wings, and has a long orange beak

This flower has overlapping pink pointed petals surrounding a ring of short yellow filaments

(a) 第一階段

(b) 第二階段

這隻鳥有黃色的腹部以及跗骨（tarsus），灰色的背部、翅膀，以及褐色的喉、頸部，臉則是黑色的。

這是一隻白色的鳥，其頭部和翅膀處有一些黑色的部分，鳥喙很長而且是橘色的。

這是一朵具有粉紅色尖花瓣的花，它的花瓣彼此重疊著，在一些短黃色細絲的周圍圍成了一個圓圈。

▲ 圖 3.7：由 StackGAN 產生的高解析度圖片

3.6 使用深度學習進行影像處理

　　機器學習一直都被廣泛運用在影像處理 (image processing) 領域, 影像處理功能相當廣泛, 舉凡相機/手機多半都有內建的**人臉識別功能** (例如人臉對焦、微笑快門) 以及**場景偵測功能** (例如在夜間自動開啟閃光燈)…等都是。而在後製處理階段, Adobe Photoshop 和 Lightroom 等影像編修軟體也具備**曝光校正、降噪、銳利化、校色**…等等功能。

　　只不過, 這些編修功能以往不見得可以用程式一次套用在一大堆照片, 以後製時的降噪功能為例, 不同的圖片、甚至是同一張圖片的不同區域部分, 需要做的降噪 (denoise) 處理往往都不一樣, 而這正是深度學習最擅長的。

在一篇 2018 年的論文中[*註], Chen Chen 以及來自英特爾實驗室 (Intel Labs) 的夥伴用一個深度學習模型來調亮近乎全黑環境下拍攝的照片, 取得令人驚豔的成果 (圖 3.8)：

▲ 圖 3.8：最左邊是原始超暗的圖片, 中間是以傳統方式處理後的影像, 而最右邊的結果則是 Chen Chen 等人以深度學習方式處理完成的

為了訓練該模型, Chen Chen 等人建立了一個 See-in-the-Dark 的資料集, 資料集內有 5,094 張照片, 包含了在光線不足的場景下以短曝光拍攝而成的 RAW 檔照片, 以及做長時間曝光 (10~30 秒) 並用腳架拍攝而成的照片。如上圖所示, 用深度學習處理的照片 (最右邊) 比傳統方式 (中間的圖) 處理顯然好很多。

話雖如此, 這項技術還是有不足之處：

● 該模型的速度不夠快, 無法做即時修正, 因此沒辦法做為相機/手機的內建功能。

● 該深度學習模型仍需要針對不同型號的相機做訓練, 而我們一般會希望演算法能普遍適用, 不受相機型號的限制。

● 此模型所用的資料集僅包含了靜態場景, 期待它能適用更多主題 (例如人像)。

雖然有這些限制, Chen Chen 等人的研究仍讓我們見識到深度學習在影像後製的處理能力, 這種精細程度已經超過過去所見的技術了。

*註　參考文獻 Chen, C., et al. (2018). Learning to see in the dark. arXiv:1805.01934.

★ 小編補充 再看個近一點的例子：拍好的照片也可以請深度學習幫忙，事後調整光源，營造不同的感覺！這是來自 Single Image Portrait Relighting (https://arxiv.org/pdf/1905.00824.pdf) 論文的研究成果，讀者可以連上 https://reurl.cc/LbGLZL 觀賞影片。您只要稍微留意，像這樣的影像處理技術，幾乎都是深度學習在背後使力，隨著技術不斷發展，處理的效果會愈來愈好！

◀ 修改照片的
光源效果

網頁畫面擷取自 https://reurl.cc/LbGLZL。該影片的人物照片擷取自
Single Image Portrait Relighting (https://arxiv.org/pdf/1905.00824.pdf) 論文

3.7 總結

本章中，我們介紹了 GAN 家族 (GANs) 的各種應用，展示深度學習如何學習到複雜的影像特徵，進而生成各種藝術風格的圖片。GANs 所產生的結果並非全都和藝術有關，也可以生成訓練自動駕駛汽車的模擬資料，或者加速時尚業或建築業製作 prototypes 的進程，這些都大大擴增人類的創造力[註]。

---

*註 參考文獻 Carter, S., and Nielsen, M. (2017, December 4). Using artificial intelligence to augment human intelligence. Distill. distill.pub/2017/aia

遊戲對局 (Game-Playing Machines)：

Alpha Go、DQN (Deep Q Network)、RL (Reinforcement Learning) 概述

說到近幾年 AI 的發展, 曾上新聞頭條大概就是 2016 年 3 月 AlphaGo 與李世乭 (Lee Sedol) 的圍棋對局吧, 該比賽總共吸引兩億多人次觀看, 最終 AlphaGo 以四比一贏得比賽, 讓一般大眾親眼見證到人工智慧的發展。

訓練機器下棋、玩遊戲也是深度學習的重要應用, 背後所使用技術就是本章要介紹的**深度強化式學習 (Deep Reinforcement Learning, DRL)**, 我們會先從**強化式學習 (Reinforcement Learning, RL)** 介紹起, 再說明如何與深度學習結合, 讓機器在許多複雜的挑戰中表現得比人類好。

4.1 強化式學習 (Reinforcement Learning)

強化式學習 (Reinforcement Learning, RL) 經常被列為機器學習的三大分類之一, 它與**監督式學習 (supervised learning)** 與非**監督式學習 (unsupervised learning)** 使用迥然不同的技術。

> **◆★註 監督式學習**：監督式學習就是「訓練資料同時提供問題和答案」的機器學習方式, 藉由讓預測值不斷逼近答案 (標籤) 來訓練模型。監督式學習常用來解決的問題包括**迴歸 (regression)** 與**分類 (classification)** 這兩種。**迴歸**問題主要是預測出一個數值, 例如預測產品銷售額、房價 (於第 9 章實作) 等。而**分類**問題顧名思義是讓模型做分類預測, 例如辨識手寫數字圖片是 0~9 當中哪一個 (於第 10 章實作)、或者辨識一部電影的評論是好評還是壞評 (於第 12、13 章實作)。
>
> **非監督式學習**：不同於監督式學習, 非監督式學習的訓練資料不提供答案, 我們希望模型能自行找出資料背後隱藏的規則。例如, 讓模型替不同的新聞文章依照主題做分群 (clustering) 時, 我們不會預先定義出新聞的分類 (例如：政治、運動、經濟等), 而是讓模型自動地將主題相似的文章歸類到一起。其它非監督式學習的應用還有：利用自然語言資料產生詞向量空間 (關於詞向量空間的說明請見第 2 章, 實作請見第 11 章)、或者是利用前一章提到的 GAN 生成一張圖片 (於第 14 章實作) 等。

　　要熟悉強化式學習，首先要熟悉幾個強化式學習的相關名詞 (編：放心，沒有很多，但記牢它們的涵義是非常重要的)。如圖 4.1 所示，強化式學習中存在著一個**代理人** (agent)，它會在**環境** (environment) 中進行一連串的**動作** (action) 來跟環境互動。這裡所說的環境可以是電子遊戲、或者自駕車要面對的道路場景…，而這些例子的代理人就會是電子遊戲的虛擬玩家／演算法、或是自駕車的隱形司機／演算法。

> **★ 編註** 簡單來說，讀者就把代理人當成訓練者要用強化式學習所訓練出的 AI 就好了。以上面兩個例子來說，訓練者的目標就是訓練出很會玩遊戲、或者默默之中控制自駕車完成駕駛任務的代理人 (AI)。

　　而代理人在執行動作 (action) 後，都會得到環境丟回給它的**回饋值 (reward)**，整個運作就如下圖所示：

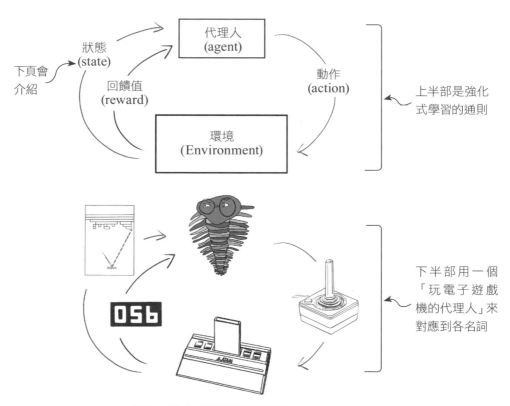

▲ 圖 4.1：強化式學習的重要元素

現在我們就以上頁圖下半部的電子遊戲機為例, 說明代理人是如何與環境互動的:

- 此例中, 代理人可以執行的**動作 (action)** 就是遊戲搖桿上可以操作的那些 (上/下/左/右或是幾個按鍵)。

- 此例的**環境 (environment)** 就是電子遊戲機。當代理人採取動作後, 環境會傳回一些資訊給代理人。而資訊分為兩大類:**狀態 (state)** 與**回饋值 (reward)**。此例的狀態就是動作之後, 遊戲的最新畫面;回饋值則是遊戲中的得分, 代理人被賦予的目標就是得愈多分愈好。

> **◆ 編註** reward 也常被稱為**獎勵**, 雖然比較直覺, 但有些遊戲的 reward 可能有負數的可能 (例如走錯步就扣分, 但不會結束遊戲), 由於 reward 值可能正可能負, 因此本書以較中性的「回饋值」來稱呼, 而不稱獎勵。

- 假設代理人現在正在用遊戲機玩《小精靈 (Pac-Man)》遊戲, 此時, 遊戲搖桿往「上」扳, 這時環境就會傳回更新的狀態, 即小精靈在新位置的畫面。代理人可以根據該資訊知道:螢幕中的小精靈向上移動了。要知道, 實際進行任何遊戲之前, 強化式學習演算法通常不具備任何遊戲知識, 連「搖桿往上扳會讓小精靈往上移動」這麼簡單的關聯都要去學。

> **◆ 編註** 上面這段描述一下子代理人、一下子小精靈, 可能讀者會有點花… 嚴謹來說, 小精靈是遊戲中的人物, 而代理人則像是一個在背後操控小精靈的 AI, 但為了簡化起見, 不妨可以將代理人與小精靈視為一體, 這樣比較單純。

- 如果某次代理人 (即小精靈 AI) 選擇的動作吃到了美味的櫻桃, 則環境會傳送一個**正回饋值 (positive reward)** 給代理人, 例如 +100分。反之, 如果動作後被鬼抓到, 則環境傳送一個**負回饋值 (negative reward)** 給代理人。以小精靈這個遊戲來說, 負回饋可不只是扣分而已, 這代表遊戲結束啦! (編註:這也表示訓練代理人失敗, 要繼續訓練它避開鬼)。

一個例子不夠再來一個, 假設代理人變成一個在現實世界開車的司機：

- 和《小精靈》遊戲相比, 這時代理人能選擇的「動作 (action)」更多了, 像是踩油門、煞車, 而且還可以做不同程度的「微調」, 例如急踩油門、急煞、緩慢加速、緩慢煞車等等。

- 本例的「環境」就是現實世界, 包含許多道路、交通狀況、行人、路旁的狗、天空等多種元素。而此處的「狀態」則是指車輛周遭的情形。如果代理人是人類, 可以透過眼睛和耳朵來搜集各種環境資訊, 而代理人若是自駕車的隱形司機, 就得依靠攝影機以及各種感測器來搜尋環境資訊。

- 這裡的「回饋值」可以用程式來設計, 例如「每往目的地前進一公尺」就加 1 分；輕微的交通違規則減 10 分, 若發生撞車則減 100 分, 甚至結束這次的旅程。

4.2 深度強化式學習 (Deep Reinforcement Learning)

當一個強化式學習演算法用上神經網路技術,就會冠上「深度」二字, 稱為**深度強化式學習** (Deep Reinforcement Learning, DRL), 這個神經網路的目的是要學習「**當環境傳來各種狀態時, 代理人應該要執行什麼動作, 才能將回饋值最大化**」。前面提到, 代理人面對的環境可能非常複雜, 可以採取的動作也五花八門, 而神經網路正好最擅長從複雜的輸入資料中萃取關鍵資訊, 透過運算提供最好的預測結果。

此外, 一般來說, 面對越複雜的問題, 深度學習就需要越多的資料來訓練, 才能找出某狀態下該採取什麼動作。而大多數情況的深度強化式學習都發生在模擬環境中, 意思是只要讓代理人多模擬幾回合, 所有不斷跑出來的模擬數據資料 (包含採取的動作、結果…等等) 都可以做為神經網路的訓練資料, 這樣就不會有訓練資料難以取得的問題了 (編：如此看來深度學習跟強化式學習還真是超級合拍！)

不過, 深度強化式學習並不是突然冒出來, 其理論已經存在好幾十年了[*註], 但近幾年才因底下因素又盛行起來：

● 資料集數量呈指數增長, 還有越來越多元的模擬環境。

● 在資料集日漸龐大的同時, 電腦的硬體也不斷進步, 例如可以用多個 GPU 進行平行運算提升運算效率。

● 學術界與企業攜手創建了豐富的研究生態系, 致使大量新演算法不斷產生, 不管是深度學習方面, 或者強化式學習方面都是。

4.3 深度強化式學習的應用 (一)： 電子遊戲

上面這個遊戲你應該或多或少都玩過, 底下的橫桿要不斷把球反彈回去敲擊上面的物件來得分。只要球漏掉, 遊戲就結束了, 因此你會緊盯著畫面的每個角落, 想辦法得高分來贏過你的朋友。玩久了之後, 你可能漸漸抓住訣竅, 因應不同的球速、反彈角度做出不同的移動策略。像這樣的遊玩模式, 就是 DeepMind 這家公司的研究之一。

[*註] 參考文獻 Tesauro, G. (1995). Temporal difference learning and TD-Gammon. Communications of the Association for Computing Machinery, 38, 58-68.

　　DeepMind 是一間位於英國的新創公司，由 Demis Hassabis (圖 4.2)、Shane Legg 與 Mustafa Suleyman 在 2010 年創立，該公司致力於發展通用型的學習演算法。DeepMind 早期的其中一項成果是 2013 年時，Volodymyr Mnih[註1] 及其同事發表了 **DQN (Deep Q-learning Network)** 的技術[註2]，可以讓同一個架構的模型學會玩多款 Atari 遊戲機上的遊戲。

▲ 圖 4.2：Demis Hassabis 在倫敦大學 (University College London) 取得認知神經科學博士學位後，於 2010 年創辦了 DeepMind 公司

　　他們所訓練的強化式學習**代理人**會不斷從「**環境**」(此處指各種電子模擬遊戲[註3]) 接收遊戲畫面的「**狀態**」資訊 (以像素資料來呈現)，就好像人類玩家盯著螢幕畫面在玩遊戲一樣。

*註1　Mnih 的博士學位是在多倫多大學取得的，他的指導老師正是大名鼎鼎的 Geoffrey Hinton (圖1.14)。

*註2　參考文獻 Mnih, V., et al. (2013). Playing Atari with deep reinforcement learning. arXiv:1312.5602.

*註3　參考文獻 Bellemare, M., et al. (2012). The arcade learning environment: An evaluation platform for general agents. arXiv:1207.4708.

而為了能更有效率的處理像素資料，Mnih 等人的 DQN 包進了前幾章也提過的**卷積神經網路** (CNN，會於第 10 章詳述)，這在需要處理視覺資料的深度強化式學習模型中是很常見的。以這個例子來說，模型每秒鐘會接收到 200 萬個像素資料，資料量這麼大，就非常需要深度學習從眾多資料中萃取出關鍵特徵的能力。而上一小節也提到，用深度強化式學習訓練代理人玩模擬遊戲是很適合的，因為代理人玩遊戲的次數並沒有上限，縱使這些遊戲都很有挑戰性、可選擇的動作非常多，但可以用來訓練模型的資料也是無窮盡的。

在訓練的過程中，DeepMind 的 DQN 不會得到任何指示，能得到的資訊只有當前的狀態 (螢幕像素資料)、回饋值 (即遊戲得分，開發者在撰寫程式時會指定得愈多分愈好)，以及遊戲中代理人可以採取的動作 (對應到遊戲搖桿上的按鈕)。

厲害的是，此 DQN 模型並未針對單一遊戲進行個別修正，不過在測試的 7 款遊戲中，該模型在其中 6 款遊戲的表現上超越了先前的機器學習方法，甚至在 3 款遊戲的表現還勝過專業玩家。或許正因為這項顯著成就，Google 於 2014 年時收購了 DeepMind，金額高達 5 億美元。

之後發表在 Nature 期刊上的一篇後續研究中，Mnih 和團隊 (現在隸屬於 Google DeepMind) 評估了他們的 DQN 在 49 款 Atari 遊戲上的表現[註]，而最終的結果如圖 4.3 所示，在其中 46 款遊戲 (佔 94%) 中，DQN 的表現超過其它機器學習方法，而且超過半數的遊戲其表現優於人類。

---

*註　參考文獻 Mnih, V., et al. (2015). Human-level control through deep reinforcement learning. Nature, 518, 529-33.

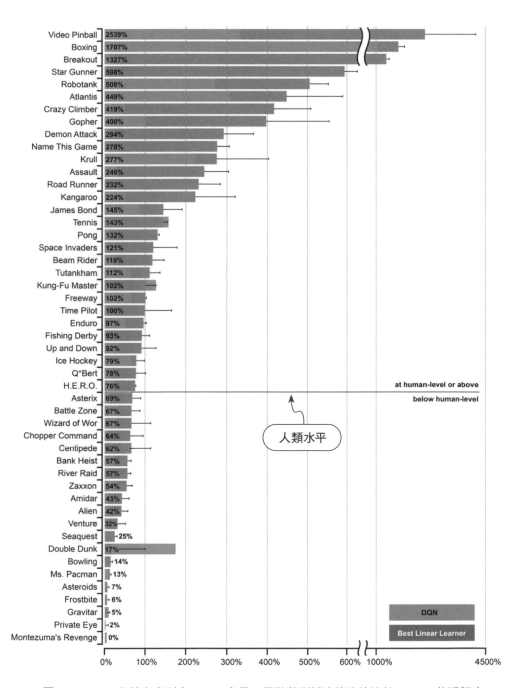

▲ 圖 4.3：Mnih 在論文中列出 DQN 和另一個遊戲測試演算法的比較, DQN 普遍勝出

4.4 深度強化式學習的應用 (二)：棋盤類遊戲

除了電子遊戲領域的發展外, 深度強化式學習在棋盤遊戲的發展我們也都透過 AlphaGO 見識到了。許多經典的棋盤遊戲 (如圍棋、西洋棋) 包含了遊戲對局策略和持久戰等元素, 複雜度比電子遊戲高出許多。本節我們就來看看深度強化式學習演算法是如何精通各項棋盤類遊戲的。

4.4.1 AlphaGo

在 AlphaGo 之前, 其實早在二十多年前就已經發展出可以打敗人類西洋棋大師的演算法了[*註], 不過相對於西棋類, 圍棋的棋盤更大, 玩家每回合可選擇的走法更多, 在圍棋中, 棋子在棋盤上可能出現的合法位置大於 2×10^{170} 種, 比西洋棋高出了 10^{100}, 訓練上困難許多。

▲ 圖 4.4：圍棋。一位玩家使用白棋, 而另一位使用黑棋, 遊戲的目標為使用自己的棋子將對手的棋圍住

---

*註　這裡指的是於 1997 年打敗 Garry Kasparov 的 IBM 深藍電腦, Kasparov 被認為是當時全世界最厲害的西洋棋手。

　　以那時的技術而言，處理複雜度低的棋類遊戲時，使用**蒙地卡羅樹搜尋法** (Monte Carlo Tree Search, 簡稱 MCTS) 演算法就足以應付了[*註1]。最基礎的 MCTS 演算法會從所有可能性中「隨機」選擇出所要採取的動作，直到遊戲結束為止，這樣的過程會重複許多次，而那些最終取得勝利的動作在演算法中的權重將會上升。

　　不過，圍棋太複雜了，基本的 MCTS 演算法要尋找和評價的選項太多，實在難以應付，因此學者便發展出了另一種方法，只讓 MCTS 從一部分經過最佳化的動作中篩選。這個預先篩選的方法已足以打敗業餘玩家，但若對上專業圍棋手則仍顯不足，為此，David Silver (圖 4.5) 以及他在 Google DeepMind 的同事開發出了 **AlphaGo**，結合 MCTS 與監督式學習、深度強化式學習，大大提升了演算法的棋力[*註2]。

◀ 圖 4.5：David Silver 曾在劍橋大學 (Cambridge University) 與亞伯達大學 (University of Alberta) 求學，目前則在 Google DeepMind 擔任研究員。他在深度學習與強化式學習的結合貢獻良多

---

*註1　蒙地卡羅 (Monte Carlo) 位於摩納哥 (Monaco)，當地以賭場聞名，而賭場會讓人聯想到隨機結果，因此該演算法被稱為「蒙地卡羅 (Monte Carlo)」，最重要的運作概念就是「隨機」(編註：對此演算法有興趣的可以閱讀參考書目 Ref5.「**強化式學習－打造最強通用演算法 AlphaZero**」。

*註2　參考文獻 Silver, D., et al. (2016). Mastering the game of Go with deep neural networks and tree search. Nature, 529, 484-9.

> **★註** 在 Silver 等人的研究中，使用圍棋專家歷史棋局資料集以及監督式學習法，建立了名為**策略網路 (policy network)** 的演算法。只要給定目前遊戲的情況，該演算法便能將可能的下一步棋列成一張簡短的清單；接下來，再以**自我對弈 (self-play)** 的深度強化式學習演算法來加強這個策略網路。由於此處的圍棋代理人是演算法自己和自己下棋，因此遊戲雙方的實力相當。隨著一輪輪的自我對弈，代理人的能力也不斷上升；而代理人的能力上升，它要贏過自己的難度也會跟著增加，如此形成了一個不斷進步的正向迴圈。AlphaGo 還有一個畫龍點睛的設計：利用**價值網路 (value network)** 演算法預測對弈的贏家，並藉此評估棋子位置、進而習得有效的棋術。

在與其它圍棋程式進行的比賽中，AlphaGo 可說是戰無不勝，甚至還以五比零的成績擊敗當時的歐洲圍棋冠軍樊麾 (Fan Hui)，這是有史以來電腦第一次在圍棋賽局上戰勝職業棋士。如下圖的統計資料所示，AlphaGo 的表現和職業棋士相比有過之而無不及。

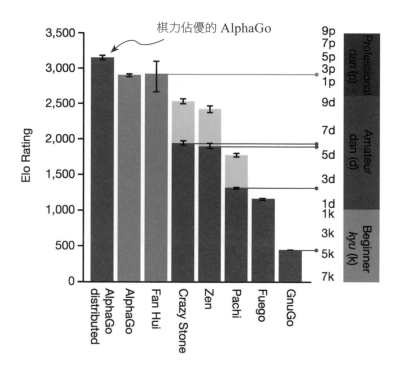

▲ 圖 4.6：本圖比較了 AlphaGo、樊麾 (Fan Hui) 和其它圍棋程式的棋力分數 (Elo Rating)，AlphaGo 明顯勝出

取得上述成功以後, AlphaGo 在 2016 年 3 月於南韓首爾與李世乭 (Lee Sedol) 展開了那場舉世矚目的比賽。李世乭擁有十八項世界冠軍頭銜, 公認是史上最優秀的圍棋棋士。比賽一共五局, 總計吸引了兩億多人次觀看。最終, AlphaGo 以四比一的成績贏得比賽, 同時也讓一般大眾親眼見證了 DeepMind、圍棋、以及人工智慧的發展[註1]。

4.4.2　AlphaGo Zero

我們回顧一下 AlphaGo 是怎麼運作的：研究人員是先通過監督式學習的方法訓練 AlphaGo, 也就是說, 在一開始的時候, AlphaGo 中的神經網路是以專業人類棋士的下棋策略來進行訓練, 然後讓該網路透過強化式學習、在與自己下棋的過程中自我學習, 雖然這種做法很聰明, 但想要開發擁有通用智慧的演算法, 他們必須發展出能夠**從零開始學習**如何下圍棋的能力。換句話說, 希望該網路完全不依賴人類玩家的資料或任何人工輸入的專業知識, 只透過深度強化式學習進行訓練, 而這就是後續 **AlphaGo Zero** 的開發宗旨。

在 AlphaGo 與李世乭對戰後, DeepMind 的研究員乘勝追擊, 進一步改良他們的演算法, 開發出 AlphaGo Zero, 其圍棋水平比原始的 AlphaGo 還要高, 這個新模型有以下創新[註2]：

● AlphaGo Zero 在訓練過程中完全沒有用上人類棋手的資料；換句話說, 它的學習完全是從零開始訓練出來的。

● AlphaGo Zero 接收的輸入資料只有一種, 即棋子在棋盤上的位置；而先前的 AlphaGo 還另外接收 15 種人工篩選出來的輔助特徵, 藉此獲得棋局的重要提示, 例如：從某步棋算起棋局一共經過了幾回合、或者一共吃下了對手多少個棋子等。

---

*註1　在 Kohs, G. (2017) AlphaGo. United States: Moxie Pictures & ReelAs Dirt. 這部紀錄片中, 對李世乭與 AlphaGo 的比賽有著精彩的記錄。

*註2　參考文獻 Silver, D., et al. (2016). Mastering the game of Go without human knowledge. Nature 550, 354-359.

● AlphaGo Zero 不再將策略網路和價值網路分開, 而是以同一個深度學習網路來評估棋局並決定下一步棋該怎麼走。

● AlphaGo Zero 通過神經網路來評估棋子的位置以及可能的棋步, 減少隨機模擬的次數, 自然也提升了運算效率。

在三天的時間內, AlphaGo Zero 以自我對弈機制和自己下了將近 500 萬盤棋, 每一步棋的「思考」時間大約是 0.4 秒鐘。36 小時過後, AlphaGo Zero 的表現就已經超過 AlphaGo 了 (在那場棋賽之後, AlphaGo 模型便被稱為 AlphaGo Lee), 原本的 AlphaGo Lee 的訓練時間可是長達了數個月之久。

訓練結束後, AlphaGo Zero 與 AlphaGo Lee 進行了 100 場正式對戰, 而 AlphaGo Zero 完全沒有輸掉任何一場。更令人吃驚的是, AlphaGo Zero 只用了一台具有四個張量處理器 (Tensor Processing Units, TPU)[*註] 的機器便完成了所有的計算；相反地, AlphaGo Lee 使用多台機器進行分散式運算, 總計使用了多達 48 個 TPU！

下圖左邊的折線圖顯示了 AlphaGo Zero 在訓練過程中每一天的棋力分數變化, 右邊的長條圖也列出 AlphaGo Zero 與其它圍棋程式的比較, 可以看到 AlphaGo Zero 的表現遠遠超過其它模型。

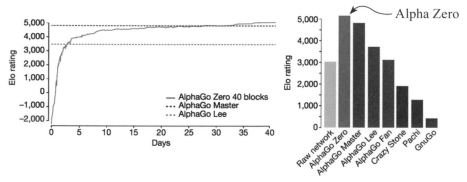

▲ 圖 4.7：AlphaGo Zero 與其他圍棋程式的比較

---

*註　張量處理器 (TPU) 是 Google 為訓練神經網路而客製化的一種處理器。這種處理器是以既存的 GPU 架構為基礎, 再經過優化處理使其特別擅長進行與神經網路訓練有關的計算。在作者寫作本書的時候, 一般大眾可以透過 Google Colab 平台來使用 TPU, 而本書後續實作也都會在 Colab 環境下進行喔 (下一章就會提到)！

另外, 該研究還帶來了一項令人驚奇的發現：AlphaGo Zero 下圍棋的方式和人類棋士或 AlphaGo Lee (該模型是根據人類下棋的資料訓練出來的) 有著本質上的不同。

舉例來說, AlphaGo Zero 一直到了訓練後期才學會名為**征子** (shicho) 的下法, 但這是人類新手必學的幾個入門技巧之一。此外該論文的作者曾用人類棋士的資料另外訓練了一組 AlphaGo Zero2 模型, 一開始, AlphaGo Zero2 的表現的確比較好, 但經過 24 小時的訓練以後, 此模型的棋力分數並不如完全沒有用人類資料訓練的 AlphaGo Zero 原始模型。以上我們可以知道, 一個從零開始、僅靠自我摸索學習如何下圍棋的模型, 這種全新的下棋思路是較具優勢的。

4.4.3　AlphaZero

在征服圍棋界以後, DeepMind 研究團隊著手研發能掌握更多遊戲的神經網路。他們想知道, 能否以主攻圍棋的 AlphaGo Zero 為基礎, 開發出在多種遊戲中到達職業水平的模型。為了得到這個問題的答案, DeepMind 便著手設計稱為 **AlphaZero** 的通用演算法, 他們希望用單一網路架構來征服包括圍棋在內的多種棋盤遊戲, 例如西洋棋 (chess) 與將棋 (shogi)。

與圍棋相比, 西洋棋與將棋的棋盤雖然較小, 但訓練不見得容易, 主要是因為兩種棋類具有不對稱性, 不利於以資料擴增 (data augmentation) 的方式來增加訓練資料[*註]；其次, 棋子的走法隨著它們的所在位置不同會有差異；此外某些棋子可以做出非常長距離的移動 (例如：西洋棋中的皇后可以橫跨整個棋盤)；最後, 遊戲還可能遇到平局的情況。簡言之下法反而比較複雜。

---

*註　資料擴增 (data augmentation) 是在開發 AlphaGo 下圍棋時大量使用的技巧, 意思是利用翻轉、剪裁等方法來生成更多訓練資料。而對於不對稱的西洋棋和將棋而言, 翻轉棋盤之類的處理會改變電腦對棋局的理解, 因此無法以這種方法來擴增訓練資料數量。

新的 AlphaZero 和先前的 AlphaGo Zero 有幾項差異, 其中一項就是自我對弈 (self play) 的設計。在自我對弈的過程中, 先前提到 AlphaGo Zero 會讓經過優化的新版本與目前的最佳版本進行對戰, 好評估新版本的棋力是否有所提高；若有, 則以該新版本取代當前的最佳版本。相反的, 最新的 AlphaZero 在自我對弈的過程中並不會出現兩個不同版本；它只會保留單一個網路, 並且總是和最新版本的自己對戰。

在經過僅僅 24 小時的訓練以後, AlphaZero 便學會了如何下西洋棋、將棋與圍棋。在總計 100 場的對戰中, AlphaZero 以全勝之姿贏得了 2016 頂尖西洋棋引擎錦標賽 (Top Chess Engine Championship, TCEC) 的冠軍演算法 Stockfish。在將棋方面, 2017 年世界電腦將棋錦標賽 (World Computer Shogi Championship) 的冠軍演算法 Elmo 在 100 場遊戲中僅成功擊敗了 AlphaZero 八次。至於實力與 AlphaZero 最為接近的 AlphaGo Zero 則成功在 100 場比賽中拿下 40 場勝利。

圖 4.8 顯示了 AlphaZero 與其它三種演算法的比較：

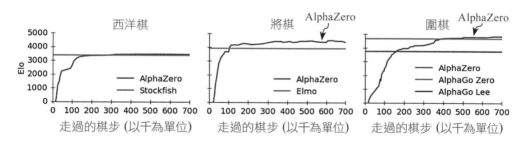

▲ 圖 4.8：AlphaZero 與其對手 (分別是西洋棋演算法 Stockfish、將棋演算法 Elmo、與圍棋演算法 AlphaGo Zero) 的比較。可以看到 AlphaZero 的表現隨著訓練快速地超越了它的三個對手

AlphaZero 不僅取得了優異成績, 效率上也十分出色。在將棋、西洋棋、圍棋等三個領域, AlphaZero 只分別花了二、四與八個小時的訓練便超越了它的勁敵。與花了數十年全力投入才開發出來的 Elmo 和 Stockfish 相比, 這樣的學習效率著實驚人。同時, 不像 Elmo 和 Stockfish 只專精於一種棋盤遊戲, AlphaZero 這個通用演算法可以自在地掌握三種不同的遊戲, 在神

經網路架構不變的情況下, 只要切換網路中學習後的權重 (weight) 參數, 便能讓網路獲得其他棋類的能力。結果顯示, 深度強化式學習能讓演算法在未經外界指導的情況下, 快速在多種遊戲中晉升為專業玩家。

4.5 深度強化式學習在真實世界的應用：操控物體

　　到目前為止, 我們討論的都是深度強化式學習在遊戲領域的應用, 雖然遊戲為探索機器智慧提供了很好的試驗場地, 我們也來看一下深度強化式學習在真實世界中有哪些應用。

　　前幾節的例子中已經提過一項應用, 那就是自動駕駛汽車。而在本節中, 我們將說明另一個例子, 該例子是 Sergey Levin、Chelsea Finn (圖 4.9) 以及他們在加州柏克萊大學的實驗室夥伴所做的研究[註]。這項研究是要訓練機器人執行各種操控任務, 像是將瓶蓋重新栓回瓶子上、使用玩具槌子拔除木釘、將衣架掛到桿子上、以及將方塊嵌入形狀對應的洞中等等, 如圖 4.10 所示。

◀ 圖 4.9：Chelsea Finn 是加州柏克萊大學人工智慧研究實驗室 (AI Research Lab) 的博士候選人

---

*註　參考文獻 Levine, S., Finn, C., et al. (2016). End-to-end training of deep visuomotor policies. Journal of Machine Learning Research, 17, 1-40.

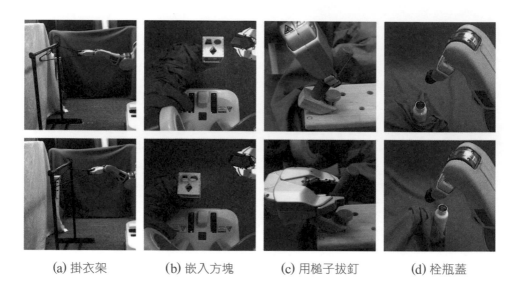

(a) 掛衣架　　　(b) 嵌入方塊　　　(c) 用槌子拔釘　　　(d) 栓瓶蓋

▲ 圖 4.10：訓練機器人執行各種動作
(照片源自於 Levine 與 Finn 等人發表於 2016 年的論文)

　　Levine、Finn 與其同事所開發的演算法能夠將原始的視覺輸入與機器手臂上的馬達運動直接對應起來, 所用的網路是一個七層的卷積神經網路 (CNN, 第 10 章會介紹)。此外, 這是一個「端到端 (end-to-end)」的深度學習網路, 意思是在該網路接收了 (編：即看到) 原始的圖片 (像素值) 訊息以後, 便會直接輸出機器手臂的馬達運動。而且該模型的訓練成果可以順利普適到其它眾多的物體操作任務上。

4.6　常用的深度強化式學習模擬環境

　　前面一路下來, 我們舉了不少代理人所挑戰的環境 (environment) 例子, 包括小精靈遊戲環境、自駕車環境、圍棋、機器手臂…等等, 各種豐富的環境資源造就了深度強化式學習的發展。本節我們將介紹三種最常用的模擬環境, 它們對推進強化式學習的發展至關重要！

4.6.1 OpenAI Gym 模擬環境

OpenAI Gym (github.com/openai/gym) 是 OpenAI 這家非營利 AI 研究公司所開發的套件，OpenAI 的使命是發展沒有領域限制的通用人工智慧 (Artificial General Iintelligence)，為了達成目標，他們發佈了許多 AI 研究工具，其中就包含了 OpenAI Gym，此套件提供許多開發強化式學習模型的模擬環境。

圖 4.11 列舉了幾個 OpenAI Gym 提供的模擬環境，其中有 Atari 2600 遊戲機上的遊戲 、簡單的文字類遊戲、以及機器人模擬器⋯等：

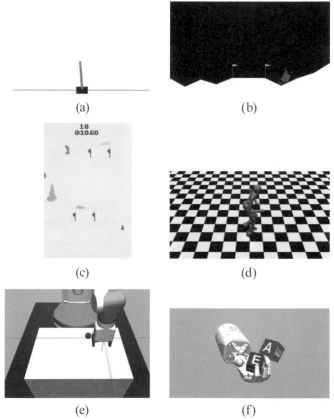

▶ 圖 4.11：OpenAI Gym 提供的模擬環境

(a) CartPole, 這是一個經典的控制理論 (Control theory) 問題，第 13 章我們就會實作

(b) LunarLander, 2D 模擬空間中的遊戲，需要持續不斷地對物件進行控制

(c) Skiing, Atari 2600 遊戲機上的一款遊戲

(d) Humanoid, 透過 3D MuJuCo 物理引擎模擬出來的人，可以用雙腳進行移動

(e) FetchPickAndPlace, 模擬機器手臂的模擬器，圖中的機器手臂必須將物體抓起來並放到指定的位置上

(f) HandManipulateBlock, 模擬機器手臂的模擬器，被模擬的對象是名為「the Shadow Dexterous Hand」的機器手臂

★ **小編補充** OpenAI 對 AI 的研究當然不限於上一頁提到的這些, 像是 https://openai.com/blog/emergent-tool-use/ 就展示了一個訓練代理人玩捉迷藏 (Hide and Seek) 的遊戲專案, 這個專案特別的是一次要訓練多個代理人 (Multi-Agent), 難度更大, 相信這樣的研究會層出不窮, 讀者可以連上 https://bit.ly/3CJLbZY 一窺這個有趣的遊戲。

爾後也可以隨時上 Youtube 以 "Reinforcement Learning" 為關鍵字搜尋, 可以看到許多強化式學習的應用喔！

▶ https://openai.com/blog/emergent-tool-use/ 的網頁畫面

4.6.2　DeepMind Lab 模擬環境

DeepMind Lab[註1] 是由 Google DeepMind 研發的另一種模擬環境 (雖然相關人士強調 DeepMind Lab 並非 Google 的正式產品), 該環境是以一款名為「雷神之鎚 III 競技場 (Quake III Arena)」的第一人稱射擊遊戲[註2] 為基礎建構出來的, 環境中提供一個 3D 空間讓代理人探索, 如圖 4.12 所示：

---

*註1　參考文獻 Beattie, C., et al. (2016). DeepMind Lab. arXiv:1612.03801.

*註2　Quake III Arena. (1999). United States: id Software. (網址：github.com/id-Software/Quake-III-Arena)

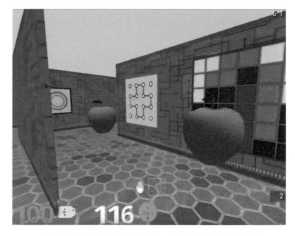

▲ 圖 4.12：環境內其中一個搜集水果遊戲

在 DeepMind Lab 中有多種遊戲可供選擇, 包括：

● **搜集水果遊戲**：代理人需要採集蘋果和香瓜, 並且避免採到檸檬。

● **固定地圖的迷宮遊戲**：此遊戲有兩種進行方式, 第一種是代理人的開始位置隨機而終點位置固定, 這樣可以測試代理人是否能根據之前的勘查結果產生正確的記憶；第二種則是開始位置固定而終點位置隨機, 這樣可以測試代理人的空間探索能力。

● **隨機產生地圖的迷宮遊戲**：每一回, 遊戲都會產生一張全新的地圖。代理人必須在有限的時間內找到終點, 通過越多回越好。

● **雷射射擊遊戲**：代理人只要擊敗敵方機器人便可獲得獎勵。

利用 DeepMind Lab 的各種遊戲可以訓練空間導航、記憶、策略與計劃制定、以及精細的動作控制等複雜能力, 這種極具挑戰性的環境讓我們得以瞭解當代深度強化式學習的極限到底在哪裡[註]。

---

*註　本書我們不會著墨 DeepMind Lab 這個進階環境, 若您看完第 15 章的 OpenAI gym 環境覺得意猶未盡, 可以在 DeepMind Lab 的 Github 儲存庫中找到詳細的安裝、使用說明 (bit.ly/buildDML)。

4.6.3 Unity ML-Agents 模擬環境

Unity 是一款開發 2D 或 3D 電子遊戲的遊戲引擎, 前面說過, 強化式學習很擅長玩電子遊戲, 因此遊戲引擎開發商跑來為強化式學習提供研發環境也不奇怪, 其目的就是希望讓強化式學習技術能被應用於遊戲程式中。

Unity 開發商所提供的 **Unity ML-Agents** 外掛程式 (plug-in)[註1] 讓強化式學習模型得以在 Unity 所模擬的環境或遊戲中進行訓練, 並允許這些模型控制遊戲中角色的動作[註2]。

4.7 總結

本章介紹了遊戲領域最火紅的深度強化式學習技術, 從圍棋到實際物體的操控, 讀者應該可以瞭解深度強化式學習就是賦予機器採取一系列合理行動的能力, 進而解決各種複雜任務, 這樣的 AI 是不是距離您心中理想中的樣子又更進一步了呢？

---

*註1 github.com/Unity-Technologies/ml-agents。

*註2 若之後有興趣嘗試, 可以在 Unity ML-Agents 的專案儲存庫 (bit.ly/MLagents) 中找到完整的安裝指示。

Chapter

5

先動手實作！
5 行程式體驗
神經網路模型

第 1 篇 (Ch01~Ch04) 我們已經大致了解深度學習在各領域的應用，接下來的第 2 篇 (Ch05~Ch08) 將透過實作帶您掌握深度學習的核心概念 - **神經網路 (Neural Network)**。

神經網路所涉及的知識相當廣，前面我們已經知道神經網路是一種模擬人類神經網路傳遞訊息的模型，而具體上該如何實作、建構出神經網路模型？此外，當資料傳入神經網路模型後，是如何運算並得到輸出 (預測值)？以上這些還只是最起碼要知道的，更重要的，想要提高神經網路預測的正確性，就要對神經網路進行「**訓練 (training)**」，而訓練神經網路所涉及的知識就更廣、更複雜了。

覺得有點深奧？放心，第 2 篇一開始我們不會讓您一頭栽入複雜的概念，一步一步來吧！這一章我們先利用可大幅降低實作複雜度的套件，只要短短幾行程式碼就能建構一個神經網路模型，後續章節再逐一講解程式背後的理論，以「從做中學」的方式帶您更有效率地掌握基礎知識。

5.1 熟悉 Google Colab 執行環境

本書使用 Google Colaboratory (簡稱 Colab) 做為深度學習的開發環境，假如你還不熟悉 Colab 的操作方式，請先參閱本書最後**附錄 A** 的說明再往下繼續。

5.2 用 tf.Keras 套件建立淺層神經網路

深度學習是指「很多層、深層 (deep layer)」的神經網路，例如用到數十、數百層、甚至千層以上，才剛開始我們先不要那麼複雜，我們先建立三層的神經網路就好，因此稱其為「淺層 (shallow) 神經網路」會比較貼切。

開始動手前, 我們先大致說明接下來的解說流程：

❶ 認識建構神經網路需要的 MNIST 手寫數字圖片資料集 **(5.2.1 節)**。

> ◆**編註** 我們會用 MNIST 資料集來訓練神經網路, 使其能夠辨識圖片, 當然, 終極目的不光希望神經網路能夠辨識 MNIST 當中的數字圖片, 而是能辨識任何手寫數字圖片。

❷ 規劃神經網路的架構 **(5.2.2 節)**。

然後在 Colab 環境開始操作：

❸ 匯入 MNIST 資料集 **(5.2.3 節)**。

❹ 進行資料預處理 (data preprocessing) **(5.2.4 節)**。

❺ 用 tf.Keras 深度學習套件來建構、訓練神經網路, 使其具備辨識手寫數字圖片的能力 **(5.2.5~5.2.6 節)**。

> ◆**編註** Keras 及 Tensorflow 都是熱門的深度學習開發工具, 其中 Keras 是架構在 Tensorflow 之上的高階函式庫, 具備易學、易用、彈性大的特色。目前 Tensorflow 已將 Keras 納入到自己的套件中, 即 **tf.Keras** 套件, 使用 tf.Keras 能以簡潔的程式碼建構神經網路模型, 讓初學者易於上手。

5.2.1 認識 MNIST 手寫數字圖片資料集

第 1 章介紹 LeNet-5 這個經典的神經網路模型時, 有提到深度學習大師 Yann LeCun 就是用 MNIST 資料集來建構, 而第 3 章介紹另一位大師 Ian Goodfellow 在建立對抗式生成網路 (GAN) 時也用了 MNIST 資料集, 足見其經典地位。我們也同樣用 MNIST 資料集來實作本書第一個神經網路模型。

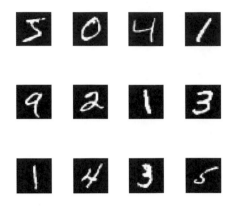

▲ 圖 5.1：MNIST 訓練資料集中的前 12 張圖, 每張圖片都是一個手寫數字

　　MNIST 是由 LeCun、Corinna Cortes（圖 5.2）和微軟 AI 研究員 Chris Burges 整理而成[*註], 內含 70000 張手寫數字圖片, 此資料集被分成兩部分, 其中 60000 張是做為**訓練資料集 (training dataset)**, 10000 張則做為**測試資料集 (testing dataset)**。

　　之所以切割成兩部分是我們**會拿訓練資料集**來訓練神經網路, 等訓練完成後再用測試資料集來測試成效。假設神經網路對於訓練資料集都已經能預測的百發百中, 卻對**測試資料集**的預測能力不佳, 那就代表神經網路的訓練過程出了問題, 必須加以修正, 這正是需要測試資料集的原因, 這樣才能真正測出神經網路對「新」資料的表現。

◀ 圖 5.2：丹麥電腦科學家 Corinna Cortes 是 Google 紐約辦公室的研究負責人, 曾提出許多機器學習的研究成果。Cortes 與 Yann LeCun、Chris Burges 一起整理了目前被廣泛使用的 MNIST 資料集。

*註　MNIST 手寫數字資料集網址 yann.lecun.com/exdb/mnist/。

MNIST 資料集當中每張手寫數字圖片都是 28×28 像素 (pixel), 每一個像素的值都是 0 (黑) 到 255 (白) 之間的整數, 有筆跡的像素分別依深淺給予不同的數值, 如圖 5.3 所示:

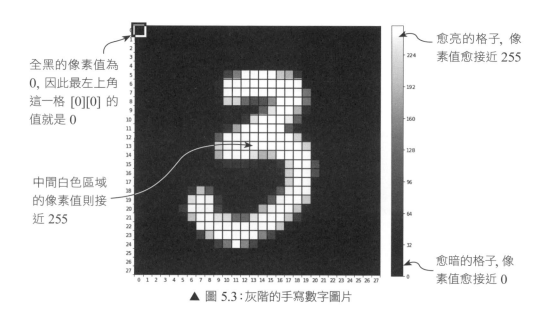

全黑的像素值為 0, 因此最左上角這一格 [0][0] 的值就是 0

愈亮的格子, 像素值愈接近 255

中間白色區域的像素值則接近 255

愈暗的格子, 像素值愈接近 0

▲ 圖 5.3:灰階的手寫數字圖片

總結來說, MNIST 資料集的內容多樣而且複雜度不低, 讓以往的機器學習演算法無法輕易辨識出數字, 這裡就要用神經網路來挑戰看看。

5.2.2 規劃神經網路的架構

初步認識 MNIST 資料集後, 我們就著手規劃神經網路的模型架構。

一個神經網路通常包括**輸入層**、**中間層 (隱藏層)**、**輸出層**三大部分, 先看最前面跟最後面:**輸入層**負責將接收資料並傳給之後的中間層逐層運算, **輸出層**則是將層層運算後的結果輸出。

　　當中最重要的就是介於輸入層與輸出層之間的**中間層**, 這稱為**隱藏層 (hidden layer)**, 隱藏層可以只有 1 層, 也可以有很多層, 本例我們先建立 1 層隱藏層就好, 因此整體來說是要建一個 3 層 (layers) 的神經網路:

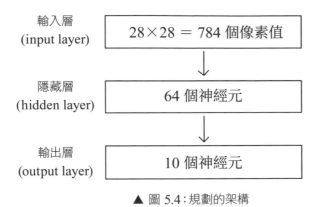

▲ 圖 5.4：規劃的架構

輸入層

　　來看上圖各神經層當中的一些數字, 首先, 第一層 (輸入層) 用來接收各張手寫數字圖片, 之前提到每張圖片都是 28×28 像素, 因此每張圖片都是 784 個數值, 在輸入層的設計上, 就要準備 784 個神經元來接收這 784 個像素值。而待會實作時, 我們必須將原本 28×28 的圖片像素值轉換成 784 個值的向量才能餵入神經網路 (編：請見底下的補充)。

★ 小編補充　認識每張圖片的格式：NumPy 2D 陣列

如果將前一頁看到的手寫數字 3 列印出來 (5-10 頁就會教怎麼下載、怎麼列印), 則會輸出 array([[0, 0, 0, 0, 0, 0, …, 254, 212, 191, 82, 1, … 0, 0, 0, 0, 0, 0]], dtype=uint8) 這樣的結果, 最前面的 array 代表這是 Python NumPy 套件的陣列 (array) 格式。我們再稍微認識印出來的這筆資料, 可以對輸入層的結構更有概念。

接下頁

這筆資料是以 28 (列) ×28 (行) 的「矩陣 (Matrix)」型式呈現, 在 NumPy 當中, 我們會稱這是一個 **2D 陣列**。在往後的內文描述中, 我們有時也會將向量形式的資料稱為「**1D 陣列**」；而矩陣稱為「**2D 陣列**」；而多個矩陣形成的結構則稱為「**3D 陣列**」, 再上去依此類推⋯

這裡的「D」指的是陣列的「軸 (axis)」, 例如 2D 陣列 (或稱 2 軸陣列), 指的就是一個陣列當中的元素也是陣列, 也就是我們熟悉的矩陣：

```
[[1, 2, 3]    ─┐─ 這是一個矩陣, 也稱 2D 陣列
 [4, 5, 6]]    ─┘

          └─┬─ 重要！只要印出資料時, 最後頭有幾個 ],
             就可以知道是幾 D (軸) 陣列
```

本書關於陣列「軸」的概念大概了解這些就夠了, 想進一步了解的讀者可以閱讀書末的參考書目 Ref.7「**NumPy 高速運算徹底解說**」一書, 這裡您只需要牢記上述關於 1D 陣列 (即向量)、2D 陣列 (即矩陣)、3D 陣列⋯的稱呼即可。

了解以上稱呼後, 就可以回頭看一下輸入層所做的事了。我們知道每張輸入圖片都是 array([[0, 0, 0, 0, 0, 0, ⋯ , 254, 254, 212, 191, 82, 1, ⋯ 0, 0, 0, 0, 0, 0]]), 這樣 28×28 的 2D 結構 (編：**看到最後面有兩個] 吧！**), 餵入神經網路前, 每張圖片會先被展平 (Flatten) 成 1D 陣列的形式, 才能跟輸入層 784 個神經元的結構相匹配,「展平」成 1D 的意思是每個元素依序串接起來, 例如底下這個 2D 陣列：

[[1, 2],

 [3, 4]]

展平為 1D 後就變成 [1, 2, 3, 4]。

您可能會有疑問：「圖片原本是 2D 的矩陣形式, 通通轉成 1D 不會就此失去一些資訊嗎？」沒錯！鄰近像素之間彼此可能會是有關聯的, 通通轉成 1D 也許會破壞這些關聯, 不過現階段我們先不考慮這一點, 這裡先將圖片轉成 1D 的資料並用在淺層的神經網路模型中, 而在第 10 章我們會直接把多軸 (D) 的資料放入模型中訓練, 那樣就可以保有更多資訊了。

隱藏層

接著來看**隱藏層** (hidden layer) 的部分, 轉換成 1D 陣列形式的圖片會輸入到隱藏層進行處理[*註], 隱藏層中的神經元負責學習輸入資料的特徵。而一個神經網路要有多少隱藏層、各需要多少神經元, 這都是由設計者自行決定, 沒有標準答案, 需要視您手邊的資料, 經由不斷試驗才能找出最佳解。此例會在隱藏層規劃 64 個神經元。

輸出層

最後, 隱藏層計算後的結果會傳給**輸出層** (Output layer), 此例會在輸出層規劃 10 個神經元。輸出層的每個神經元會輸出一個代表「機率」的數值, 10 個神經元就可以依序表示某張圖是「**數字 0 的機率, 數字 1 的機率, 數字 2 的機率, ……, 數字 8 的機率, 數字 9 的機率**」這樣的預測結果。

舉例來說, 若輸出 「0 0.02 0.92 0 0 0 0 0 0.05 0.01」, 就表示神經網路預測此圖片「為數字 0 的機率有 0%, 為數字 1 的機率有 2%, 為數字 2 的機率有 92%, ..., 為數字 8 的機率有 5%, 為數字 9 的機率有 1%」, 結果顯示機率最高的是數字 2。

5.2.3 在 Colab 讀入 MNIST 資料集

了解以上概念後, 我們就使用 tf.Keras 套件來建構神經網路, 首先我們要匯入相關的程式模組, 其中包括了匯入 **matplotlib** 這個 Python 視覺化套件來繪圖, 主要用來繪製 MNIST 資料集的圖片, 方便透過肉眼觀察跟神經網路的預測結果做比較:

[*註] 之所以稱為「隱藏」層, 是因為它們彷彿隱藏在輸入層與輸出層中間, 進行深不可知的計算, 也因此不少人會稱神經網路就如同一個**黑盒子 (black box)** 一樣。

> ◆ **編註** 本章程式收錄在本書範例的 **ch05-shallow_net_in_keras.ipynb**（可從 https://www.flag.com.tw/bk/st/F1383 下載取得），不過初次學習還是建議跟著手 key 程式比較有印象。

```
from tensorflow.keras.datasets import mnist  ◄── 匯入資料集的模組
from tensorflow.keras.models import Sequential
from tensorflow.keras.layers import Dense
from tensorflow.keras import optimizers                也匯入這些, 後續
from tensorflow.keras.utils import plot_model           章節會一一說明
from tensorflow.keras.utils import to_categorical
import matplotlib.pyplot as plt  ◄── 匯入 matplotlib 資料視覺化套件
import numpy as np  ◄── 匯入 NumPy 套件
%matplotlib inline
```

匯入 MNIST 資料集

在 Colab 執行上面這個程式區塊後, 接著就可以用以下程式載入 MNIST 資料集, 如前所述, 資料集會區分為**訓練資料集 (taining dataset)** 及**測試資料集 (testing dataset)**：

```
(X_train, y_train), (X_test, y_test) = mnist.load_data()
```

來看看載入資料集時所指派的 4 個變數。先看 X_train 以及 X_test：**X_train** 是指用來訓練模型的 60000 筆資料[*註], 我們也常稱之為**樣本 (Samples)**；**X_test** 則是訓練完畢後, 用來測試模型成效的 10000 筆資料。

[*註] 看到 X 是大寫, 依照慣例, 大寫字母代表 2D (軸)(含) 以上的資料, 小寫字母代表 1D 的向量或者純量。

接著是 y_train 以及 y_test：**y_train** 代表 X_train 所對應的「正確答案」、「真實值」，我們也常稱之為**標籤 (label)**；**y_test** 則是 X_test 所對應的正確答案 (測試集的標籤值)。

★ 小編補充 再釐清 4 個變數的意思

這裡建立的 X_train、y_train、X_test、y_test 4 個變數, 其實就是先前所提訓練資料集與測試資料集的概念, 同時也落實了第 4 章提到的監督式學習概念。請確實理解 4 個變數的意思, 這樣對訓練神經網路是怎麼一回事就會有個譜了。

所謂的訓練神經網路, 就是一開始將訓練資料集 (X_train) 輸入模型, 然後得到輸出結果 y, 接著, 將這個 y 跟正確答案 y_train 對答案看看, 也就是檢查預測值與正確答案的「誤差 (loss)」, 就可以知道預測效果好不好。

若是誤差大 (代表不準), 就會利用這個誤差來修正模型, 想辦法降低誤差, 讓模型一次又一次所預測出來的 y, 越來愈接近 y_train, 當兩者很接近, 訓練就算告一段落, 以上這就是監督式學習的概念。

接著我們會用訓練好的模型來測試看看 X_test, 如果預測出來的 y 都很接近 y_test, 就代表我們得到一個連新資料都可以正確預測的模型了。

查看 MNIST 資料集的內容

我們以 X_train、y_train 為例, 查看一下它們的內容。例如, 可以用 **.shape** 查看它們的形狀 (看資料集有幾筆, 每筆資料有多少像素)：

```
X_train.shape ◄── 查看 X_train 的形狀
```

```
(60000, 28, 28) ◄── X_train 的內容就是 60000 張手寫數字圖片,
                    每張圖片為 28×28 的矩陣 (2D 陣列)
```

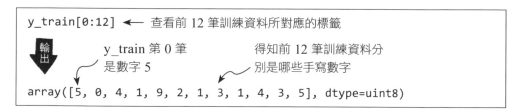

```
np.set_printoptions(linewidth=np.inf)   ← 印出來看看, 加這一行可以
X_train[0]   ← 查看 X_train 第 0 筆資料        讓列印出來的資料不斷行
```

輸出

第 0 筆是手寫數字 5 的圖片像素值

```
array([[ 0,  0,  0,  0,  0,  0,  0,  0,  0,  0,  0,  0,  0,  0,  0,  0,  0,  0,  0,  0,  0,  0,  0,  0,  0,  0,  0,  0],
       [ 0,  0,  0,  0,  0,  0,  0,  0,  0,  0,  0,  0,  0,  0,  0,  0,  0,  0,  0,  0,  0,  0,  0,  0,  0,  0,  0,  0],
       [ 0,  0,  0,  0,  0,  0,  0,  0,  0,  0,  0,  0,  0,  0,  0,  0,  0,  0,  0,  0,  0,  0,  0,  0,  0,  0,  0,  0],
       [ 0,  0,  0,  0,  0,  0,  0,  0,  0,  0,  0,  0,  0,  0,  0,  0,  0,  0,  0,  0,  0,  0,  0,  0,  0,  0,  0,  0],
       [ 0,  0,  0,  0,  0,  0,  0,  0,  0,  0,  0,  0,  3, 18, 18, 18,126,136,175, 26,166,255,247,127,  0,  0,  0,  0],
       [ 0,  0,  0,  0,  0,  0,  0,  0, 30, 36, 94,154,170,253,253,253,253,253,225,172,253,242,195, 64,  0,  0,  0,  0],
       [ 0,  0,  0,  0,  0,  0,  0, 49,238,253,253,253,253,253,253,253,253,251, 93, 82, 82, 56, 39,  0,  0,  0,  0,  0],
       [ 0,  0,  0,  0,  0,  0,  0, 18,219,253,253,253,253,253,198,182,247,241,  0,  0,  0,  0,  0,  0,  0,  0,  0,  0],
       [ 0,  0,  0,  0,  0,  0,  0,  0, 80,156,107,253,253,205, 11,  0, 43,154,  0,  0,  0,  0,  0,  0,  0,  0,  0,  0],
       [ 0,  0,  0,  0,  0,  0,  0,  0,  0, 14,  1,154,253, 90,  0,  0,  0,  0,  0,  0,  0,  0,  0,  0,  0,  0,  0,  0],
       [ 0,  0,  0,  0,  0,  0,  0,  0,  0,  0,  0,139,253,190,  2,  0,  0,  0,  0,  0,  0,  0,  0,  0,  0,  0,  0,  0],
       [ 0,  0,  0,  0,  0,  0,  0,  0,  0,  0,  0, 11,190,253, 70,  0,  0,  0,  0,  0,  0,  0,  0,  0,  0,  0,  0,  0],
       [ 0,  0,  0,  0,  0,  0,  0,  0,  0,  0,  0,  0, 35,241,225,160,108,  1,  0,  0,  0,  0,  0,  0,  0,  0,  0,  0],
       [ 0,  0,  0,  0,  0,  0,  0,  0,  0,  0,  0,  0,  0, 81,240,253,253,119, 25,  0,  0,  0,  0,  0,  0,  0,  0,  0],
       [ 0,  0,  0,  0,  0,  0,  0,  0,  0,  0,  0,  0,  0,  0, 45,186,253,253,150, 27,  0,  0,  0,  0,  0,  0,  0,  0],
       [ 0,  0,  0,  0,  0,  0,  0,  0,  0,  0,  0,  0,  0,  0,  0, 16, 93,252,253,187,  0,  0,  0,  0,  0,  0,  0,  0],
       [ 0,  0,  0,  0,  0,  0,  0,  0,  0,  0,  0,  0,  0,  0,  0,  0,  0,249,253,249, 64,  0,  0,  0,  0,  0,  0,  0],
       [ 0,  0,  0,  0,  0,  0,  0,  0,  0,  0,  0,  0,  0, 46,130,183,253,253,207,  2,  0,  0,  0,  0,  0,  0,  0,  0],
       [ 0,  0,  0,  0,  0,  0,  0,  0,  0,  0, 39,148,229,253,253,253,250,182,  0,  0,  0,  0,  0,  0,  0,  0,  0,  0],
       [ 0,  0,  0,  0,  0,  0,  0,  0, 24,114,221,253,253,253,253,201, 78,  0,  0,  0,  0,  0,  0,  0,  0,  0,  0,  0],
       [ 0,  0,  0,  0,  0,  0, 23, 66,213,253,253,253,253,198, 81,  2,  0,  0,  0,  0,  0,  0,  0,  0,  0,  0,  0,  0],
       [ 0,  0,  0,  0, 18,171,219,253,253,253,253,195, 80,  9,  0,  0,  0,  0,  0,  0,  0,  0,  0,  0,  0,  0,  0,  0],
       [ 0,  0, 55,172,226,253,253,253,253,244,133, 11,  0,  0,  0,  0,  0,  0,  0,  0,  0,  0,  0,  0,  0,  0,  0,  0],
       [ 0,  0,136,253,253,253,212,135,132, 16,  0,  0,  0,  0,  0,  0,  0,  0,  0,  0,  0,  0,  0,  0,  0,  0,  0,  0],
       [ 0,  0,  0,  0,  0,  0,  0,  0,  0,  0,  0,  0,  0,  0,  0,  0,  0,  0,  0,  0,  0,  0,  0,  0,  0,  0,  0,  0],
       [ 0,  0,  0,  0,  0,  0,  0,  0,  0,  0,  0,  0,  0,  0,  0,  0,  0,  0,  0,  0,  0,  0,  0,  0,  0,  0,  0,  0],
       [ 0,  0,  0,  0,  0,  0,  0,  0,  0,  0,  0,  0,  0,  0,  0,  0,  0,  0,  0,  0,  0,  0,  0,  0,  0,  0,  0,  0]], dtype=uint8)
```

大部份底色的像素值都是 0, 而有筆跡的地方其像素值不是 0 (例如：
154、170、...不同濃淡的像素值不一), 這張圖隱約可以看出是數字 "5"
的樣子, 但這並不是真的影像。下一頁畫出來的才是真的影像

```
y_train.shape   ← 也查看 y_train 的形狀
```

輸出

這樣寫表示是 60000 個元素的向量 (1D 陣列),
```
(60000,)   ← 也就是 60000 筆圖片所對應的正確答案 (標籤)
```

```
y_train[0:12]   ← 查看前 12 筆訓練資料所對應的標籤
```

輸出

y_train 第 0 筆　　　　　得知前 12 筆訓練資料分
是數字 5　　　　　　　別是哪些手寫數字

```
array([5, 0, 4, 1, 9, 2, 1, 3, 1, 4, 3, 5], dtype=uint8)
```

從輸出的內容可以看到, 第 0 筆是數字 5、第 1 筆是數字 0...依此類推。

(編：注意！我們開始在寫程式了, 程式的索引是從 0 開始, 要習慣這點喔！)

y_train 的標籤內容與和 X_train 中的手寫數字圖片是對應的, 我們可以執行以下 matplotlib 程式碼, 將數字圖片畫出來:

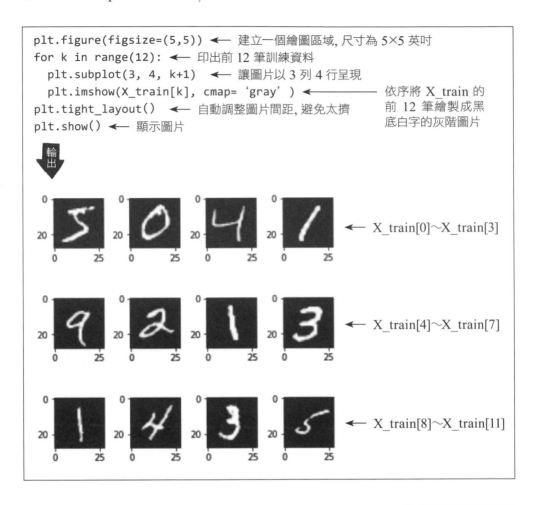

> ★ **編註** 我們期望模型做到的, 就是將 X_train[0] 這張手寫數字 5 的圖片輸入模型後, 模型所預測的結果能跟 y_train[0] = 5 接近。

看完 X_train、y_train 的內容後, 讀者也可以練習查看 X_test 和 y_test 測試資料集的內容, 基本上都跟 X_train、y_train 一樣, 只有總筆數 (圖片數量) 較少而已。

5.2.4 資料預處理

匯入資料後, 接下來需要對資料做些**預處理 (preprocessing)** 工作, 包括資料樣本 (X_train、X_test) 及資料標籤 (y_train、y_test) 都有些事情要做, 底下來一一介紹。

X_train、X_test 資料集的預處理

首先, 我們要把輸入圖片資料 28×28 的 2D 陣列 (矩陣), 展平成 784 個數值的 1D 陣列 (向量):

> ★編註 資料預處理有時候是不得不做, 例如資料有遺漏值總不能就此餵入神經網路、或者得像此例一樣要先將 2D 結構的輸入圖片轉換成 1D, 才能跟神經網路的結構匹配。不過, 有的時候資料預處理是額外對資料做一些特別處理 (例如底下會看到資料「正規化」處理), 終極目的是讓模型訓練的成效更佳。無論怎麼說, 資料預處理是訓練神經網路前的重要工作喔！

```
X_train = X_train.reshape(60000, 784).astype('float32')  ◀─┐
                                                           │
            使用 NumPy 的 reshape(), 將訓練資料的形狀從 (60000,
            28, 28) 重塑成 (60000, 784), 並從 unit8 型別轉換成 float32

X_test = X_test.reshape(10000, 784).astype('float32')  ◀─ 測試資料也做
                                                           相同的處理
```

接下來, 把所有值除以 255, 好讓所有值介於 0 到 1 之間, 此動作稱為**正規化 (Normalization)**, 目的是將資料都調整在同一個數值區間, 以相同的基準進行後續運算, 這樣做可以讓訓練的成效更好。正規化的做法有很多種, 此處只將每個值除以 255 就好, 將資料轉換成 0 到 1 之間的浮點數 (資料區間為 0~1 之間):

```
X_train /= 255
X_test /= 255
```
─┐ 將像素值從整數轉換成 0 到 1 之間的浮點數

```
X_train[0]
```
← 查看正規化後的第 0 筆訓練資料

輸出 ⬇

所有像素值都介
於 0 到 1 之間

```
array([0.       , 0.       , 0.       , 0.       , 0.       , 0.
, 0.       ,
...,
0.       , 0.32941177, 0.7254902 , 0.62352943, 0.5921569 , 0.23529412,
0.14117648,
...,
0.       , 0.       ,0.       ,0.       , 0.       , 0.       ,
0.       ], dtype=float32)
```

y_train、y_test 資料集的預處理

　　y_train、y_test 的部分也需要做些處理, 前面也看到了, 目前它們所記錄的正確答案 (標籤) 都是一個數字, 以 X_train 第 0 張手寫數字圖片 **5** (X_train[0]) 為例, 它所對應的 y_train[0] = 5, 我們需要將 5 這樣的單一數值做 **one-hot 編碼**的處理, 例如數字 5 會被轉換成 [0, 0, 0, 0, 0, 1, 0, 0, 0, 0], 也就是除了索引 **5** 的值是 1 (代表機率 100%) 之外, 其他索引位置的值都是 0 (= 0%), 這種「只有一個數字是 1, 其餘為 0」的形式就稱為 one-hot 形式。做完這個處理, 正確答案才能跟輸出層 10 個神經元的輸出結果:「數字 0 的機率, 數字 1 的機率, ……, 數字 8 的機率, 數字 9 的機率」做比對。

```
n_classes = 10
```
← 先設編碼成 10 個值, 代表 0~9 這 10 個數字的機率
```
y_train = to_categorical(y_train, n_classes)
```
◀─┐
　　　　　　　　　　將訓練集的標籤 (y_train) 做 one-hot 編碼
```
y_test = to_categorical(y_test, n_classes)
```
◀─┐
　　　　　　　　　　將測試集的標籤 (y_test) 做 one-hot 編碼

轉換完成後, 再來看看 y_train 的第 0 筆資料 (原本是數值 5) 現在長什麼
樣子:

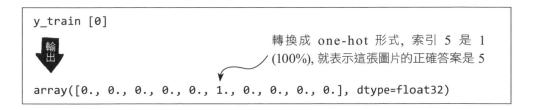

```
y_train [0]
```
輸
出

轉換成 one-hot 形式, 索引 5 是 1
(100%), 就表示這張圖片的正確答案是 5

```
array([0., 0., 0., 0., 0., 1., 0., 0., 0., 0.], dtype=float32)
```

如前所述, 將正確答案 (標籤) 轉換成 one-hot 形式, 就可以方便與模型
的輸出預測值比對。如果是輸入數字 7 的手寫數字圖片, 那模型預測出「7」
的機率值 (即是索引 7 的值) 就應該接近 1, 其他索引位置的機率值則應該接
近 0。

5.2.5 開始建立神經網路模型!5 行程式就搞定!

熟悉以上概念後, 這裡就依之前規劃的結構來建立模型:

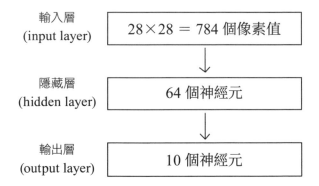

輸入層
(input layer) — 28×28 = 784 個像素值

隱藏層
(hidden layer) — 64 個神經元

輸出層
(output layer) — 10 個神經元

建立模型

之前程式都是在做下載、前處理的工作, 以下才是建立模型的部份, 如同
本章的章名所述, 只要區區 5 行程式就可以建構好模型:

```
第1行  model = Sequential()
第2行  model.add(Dense(64, activation=' sigmoid' , input_shape=(784,)))
第3行  model.add(Dense(10, activation=' softmax' ))
```

● **第 1 行**：先利用 Sequential 序列類別建立一個空的 model 物件, 之後就可以像堆積木一樣, 將神經層一層一層堆疊起來。

● **第 2 行**：使用 **add()** method 依序建構各神經層 (註：method 是物件導向的用語, 就等於是一般語言的函式 (function)), 先來建立第一層。tf.Keras 當中, 第一層可兼具輸入層及隱藏層的功能, 因此就將輸入層及隱藏層的資訊都設定上去。

先看**隱藏層**的設定, 這裡利用了 Dense() 函式, 在 tf.Keras 當中, Dense() 會建立一個**密集層 (dense layer)**, 意思是每個神經元都會與上一層的每個神經元都逐一緊密連接 (如同您在第 1 章圖 1.4 所見的那些階層結構示意圖)。本例設定隱藏層有 64 個神經元, 並使用 activation 參數設定了稱為 Sigmoid 的「激活函數」來參與運算。

> **★小編補充** 激活函數 (activation function) 是個新名詞, 在神經元中通常還會加入一些數學函數做「非線性 (Non-linear)」的轉換或篩選, 目的是增加神經元對非線性規則的學習能力, 目前先知道這樣就好, 之後章節我們會再詳加介紹。

接著是**輸入層**的設定, 很簡單, 利用 input_shape 參數指定輸入層的架構, 如同前述, 每筆訓練資料 (圖片) 都已經從 28×28 的 2D 陣列轉換成 1D 陣列 (內含 784 個值), 因此 input_shape 參數的值就直接指定為其 shape, 也就是 (784,) 就可以了。

- **第 3 行**：同樣使用 add() 函式來設定**輸出層**, 輸出層會設定 10 個神經元, 使用另一個稱為 **Softmax** 的激活函數。Softmax 函數會將這一層 10 個神經元輸出成「**每個值都介於 0 到 1 的範圍內, 而這 10 個值的總和為 1**」的結果, 就像我們在 5-8 頁所舉的例子, 例如某張圖片傳入神經網路後, 使用 Softmax 函數的輸出層得到「0　0.02　0.92　0　0　0　0　0　0.05　0.01」的結果, 這 10 個值就可代表神經網路預測 0~9 這 10 個數字的機率值, 以此例來說神經網路就告訴我們這張圖片「為數字 0 的機率有 0%, 為數字 1 的機率有 2%, 為數字 2 的機率有 92%, ..., 為數字 8 的機率有 5%, 為數字 9 的機率有 1%」(機率值總和為 100%)。

編譯模型

建構好模型之後, 必須先用第 4 行程式 **model.compile()** 來編譯以產生相關的組態設定, 然後才能進行訓練。在呼叫 compile() 時需傳入 3 個參數, 以設定如何訓練及評量模型。

```
第 4 行   model.compile(loss='mean_squared_error',  ← 損失函數
                optimizer=optimizers.SGD(learning_rate=0.01), ← 優化器
                metrics=['accuracy'])  ← 評量準則
```

- **loss 參數**：為**損失函數 (loss function)**, 用途就如 5-10 頁小編補充框所提到的, 負責計算模型的預測值與正確答案的誤差 (loss)。

- **optimizer 參數**：為**優化器 (optimizer)**, 會根據損失函數算出的損失值來優化模型, 目的是要將損失值減到最小。

- **metrics 參數**：為**評量準則**, 是用來評量學習的成效, 以供我們在訓練及評估模型時做為參考, 這裡會設準確率 (accuracy) 做為評量準則。例如 accuracy:0.98 則可明確看出準確率為 98%, 表示每 100 個樣本有 98 個預測正確對了。

針對以上這 3 個參數, 目前先大致掌握它們的用途就好, 後續第 8 章會再詳加介紹。

5.2.6 訓練神經網路模型

模型建構完成後, 接著就用第 5 行程式 **model.fit()** 來進行訓練:

第 5 行程式的重點為:

- fit() 函式一開始就讀入準備好的訓練集樣本 X_train 及訓練集標籤 y_train, 用以訓練神經網路。

- tf.Keras 通常會將樣本分成一小批一小批 (稱為小批次, mini-batch) 來訓練, batch_size 即是指定每小批的樣本數量, 因此以上程式表示每次從 X_train 的 60000 筆當中取 128 筆樣本來訓練。

- 將所有的資料都訓練一遍即為一個**週期** (epoch), 通常只訓練一週期輪並無法得到好的結果, 經過多個週期的訓練後, 學習的效果就會越來越好 (編註:書多讀幾遍愈來愈熟的概念), 因此 epochs=200 代表程式會將全部 60000 筆訓練樣本重複訓練 200 次 (週期)。

- 設定 verbose = 1 是希望訓練過程中顯示一些訊息, verbose = 1 表示完整顯示模式 (包含進度條), 0 = 安靜模式, 2 = 精簡模式 (不顯示進度條)。

- 在每個訓練週期結束時, validatin_data 參數所指定的資料會被用來驗證模型對未見過資料的表現。在此是使用之前準備好的測試集樣本 X_test 及測試集標籤 y_test 來做驗證。

★ 編註 深度學習實作通常會先從訓練集切出一部分資料作為「驗證 (validation) 資料」，然後訓練過程就是比對「訓練資料」與「驗證資料」的誤差變化，等訓練通通結束後，再拿「測試資料」來測試模型對新資料的表現。本書稍做了簡化，都直接以測試資料來做驗證。

執行以上程式的結果如下：

進度條

```
Epoch 1/200
469/469 [===============] - 1s 3ms/step - loss: 0.0886 - accuracy:
0.3016 - val_loss: 0.0883 - val_accuracy: 0.3163
Epoch 2/200
469/469 [===============] - 1s 3ms/step - loss: 0.0883 - accuracy:
0.3377 - val_loss: 0.0880 - val_accuracy: 0.3426
…（中間的訓練過程省略）…
Epoch 10/200
469/469 [===============] - 1s 2ms/step - loss: 0.0859 - accuracy:
0.4410 - val_loss: 0.0856 - val_accuracy: 0.4466
…（中間的訓練過程省略）…
Epoch 199/200
469/469 [===============] - 1s 3ms/step - loss: 0.0279 - accuracy:
0.8585 - val_loss: 0.0269 - val_accuracy: 0.8651
Epoch 200/200
469/469 [===============] - 1s 3ms/step - loss: 0.0278 - accuracy:
0.8587 - val_loss: 0.0268 - val_accuracy: 0.8654
<tensorflow.python.keras.callbacks.History at 0x7f5ddf9cdc88>
```

第 1 週期的 accuracy

第 2 週期的 accuracy

第 10 週期的 accuracy

第 199 週期的 accuracy

第 200 週期的 accuracy

在第 1 次的訓練週期 (註:也就是 Epoch 1/200) 中可以看到 val_acc: 0.3163[*註],也就是對測試資料的預測準確率只有 31.63%。而第 10 次的訓練週期後,準確率來到 44.66%,比第 1 次訓練的結果有進步。到了第 200 次訓練週期後,準確率達 86.54%,以本章這個只有 3 層的神經網路來說算是不錯的結果了。

5.3 總結

本章我們用了短短幾行程式就建構了一個可以辨識手寫數字圖片的神經網路來,效果也不差。接下來的章節我們會帶你一一認識上述這些程式背後的理論知識,了解這些知識才有辦法嘗試優化,得到一個預測準確率更高的神經網路模型。

---

*註　由於訓練一開始是隨機產生模型的權重參數(weights,下一章就會介紹),因此每跑一次程式(在 Colab 上方選單中點選**執行階段**,並且選擇**全部執行**)所顯示的準確率都會有點差異。

神經網路的基礎：
人工神經元和激活函數

上一章我們用 tf.Keras 快速實作了一個神經網路模型, 接下來各章就一一介紹程式背後的理論基礎, 這一章我們先帶你認識人工神經網路 (Artificial Neural Nnetwork) 當中的**人工神經元 (artificial neuron)** 以及**激活函數 (activation funcion)** 等基礎知識。

6.1 認識生物神經網路

第 1 章我們提到人工神經網路技術是受到生物神經網路的啟發而來, 我們看一下生物神經網路的構造, 大致了解具體上是怎麼運作的。生物神經網路的最小單元是**神經元 (neuron)**, 圖 6.1 就是單一生物神經元的構造:

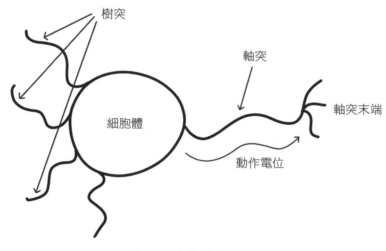

▲ 圖 6.1:生物神經
元

從最左邊開始看, 各**樹突 (dendrites)** 負責「接收」其他神經元發出的訊號, 然後將訊號傳入**細胞體 (cell body)**。每當一個樹突傳入訊號後, 細胞體內部的電位就會產生變化, 有些樹突帶入的訊號會導致電位上升, 有些則會導致電位下降, 若這些電位變化累加起來, 導致細胞體內部電位上升到一定數值, 細胞體就會觸發名為**動作電位 (action potential)** 的訊號, 透過上圖右半部的**軸突 (axon)** 將訊號傳出給其他神經元。

上述一些生物名詞大致有個印象就好, 不必強記, 我們只需掌握生物神經元的運作是依照以下 3 階段來進行即可：

❶ 樹突從其他神經元「**接收**」訊號給細胞體。

❷ 細胞體電位產生變化。

❷ 當細胞體電位達到一定數值, 則透過軸突將訊號「**傳出**」給其他神經元。

6.2 最早期的神經元：感知器 (Perceptron)

1950 年代末, 美國神經生物學家 Frank Rosenblatt (圖 6.2) 將自己對生物神經元的認識化為「**感知器 (Perceptron)**」演算法, 這便是最早的人工神經元構想[*註]。

◀ 圖 6.2：美國神經生物學與行為研究學者 Frank Rosenblatt。他大部份的研究都是任職於康乃爾航空實驗室期間產出, 其中包括了他親手打造的 Mark I 感知器。這台機器算是人工智慧的老祖宗, 現存於華盛頓特區的史密森基金會 (Smithsonian Institution)。

這個最早的人工神經元運作機制如下：

❶ 接收其他神經元輸入的訊號。

❷ 計算各輸入的「加權總和」(weighted sum), 後面會介紹。

❸ 若加權總和超過所設定的閾值 (threshold), 則將訊號傳出給其他神經元。

我們可清楚看到模仿了上面生物神經元的 3 階段運作過程。

---

*註 Rosenblatt, F. (1958).The perceptron: A probabilistic model for information storage and the organization in the brain.Psychological Review, 65, 386 - 408。

> 請注意！之後為了簡化描述，凡提到「神經元」都是指人工神經元 (Artificial Neuron)；凡提到「神經網路」或「網路」都是指人工神經網路 (Artificial Neural Network)。

6.2.1　認識單一神經元的運作機制：以辨識熱狗堡為例

我們以最單純的單一神經元為例，說明神經元是怎麼運作的，此處的例子是讓這個神經元辨識眼前的物體是不是熱狗堡。

神經網路的結構

本例所規劃的神經網路結構如下圖所示，很簡單，就只有一個神經元：

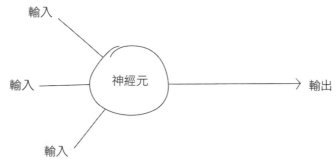

▲ 圖 6.3：人工神經元，跟圖 6.1 的生物神經元很相似

最左邊的 3 個**輸入值** (input) 我們分別用來代表要辨識的物體是否含有「番茄醬」、「芥末醬」或「長麵包」，它們的值可以用 0 (沒有) 或 1 (有) 這兩個數值來表示，例如某個物體的外觀資訊如下：

- 「有」沾番茄醬 → 第 1 個輸入值 (番茄醬) 為 1。

- 「有」沾芥末醬 → 第 2 個輸入值 (芥末醬) 為 1。

- 「沒有」含長麵包 → 第 3 個輸入值 (長麵包) 為 0。

這樣一來我們就有了輸入值，接著就是把輸入值餵入神經元。

設定權重 (weights)

　　為了辨識目標物是否為熱狗堡, 3 個輸入值餵入神經元時要各自乘上一個**權重 (weight)** 做加權計算, 權重簡單來說就是「重要性」, 以此例來說, 第 3 個輸入值「長麵包」對「目標物是否為熱狗堡」來說應該是最關鍵的指標, 因此權重設大一點為 6, 至於番茄醬的重要性居中, 權重設為 3；芥末醬的影響力最小, 權重設為 2, 這些數值是隨意設的, 但一眼就可以知道權重 6 的長麵包遠比權重 3 的番茄醬、權重 2 的芥末醬來的重要。

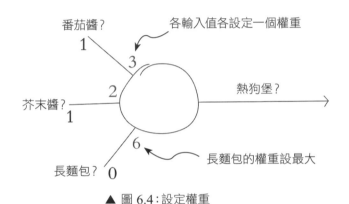

▲ 圖 6.4：設定權重

輸入與權重的加權運算

　　由於決定目標物是否為熱狗堡是 3 個輸入值的「綜合考量」, 因此輸入值乘上權重後要「加總」起來。我們來將各輸入值乘以各自對應的權重, 然後將 3 個加權後的結果加總起來：

❶ 番茄醬：$1 \times 3 = 3$

❷ 芥末醬：$1 \times 2 = 2$

❸ 長麵包：$0 \times 6 = 0$

此例 3 個輸入值的加權總和就是：$3 + 2 + 0 = 5$。這部分的計算可以用 Σ 算式表示如下：

$$\sum_{i=1}^{n} x_i w_i \qquad \text{(公式 6.1)}$$

其中：

- x_i 為第 i 組輸入值 (依前例, $x_1 = 1$, $x_2 = 1$, $x_3 = 0$)。

- w_i 為第 i 組輸入所乘上的權重 (依前例, $w_1 = 3$, $w_2 = 2$, $w_3 = 6$)。

- $x_i w_i$ 代表 x_i 與 w_i 的乘積, 也就是第 i 組輸入值乘上權重後的結果。

- $\sum_{i=1}^{n}$ 代表將加權後的輸入 $x_i w_i$ 全部加總, 其中 n 為輸入值的數量, 以前例來說 $n = 3$。

★編註 熟悉數學算式的表示法, 後續就可以撰寫成程式, 並交給電腦運算。

加權總和與「閾值」的比較

接下來的工作是, 評估輸入值的加權總和是否超過我們所指定的一個**閾值 (threshold**, 或稱**臨界值)**。前面的權重是人為指定的, 閾值也是, 這裡也隨意設一個：例如 4。有了閾值後, 這個人工神經元的輸出規則就會是底下這樣：

$$\sum_{i=1}^{n} x_i w_i \begin{array}{l} > \text{閾值 (4), 輸出 1} \\ \leqslant \text{閾值 (4), 輸出 0} \end{array} \qquad \text{(公式 6.2)}$$

- 若輸入值的加權總和 > 閾值, 則神經元輸出 1, 代表目標物「是」熱狗堡。

- 若輸入值的加權總和 ≤ 閾值, 則神經元輸出 0, 代表目標物「不是」熱狗堡。

根據以上規則, 此例加權總和為 5, 超過神經元的閾值 4, 所以神經元的輸出值為 1 :

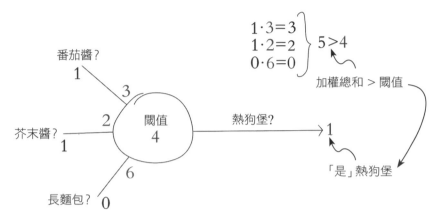

$1 \cdot 3 = 3$
$1 \cdot 2 = 2$　$5 > 4$
$0 \cdot 6 = 0$

加權總和 > 閾值

「是」熱狗堡

番茄醬?　1
芥末醬?　1
長麵包?　0

3
2
6

閾值
4

熱狗堡?　1

▲ 圖 6.5 : 判定目標物是熱狗堡

圖 6.6 是另一個例子, 此時目標物既沒有長麵包也沒沾番茄醬, 只沾了芥末醬, 所以輸入值的加權總和為 2, 由於沒超過閾值 4, 因此神經元輸出值為 0, 表示它判定目標物「不是」熱狗堡 :

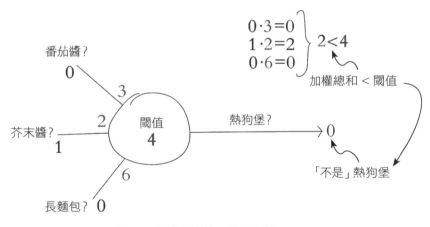

$0 \cdot 3 = 0$
$1 \cdot 2 = 2$　$2 < 4$
$0 \cdot 6 = 0$

加權總和 < 閾值

「不是」熱狗堡

番茄醬?　0
芥末醬?　1
長麵包?　0

3
2
6

閾值
4

熱狗堡?　0

▲ 圖 6.6 : 判定目標物不是熱狗堡

來看最後一個例子, 此例目標物既沒沾芥末醬也沒加番茄醬, 就只有條長麵包, 不過光一條長麵包就讓加權總和變成 6, 超過閾值 4, 所以神經元輸出值為 1, 判定目標物「是」熱狗堡 :

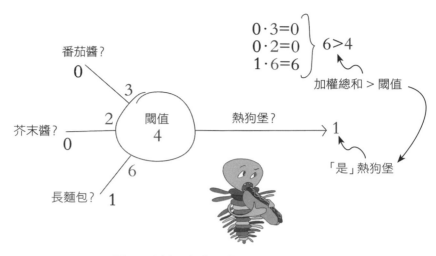

▲ 圖 6.7：判定目標物是熱狗堡

認識人工神經元的重要公式：$x \cdot w + b$

我們可以將上述人工神經元的運算簡化成「$x \cdot w + b$」這個很簡單的式子，我們來看一下這個式子是怎麼來的。

首先，針對所有輸入值的加權總和 $\sum_{i=1}^{n} x_i w_i$，經常會看到 $x \cdot w$ 的表示法，中間的「$\cdot$」表示 $x_1 w_1 + x_2 w_2 + ... + x_n w_n$ 這樣**兩兩相乘後相加**」的**點積 (dot product)** 運算，涵義就等於 $\sum_{i=1}^{n} x_i w_i$。

接著，式子中的 b 稱為**偏值 (bias)，**我們將其定義為**閾值的負數**，以 b 來表示：

$$b = -閾值 \tag{公式 6.3}$$

偏值和閾值看起來名稱差很多，但其實是相同的概念，從 6-6 頁下面的公式 (6.2) 來看，只要將原本在判斷符號右邊的「+閾值」搬到符號的左邊，就變成「−閾值」，而我們定義了 $b = -$閾值，因此，公式 (6.2) 就會變成以下的樣子：

這裡換成點積的表示法

$$x \cdot w + b > 0 \quad 輸出 \quad 1$$
$$x \cdot w + b \leqslant 0 \quad 輸出 \quad 0$$

(公式 6.4)

$x \cdot w + b$ 這個區區 3 變量的公式就是人工神經元的重要運算式, 它所算出來的就是神經元的輸出值, 請務必牢記。而讀者還記得前面熱狗堡的例子吧, 該例的**權重** (w) 與**偏值** (b) 我們都是先隨意設的, 會影響神經元最終輸出的, 正是這些可調整的參數, 後續為簡化說明, 我們會將 w 及 b 統稱為**權重參數**。我們建構人工神經網路最關鍵、也最重要的任務就是**找出最佳的權重參數配置,** 簡單說就是找出一組能最精準判斷出目標物是否為熱狗堡的 w 跟 b 啦, 這需要藉由「訓練 (training)」神經網路才能做到, 關於訓練神經網路的做法我們將在第 8 章介紹。

6.2.2　重點整理

公式 (6.4) 是感知器 (Perceptron) 的數學公式 (你也可以給它一個漂亮的名稱叫做模型或演算法), 其中：

❶ 將「－閾值」改用偏值來表示, 並與 x、w 放在同一邊 ($+ b$)。

❷ x_i ($i{=}1{\sim}n$) 代表所有輸入值 (x_1 到 x_n)。

❸ w_i ($i{=}1{\sim}n$) 代表所有權重 (w_1 到 w_n)。

❹ $x \cdot w$ 的點積算式就是 $\sum\limits_{i=1}^{n} x_i w_i$。

▲ 圖 6.8：人工神經元的重要運算式

6.3 神經元的激活函數 (activation function)

前一頁提到感知器神經元的輸出可以寫成公式 6.4, 而公式 6.4 可以畫成圖 6.9 來表示, 像圖 6.9 這種用來決定神經元輸出值的函數稱為**激活函數 (activation function)**, 激活函數必須是非線性 (non-linear) 的函數, 這樣才能增加神經元對非線性規則的學習能力。

圖 6.9 是一個**步進函數 (step funciton)**, 它是非線性的, 所以可以做為激活函數, 但是這種激活函數並不理想, 神經網路在訓練時會逐漸調整 w 與 b, 以改善其輸出值, 但以圖 6.9 這個用 step function 的感知器來說, w 與 b 的微調對輸出影響相當大, 不管 z 多小 (0.00...0001),只要其值比 0 大, 神經元就會輸出 1；反之, 只要其值小於等於 0 (–0.0...0001), 神經元就會輸出 0, 這樣導致 z 會因為 w 與 b 的微調而從正變負 (或反過來), 導致輸出值也跟著在 0 與 1 之間來回浮動。感知器的輸出特性是極端的——不是大叫就是閉嘴, 但這樣的不穩定性並不是件好事。

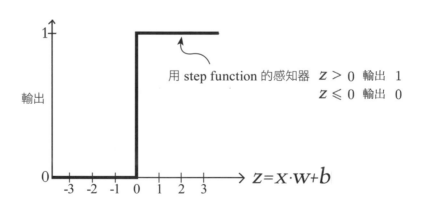

▲ 圖 6.9：看到橫軸, 0 附近的 z 值只要差一點點, 輸出值就可能從驟然從 0 變為 1 (或反過來), 所以要單靠微調 w 與 b 來逼近適合的輸出值會非常困難。

6.3.1 換成 sigmoid 激活函數的神經元

為避免輸出值驟然變化的不穩定情況，那改用連續數值取代非 0 即 1 的二元輸出不就得了，常見的做法就是將算出來的 z 值套用數學的 **sigmoid** 函數，使其輸出為 0 到 1 之間的連續數值。sigmoid 函數的數學式如下：

$$\sigma(z) = \frac{1}{1 + e^{-z}}$$

● z 為 $x \cdot w + b$ 算出來的值。

● e 為自然常數。

像這樣，我們把 z 值從套用「步進函數」換成套用「sigmoid 函數」，讀者如果還有印象，我們在 5.2.5 節就是用 sigmoid 搭配隱藏層的神經元。sigmoid 是相當經典的激活函數，而本書我們會將經過激活函數處理後的值稱為**激活值** a，a 就是神經元的最終輸出。

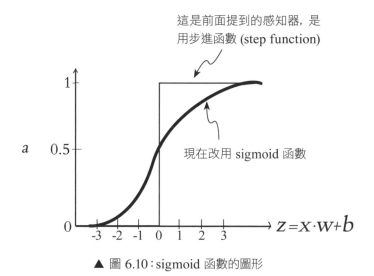

▲ 圖 6.10：sigmoid 函數的圖形

sigmoid 的數學形式或許覺得很陌生, 與其死記函數公式, 不如實際代不同輸入值看看會輸出什麼結果。讀者可以在 Colab 開啟本章的《ch06-sigmoid_function.ipynb》範例 (不熟悉怎麼開啟請參考附錄 A)。在範例中先用 python 的 math 模組載入自然常數 e, 接著定義一個 sigmoid() 函式來使用:

```
from math import e

def sigmoid(z):
    return 1/(1+e**-z)
```

回頭看一下圖 6.10 的 sigmoid 圖形, 當傳入的 z 愈小, a 值會趨近於 0; 反之 z 愈大, a 就會趨近於 1。在《ch06-sigmoid_function.ipynb》操作看看是不是這樣!

先輸入一個接近 0 的值試試, sigmoid(.00001) 的傳回值相當接近 0.5:

```
sigmoid(.00001)
```

```
0.5000024999999999
```

再多試幾個:此 0 為界, 當輸入值 z 往右越大, 輸出值 a 就會越接近 1, 例如 sigmoid(10000) 就會輸出 1.0; 若 z 往左越小, 輸出值 a 則會越來越靠近 0, 例如 sigmoid(-1) 的輸出為 0.2689、sigmoid(-10) 則傳回 4.5398e-05[註]:

```
sigmoid(10000)
```

```
1.0
```

[註] 可別把 4.5398e-05 輸出結果中的 e 跟自然常數 e 搞混了, 當 e 出現在程式輸出時, 代表科學記號 e, 例如 4.5398e-05 就等於 4.5398×10^{-5}。

```
sigmoid(-1)
```

```
0.2689414213699951
```

```
sigmoid(-10)
```

這是 10-5, 所以數值
是 0.00004539.....哦！
```
4.539786870243442e-05
```

　　使用 sigmoid 激活函數的人工神經元, 與先前介紹的感知器架構有很大的改善, 當微調 w、b 參數時, z 應該也會出現細微的變化, 搭配 sigmoid 激活函數, 就能將此細微變化反應到神經元輸出值 a。而不像感知器的輸出那樣, a 值要嘛是 0, 要嘛是 1。

　　不過, 當 z 為極小負值或極大正值時, 經 sigmoid 函數處理還是會輸出 0 (z 為極小負值時) 或者 1 (z 為極大正值時), 也就是權重與偏值的微調整對輸出幾乎毫無影響, 這就像是對神經元進行不同程度的刺激 (輸入), 卻得到相同的反應 (輸出), 看起來就像神經元死掉了, 這種情況稱為**神經元飽和** (neuron saturation), 這種情況下也就很難繼續訓練神經網路了, 我們在第 9 章會提到一些避免飽和的技巧。

6.3.2　tanh 激活函數

　　tanh (hyperbolic tangent, 雙曲正切函數) 函數跟 sigmoid 很像, 差別在 sigmoid 函數的是將輸出值控制在 0〜1 之間, 而 tanh 是將輸出值控制在 -1〜1 之間。tanh 函數的數學公式如下：

$$\sigma(z) = \frac{e^z - e^{-z}}{e^z + e^{-z}}$$

tanh 函數的圖形如圖 6.11 所示, z 為負值時, 算出來的 a 也為負;z 為正值時, a 也會是正的;當 $z = 0$ 時, 則 $a = 0$。

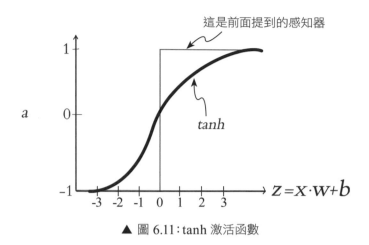

這是前面提到的感知器

$tanh$

$z = x \cdot w + b$

▲ 圖 6.11:tanh 激活函數

6.3.3 ReLU 激活函數

最後來看 ReLU (Rectified Linear Unit) 這個函數, 它是深度學習界赫赫有名的激活函數, 許多神經網路專案的中間層都常使用它做為激活函數。ReLU 會將小於等於 0 的輸入值都改成 0, 大於 0 的值則傳回原值。其算式如下:

● 若 $z = 0$ 或為負值, 函數則一律傳回 0, 即 $a = 0$。

● 若 z 為正值, 則原封不動傳回 z, 即 $a = z$。

ReLU 激活函數參考了生物神經元的特性[註1], 經深度學習大師 Vinod Nair 和 Geoff Hinton[註2] 採用後, 開始在人工神經網路盛行。其函數形狀與 sigmoid 和 tanh 大不相同, 如圖 6.12 所示:

---

*註1 見 Hahnloser, R., & Seung, H. (2000).Permitted and forbidden sets in symmetric threshold-linear networks. Advances in Neural Information Processing Systems, 13.

*註2 Nair, V., & Hinton, G. (2010).Rectified linear units improve restricted Boltzmann machines.Proceedings of the International Conference on Machine Learning.

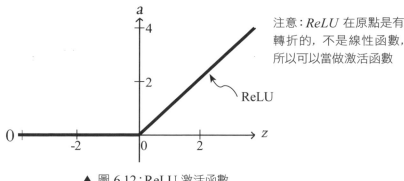

▲ 圖 6.12：ReLU 激活函數

　　ReLU 本質上是將兩個不同的線性函數 (負 z 那半邊傳回 0, 正 z 那半邊則返回 z) 加起來組合成一個非線性 (non-linear) 函數。對深度學習架構來說, 激活函數的非線性性質相當重要, 正是因為這些非線性的轉換或篩選, 才讓深度學習模型有逼近任何連續函數的能力[註1]。也就是不管輸入 x 與輸出 y 為何, 都能找到一組近似函數, 去解釋兩者之間的關係, 這個通用能力是深度學習的特點之一, 也是為何它能在多種應用中發揮威力的關鍵。

　　ReLU 既是非線性函數, 函數圖形又不複雜, 便有了其優勢。在深度學習專案中, 要訓練出到最恰當的 w 與 b 參數, 其過程涉及種種偏微分運算, 而這些運算在不怎麼複雜的非線性函數上會比複雜的曲線函數來得有效率, 在 2012 年輾壓當時所有機器視覺、帶動深度學習紀元的 AlexNet 模型 (圖1.15) 就採用了 ReLU, 如今 ReLU 已是深度神經網路隱藏層最常採用的激活函數 [註2] 。

---

*註1　對這部分有進一步興趣的可連到 http://neuralnetworksanddeeplearning.com/chap4.html 觀看 Michael Nielsen 的《Neural Networks and Deep Learning》電子書, 裡頭作者提供了一系列的互動式展示。

*註2　很多研究指出, 當神經網路的複雜度低, 使用 ReLU 做為激活函數比較容易得到好的結果, 也就是模型對驗證資料的普適能力 (Generalization ability) 比較好 (模型的普適能力就是前一章所提到神經網路對「新」資料的表現能力, 我們在第 9 章會再介紹此議題。

6.4 激活函數的選擇

激活函數怎麼選呢？底下依筆者的推薦程度排序, 較不推薦的排在前, 我們順道回顧一下本章所介紹的內容：

❶ 感知器這個最早的人工神經元架構, 其運算規則就是數學上的步進函數 (step function), 如同前面所介紹的, 感知器的輸出值容易劇烈振盪, 所以不太適合用於神經網路模型。

❷ sigmoid 函數的話, 如同前述很容易讓神經網路在較大的正負 z 值時, 訓練效率低下, 所以建議只在必須將輸出限制在 0～1 範圍時才使用 (第 7 章與第 12 章的範例會用到, 當神經網路得處理二元分類問題時, 輸出層的單一神經元就可以用 sigmoid 函數輸出屬於或不屬於某類的機率)。

❸ tanh 相較於 sigmoid 可以改善訓練效率低下的問題, 不過普及程度不如 ReLU 好。

❹ ReLU 絕對是首選, 根據經驗, 它能在最短時間內訓練出優良的神經網路。

當然, 激活函數遠遠不只上面提到的這幾種, 新的選擇還在不斷出現, 在撰寫本書時, tf.Keras 提供了 leaky ReLU、參數化 ReLU (parametric ReLU) ...等「進階」激活函數, 這些都是從 ReLU 神經元衍生而來的。讀者可上 Keras 官方網站[註] 閱讀這些進階激活函數的資訊。此外, 後續實作時您也可以在各範例中套用不同的激活函數, 看看效果如何喔！

---

*註 keras.io/layers/advanced-activations。

6.5　總結

　　本章詳述了人工神經網路底層的數學運算 (一定要牢記 $x \cdot w + b$ 這個公式), 並介紹幾個常用的激活函數。接下來第 7 章會介紹如何將本節介紹的單一神經元擴展成複雜的神經網路, 讓神經網路的能力更強。

> ## 重要名詞整理
>
> 隨著本書進行, 我們會在各章最後整理一定要掌握的重要名詞, 內容會逐章增加下去, 您也可藉此掌握深度學習各技術名詞的相關性。
>
> ❖　權重參數：
>
> - 權重 w
> - 偏值 b
>
> ❖　激活值 a
>
> ❖　激活函數
>
> - sigmoid
> - tanh
> - ReLU

MEMO

多神經元組成的
神經網路

第 6 章已經帶您了解單一人工神經元的運作機制, 本章就接著說明如何將一個個神經元連接在一起, 建構能力更強的神經網路。

7.1 輸入層 (input layer)

一個神經網路通常包括**輸入層**、**中間層 (隱藏層)**、**輸出層**三大部分, 其中**輸入層 (input layer)** 是 3 層中最單純的, 就只是接收輸入資料然後傳入隱藏層, 不執行任何計算。

輸入層的神經元數量必須對應輸入資料, 例如上一章預測熱狗堡的神經網路就用 3 個神經元接收 3 個輸入值 ; 而回憶一下 5.2.2 節《ch05-shallow_ net_in_keras.ipynb》範例所打造的第一個神經網路, 該神經網路是要辨識 MNIST 手寫數字圖片, 由於每張圖片有 784 個像素值, 因此輸入層就規劃 784 個神經元來接收 784 個輸入值, 該神經網路的結構如下圖 :

輸入層由 784 個神經元組成, 對應 MNIST
資料集每張圖片都是 784 個像素值

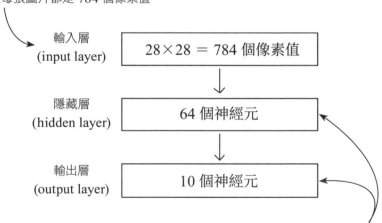

隱藏層由 64 個神經元組成, **輸出層**由 10 個神經元組成, 對應數字 0〜9 的機率值。它們會用下一節介紹的**密集層 (dense layer)** 來做, 我們接著往下看

7.2 密集層 (dense layer)

　　中間的隱藏層有很多種設計方式，最常見的是**密集層 (dense layer)**，又稱**全連接層 (fully connected layer)**，簡單說就是「後一層」的所有神經元與「前一層」的所有神經元完全連接，後一層就以這樣的方式從前一層接收資訊 (訊號)。本書大多數模型的隱藏層都是採用密集層的設計。

　　儘管密集層與其他類型隱藏層 (第 3 篇會提到) 相比，既沒專精特定應用，運算的效率也沒比較高，但它強在搭配第 6 章所介紹的 sigmoid、tanh、ReLU 等非線性激活函數，可重組前一層網路傳遞過來的資訊，所以用途相當廣。

　　我們也回顧一下第 1 章最後提到的 TensorFlow Playground 網頁 (bit.ly/TFplayground)，利用目前學到的知識再好好看一次當時的神經網路模型：

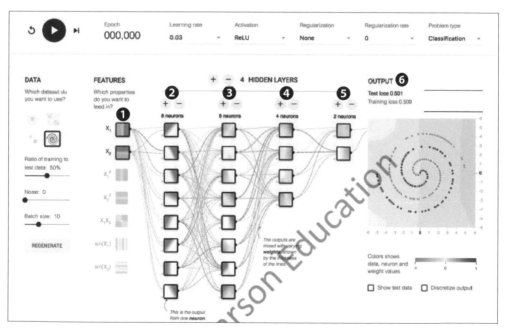

▲ 圖 7.1：TensorFlow Playground 網頁

　　最左邊的 x_1、x_2 為輸入資料, x_1、x_2 在此例中分別代表水平座標與垂直座標, 亦即 (x_1, x_2) 就可代表一個資料點, TensorFlow Playground 這個例子是希望神經網路從一大堆已知的 (x_1, x_2) 資料點詮釋出所有點的分布情況, 這樣之後餵入新資料點時就能判斷出是此資料點是屬於藍點、或是橘點。我們逐層看一下神經網路的架構:

❶ 最左邊的**輸入層**含有兩個神經元, 接收各筆 x_1、x_2 資料。

❷ 第 1 **隱藏層**由 8 個神經元組成, 使用 ReLU 做為激活函數, 這層一看就知道是密集層, 因為 8 個神經元全都跟輸入層的 2 個神經元相連, 連接數共有 16 ($=2{\times}8$) 個 (註:這連接數也可視為這兩層之間的 w 權重數量)。

讀者可以將游標移到這一層任一個神經元上面, 從網頁最右邊的窗格可以就能看目前此神經元是如何詮釋 x_1、x_2 的分布情況:

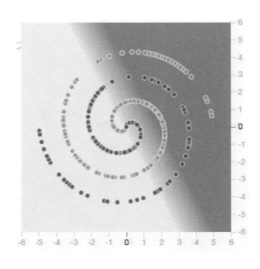

◀ 圖 7.2:其中一個神經元的圖示, 可以看到這一層神經元都詮釋出「一刀切」的分布, 對照圖上的各點來, 很明顯還不夠精確

❸ 接著是第 2 個**隱藏層**, 由 8 個神經元組成, 這層很明顯也是密集層, 8 個神經元都和時前一層的 8 個神經元連接, 連接數共有 64 ($=8{\times}8$) 個。該層從第 1 隱藏層接收到各神經元提供的「一刀切」特徵分佈後, 繼續進行非線性運算, 詮釋出不同的分佈 (編註:同樣將游標移到這一層任一個神經元上面就可以看出分佈的樣貌, 這裡就不一一列出來了)。

❹ 接著是第 3 個**隱藏層**, 是由 4 個採用 ReLU 函數的神經元組成, 與前一層共產生 32 個 (=8×4) 連接數。前一個隱藏層輸出的特徵在此又經歷一次非線性重組, 詮釋出更複雜的分佈。

❺ 接著是第 4 個、也是最後一個**隱藏層**, 內含兩個使用 ReLU 函數的神經元, 與前一層共有 8 個 (=4×2) 連接數。該層的神經元將前一層的的輸出做非線性重組後, 歸納出最後的分佈, 再傳給輸出層。

❻ 最右邊的**輸出層**只含 1 個神經元, 接收最後一個隱藏層所處理好的資訊, 兩層之間共兩個 (=2×1) 連接數。此例的輸出層神經元是使用 sigmoid 激活函數。要處理這種「要歸藍點還是橘點」的二元分類問題, 也經常會用到 sigmoid 激活函數, 此函數會將神經網路的最終輸出控制在 0 與 1 之間, 就可以用來表示輸入資料是藍點 (或橘點) 的機率 (編註：例如輸出值愈接近 0 為藍點, 愈接近 1 為橘點)。

　　總之, TensorFlow Playground 當中各隱藏層皆為密集層, 因此可以稱之為**密集神經網路 (dense neural network)**, 這算是最基本的神經網路結構, 本書第 3 篇我們也會看到將這種萬用結構與各種進階的神經網路技術結合的例子。

7.3　用密集神經網路辨識熱狗堡

　　為加深讀者對密集神經網路的理解, 我們來升級前一章辨識熱狗堡的例子, 前一章的神經網路結構只有單一神經元, 這裡就改成多個神經元組成的密集神經網路, 結構如圖 7.3 所示。

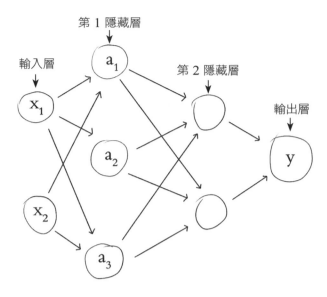

▲ 圖 7.3：密集神經網路, 所有神經元都接收前一層傳來的資料

這個神經網路的架構與前一章的差異如下：

- 為簡化起見, 輸入層的神經元減為 2 個。

  - 第 1 個神經元接收的值 x_1 代表目標物上有多少**番茄醬**, 以 ml (毫升) 為單位。與前一章最大的差異是輸入值可以是連續數值 (0.5ml、0.6ml、0.66ml⋯), 前一章只能是 0 或 1 的二元輸入值。

  - 第 2 個神經元的值 x_2 代表**芥末醬**的量 (ml)。

- 規劃兩個隱藏層, 都採用密集層的設計。

  - 第 1 隱藏層有 3 個神經元 (用 ReLU 激活函數)。

  - 第 2 隱藏層有 2 個神經元 (用 ReLU 激活函數)。

- 輸出層方面規劃 1 個神經元, 使用 sigmoid 激活函數, 其輸出值以 y 表示, 若輸出值接近 1, 代表目標物是熱狗堡, 若接近 0 則不是。

7.3.1　輸入層 → 第 1 隱藏層的前向傳播運算

看完神經網路的架構後, 我們先來看隱藏層的第「1」個神經元 (即前面圖中的 a_1), 觀察它的運作細節。

> **◆編註** 為了簡化描述, 底下我們將以「a_1 神經元」來稱呼第 1 隱藏層的第 1 個神經元, 不過嚴謹來說, a_1 應該是這個神經元運算後的輸出值才對, 此值經神經元算好後會傳入下一個隱藏層的所有神經元。

a_1 這個神經元跟同層的 a_2 與 a_3 一樣, 都從 x_1 與 x_2 接收目標物上頭「番茄醬」與「芥末醬」的量。雖然 a_1 接收到的資訊與 a_2、a_3 都一樣, 但這 3 個神經元會以各自的權重參數 (w、b) 來進行計算, 不太熟悉的話請回顧前一章談到「全書最重要公式」($x \cdot w + b$)。

先來看 a_1 神經元的運作細節。首先, 來自前一層的輸入值有 x_1、x_2 兩個, 所以輸入層傳入 a_1 神經元也得有兩個 w 權重, 分別為 w_1 (代表番茄醬值 x_1 的重要性) 與 w_2 (代表芥末醬值 x_2 的重要性)。別忘了還有個偏值 b, 這些數值先共同算出 z 值：

$$
\begin{aligned}
z &= x \cdot w + b \\
&= (x_1 w_1 + x_2 w_2) + b
\end{aligned}
\qquad \text{(公式 7.1)}
$$

算出 a_1 神經元的 z 值後, 再套個激活函數就能得到這個神經元的輸出值 a_1。前面提到此神經元使用 ReLU 函數, 回憶一下 ReLU 的規則如下, 這裡是以程式的寫法來表示：

$$
a_1 = max\,(0, z) \qquad \text{(公式 7.2)}
$$

▲ ReLU 會將小於等於 0 的輸入值都改成 0, 大於 0 的值
則傳回原值, 用 max() 函式就可以做出這種功能

底下舉個例子, 實際看一下 a_1 神經元的計算過程:

● $x_1 = 4.0$, 表示目標物沾有 4.0mL 的番茄醬。

● $x_2 = 3.0$, 代表目標物沾有 3.0mL 的芥末醬。

● $w_1 = -0.5$。

● $w_2 = 1.5$。

● $b = -0.9$。

將以上數值代入公式 (7.1)、公式 (7.2), 依序求 z、a_1 值:

$$
\begin{aligned}
z &= \boldsymbol{x} \cdot \boldsymbol{w} + \boldsymbol{b} \\
&= x_1 w_1 + x_2 w_2 + b \\
&= 4.0 \times \text{-}0.5 + 3.0 \times 1.5 - 0.9 \qquad \text{(公式 7.3)}\\
&= \text{-}2 + 4.5 - 0.9 \\
&= 1.6
\end{aligned}
$$

$$
\begin{aligned}
a_1 &= \boldsymbol{max}\,(0, z) \\
&= \boldsymbol{max}\,(0, 1.6) \qquad \text{(公式 7.4)}\\
&= 1.6
\end{aligned}
$$

這裡我們示範的是輸入值傳入第 1 隱藏層當中第 1 個神經元的運算過程, 至於第 1 隱藏層的其他 a_2、a_3 神經元的計算都類似, 只要照計算 a_1 的方式來處理即可。由於 3 個神經元的權重參數 (w、b) 都不同, 因此算出來的 a 值也會不同。

　　當 a_1、a_2、a_3 都處理好後，第 1 隱藏層的工作就結束了，a_1~a_3 三個數值就當成輸入值，傳入第 2 隱藏層的各神經元做計算。而第 2 隱藏層各神經元所做的事，就跟剛才第 1 隱藏層做的事情都一樣，同樣是各輸入 x 乘上各權重 w，加總起來算出權重總和後，再加上另一個偏值 b (註：再提醒一下，每個神經元所加上偏值 b 都不同喔！)，如此一層一層處理下去，直到最後得到輸出值 y 為止。整個神經網路的運算便是如圖 7.1 那堆密密麻麻的箭頭所指的方向，從左邊的輸入層 (x) 往右邊的輸出層 (y) 一層一層進行，因此這樣的運算過程就稱為**前向傳播** (**forward propagation**)。

7.3.2　第 1 隱藏層 → 第 2 隱藏層的前向傳播運算

　　我們再往下看一個例子。假設圖 7.4 中，第 1 隱藏層所有神經元 (a_1~a_3) 的輸出值都已經求出來了，例如前面算出 a_1 神經元算出來的值是 1.6，此數值就會是下一層 a_4 神經元的 3 個輸入之一。當然，此值也會傳入 a_5 神經元，做為 a_5 神經元的 3 個輸入之一。

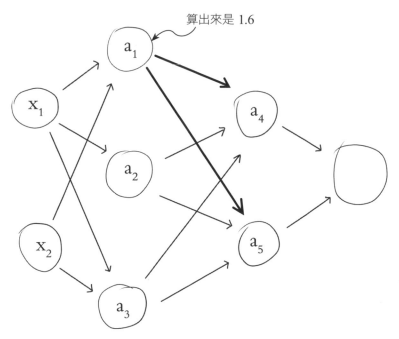

▲ 圖 7.4：a_1 神經元算出來的值會傳入 a_4 與 a_5 神經元

我們看一下 a_4 神經元的輸出值 (激活值) 要怎麼算, 一樣用 $x \cdot w + b$ 這個超重要公式, 這裡加快速度, 我們將 ReLU 激活函數的運算一起寫出來:

$$
\begin{aligned}
\boldsymbol{a}_4 &= max\ (0, \boldsymbol{z}) \\
&= max\ (0, \boldsymbol{x} \cdot \boldsymbol{w} + \boldsymbol{b}) \\
&= max\ (0, (\boldsymbol{x}_1\boldsymbol{w}_1 + \boldsymbol{x}_2\boldsymbol{w}_2 + \boldsymbol{x}_3\boldsymbol{w}_3 + \boldsymbol{b}))
\end{aligned}
\qquad \text{(公式 7.5)}
$$

算法跟公式 7.3 及 7.4 都一樣, 這裡就不特地帶數值算一次了。而第 2 隱藏層跟前面唯一的不同是, 該層的輸入 (即公式 $x \cdot w + b$ 中的 x) 是從第 1 隱藏層算出來的, 所以在公式 7.5 當中:

● x_1 的值就是前面 a_1 神經元算出來的值 1.6。

● x_2 為 a_2 神經元算出來的值。

● x_3 為 a_3 神經元算出來的值。

這樣一來, a_4 神經元便能將第 1 隱藏層 3 個神經元提供的資訊進行非線性運算, 而 a_5 神經元也在同時以另一批權重參數重組同一批輸入資訊。

7.3.3 第 2 隱藏層 → 輸出層的前向傳播運算

神經網路在歷經所有隱藏層完成前向傳播運算後, 抵達終點的**輸出層,** 現在, 請把焦點放在圖 7.5 最右邊的輸出神經元, 它從 a_4 與 a_5 神經元接收輸入:

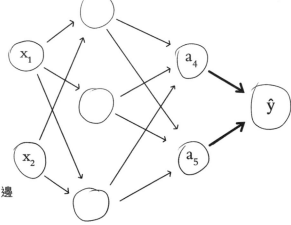

▶ 圖 7.5：來看最右邊輸出層神經元 $\hat{y}$

來看此神經元的計算內容, 首先算出 z 值, 底下代入一些假設的數值:

$$
\begin{aligned}
z &= \boldsymbol{x} \cdot \boldsymbol{w} + \boldsymbol{b} \\
&= \boldsymbol{x}_1 \boldsymbol{w}_1 + \boldsymbol{x}_2 \boldsymbol{w}_2 + \boldsymbol{b} \\
&= 2.5 \times 1.0 + 2.0 \times 0.5 - 5.5 \\
&= 3.5 - 5.5 \\
&= \text{-}2.0
\end{aligned}
$$

(公式 7.6)

因為, 輸出神經元搭配的是 sigmoid 激活函數, 所以將 z 值代入 sigmoid 函數的算式:

$$
\begin{aligned}
\boldsymbol{a} &= \sigma(\boldsymbol{z}) \\
&= \frac{1}{1 + e^{-\boldsymbol{z}}} \\
&= \frac{1}{1 + e^{-(-2.0)}} \\
&\approx 0.1192
\end{aligned}
$$

(公式 7.7)

提醒一下, 只要直接用第 6 章《sigmoid_function.ipynb》範例, 輸入 sigmoid(-2.0) 並執行, 電腦就會幫忙完成複雜的計算, 得到值約略為 0.1192。

輸出層神經元的計算結果就是神經網路的最終輸出, 這裡給它一個代號: $\hat{y}$, 看上去像是 y 加上一頂帽子 ^, 讀作「y hat」, $\hat{y}$ 值就代表神經網路判斷目標物是否為熱狗堡的「機率」。

從值 0.1192 來看, 神經網路根據輸入的 x_1 (4.0mL 的番茄醬) 與 x_2 (3.0mL 的芥末醬), 估計目標物是熱狗堡的可能性為 11.92%。若此目標物的確是熱狗堡 ($y = 1$), 預測結果 $\hat{y}$ 才 0.1192 (11.92%), 好像差有點遠, 代表這個神經網路還不怎麼樣。反之, 若目標物不是熱狗堡 ($y = 0$), 那這個 $\hat{y}$ 還算準。第 8 章會介紹一些量化 $\hat{y}$ 預測好壞的方法, 不過大方向就是希望 $\hat{y}$ 與真實的 y 越接近越好。

> **★ 編註** 習慣上我們將神經網路的預測結果, 即輸出值, 用 $\hat{y}$ 來表示, 而將真實的答案用 y 表示, 真實答案我們也常稱之為**標籤 (Label)**, 讀者要將 $\hat{y}$ 跟 y 代表的意思記清楚才不會亂掉!

7.4 用密集神經網路做多個速食的分類

若神經網路只需輸出二元分類結果, 例如前面提到在 TensorFlow Playground 分辨藍 / 橘點, 或是判定目標物是 / 不是為熱狗堡, 那用 sigmoid 激活函數就足夠, 然而在很多情況下, 要區分的類別經常不只兩種。比方說, 第 5 章的《ch05-shallow_net_in_keras.ipynb》範例是辨識 0～9 的手寫數字圖片, 就必須得輸出 10 個數值, 以對應 0～9 各數字的機率。

要處理多元分類的問題, 只要在輸出層的神經元改使用 **softmax** 激活函數就可以, 第 5 章辨識 MNIST 手寫數字圖片的《ch05-shallow_net_in_keras.ipynb》範例, 我們就是在輸出層使用 softmax 做為激活函數。

7.4.1 規劃神經網路的架構

現在將本章前面辨識「是 / 不是」熱狗堡的二元分類神經網路稍微改裝一下, 升級成辨識「3 種速食」的多元分類神經網路, 架構其實差不多, 我們一樣從輸入層傳入番茄醬與芥末醬的量 (ml) 兩個數值就好, 只是之前輸出神經元只有 1 個, 現在變成 3 個, 如圖 7.6 所示:

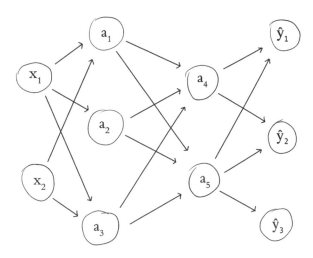

▲ 圖 7.6：輸出層有 3 個神經元, 使用 softmax 激活函數

可看到輸出層也採密集層的設計, 3 個神經元都各自連接了最後隱藏層的 2 個神經元 a_4、a_5。此例我們將輸出層 3 個神經元的輸出值定義如下:

● $\hat{y}_1$：熱狗堡的機率值。

● $\hat{y}_2$：漢堡的機率值。

● $\hat{y}_3$：披薩的機率值。

7.4.2　softmax 函數的運算方式

圖 7.6 各神經元的運算您應該都很熟悉了, 我們把焦點放在最後的 $\hat{y}_1$、$\hat{y}_2$、$\hat{y}_3$ 的 softmax 激活函數運算。我們用本章的《ch07-softmax_demo. ipynb》範例來說明 softmax 激活函數的運作方式。此程式一開始就先匯入以 e 為底的指數函數 exp()：

```
from math import exp   ◄── 從 math 模組匯入 exp()
```

只要傳入 x, exp(x) 就會傳回 e^x 的結果, 我們舉個例子來看。

假設我們在神經網路面前放了塊披薩, 上面幾乎沒放番茄醬或芥末醬, 所以 x_1 與 x_2 都近似於 0, 這些輸入資訊經層層網路做前向傳播運算, 一路傳遞到輸出層, 接著輸出層 3 個神經元根據最後一層的隱藏層傳來的資訊, 用各自的權重參數做 $x \cdot w + b$ 的運算, 分頭算出 3 個 z 值, 假設數值如下 :

● $\hat{y}_1$ 神經元代表是否為熱狗堡, z 值為 -1.0。

● $\hat{y}_2$ 神經元代表漢堡, z 為 1.0。

● $\hat{y}_3$ 神經元代表披薩, z 為 5.0。

若從數值的高低來看, 隱約感覺的到似乎是披薩的可能性最高 (因為值最高), 最不可能是則可能是熱狗堡 (值是負的), 但光從數值高低來判斷還是有點模糊 (只是一種感覺), 很難一眼看出目標物是各物品的可能性, 這時就該 softmax 函數上場了。

首先我們建立一個 Python list 來儲存 3 個 z 值 :

```
z = [-1.0, 1.0, 5.0]
```

運算的方式是整個輸出層的 3 個值 (上面這個 Python list) 一起套用 softmax 函數, 共需 3 個步驟。

第一步 : 用 exp() 將每個 z 值套用指數函數, 如下 :

● 熱狗堡 : exp(z[0])[*註] = 0.3679。

● 漢堡 : exp(z[1]) = 2.718。

● 披薩 : exp(z[2]) = 148.4 (指數化後大更多 !)。

---

*註　由於 Python 的索引是從 0 起跳, 所以 $\hat{y}_1$ 神經元的 z 值就是 z[0]。寫程式的時候, 索引都是從 0 開始, 這一點不要忘了。

第二步：將這些結果都加起來：

```
total = exp(z[0]) + exp(z[1]) + exp(z[2])
```

第三步 (也是最後一步)：分頭求出 3 個指數函數的運算結果佔 total 的比例：

- $\hat{y}_1 = \exp(z[0]) / total = 0.002428$，代表神經網路認為目標物是熱狗堡的機率約 0.2%。

- $\hat{y}_2 = \exp(z[1]) / total = 0.01794$，代表目標物為漢堡的機率約 1.8%。

- $\hat{y}_3 = \exp(z[2]) / total = 0.9796$，代表目標物為披薩的機率約 98%。

　　結果很清楚，披薩的機率最高，有 98%。而從運算結果也可以看出「softmax」一詞的意義：以柔性 (soft) 方式讓人了解最大 (max) 的機率值落在何處。也就是說，與其 100% 篤定目標物是披薩而非其他兩類 (這樣就變成剛性 max 函數)，神經網路選擇不把話說死，而是將各種可能性羅列出來，所以有時還得針對神經網路輸出的結果設個信賴度閾值 (threshold)，以進一步決定要如何解讀結果。信賴度閾值得視用途來定，但通常我們會乾脆地把機率值最高的那類當成模型的預測結果。呼叫 Python 的 argmax() 函式，傳入 [0.002428, 0.01794, 0.9796]，就會傳機率值最大的索引位置，此例會傳回索引 2 (即代表披薩的 $\hat{y}_3$)。

7.5 回顧第 5 章的範例程式

有了以上知識, 最後我們回顧一下第 5 章《ch05-shallow_net_in_keras.ipynb》範例當中的細節, 該範例只用了區區 3 行程式碼就建構出神經網路:

▼ 建立神經網路模型

```
model = Sequential()
model.add(Dense(64, activation='sigmoid', input_shape=(784,)))
model.add(Dense(10, activation='softmax'))
```

就算還沒開始說明, 您應該已經了解程式內容了吧! 不管是參數名稱、所設定的值, 種種名稱本章前面都介紹過了。一開始程式先建立空的模型物件, 然後用 Dense() 一層層添加本章介紹的主角 - 密集神經層, 就這麼簡單。

建構好模型後, 只要利用 summary() method, 便能列出《ch05-shallow_net_in_keras.ipynb》範例的模型摘要, 結果如下:

```
model.summary()
```

```
Layer (type)              Output Shape           Param #
=================================================================
dense_1 (Dense) ❶         (None, 64)             50240  1-1

dense_2 (Dense) ❷         (None, 10)             650    2-1
=================================================================
Total params: 50,890 ❸
Trainable params: 50,890
Non-trainable params: 0
```

此摘要共有 3 個欄位：

● **Layer (type)**：各神經層的名稱與類型。

● **Output Shape**：神經層的維度, 可以看出有各層有幾個神經元。

● **Param #**：該神經層的參數 (包括權重 w 與偏值 b) 數量。

　　從摘要可以了解這個神經網路模型有兩個隱藏層, 其中第 2 隱藏層兼具輸出層。而輸入層方面, 由於只是單純接收資料並傳入隱藏層, 因此摘要中沒有顯示。

　　根據該摘要, 第 1 列 ❶ 為神經網路的第 1 隱藏層, 該層結構如下：

● 名為 dense_1, 這是預設名稱, 該範例中我們沒有指定名稱。

● 這是一個密集 (Dense) 層。

● Output shape 欄位顯示 (None, 64), 可以得知這一層有 64 個神經元 (註：None 表示每次訓練神經網路所使用的資料筆數, 下一章就會介紹)。

　　有了上面這些資訊後, 我們來試算一下輸入層 → 第 1 隱藏層之間的權重參數 (w、b) 數量, 跟上頁的 **1-1** 做個對照, 計算這些有助理解本章的內容：

● 此例的輸入層是接收 MNIST 圖片的資料, 每個圖片為 784 個像素值, 因此輸入層就是 784 個神經元, 因此, 輸入層的 784 個神經元與第 1 隱藏層的 64 個神經元之間共有 50176 (784×64) 個連接數, 也就是有 50176 個 w 權重。

● 第 1 隱藏層有 64 個神經元, 每個神經元都會各自加上一個偏值 b, 因此共有 64 個 b 值。

● 綜上, 輸入層到第 1 隱藏層之間共有 50176 + 64 = 50240 個參數。

接著, 摘要的第 2 列 ❷ 是顯示第 2 隱藏層, 這一層兼作模型的輸出層, 該層結構如下:

● 名為 dense_2。

● 為密集 (Dense) 層。

● Output shape 為 (None, 10), 說明這一層有 10 個神經元。

同樣算一下第 1 隱藏層 → 第 2 隱藏層 (輸出層) 之間的權重參數 (w、b) 數量, 跟前面的 **2-1** 做對照:

● 第 1 隱藏層的 64 個神經元與第 2 隱藏層的 10 個神經元之間共有 640 (64×14) 個連接數, 也就是有 640 個 w 權重。

● 第 2 隱藏層有 10 個神經元, 因此共有 10 個 b。

● 綜上, 這兩層之間共有 640 + 10 = 650 個參數。

根據兩組層與層之間的權重參數, 可驗算總數是否與摘要圖中的的 Total params ❸ 相符:

$$n_{total} = n_1 + n_2$$
$$= 50240 + 650$$
$$= 50890$$

這樣應該都了解了吧! 這 50,890 個參數都屬於可訓練參數 (trainable params), 意思是此範例的目的就是訓練出這 50,890 個參數的最佳值。而在一些神經網路模型中, 我們有時會將模型的一部份參數「凍結」起來, 也就是某些值固定住不參與訓練 (修正), 第 3 篇就會提到這樣的技巧。

7.6　總結

　　本章詳述了輸入資料如何藉由神經元組成的神經網路, 一步步運算出輸出值 $\hat{y}$, 至於神經網路如何進行訓練, 調整出最佳的權重參數, 好讓算出來 $\hat{y}$ 逼近真實值 y, 後續章節就來繼續介紹。

重要名詞整理

底下加外框的是本章新認識的重要名稱:

* 權重參數:
    * 權重 w
    * 偏值 b
* 激活值 a
* 激活函數
    * sigmoid
    * tanh
    * ReLU
    * softmax

* 輸入層 (input layer)
* 隱藏層 (hidden layer)
* 輸出層 (output layer)
* 神經層類型
    * 密集層 (全連接層)
* 前向傳播 (forward propagation)

MEMO

訓練深度神經網路

在前兩章中, 我們已經了解資料 (訊號) 如何透過一層層神經網路進行前向傳播運算來算出輸出值, 而之前也提到, 神經網路的權重參數 (w 與 b) 一開始都是隨意設的, 必須經由「訓練 (training)」才能從資料學到最佳的權重參數配置。

針對訓練神經網路, 本章會介紹**梯度下降法 (gradient descent)** 與**反向傳播 (back propagation)** 這兩個核心概念, 神經網路的權重參數就是用這兩個方法修正出來的。本書會介紹這些方法背後的概念, 並提供實作範例來訓練多隱藏層的神經網路。

8.1 損失函數 (loss function)

回顧一下第 7 章所提到的, 一般我們將神經網路的預測值以「$\hat{y}$」表示 (y 上面有個帽子 ^), 若神經網路已被訓練好, 輸出的 $\hat{y}$ 會與正確答案 (標籤) y 相同。以第 7 章介紹的熱狗堡二元分類器為例, $y = 1$ 代表目標物「是」熱狗堡, $y = 0$ 代表「不是」, 因此, 若擺在神經網路面前的是熱狗堡, 理想情況應該要輸出 $\hat{y} = 1$。

但現實世界中, 模型很難達到 $\hat{y} = y$ 的完美境界, 如此要求也太嚴苛了。當 $y = 1$ 時, 只要輸出的 $\hat{y}$ 夠接近 1 (比方說 0.9997), 就算超棒的結果了, 因為這代表神經網路**相當確信**目標物為熱狗堡; 若 $\hat{y} = 0.9$ 也還算可以, $\hat{y} = 0.6$ 則差強人意 (至少相對來說比較接近 1 而非接近 0), 但若 $\hat{y} = 0.1192$ 這樣, 這個神經網路就糟糕了。

若想將介於「超棒」與「糟糕」之間的主觀感受轉化為客觀的評估結果, 在機器學習領域最常使用**損失函數 (loss function)** 來做評估, 這裡來介紹最常用的**均方誤差 (Mean Squared Error, MSE)** 與**交叉熵 (Cross Entropy)** 這兩種。

8.1.1　均方誤差 (MSE) 損失函數

均方誤差 (mean squared error) 稱得上是最容易計算的損失函數, 公式如下：

$$C = \frac{1}{n} \sum_{i=1}^{n} (\boldsymbol{y}_i - \hat{\boldsymbol{y}}_i)^2 \qquad \text{(公式 8.1)}$$

公式的內涵是, 每輸入一筆資料, 都算出神經網路的預測值 $\hat{y}_i$ 與正確答案 (標籤) y_i 之間的誤差 (即 $y_i - \hat{y}_i$), 然後求此誤差的平方 (squared error), 平方的原因是確保誤差為正值。上面公式可以看到, 算出逐筆誤差後要全加總起來算出總誤差, 而誤差可能有正有負, 我們不希望加總時正負相消, 因此平方後讓誤差值均為正。

對每筆輸入求出誤差的平方值後, 再做底下兩個步驟便可求出平均誤差值 C ：

❶ 將每一筆資料預測值的平方誤差加總起來。

❷ 除以總輸入樣本數 n。

讀者可用本章的《ch08-mean_square_loss.ipynb》範例體驗一下公式 8.1 的運算, 此範例一開始定義了一個能根據正確答案 y 來跟預測值 $\hat{y}$ 計算平方誤差的函式：

```
def squared_error(y, yhat):
    return (y - yhat)**2
```

若正確答案 (標籤) y 為 1, 預測值 yhat 也是 1, squared_error(1, 1) 就會傳回 0, 代表平方誤差 (損失值) 為 0:

```
squared_error(1, 1)
```

```
0
```

就算 yhat 稍微差了一點點 (比方說 0.9997), 得出的平方誤差也會很低: 8.9999..17e-08 (等於 8.9999..17×10^{-8}):

```
squared_error(1, 0.9997)
```

```
8.999999999998017e-08
```

隨著 y 與 yhat 之間的差距擴大, 誤差值平方後會變得更大。例如 y 維持為 1, 但 yhat 從 0.9 降到 0.6, 再降到 0.1192, 平方誤差將一路從 0.01 增加到 0.16, 然後飛快爬升到 0.78, 差距愈大, 平方誤差愈大。

當然, 若正確答案 (標籤) y 為 0, 而預測值為 0.1192, 反倒就接近答案, 這樣算出來的平方誤差 (0.0142) 就相對較小了。

8.1.2 交叉熵 (Cross Entropy) 損失函數

雖說均方誤差 (MSE) 是相當直觀的損失函數, 不過依經驗, 此損失函數與常用的幾個激活函數 (例如 sigmoid) 搭配, 會導致訓練的效率低落 (註: 9.2.1 節會介紹, 這裡先簡單有個概念就可以了), 此時可以改用**交叉熵 (Cross Entropy)** 這個損失函數, 在用神經網路處理分類 (classification) 問題時, 就常用交叉熵做為損失函數。

交叉熵的公式為：

$$C = -\frac{1}{n} \sum_{i=1}^{n} [\boldsymbol{y}_i \ln \hat{\boldsymbol{y}}_i + (1 - \boldsymbol{y}_i) \ln(1 - \hat{\boldsymbol{y}}_i)] \quad \text{(公式 8.2)}$$

此公式的重點如下：

● $\hat{y}$ 與 y 之間的差距越多, 算出來的交叉熵值越大, 這點與均方誤差 (MSE) 一樣。

● 由於輸出值 $\hat{y}_i$ 經常都是 0～1 之間的機率值, 而 0～1 的值求 $ln()$ 對數後都會是負的, 自然 Σ 加總後也會是負值, 因此留意到公式最前面加了負號使負負得正, 讓損失函數為正也才能夠想辦法減少其值來訓練神經網路。

為了讓讀者對交叉熵的式子更有感, 請開啟本章範例的《ch08-cross_entropy_cost.ipynb》來計算看看。

首先, 該範例匯入 NumPy 套件的 **log** 函式來計算自然對數函數 ln (看到上面公式 8.2, ln 在公式中出現了兩次)：

```
from numpy import log
```

> **★ 小編補充** NumPy 的 **log()** 函式是以 e 為底數, 而交叉熵算式中所用的也是以 e 為底的 ln() 函數, 因此直接用 log() 來寫即可 (註：Numpy 中若想算以 10 為底的對數函數則是用 log10() 函式)。

接著, 定義一個計算交叉熵的函式, 傳入的是正確答案 (標籤) y 以及預測值 yhat：

```
def cross_entropy(y, yhat):
    return -1*(y*log(yhat) + (1-y)*log(1- yhat))
```

下表是傳入不同組 y、yhat 的交叉熵計算結果, 發現與 MSE 損失函數有類似的表現:當 y 維持 1 不變, 而 yhat 從原先近乎完美的 0.9997 一路減少, 交叉熵計算結果增加的很快:

▼ 不同 y 與 yhat 所計算出的的交叉熵

y	yhat	交叉熵
1	0.9997	0.0003
1	0.9	0.1
1	0.6	0.5
1	0.1192	2.1
0	0.1192	0.1269

最後一列也可看到, 若 y 改成 0, yhat 為 0.1192, 肉眼可知兩者差距算小, 實際上算出的交叉熵值也就不高

8.2 藉由訓練讓誤差值最小化

利用損失函數, 我們就能量化模型預測值與正確答案的分歧程度, 而前面也一再提到, 所謂的訓練神經網路, 其實就是不斷修正所有 w、b 權重參數, 希望模型預測出來的總誤差愈小愈好, 也就是找到「**可讓誤差值 (損失值) 的值極小化**」的最佳權重參數配置。

而修正權重參數讓總誤差極小化的具體做法, 就是接下來要介紹的**梯度下降法 (gradient descent)** 與反向傳播 (back propagation) 法。

8.2.1　梯度下降法 (gradient descent)

　　梯度下降法的用途就是去修正權重參數讓預測誤差極小化，我們以圖 8.2 來說明梯度下降法的原理。橫軸可視為神經網路某一個權重參數 p，縱軸則是代表在參數 p 的不同數值時所算出來的總誤差 (損失值) C。

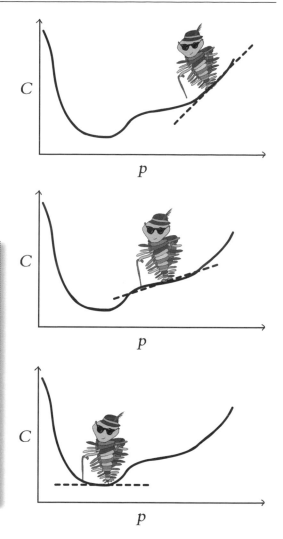

▲ 圖 8.2：想要抵達谷底 (即 C 的最低點) 的三葉蟲

> **★ 小編補充**　回顧一下 p 跟 C 的關係是什麼呢？首先，各輸入資料與包含 p 在內的各權重參數得先透過「前向傳播」算出各預測值，然後跟各正確答案對答案，算出各誤差後，就可以進而算出總誤差 C。而圖 8.2 我們只單抓某一個權重參數 p 來看就好，觀察它與損失函數 C 的關係，來探討如何將這個 p 修正到最好。

　　請先看到圖 8.2 上圖，可以觀察到曲線的最低處 (谷底) 就是 C 值的最低點 (編註：還記得吧，我們的目標是讓總誤差「極小化」，所以要留意的是最「低」點)，山上的三葉蟲其目標很清楚，就是要從目前的位置抵達谷底，因為谷點那個點的 C 值最小。但麻煩的是，這隻三葉蟲失明了！它無法用雙眼確認遠處是否有更深的山谷，只能靠拐杖調查周遭地形的「坡度」來獲取資訊。

　　在圖 8.2 上圖中, 我們就用「虛線」代表三葉蟲所處位置的坡度, 以數學來說這就是斜率 (slope), 而斜率在深度學習領域有個更能對應圖 8.2 的名稱, 稱為**梯度 (gradient)**, 這條從右上到左下的坡度線 (梯度值為正) 透露什麼資訊呢？它告訴三葉蟲應該往「左」移, 也就是把 p 值「減少」, 就能更接近谷底；反之要是往右移, 也就是「增加」p 值, 反而會將離谷底愈來愈遠, 升到損失值更高的地方。此例的目標是抵達谷底, 當然就是向左走。

　　往左走了幾步後, 來到圖 8.2 中間那張圖, 三葉蟲再次估計坡度 (虛線), 這條比較不斜、但同樣是右上到左下的坡度線 (梯度值為正) 告訴三葉蟲一樣往左能接近谷底, 因此就繼續往左走。最終 (圖 8.2 最底下的圖), 三葉蟲抵達谷底, 此時不管是往左還是往右, 損失值 C 都會增加, 所以三葉蟲乖乖待在原地即可, 此位置的梯度是一條水平線, 斜率為 0, 此位置往下所對應的 p 值就是我們所要的。

　　以上就是梯度下降法的概念, 基本上就是視梯度 (虛線) 為正為負, 決定要往左移 (讓 p 值變小) 還是往右移 (讓 p 值變大), 這種方法由於是藉由「**梯度**」來修正權重參數, 朝著讓損失值「**下降**」到最低點的方向前進, 因此稱為**梯度下降法 (gradient descent)**。

> **★ 小編補充** 上面是以圖解來說明什麼是梯度 (斜率), 但訓練神經網路時, 為什麼會想到求梯度呢？簡單來說, 修正權重的第一步, 當然就是**了解此權重對損失函數的影響**, 而了解的方法就是用數學的「微分」算算看函數 C 在 p 權重這一點的斜率 (slope), 這就等於了解 p 權重對損失值的影響, 這個算出來的斜率就叫「梯度」, 梯度下降法正是依梯度來修正權重。

　　當然, 模型不太可能只有一個參數, 圖 8.3 展示的是兩個權重參數的情況：

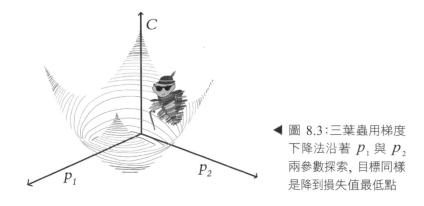

◀ 圖 8.3：三葉蟲用梯度
下降法沿著 p_1 與 p_2
兩參數探索，目標同樣
是降到損失值最低點

與圖 8.2 一個參數時的情況相比，我們可以把上圖的 p_1 和 p_2 分別視為經度、緯度，至於損失值 C 可視為海拔高度。三葉蟲一開始發現自己又被丟到山中某處 (p_1, p_2)，同樣地，其目標同樣是抵達最低海拔 (損失值最小) 所在的經緯度。

　　圖 8.2、圖 8.3 我們想說明的是，無論模型有多少個可訓練參數，「**利用梯度下降法不斷移動 (修正) 權重參數，使權重參數值調整到損失值最低點**」這個概念是完全相同的。當然，現實世界的神經網路可能動輒會有數百萬個參數，數百萬維的空間早已超出人腦能理解的範圍，不可能像圖 8.2、8.3 這樣畫成圖像，但重申一遍，梯度下降法的概念都是一樣的。

8.2.2 學習率 (learning rate)

　　接著，我們把原本在雙參數世界冒險的三葉蟲丟回單一參數的世界，來解說梯度下降法當中的**學習率 (learning rate)** 概念。

　　在下頁的圖 8.4 中，假設我們有一把能將三葉蟲縮小或放大的光線槍，先用它把三葉蟲縮到超級小，如圖 8.4 中間圖那樣。由於身型變小，步伐也連帶很小，因此這個三葉蟲可能會花超～～久時間才抵達最低損失值之谷。反之，若用光線槍把三葉蟲變超大，像圖 8.4 最底下的圖一樣，情況反而更糟！因為巨型三葉蟲的步伐大到怎麼走都會剛好跨過最低損失之谷，永遠沒機會到達真正的谷底。

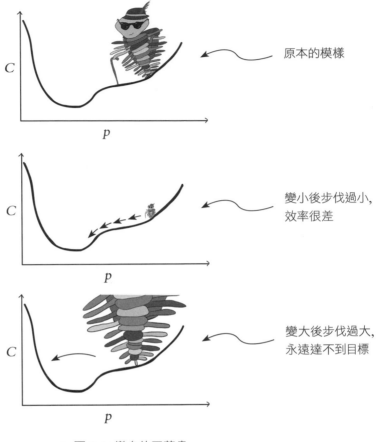

原本的模樣

變小後步伐過小,
效率很差

變大後步伐過大,
永遠達不到目標

▲ 圖 8.4：變身的三葉蟲

　　此「步伐」在梯度下降法當中稱為**學習率 (learning rate)**, 以希臘字母「η」(eta, 發音同「ee-ta」) 表示。學習率要設多大, 是由模型訓練者人為決定的, 這種需要人為調整的項目稱為**超參數 (hyper parameters)** (稱「超」參數的原因是為了與一直以來提到的 w、b 這些權重參數有所區別), 學習率是本章遇到的第一個超參數, 後續還會遇到其他的。要替深度學習模型設定正確的超參數, 通常少不了反覆試驗, 各超參數的設定內容將左右訓練結果。

　　而學習率怎麼設呢？大致的概念就如上圖所示：設太小, 權重參數就得修正很多次才可能抵達誤差的最低點；反之, 若設太大, 可能一下子就跨過谷底, 在最低點周圍來回跳動, 始終到不了谷底。

底下分享一些手動設定學習率的經驗：

● 依經驗, 一般是從 0.1 或 0.01 的學習率開始嘗試。

● 若模型在訓練過程中有進步但進展緩慢, 也就是損失值隨訓練週期 (epoch) (註：見底下小編補充) 增加而降低, 但降幅相當有限, 就試著將學習率調高一個量級 (比方說從 0.01 升到 0.1)。若發現損失值會隨訓練週期不穩定地上下波動, 就表示學習率可能太大, 得降低一點。

> **◆小編補充** 5.2.6 節提過, 訓練神經網路時通常會將訓練資料 (樣本) 分成一小批一小批 (稱為小批次, mini-batch) 來訓練, 將所有的資料都訓練一遍即為一個週期 (epoch), 而且必須訓練多個週期學習的效果才會越來越好。這個概念下一小節還會再介紹。

● 若模型根本看不到有在進步, 表示學習率可能設得太高了。此時可嘗試將學習率調低一兩個量級 (例如從 0.1 降到 0.001), 看損失值是否又隨訓練週期增加而降低。你可回頭看圖 1.16 展示過的 TensorFlow Playground 網頁 (bit.ly/TFplayground), 點擊「Learning rate」的下拉式選單來改變學習率, 體驗看看調高學習率時所出現的不穩定現象。

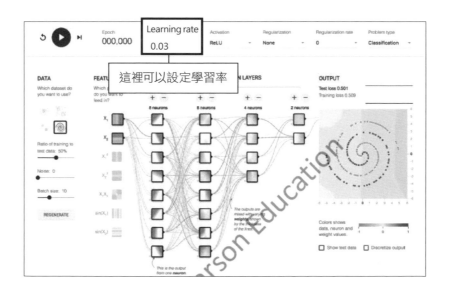

8.2.3 批次量 (batch-size) 與隨機梯度下降法 (SGD)

概念說明

在訓練模型時, 若訓練資料的量很大, 通常會將資料分成一小批一小批來訓練, 這麼做除了可以避免一次餵進大量資料, 導致記憶體或電腦計算能力無法負荷外, 即便電腦硬體能力都不是問題, 分批訓練的訓練成效也被普遍認為會比較好。

由於最原始的梯度下降法 (GD) 的概念是一次餵進所有資料來訓練, 因此就有「隨機版」的變體 — **隨機梯度下降法 (Stochastic Gradient Descent, SGD)** 被發展出來。SGD 的概念就是將訓練資料分成**小批次量 (minibatch)** 分批處理, 每次都處理資料集的一小部份, 處理完就修正一次權重參數, 接著處理下一批, 再修正一次, 再下一批, 再修正一次, ……一直進行下去。

回頭驗證第 5 章的範例

其實在第 5 章的《**ch05-shallow_net_in_keras.ipynb**》範例中, SGD 就出現過了。5.2.5 節在訓練模型前的 model.compile() 步驟中, 設 optimizer (優化器) 時就是指定 SGD:

▼ 節錄自 ch05-shallow_net_in_keras.ipynb

```
model.compile(loss='mean_squared_error',
              optimizer=optimizers.SGD(learning_rate=0.01),
              metrics=['accuracy'])
```
                                用 SGD 做為優化器, 學習率設 0.01

接著, 5.2.6 節訓練神經網路模型, 在下一行程式碼呼叫 model.fit() method 時, 批次量 (SGD 每批次處理的訓練樣本數, 參數為 batch_size) 是設為 128:

▼ 節錄自 ch05-shallow_net_in_keras.ipynb

```
model.fit(X_train,y_train,
          batch_size=128,  ←── 每批次取 128 個樣本來訓練
          epochs=200,
          verbose=1,
          validation_data=(X_test, y_test))
```

批次量跟前面介紹的學習率一樣, 都是模型的**超參數**, 要設多少都是由模型訓練者決定的, 需要透過反覆試驗來找到最佳值。

batch-size 設定例

我們實際代一些數字, 讓您更了解批次量的概念。以第 5 章的 MNIST 資料集為例, 共有 60,000 張訓練影像。若將批次量設為 128, 則能把影像分為「468.75」= 469 批[註1][註2], 然後一批批進行利用梯度下降法來訓練 (修正) 權重參數:

$$
\begin{aligned}
總批次數 &= \left\lceil \frac{訓練資料集總筆數}{批次量} \right\rceil \\
&= \left\lceil \frac{60{,}000\ 張影像}{128\ 張影像} \right\rceil \\
&= \lceil 468.75 \rceil \\
&= 469
\end{aligned}
\qquad (公式\ 8.3)
$$

在開始每個訓練週期前, SGD 的做法會先將 60,000 筆訓練影像的次序打亂, SGD (隨機梯度下降法) 的這個「隨機 (Stochastic)」就是因為訓練一開始要先打亂樣本的排序而來。當這個步驟完成後, 接下來的訓練流程如下:

---

*註1　由於 60,000 無法被 128 整除, 因此最後第 469 批只會有 0.75×128=96 張影像。

*註2　公式 8.3 的中括號少了下面那一劃, 不是畫錯喔!那代表向上取整數的意思, 例如 468.75 取整數後為 469。

❶ 取一批次量影像資料 (註：打亂排序後的前 128 張影像), 每張 MNIST 影像各有 784 像素值, 傳入神經網路運算。

> ★ **小編補充** 補充一點, 這時輸入資料已不再是單一筆影像而已, 而是 128 筆 (每筆皆為 784 個像素值), 因此輸入資料會是一個矩陣, 在描述上我們習慣以大寫 X 來表示。

❷ 這 128 筆影像藉由前向傳播流經一層層神經層, 抵達輸出層產生 128 筆預測值。

❸ 將神經網路的各預測值與手邊已經有的正確答案比對, 並以選定的損失函數算出該批 128 張影像的損失值 (誤差) C。

❹ 為了將損失值降到最低, 接著以梯度下降的方式, 將神經網路的 w 與 b 參數依各自對損失值的影響程度 (也就是梯度) 來修正, 修正時會加入先前提到的學習率 η 來調整梯度值, 然後再進行修正。

　　每一批次的訓練就是進行這 4 個步驟, 一批一批進行下去不斷重複進行訓練, 摘要如圖 8.5 所示：

餵入一批次資料所做的訓練步驟

❶ 取一批次量的訓練資料。

❷ 將資料餵入神經網路, 利用前向傳播後算出各資料的預測值。

❸ 比較預測值與正確答案, 計算出損失值 C。

❹ 算出 C 對各權重參數的梯度, 再用以梯度下降法調整各權重參數。

▲ 圖 8.5：一批次的訓練步驟

　　經一輪的步驟下來, 改用新權重參數的神經網路應該能預測的更準, 也就是預測值會更接近正確答案, 損失值也會更小。

　　重覆以上的步驟, 把所有批次的資料都訓練一遍即為一個**週期 (epoch)**, 圖 8.6 整理了一個週期當中所做的事情:

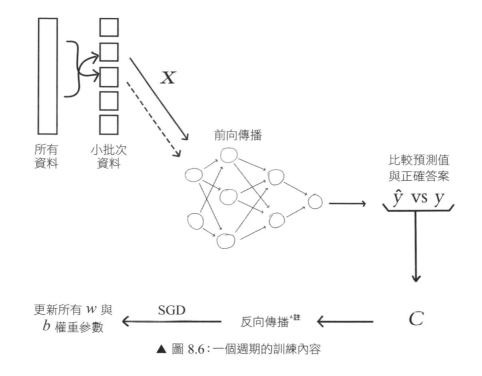

▲ 圖 8.6:一個週期的訓練內容

　　在每一個週期當中, 當最後一批所剩的 96 個樣本跑完後, 第一個訓練週期就完成了, 在此週期中, 共訓練 (修正) 了 469 次權重參數。

---

*註　權重參數對損失值的影響程度雖然是以微分來算, 不過若神經網路很複雜, 會不太好求出, 此時程式會在背後以「反向傳播 (back propagation)」演算法算出來, 待會就會介紹其概念。

當展開一個新的週期, 訓練集就會再重新打散, 意思就是 60,000 筆訓練影像重新打散後, 再分成 469 批, 再照同樣的訓練週期步驟, 一批批進行訓練。由於是隨機抽樣, 所以此週期這 469 批的訓練影像順序與上一週期完全不同, 持續這樣一週期一週期訓練下去, 直到做完設定的週期數為止。

至於要訓練幾週期？這也是開始訓練前要設置的超參數, 不過它算是最容易決定的, 底下提供幾個經驗：

● 若驗證資料 (validation data) 的損失值 (val_loss) 隨著訓練週期增加而下降, 沒有上升的跡象, 那就可以增加訓練週期, 嘗試讓損失值更低。

★ 小編補充 什麼是驗證資料？5.2.6 節提過, 深度學習實作通常會先從訓練集切出一部分資料作為「驗證 (validation) 資料」, 訓練過程除了追求神經網路對訓練資料的高預測準確率 (或低損失值) 外, 更需要觀察對神經網路對驗證資料的預測準確率以及損失值變化, 因為這可以告訴我們神經網路對「新」資料的表現如何。而本書一律是以下載到的測試資料集 (testing dataset) 來做為驗證資料。

● 若驗證資料的損失值不減反增, 代表訓練週期可能設太多了, 模型已有「**過度配適 (overfitting)**」的問題。簡單說過度配適就是指模型對訓練資料做了過度的學習, 學到了一些在訓練資料才有的特徵, 因此模型對訓練資料的準確率很高, 對未看過的資料準確率卻不高或很差, 第 9 章會提到更多關於過度配適的細節。

8.2.4 從局部最小值 (local minimum) 脫離

延續前面的三葉蟲例子, 如果三葉蟲在山上遇到一個新難題, 在它面前是如下頁圖所示的「損失值 (C) VS 權重參數 (p)」關係圖, C 與 p 之間的曲線關係圖複雜了一點, 三葉蟲同樣必須在此情況下摸索出最低點的方向。

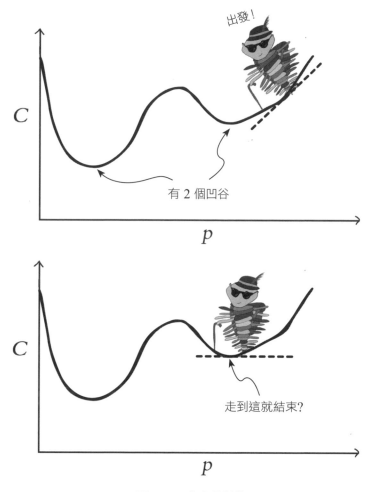

▲ 圖 8.7：三葉蟲的新難題

　　問題來了，如果依照梯度下降法的概念，當三葉蟲依循梯度，來到上圖底下的這個梯度 (斜度) 為 0 的相對低點，不管向左或向右移都會損失值增加，此時我們將這個點稱為**局部最小值 (Local minimum)**，此時三葉蟲進退失據，渾然不覺遠處還有更低的谷底，這個更低的點一般稱為**全局最小值 (global minimum)**。

這是訓練時很常遇到的問題之一, 因為我們可能壓根不知道 $C = f(p)$ 畫出來長什麼樣子, 也不確定「全域最小值」在哪裡？但既然預先知道會有這種情況, 就有一些除了 SGD 以外的改良版優化演算法被提出來, 具代表性的演算法有 Momentum、Adagrad、RMSProp、Adam…等。下一章我們再來探討這個議題。

此外, 針對局部最小值還有一個方法可以解決, 別忘了用 SGD 方法時得設定一個學習率, 假設代表學習率的步伐比局部最小值凹口的寬度還要大, 三葉蟲在移動時可能就會剛好跨過局部最小值 (就跟我們看到裂縫跨過去一樣), 然後就有機會往全局最小值邁進。

8.3 反向傳播 (back propagation)

前面提到, 用梯度下降法修正權重的第一步, 就是了解此權重對損失函數的影響程度, 也就是用數學的「微分」算看看函數 C 在 p 權重值那一點的梯度 (斜率), 不過實際上遇到的狀況都是神經網路有很多層 (也就是有超多的權重參數), 想有效率地求得損失函數對所有權重參數的梯度, 就需要**反向傳播 (back propagation)** 出馬了。

反向傳播 (簡寫為 backprop) 是微積分**連鎖法則 (chain rule)** 的應用。一如其名, 反向傳播技術是以與前向傳播「相反」的方向, 從靠近輸出端的權重梯度開始求起, 求出靠輸出端的權重梯度後, 再將此梯度值「反向」一層層傳遞回輸入端, 進而求出靠近輸入端的權重梯度, 讀者可以再看一下圖 8.6 下方的箭頭方向。

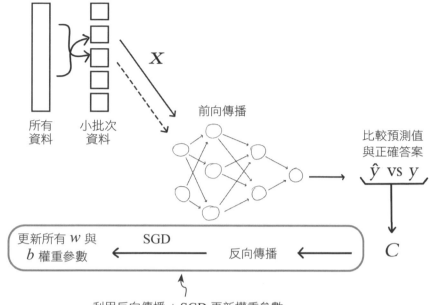

利用反向傳播 + SGD 更新權重參數

　　我們總結一下上圖整個前向傳播、反向傳播的運作概念：一開始, 神經網路模型的參數 (w 與 b 等) 都以隨機值先初始化 (細節見第 9 章), 未經任何訓練的神經網路面對第一次看到的輸入資料, 其輸出值一定不準 (相當於用猜的), 所以算出來的損失值會很高。接著的目標就是用 SGD 更新 (修正) 權重以將損失值降到最低, 而修正權重的第一步, 就是使用反向傳播來計算損失函數對權重參數的梯度, 就這麼簡單。

> ★**編註** 反向傳播的概念不難, 不過若想深究程式背後看不到的細節, 需要一點偏微分方面的知識。我們非常鼓勵讀者進一步欣賞反向傳播技術之美, 但也很清楚不是每個人都想跟微積分打交道, 有興趣的讀者可以進一步閱讀參考書目 Ref 2.「**決心打底！Python 深度學習基礎養成**」一書的說明。

8.4　規劃隱藏層與各層神經元的數量

訓練前的考量 (一)：隱藏層要設幾層？

　　到目前為止我們已經大致介紹完神經網路的訓練流程, 接下來會延伸第 5 章的例子, 建另一個神經網路來驗證前面學到的知識。而訓練前本節先簡單思考一下神經網路的架構。前面提到過學習率、批次量這兩個超參數 (hyper parameter), 而神經網路的「**隱藏層數量**」也是訓練前必須好好決定的超參數。雖然神經網路每增加一道隱藏層, 能力就可能變強, 但是添加過多神經層還是有風險, 其中一項就是會使反向傳播的效果變差, 導致模型的學習 (訓練) 速度遲緩, 圖 8.8 展示了一個 5 個隱藏層模型逐層的學習速度, 可看到最上面那一條, 也就最接近輸出層的 hidden_4 學習速度最快[*註]：

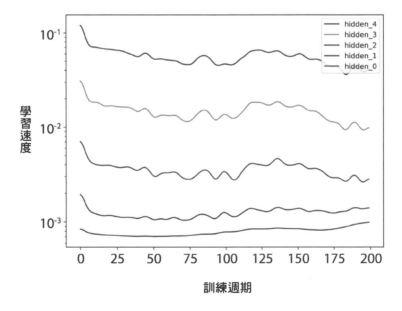

▲ 圖 8.8：5 個隱藏層在各訓練週期的學習速度, 可看到 hidden_4 的學習速度最快

[*註] 若想知道圖 8.8 是如何畫出來的, 可參考本章的範例《ch08-measuring_speed_of_learning.ipynb》。

　　會有這情況與反向播播的運算有關。一般來說, 經反向傳播算出來後, 離輸出層「最近」的隱藏層參數, 對損失值的影響會最大 (梯度值大), 而離輸出層越遠的層 (越靠近輸入層), 該層參數對損失值的影響就越被稀釋, 之所以會稀釋與反向傳播的數學運算有關, 簡單說愈靠近輸入層的梯度值可能會因為之前提到的連鎖法則而愈乘愈小, 甚至接近 0, 當梯度值為 0, 權重就沒得修正了 (修正前跟修正後一樣, 等於沒變), 這是建構多神經層時要留意的地方 (編:也就是說, 要小心太多神經層造成前端層的權重參數修正緩慢甚至失敗的問題, 這稱為梯度消失, 下一章會再談到)。

　　底下歸納幾個決定神經網路隱藏層數量的經驗給您參考:

● 建議從 2 到 4 個隱藏層開始。

● 依經驗, 若一樣能解決問題, 神經網路架構越簡單越好, 因此若驗證資料的損失值不會因為減少層數而增加, 那層數能少就少。

● 承上, 若發現驗證資料的損失值會隨神經層減少而增加 (或能隨神經層增加而減少), 那還是試著增加層數!

訓練前的考量 (二):各層神經元的數量要設多少?

　　任一神經層的神經元數目也是模型超參數, 若神經網路中有好幾層, 就得一層層決定各層各要用多少神經元。乍看之下是件傷腦筋的事, 但其實也沒多複雜:神經元太多, 神經網路會太複雜、增加計算複雜度;神經元太少, 神經網路的預測準確率可能會受限。底下一些經驗給您參考:

● 若輸入資料的低階特徵 (顯而易見的特徵) 較多, 模型前幾層放更多神經元可能會管用。

● 若特徵不明顯, 則後面幾層多設點神經元會較好。

　　在做實驗時, 可將特定層的神經元數量以 2 的倍數來增減, 例如若神經元數量從 64 個增加到 128 個後, 模型準確率有明顯改善, 那就增加。反過來看也是可以, 若模型準確率不會因神經元數量從 64 降到 32 而降低, 那就減少。

8.5 範例：建構多層神經網路

本章最後試著將前面新學到的知識融入神經網路, 建構一個多層神經網路, 看看在 MNIST 手寫數字辨識能否勝過第 5 章的《ch05-shallow_net_in_keras.ipynb》淺層神經網路。

本章的《ch08-intermediate_net_in_keras.ipynb》範例前面幾段是從第 5 章《ch05-shallow_net_in_keras.ipynb》這個淺層網路拷貝過來的, 包括匯入模組、載入 MNIST 資料集、預處理資料的方式...都一樣。不過在設置神經網路架構時就有點不同了, 如下所示：

▼ 第 5 章的神經網路模型

```
model = Sequential()
model.add(Dense(64, activation=' sigmoid' , input_shape=(784,)))
model.add(Dense(10, activation='softmax'))
```

▼ 本章的神經網路模型

```
model = Sequential()
model.add(Dense(64, activation='relu', input_shape=(784,)))
model.add(Dense(64, activation='relu'))
model.add(Dense(10, activation='softmax'))
```

第 1 行程式碼 model = Sequential() 跟之前一樣, 用來建立空的模型物件。第 2 行開始就有差了：第 1 隱藏層改用第 6 章最推崇的 relu 激活函數來取代 sigmoid, 其餘則跟之前一樣, 都是由 64 個神經元組成, 輸入層維度也是 784：

```
model.add(Dense(64, activation='relu', input_shape=(784,)))
```

接下來, 這裡多建立了第 2 隱藏層。同樣呼叫 model.add() 方法, 不費吹灰之力就添加一個由 64 神經元組成的密集層, 並使用 relu 激活函數, 然後這個神經網路就搭好了：

```
model.add(Dense(64, activation='relu'))  ◀── 多建立第 2 隱藏層
```

呼叫 model.summary() 後, 模型的摘要如下圖所示:

```
輸
出 ⬇

Layer (type)                  Output Shape              Param #
================================================================
dense_1 (Dense)               (None, 64)                50240

dense_2 (Dense)               (None, 64)                4160 ❶

dense_3 (Dense)               (None, 10)                650
================================================================
Total params: 55,050
Trainable params: 55,050
Non-trainable params: 0
```

▲ 圖 8.9:《ch08-intermediate_net_in_keras.ipynb》範例的模型摘要

相較第 5 章的淺層結構, 此例多了一層, 使得可訓練參數 ❶ 增加 4160 個, 4160 是這麼來的:

- 第 1 隱藏層的 64 個神經元與第 2 隱藏層的 64 個神經元之間共有 4096 (64×64) 個連接數, 也就是有 4096 個 w 權重。

- 第 2 隱藏層有 64 個神經元, 因此共有 64 個 b。

- 綜上, 這兩層之間共有 4160 個參數:$n_{parameters} = n_w + n_b = 4096 + 64 = 4160$。

除了模型架構有修改, 模型編譯的相關參數也改了, 如下所示:

```
model.compile(loss='categorical_crossentropy',  ◀──❶
              optimizer=optimizers.SGD(learning_rate=0.01),  ◀──❷
              metrics=['accuracy'])  ◀──❸
```

在上面的程式中：

❶ 用 loss ='categorical_crossentropy' 將損失函數設置為交叉熵損失函數 (回憶一下範例《ch05-shallow_net_in_keras.ipynb》用的是均方誤差, 那時是設 loss='mean_squared_error')。

❷ 用 optimizer=optimizers.SGD(learning_rate=0.01) 將優化器設為 SGD, 設定學習率為 0.01。

❸ 設定 metrics=['accuracy'], 將模型的預測準確率 (accuray) 也納入模型效能指標*註。

最後, 同樣用 model.fit() 來訓練神經網路：

```
model.fit(X_train, y_train,
          batch_size=128, epochs=20,
          verbose=1,
          validation_data=(X_test, y_test))
```

相較於第 5 章《ch05-shallow_net_in_keras.ipynb》範例最後是訓練 200 週期, 此例降為 20, 因為本例的模型架構變複雜, 推估訓練週期應該可以更少才是, 實際跑看看就知道了。

輸出

```
Epoch 1/20
469/469 [==============================] - 2s 3ms/step - loss: 1.4115
- accuracy: 0.6250 - val_loss: 0.7472 - val_accuracy: 0.8115
```
接下頁

---

*註 儘管在監看模型效能時, 損失值非常重要, 不過每個模型的架構與要處理的問題都不一樣, 很難單從損失值來詮釋模型好壞, 例如我們知道損失值接近 0 越好, 但還得想辦法了解誤差到底該離 0 多近, 因此常會加上準確率 (89%、90%、95%…) 這個可具體詮釋差異的指標。

```
Epoch 2/20
469/469 [==============================] - 2s 3ms/step - loss: 0.5931
 - accuracy: 0.8437 - val_loss: 0.4653 - val_accuracy: 0.8762
Epoch 3/20
469/469 [==============================] - 2s 3ms/step - loss: 0.4368
 - accuracy: 0.8794 - val_loss: 0.3816 - val_accuracy: 0.8954
Epoch 4/20
469/469 [==============================] - 2s 3ms/step - loss: 0.3754
 - accuracy: 0.8941 - val_loss: 0.3377 - val_accuracy: 0.9065
(….中間省略…)
Epoch 19/20
469/469 [==============================] - 2s 3ms/step - loss: 0.1963
 - accuracy: 0.9435 - val_loss: 0.1933 - val_accuracy: 0.9431
Epoch 20/20
469/469 [==============================] - 1s 3ms/step - loss: 0.1909
 - accuracy: 0.9448 - val_loss: 0.1896 - val_accuracy: 0.9440
```

▲ 圖 8.10：模型各訓練週期的表現

　　以上是新神經網路各訓練週期的表現。回顧第 5 章範例在 200 個訓練週期後, 準確率才在 86% 左右穩定下來, 而本章的模型很明顯更勝一籌。從 val_acc (驗證資料的預測準確率) 看來, 準確率在第 3 個訓練週期結束後就衝到 87.94%, 讀者可以實際跑跑看《ch08-intermediate_net_in_keras.ipynb》, 模型在第 20 週期時已經很穩定地待在 94.44% 附近。哇, 一下子就進步這麼多！

　　這 5 章時沒細談, 這裡再帶你解讀一下 model.fit() 的輸出結果：

● 單一訓練週期全 469 回合的「訓練進度」會以進度條顯示如下：

```
469/469 [==============================]
```

● loss 為該週期訓練的平均損失值 (誤差), 藉由隨機梯度下降法 (SGD) 愈降愈低 ; 一輪輪的訓練週期過去後, 損失從第 1 週期的 1.4115 降到第 20 週期的 0.1909。

● accuracy 為訓練資料的預測準確率。此模型到第 20 週期甚至進步到超過 94.48 %。不過先不要高興的太早, 搞不好是模型過度配適 (overfitting) 訓練資料的結果。

● 好在驗證資料的損失值 (val_loss) 也確實漸漸下降了, 在最後幾週期收斂到 0.19 左右。

● 驗證資料的準確率 (val_acc) 也提高了, 符合 val_loss 的下降趨勢。驗證準確率很穩定地落在 94.4 % 左右, 比第 5 章的範例好很多。

8.6 總結

本章一一介紹了損失函數、隨機梯度下降法 (SGD) 與反向傳播等訓練神經網路的關鍵概念, 有了它們, 神經網路才能從資料中學習, 漸漸摸索、映射 (mapping) 出輸入資料與正確答案的關聯, 進而找出最佳的權重參數配置。

我們也介紹了學習率、批次量、訓練週期等神經網路超參數, 還有一些調整上的經驗; 本章最後則以這些新知識建構一個架構更複雜的神經網路, 得到一個手寫數字辨識能力勝過第 5 章的模型。接下來的章節, 我們會繼續介紹一些能改善複雜神經網路預測能力的技巧。

重要名詞整理

以下是到目前為止講過的基本概念。本章介紹的新名稱會以外框顯示。

❖ 權重參數：

- 權重 w

- 偏值 b

❖ 激活值 a

❖ 激活函數

- sigmoid

- tanh

- ReLU

- softmax

❖ 輸入層 (Input Layer)

❖ 隱藏層 (Hidden Layer)

❖ 輸出層 (Output Layer)

❖ 損失函數

- 均方誤差

- 交叉熵

❖ 前向傳播

❖ 反向傳播

❖ 優化器

- 隨機梯度下降法 (SGD)

❖ 優化器超參數

- 學習率 η

- 批次量

MEMO

改善神經網路的
訓練成效

本章我們來探討增加神經網路層數時可能遇到的問題，並說明解決之道，最後會實作一個更深層的神經網路，看看在 MNIST 手寫數字辨識方面能否勝過前兩章相對較淺層的神經網路。

9.1 權重初始化 (weight initialization)

6.3 節提過神經元飽和 (neuron saturation) 的概念，簡單說就是 $x \cdot w + b$ 算出來的 z 值過大或過小時，經 sigmoid 激活函數處理後會呈現「輸出飽和現象」，例如 z 值若為 5，sigmoid (5) 就已經是 0.9933071，很逼近 1 了，而就算 z 再怎麼大，神經元的激活值最大也只會是 1。反之 z 值不管是 -8 或 -100 或繼續小下去，神經元的激活值 sigmoid (-8)、sigmoid (-100) 都會趨近於 0。這就像是對神經元進行更大程度的刺激 (輸入)，卻得到相同的反應 (輸出)，看起來就像神經元死掉了毫無反應，這種情況的訓練結果就會很差。

依前人的經驗，若能以妥善的方法設定權重初始值，可以將神經元飽和的可能性降更低 (編：後面會做實驗來驗證)，也對模型的訓練成效有著重要的影響。那怎麼設呢？前面不斷提到訓練神經網路之前，權重參數 w 與 b 都是以隨機值來指定，不過沒有對「是怎麼個隨機法」多做著墨，因為 tf.Keras 會自動設定適當的初始值。然而了解一下 tf.Keras 的設定方法是必要的，需要時才能彈性做調整。本節會試驗不同的權重初始化方式，讓讀者能有清楚的認識。

> ★註 回顧第 1 章所提到的，權重初始化 (2010 年發表) 的重要性不下於 LeNet-5 (1998 年發表)、AlexNet (2012 年發表) 這兩個經典模型，它的出現讓深度學習的能力再往上跳一級。

9.1.1　從《ch09-weight_initialization.ipynb》範例看起

　　請看《ch09-weight_initialization.ipynb》範例, 我們先看一下程式的內容。此範例一開始匯入 NumPy (用於數值運算)、matplotlib (繪製圖表) 及數種 tf.Keras 的 method (之後會一一介紹), 如底下所示:

```
import numpy as np
import matplotlib.pyplot as plt
from tensorflow.keras.models import Sequential
from tensorflow.keras.layers import Dense, Activation
from tensorflow.keras.initializers import Zeros, RandomNormal, 接下行
    glorot_normal, glorot_uniform
```

　　前面我們都用 MNIST 資料集做為輸入資料, 此例我們同樣設輸入層有 784 個神經元, 但輸入資料改用亂數來建立, 接著接一個有 256 個神經元的密集層, 這個例子我們就只設一個密集層就好:

```
n_input = 784
n_dense = 256
```

設定權重的初始值

　　現在來到本節重頭戲:設定權重參數 (w 與 b) 的初始值, 一般來說不能設太大, 原因有兩個:

❶ 較大的 w 與 b 值往往會產生較大的 z, 導致神經元飽和, 再配合 sigmoid 函數, 無論 z 值多大, 最大只會輸出 1。

❷ 權重參數若設太大, 當輸入值之間有小波動時, 一旦乘上大的權重, 卻會放大這個波動, 這種「預設立場」在是訓練前是不應該有的。

因此, 普遍的做法是從較小的數值開始嘗試, 讓訓練能有個四平八穩的開始。

此例我們把焦點放在 w 參數就好, 先用 Zeros() method 將密集層的偏值 b 都設為 0：

```
b_init = Zeros()
```

接著是 w 的初始值設定, 依經驗, 最好能從固定範圍中選擇不同數值來設定 w 的初始值, 具體上怎麼設呢？我們已經將 b 都設為 0, 而 w 這裡先試著從「標準常態分佈*註 (standard normal distribution)」隨機取樣來產生初始值。

標準常態分佈是平均值為 0、標準差為 1 的常態分佈, 在統計上, 從這個分佈取樣出來的值有約 68.2 % 的機率會介於 -1～1 之間、有約 95.4% 的機率介於 -2～2 之間, 從機率上來看還是有一定機率產生離 0 較遠的 w 值 (-4、-3、3、4…等), 我們就實驗看看這樣來設權重初始值好不好。先用以下程式來初始化權重：

```
w_init = RandomNormal(stddev=1.0) ◄──── 設標準差為 1, 從標準常態
                                        分佈取樣來初始化權重
```

建構神經網路

接著我們來設計神經網路架構, 這裡建一個密集層 (兼輸入層) 就好, 使用 sigmoid 激活函數：

```
model = Sequential()
model.add(Dense(n_dense, ◄──❶
                input_dim=n_input, ◄──❷
                kernel_initializer=w_init, ◄──❸
                bias_initializer=b_init)) ◄──❹
model.add(Activation('sigmoid')) ◄──❺
```

---

*註 常態分佈就是所謂的高斯分佈 (Gaussian distribution), 由於畫出來的分佈呈鐘形, 也被稱為「鐘形曲線」, 而標準常態分佈就是平均值為 0、標準差為 1 的常態分佈。

在上面的程式中, 先用 Sequential() 建一個空的模型, 再用 add() 方法搭配以下參數建立一個密集層:

❶ n_dense：256 個神經元。

❷ n_input：此密集層接收 784 個輸入值。

❸ 利用 **kernel_initializer** 參數可以設權重的初始值, 這裡設為 w_init, 代表此參數是從標準常態分佈中取樣。

❹ 偏值的初始值則用 **bias_initializer** 參數指定為 b_init, 前面我們將初始值全設為 0。

❺ 為了方便之後修改程式碼, 用 add(Activation('sigmoid')) 將該層激活函數設為 sigmoid (註：這裡改用不同的寫法來指定密集層的激活函數, 之前是在 Dense() 裡面用 activation 參數來指定, 兩種寫法都可以)。

產生輸入資料, 並算出密集層 256 個神經元的激活值

設定好神經網路後, 使用 Numpy 的 random() 來產生成 784 個介於 0.0～1.0 的浮點亂數, 充當影像像素值來做為輸入資料：

```
x = np.random.random((1,n_input))
```

然後用 predict() method, 將輸入資料 x 傳入密集層, 以前向傳播算出這一層所有神經元 (256 個) 的激活值 a：

```
a = model.predict(x)  ←─ 記得!我們在 6.3 節 6-11 頁講過,
                         激活值 a 就是激活函數的輸出值
```

畫圖查看各激活值的分布

《ch09-weight_initialization.ipynb》範例最後一行程式碼, 是將 256 個激活值的結果以直方圖呈現, 統計各數值的分佈次數。底下等號左邊的底線 (_ =), 作用是提示不需儲存該物件, 只管繪圖就好:

```
_ = plt.hist(np.transpose(a))
```

由於 random() 生成的輸入值亂數每次都不同 (註:random() 的 seed 不一樣, 若對此不熟請自行查閱 Python 入門書, 例如參考書目 Ref 1.「用 Python 學運算思維」的 P34-9 頁), 因此跑出來的數值不會跟本書完全一樣, 但畫出來的圖應該會與下圖類似:

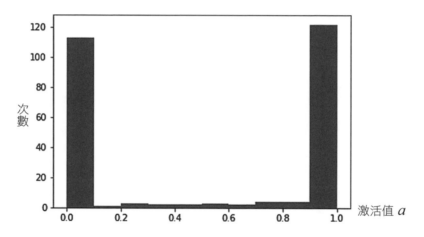

▲ 圖 9.1:密集層 (使用 sigmoid 函數) 256 個神經元的激活值分布

我們已經知道, 經由 sigmoid 激活函數處理過的 a 值 (輸出值) 會被控制在 0 到 1 之間, z 值 ($z = x \cdot w + b$, 為 sigmoid 的輸入值) 愈大則 a 值會愈接近 1, z 值愈小則 a 值愈接近 0, 而從上圖可以看到, 這個實驗說明了以標準常態分佈來設權重初始值 w 並不理想, 因為可清楚看到大部份的 a 值都往 0 與 1 兩端靠攏, 說明神經層中的大部份神經元已經飽和, 這並不利於神經網路的訓練。

> **◆★ 編註** 原因可能就如 9-4 頁提到的, 以標準常態分佈取樣, 還是有一定機率產生離 0 較遠的 w 值 (-5、-4、-3、3、4、5…等), 進而算出較極端 (很偏 0 或很偏 1) 的 z 值。

好在這問題不難解決, 我們試著用不同的取樣分佈來設 w 初始值看看。

9.1.2 Xavier Glorot 分佈

目前業界常用的權重初始化作法, 是用 Xavier Glorot 與 Yoshua Bengio 提出的從 Glorot 分佈 (Glorot distribution) 取樣[註1][註2]。Glorot 分佈是專為權重初始化設計, 這裡要介紹 **Glorot 常態分佈**與 **Glorot 均勻分佈**兩種做法[註3], 看看效果如何。

Glorot 常態分佈 (Glorot normal distribution)

首先用 **Glorot 常態分佈**來取樣產生權重初始值, tf.Keras 都已經內建相關初始器, 只要將 w_init 的權重初始值改成底下這樣即可：

```
w_init = glorot_normal()  ← 改以 Glorot 常態分佈來設定權重初始值
#w_init = RandomNormal(stddev=1.0)  ← 將之前的初始化 method 註解掉
```

重新執行範例後[註4], 應該會看到類似下圖的結果：

---

*註1 也有人稱為 Xavier 分佈。

*註2 Glorot, X., & Bengio, Y. (2010).Understanding the difficulty of training deep feedforward neural networks.Proceedings of Machine Learning Research, 9, 249－56。

*註3 Glorot 常態分佈是常態分佈的變體, 其平均值為 0, 標準差為 $\sqrt{\frac{2}{n_{in}+n_{out}}}$, 其中 n_{in} 與 n_{out} 分別為前一層與後一層的神經元數量, 因此其核心概念就是將常態分佈的標準差設小一點, 這樣從機率來看取樣出來的 w 也會跟著變小。而 Glorot 均勻分佈是範圍 [-l, l] 內的均勻分佈, 其中 $l = \sqrt{\frac{6}{n_{in}+n_{out}}}$。兩者都是利用統計概念發展出來的, 終極目的是不希望神經元輸出的激活值太極端, 若對背後的統計原理有興趣可再自行研究。

*註4 在 Colab 下拉選單執行「**執行階段 / 重新啟動執行階段**」, 可確保程序重新啟動, 不會重複使用上次執行的舊參數。

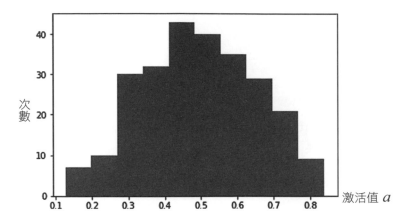

▲ 圖 9.2：改用 Glorot 常態分佈產生權重初始值, 最終形成的激活值分佈

可以看到激活值的分佈不那麼極端了, 邊界的極端值 (小於 0.1 或大於 0.9) 幾乎沒有了, 與圖 9.1 明顯不同, 這對神經網路來說是個很好的開始, 所以用 glorot_normal() 設定的 w_init 權重參數來接收資料、展開訓練工作最好。

Glorot 均勻分佈 (Glorot uniform distribution)

除了 Glorot 常態分佈以外, 常用的還有 **Glorot 均勻分佈**, 不過這兩種 Glorot 分佈沒有明顯差別。實作時只要將程式碼中的 w_init 設為 glorot_uniform(), 後重跑範例, 就能改從 Glorot 均勻分佈中採樣。出來的激活值分佈不會跟圖 9.2 差多少。

```
#w_init = RandomNormal(stddev=1.0)
#w_init = glorot_normal()
w_init = glorot_uniform()  ← 改用這一行設定權重初始值
```

搭配別種激活函數的試驗結果

若密集層改用別的激活函數, 從標準常態分佈取樣跟從 Glorot 分佈取樣來初始化權重有差嗎？我們將《ch09-weight_initialization.ipynb》範例的激活函數設定從 sigmoid 換成 tanh (Activation('tanh')) 或 ReLU (Activation('relu')), 再重跑一次就知道了：

```
model = Sequential()
model.add(Dense(n_dense,
                input_dim=n_input,
                kernel_initializer=w_init,
                bias_initializer=b_init))
model.add(Activation( 'sigmoid' ))
# model.add(Activation( 'tanh' ))    ─┐── 分別試試這兩種設定 (將想嘗試
# model.add(Activation( 'relu' ))    ─┘   的那一行前面的 # 註解拿掉即可)
```

底下是嘗試不同設定, 分別執行範例最後一行:「_ = plt.hist(np. transpose(a))」的結果:

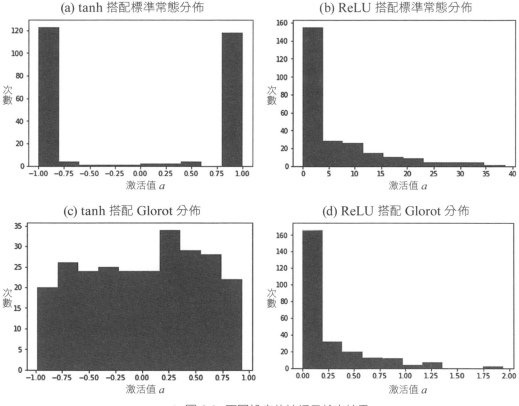

▲ 圖 9.3:不同設定的神經元輸出結果

簡單來說, 圖 9.3 告訴我們, 無論用哪種激活函數, 用標準常態分佈初始化權重, 所產生的激活值都比較極端, 還是用 Glorot 分佈比較好。此外, 乍看之下 (b) 和 (d) 差不多, 而激活值的大小差很多, 但這不是這裡的重點就不細究了, 此處只要知道 Glorot 分佈產生權重初始值的做法較佳即可。tf.Keras

預設就是把偏值設為 0, 權重則以 Glorot 分佈初始化 (編註：有關 tf.Keras initializer 的種類及用法, 可參見官網 https://www.tensorflow.org/api_docs/python/tf/keras/initializers)。

> **◆★編註** 用 Glorot 分佈是設定權重參數初始值應該時下最流行的方法, 此外你可能還會查到 He 初始化[註1]、LeCun 初始化[註2]...等方法, 據我們的經驗, 這些技術的效果不相上下, 差別沒有很大。

9.2 解決梯度不穩定的問題

梯度不穩定 (unstable gradient) 是另一個訓練時會面臨的問題, 當隱藏層越來越多就可能遇到, 其中又分為**梯度消失**和**梯度爆炸**兩種, 我們先帶您簡單了解並提供因應之道。

9.2.1 梯度消失 (vanishing gradient)

介紹梯度消失前, 我們先快速回顧梯度下降法的概要。首先, 神經網路先根據預測值與正確答案算出損失值 C, 然後利用反向傳播算出損失函數對各層權重參數的梯度 (斜率), 再利用梯度下降法來修正權重參數。

在做梯度下降法時, 每個參數都依照各自對損失值的影響來決定如何修正, 具體的修正方法是：若損失函數對某參數的微分為**正值**, 就讓這個參數的值變小一點 (回憶一下第 8 章三葉蟲遇到梯度為正時, 是往左走, 以減少權重的值), 而修正權重的算式就是「**新權重參數值 = 原權重參數值 － 正梯度值 * 學習率**」, 這樣用新權重所算出來的損失值就會降低。

---

*註1 He, Y., et al. (2015). Delving deep into rectifiers: Surpassing human-level performance on ImageNet classification. arXiv: 1502.01852。

*註2 LeCun, Y., et al. (1998).Efficient backprop.In G. Montavon et al.(Eds.)Neural Networks: Tricks of the Trade.Lecture Notes in Computer Science, 7700 (pp. 355－65).Berlin: Springer。

反之, 若損失函數對某參數的微分為**負值**, 修正參數的算式仍是「**新權重參數值 = 原權重參數值 － 負梯度值 * 學習率**」, 算式中負負得正, 這麼做就可以加大原參數的值 (第 8 章三葉蟲當遇到梯度為負的情況, 是往右走, 即增加權重的值)。

以上是梯度下降法的概念, 那什麼是「梯度消失」呢？一般來說, 經反向傳播算出來後, 離輸出層「最近」的隱藏層參數, 對損失值的影響會最大, 而神經層離輸出層越遠, 該層參數對損失值的影響就會越被稀釋。也就是說, 當損失值從最末隱藏層反向一層層傳播至第 1 隱藏層時, 損失值對權重參數的梯度值會愈算愈小, 逐漸消失 (趨近於 0), 意思就是離輸出層最遠的那幾層 (即最開頭的那些層) 將會因為梯度消失而學習停滯, 因為權重始終沒有修正到, 導致模型能力無法提升。

★ **小編補充** 梯度消失通常是神經網路的層數過多、再加上中間層使用了 Sigmoid 激活函數所致。因為用反向傳播算損失函數對權重的梯度時, 需要去乘上 Sigmoid 激活函數的微分計算。而由於數學上 Sigmoid 的梯度值範圍是 0 ~ 0.25, 這是一個小於 1 的數字, 如果中間層過多, 假設有 20 層, 這就意味算梯度時得乘上 20 次 Sigmoid 的梯度值, 即使每個梯度都是最大值 0.25, 最後乘起來也會讓權重的梯度值趨近於 0 ($0.2520 = 10^{-12}$), 如此一來就發生「梯度消失」的問題。

以上涉及了反向傳播底層的微積分連鎖法則運算, 本書不會觸及太深, 有興趣可以閱讀參考書目 Ref 2.「**決心打底！Python 深度學習基礎養成**」一書, 可以對反向傳播的底層運算有更清楚的認識。

9.2.2 梯度爆炸 (exploding gradients)

梯度爆炸沒有梯度消失那麼常見, 但某些神經網路架構可能會遇到 (例如第 13 章會介紹的 RNN 神經網路)。一旦出現這種情況, 從最末隱藏層往第 1 隱藏層做反向傳播運算時, 損失函數對「最靠近輸入端權重參數的偏導數」反而會越來越誇張, 同樣不利於神經網路的訓練。

9.2.3 用批次正規化 (batch normalization) 解決梯度不穩定的問題

在神經網路訓練期間, 同一隱藏層的參數分佈可能會逐漸變動, 連帶導致隱藏層所算出來的輸出值 (即激活值 a) 逐漸偏離理想分佈 (例如常態分佈), 此時就是**批次正規化 (batch normalization)** 上場的時候[*註]。

> **★ 小編補充** 正規化 (Normalization) 處理也就是利用重定比例 (rescale) 的方法, 讓每種特徵值都使用相同的計量標準。這種將特徵值重定比例的方法, 也稱為**特徵縮放 (feature scaling)**。此法可用來對多種特徵做正規化, 讓它們使用相同的計量標準, 將每一特徵轉換到相同的範圍 (例如 0~1 之間), 使其適合輸入模型做訓練。

批次正規化就是針對「**神經層的輸出值**」做處理, 使其傳遞到下一層時能符合理想的分佈, 做法上是先將神經層算出的激活值減去各訓練批次所有資料的平均值, 再除以該批資料的標準差, 經過此轉換外, 使其成為「平均值為 0、標準差為 1」的分佈:

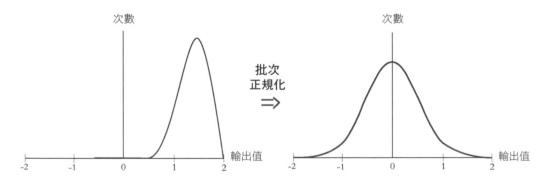

▲ 圖 9.4：批次正規化可將神經層的輸出值平移、縮放為標準常態分佈

[*註] Ioffe, S., & Szegedy, C. (2015). Batch normalization: Accelerating deep network training by reducing internal covariate shift. arXiv: 1502.03167。

接著, 還會給神經層增加兩個可訓練的參數: γ (gamma) 與 β (beta), 批次正規化的最後步驟, 就是將「轉換成符合標準常態分佈的輸出值」乘以 γ 再加上 β, 這樣相當於將原本「平均值為 0, 標準差為 1」的分佈轉換成「平均值為 β, 標準差為 γ」的分佈。這裡的 γ 與 β 和神經網路的權重參數 (w、b) 一樣, 都是要利用梯度下降法去修正的, 一般來說初始化參數會設為 γ=1、β=0, 訓練時就要求出如何平移 (調整 β)、縮放 (調整 γ) 該神經層的激活值, 讓最終算出的損失值降到最低。

一般來說, 批次正規化具有以下優點:

● 各神經層較能獨立學習, 因為後層計算較不會受前層傳來的極端值影響。

● 經正規化 (Normalization) 後的激活值分佈較集中, 學習會更順暢。

9.3 避免過度配適 (overfitting) 的技巧

第 8 章提到, 模型訓練幾個週期後, 若本來逐漸降低的驗證資料損失值 (val_loss) 不減反增, 這種情況稱為**過度配適 (overfitting)**, 本節來了解此問題的解決方法。

9.3.1 過度配適的概念

我們先以下頁的圖 9.5 說明過度配適的概念。圖 9.5 這 4 組模型曲線是根據同一批資料點所訓練出來, 該批資料點可以想成是從某個潛在分佈 (母體) 取樣出來的, 我們並非只想訓練出能解釋這組 x 與 y 關聯的模型, 而是還原背後的潛在分佈, 因為這樣一來, 模型不只能用在已知的這些資料點, 也能用在從同樣分佈 (母體分佈) 採樣的新資料。

先從圖 9.5 左上 ❶ 看起, 該模型是一次函數所擬合出的直線 ($y = ax + b$)。這條直線與資料的擬合度很低, 無法解釋大部份資料點的分佈, 這稱為**低度配適 (underfitting)**。

　　右上角的模型 ❷ 改用二次函數, 將資料擬合成一條拋物線, 看起來好了一點點。

　　接著是圖 9.5 下面兩張圖片 ❸、❹, 首先 ❸ 的模型用了更多的參數, 如您所見完美地擬合所有資料點, 也就是將訓練資料的誤差降為 0。但這好嗎?雖然曲線不偏不倚穿過所有已知資料點, 但 ❹ 又從母體分佈採集了一批模型從未見過的新資料點, 可以看到模型與新資料的擬合度很差, 圖 9.5 ❸、❹ 所舉例的就稱為**過度配適 (overfitting)**, 也就是模型太過專注於揣摩訓練資料的特徵, 導致在未知資料上的表現很差。

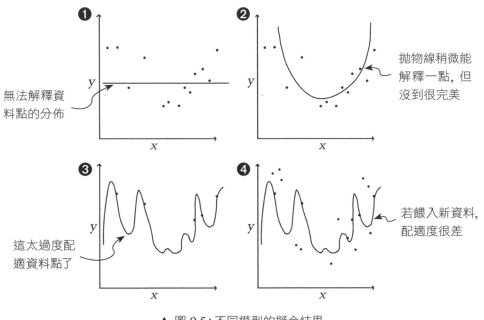

▲ 圖 9.5:不同模型的擬合結果

　　由此可以知道, 若訓練的樣本不足, 而模型設計的太複雜 (參數太多), 就可能導致過度配適。回顧一下第 5 章的程式, 光用幾行程式碼就建立一個超過 50,000 個參數的淺層神經網路架構, 然而深度學習架構會用上數百萬個參數也是很常見的。如果用區區數千筆樣本來訓練數百萬個參數的模型, 就非常可能出現過度配適。

不過, 若手上沒有大量資料, 仍想用深層的網路架構, 有幾種專門用來減少過度配適的技術, 後續就來介紹其中最知名的 3 種:L1/L2 常規化 (L1/L2 regularization)、丟棄法 (dropout) 與資料擴增 (data augmentation)。

9.3.2 L1 與 L2 常規化（L1/L2 regularization）

L1 或 L2 常規化是很常見的抑制過度配適手段, 分別又稱為 **LASSO 迴歸**[*註] **與 ridge 迴歸**, 這兩種技術都是在損失函數內添加額外**懲罰項 (penalty term)**, 達到「懲罰模型參數過度擴張」的目的。

使用常規化手段, 當神經網路在學習時, 神經層參數值 (權重、偏值、或層的輸出值) 越大就給予越大的懲罰, 如此就會自動往參數值較小的方向優化。當參數值可變化的範圍變小後, 可以避免少數參數值過大, 導致某些輸入特徵的影響力過大的情況。

> ◆**★註** L1 與 L2 這兩種常規化的分別在於, L1 的損失懲罰項為權重取絕對值後的總和, 而 L2 的則是權重的平方和。所以 L1 常規化會迫使模型根據參數對損失的貢獻施予差別待遇, 對降低損失有明顯效果的少量參數會特別大, 其他參數則趨近 0 (也就是將參數「稀疏化」);L2 常規化則會讓模型分散參數的貢獻, 使得大部分參數呈偏低但數值差不多的分佈, 對相關細節的興趣的讀者可再自行研究。

不過, 雖說 L1 與 L2 常規化對抑制深度學習模型的過度配適很管用, 但業界人士更偏好使用另一種神經網路特有的常規化技術, 也就是下一小節要介紹的 **dropout (丟棄法)**, 因此後面實作時就不特別針對 L1 與 L2 常規化做試驗了。

---

*註 為「Least absolutely shrinkage and selection operator」的縮寫。

9.3.3 dropout (丟棄法)

dropout (丟棄法) 是深度學習之父 Geoff Hinton 與其多倫多大學的同事偕手發表[註], 納入此技術的 AlexNet 架構一舉突破效能天花板, 在當時一鳴驚人。

dropout 的概念出乎意料的簡單, 簡言之, dropout 就是在每一回合 (即訓練某一批次的資料) 都隨機「無視」該層一定比例的神經元, 把它們設為 0 當作不存在。圖 9.6 示意了 3 個不同的訓練回合的訓練情況:

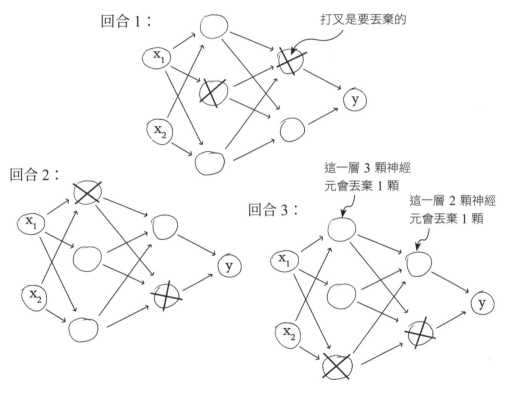

▲ 圖 9.6:不同訓練回合丟棄不同的神經元

*註 Hinton, G., et al. (2012). Improving neural networks by preventing co-adaptation of feature detectors. arXiv:1207.0580。

上圖的例子是將第 1 隱藏層丟棄的神經元比例 (dropout 率) 設為三分之一 (33%)；第 2 隱藏層的 dropout 率則提高到 50%。來看這 3 回合的訓練：

❶ 在回合 1，被隨機丟棄的是第 1 隱藏層的第 2 神經元與第 2 隱藏層的第 1 神經元。

❷ 在回合 2，被丟棄的是第 1 隱藏層的第1神經元和第 2 隱藏層的第 2 神經元。此回合被丟棄的神經元都是隨機挑的，與第 1 回合完全無關。

❸ 在回合 3，隨機挑到第 1 隱藏層的第 3 神經元被丟。第 2 隱藏層的第 2 神經元在前一回合訓練被丟棄，這一回合又隨機選中被丟了。

dropout 為什麼有幫助呢？因為神經網路有時會以極端的邏輯來詮釋訓練資料集，導致演化出一個「只依賴少許神經元的前向傳播路徑」；藉由 dropout 之助，這條路徑在形成之前，就會因神經元在每回合訓練被隨機丟棄而瓦解，這樣模型就不會過度依賴某幾種特徵來預測結果了。

dropout 的注意事項

用 dropout 訓練出的神經網路模型要進入驗證階段或實際投入運作前，有件事要留意一下。照道理，神經網路在驗證階段或實際上線時，效能應該要發揮到極致，也就是說所有神經元得全上場，可是由於訓練時所用的 dropout 法在每回合訓練都只「隨機保留」其中一部份神經元，以此來算出預測值。若驗證階段或實際上線時，貿然將所有神經元全用來做前向傳播，一下子多了一大堆神經元 (等於多一大堆權重參數)，這樣就跟訓練時的情況不匹配了。

為了抵消神經元增加的效應，驗證時也必須適當地「收縮」神經元權重參數值。比方說，若訓練過程是隨機丟棄 50% 神經元，那在驗證模型或實際運作時，得將該層權重乘以 0.5。又或者訓練時隨機丟棄 33.3% 神經元，驗證時就要將該層權重乘以 0.667[*註]。雖然 tf.Keras 會自動調整，不用手動作，但用其他方式實作時請留意一下這一點。

[*註] 換句話說，若模型訓練時丟棄的神經元比例為 p，模型驗證時就要將神經元參數乘以 (1-p)。

dropout 的設定經驗

　　dropout 的相關設定也是超參數, 必須思考哪些層要用 dropout、又該丟棄多少比例的神經元。讀者可以參考以下經驗來考量:

- 若神經網路已與訓練資料過度配適, 此時就是 dropout 介入的時機。

- 若神經網路尚未過度配適訓練資料, 用點 dropout 應該也能改善驗證資料準確率, 尤其是在偏後段的訓練週期。

- 不要強行將所有隱藏層都搭配 dropout, 對於稍微深層的神經網路, 將 dropout 用在後面幾層就夠了 (前面那幾層搞不好捕捉不到什麼特徵)。可以先對最終隱藏層用看看, 觀察是否能有效抑制過度配適, 若還不夠, 就繼續將 dropout 用在前一層, 一直反向往前測試。

- 若神經網路還在努力降低驗證損失 (val_loss), 或只用了一點 dropout 就讓驗證損失暴增, 代表 dropout 的破壞力太大了, 請先拿掉! dropout 的參數跟其他超參數一樣, 也很講究「恰到好處」。

- 至於哪層該丟棄多少比例, 由於每個神經網路都不一樣, 多少得反覆試驗。根據經驗, 在機器視覺應用方面, 隱藏層隨機丟棄個 20～50% 神經元可以將驗證準確率 (val_acc) 提升到最高。至於自然語言應用, 由於單詞與短語足以傳達特殊意義, 隱藏層神經元 dropout 率得調小一點, 20%～30% 算是最佳設定。

9.3.4 資料擴增 (data augmentation)

　　要降低模型的過度配適, 增加訓練資料集的規模也是好辦法, 若能以極低成本為模型增加更多高品質訓練資料, 何樂而不為? 只要模型在訓練期間接觸的資料越多, 對未知驗證資料的普適性就越好。

只不過, 大部份情況下, 要快速收集到新資料還是...用想的比較快。此時可以用現有資料來生成大量「人造」資料, 這就是所謂的**資料擴增 (data augmentation)**。以 MNIST 手寫數字影像為例, 將訓練樣本用不同的方式處理後, 就能成為新的樣本, 比方說:

● 將影像平移幾個像素。

● 在影像加入隨機雜訊。

● 稍微扭曲影像。

● 模糊影像。

● 稍微轉動影像。

根據 Yann LeCu 個人網頁 (yann.lecun.com/exdb/mnist) 上的整理, 許多打破 MNIST 數字分類驗證準確度紀錄的模型都是用這種人為方法擴增資料, 下一章我們就會用 tf.Keras 的擴增資料工具來處理現成的熱狗堡影像。

9.4　使用各種優化器 (Optimizer)

本書到目前為止只有介紹 SGD 這個優化演算法 (註:優化演算法在 tf.Kreas 中稱為優化器 (Optimizer)), 雖然效果不錯, 但也有更多改良技術被研究出來, 可以增加訓練的效率。本節就來看看這些技術。

9.4.1　動量 (momentum)

動量 (momentum) 是 SGD 的第 1 個改良方向。我們舉個例子來解說:假設熱血的三葉蟲要在嚴冬中下山, 原本曲折的山坡被皚皚白雪覆蓋, 宛如天然大型滑雪場。從滑不溜丟的山坡一路滑下來的三葉蟲會受「動量」趨使一路向前衝, 即使積雪下藏有某個局部極小值 (Local minimum), 此時也能輕鬆越過。

這就是「動量」的用途。而動量的算法, 是在 SGD 的修正權重公式中多加了上一次的權重修正量。此修正量會乘上一個介於 0 到 1 的超參數 β (beta), 以控制之前的梯度變化對參數計算的影響力。若 β 設很小, 雖然會讓上一次的權重修正量的貢獻變小, 但也不是沒好處, 因為三葉蟲可不希望在一路下滑時被動量牽制煞不了車。β 值一般都設為 0.9。

◆★譯註 加上動量後的梯度修正式子為:

下回合的權重參數值

＝ 本回合的權重參數值 － 梯度值*學習率 ＋ β＊上回合到本回合的參數變化量

在 SGD 基礎上多加這個

9.4.2 Nesterov 動量

Nesterov 動量是另一版本的動量。此法是先預測參數會被動量牽制到何處, 也就是所謂的「趨勢點」(sneak-peek position), 然後根據趨勢點的參數求出梯度, 再根據此梯度調整參數。換句話說, 三葉蟲會根據當前下滑速度 (動量) 先估計會自然滑到哪 (即趨勢點), 然後在到達前即時轉往下降最快的方向。

9.4.3 AdaGrad

雖說以上兩種動量都可改善 SGD 的效能, 但它們都使用統一學習率 η 來調整所有參數, 這點有待改進。若每個參數都能有獨立的學習率, 已完成優化的參數就能減緩甚至停止學習, 離優化還很遠的參數就繼續學習 (修正), 那該多好。這不難辦到！接下來要介紹的 AdaGrad、AdaDelta、RMSProp 和 Adam 等優化器就是這樣做的。

AdaGrad (Adaptive gradient algorithm) 意謂「自適應梯度[*註1]」。意思是所有權重參數一開始的學習率會是一樣的 (例如預設值 $\eta = 0.01$)，不過隨著訓練的進行，各權重參數會依過去各權重被更改的幅度自動調整學習速率，被更改的越多則學習速率越小。這對處理大多數特徵為 0 的稀疏資料 (資訊含量少的，例如 0 很多而 1 很少的資料) 特別管用：一旦特徵出現，就能自動對相關參數做較大幅度的調整。

使用 AdaGrad 的一大好處是不用花太多心思去調整學習率超參數 η。但 AdaGrad 的缺陷在於隨著運算進行下去，學習率會被稀釋 (變得非常小)，最終會因值太小被迫停止學習 (不再修正參數)。

9.4.4　AdaDelta 與 RMSProp

為克服 AdaGrad 法的缺陷，**AdaDelta** 將學習率 η 都取消掉了，不用去管它[*註2]。至於與 AdaDelta 幾乎同期的 **RMSProp** (root mean square propagation) 則是 Geoff Hinton 所提出的[*註3]，兩者原理基本上差不多，但 RMSProp 保留了學習率參數 η。RMSProp 和 AdaDelta 都多了一個代表衰減率 (或折扣率) 的超參數 ρ (rho)，意義上跟動量的 β 值差不多。這兩個優化器的超參數 ρ 建議設為 0.95，至於 RMSProp 的 η 建議設為 0.001。

[*註1] Duchi, J., et al.(2011).Adaptive subgradient methods for online learning and stochastic optimization.Journal of Machine Learning Research, 12, 2121－59。

[*註2] 這是靠神奇的數學技巧辦到的，本書就不多介紹了。不過讀者實作可能會遇到 tf.Keras 的 AdaDelta 實作仍保留學習率參數。建議設為 $\eta = 1$，也就是說不縮放。

[*註3] 此優化器未經正式發表，它首次出現是在 Hinton 於 Coursera 開設的課程《Neural Networks for Machine Learning》第 6e 講 (www.cs.toronto.edu/~hinton/coursera/lecture6/lec6.pdf)。

9.4.5 Adam

本節最後要介紹的是本書最常用的優化器 - **Adam**, 可以說是集前面優化器之大成[註], 本質上跟 RMSProp 演算法差不多。Adam 有兩個 β 超參數, $β_1 = 0.9$ 和 $β_2 = 0.999$ 是建議的預設值, 至於預設學習率為 $η = 0.001$, 通常不太需要改。RMSProp、AdaDelta 與 Adam 彼此相似, 依經驗 Adam 在訓練後期較能發揮作用。

以上這些新型優化器雖然很流行, 但某些情況下用簡單的 SGD 搭配動量不見得表現會比較差, 你可多嘗試幾種不同優化器, 看手上的模型架構適合用哪種。

9.5 實作：用 tf.Keras 建構深度神經網路

到目前為止, 我們已經到達了重要的里程碑, 第 5 章我們「先動手再說」所撰寫的那些 tf.Keras 程式, 我們已經將背後的理論基礎大致看過一遍。以第 5~9 章學到的知識為根基, 你就有足夠知識來設計與訓練深度學習模型了。底下就以本節範例《ch09-deep_net_in_keras.ipynbras》建構一個深度神經網路來驗證這些知識。

9.5.1 匯入模組

與前幾章的範例相比, 我們額外匯入了 dropout 與批次正規化模組, 如下所示：

---

*註 Kingma, D.P., & Ba, J. (2014). Adam: A method for stochastic optimization. arXiv:1412.6980。

```
from tensorflow.keras.datasets import mnist
from tensorflow.keras.models import Sequential
from tensorflow.keras.layers import Dense
from tensorflow.keras.layers import Dropout  # new!
from tensorflow.keras.layers import BatchNormalization # new!
from tensorflow.keras.utils import to_categorical
from tensorflow.keras.optimizers import SGD
```

《ch09-deep_net_in_keras.ipynb》新調用的模組

9.5.2　神經網路的構造

　　MNIST 資料集的加載與預處理與之前無異, 請自行查看範例的內容。但神經網路架構改變了, 如下所示：

```
model = Sequential()
model.add(Dense(64, activation='relu', input_shape=(784,)))
model.add(BatchNormalization())

model.add(Dense(64, activation='relu'))
model.add(BatchNormalization())

model.add(Dense(64, activation='relu'))
model.add(BatchNormalization())
model.add(Dropout(0.2))

model.add(Dense(10, activation='softmax'))
```

模型架構

　　開頭一樣是先建立一個空的模型物件。但在第 1 隱藏層、第 2 隱藏層後面各多了一道**批次正規化層 (BatchNormalization())**；它並非真實神經層, 其作用是對前層 (第 1、第 2 隱藏層) 輸出的激活值做批次正規化處理。最後的輸出層與上一章的《ch08-intermediate_net_in_keras.ipynb》範例完全一樣, 不過為了讓這個深度神經網路再深層一點, 我們在輸出層之前又加了一道隱藏神經層。第 3 隱藏層與前兩道隱藏層一樣, 由 64 個神經元組成 (使用 ReLU 激活函數), 輸出也會經批次正規化；不過這層用了 Dropout, 每一個訓練批次 (一回合) 訓練會隨機丟棄 1/5 的神經元 (dropout 率為 0.2)。

9.5.3 設定優化器

範例程式的後面我們只改了優化器設定, 此處改用 Adam 優化器 (optimizer='adam'), 如下所示：

```
model.compile(loss='categorical_crossentropy',
              optimizer='adam',                    ┐ 編譯模型
              metrics=['accuracy'])
```

由於 tf.Keras 會自動替優化器套用上一節提過的所有合理預設值, 所以無需為 Adam 優化器設定任何超參數。

完成以上工作後, 只要呼叫模型的 fit(), 就知道本章這些理論能增加多少收益：

```
                                                   訓練模型
model.fit(X_train, y_train, batch_size=128, epochs=20, verbose=1,
validation_data=(X_test, y_test))

輸出↓

(前略)
Epoch 18/20
469/469 [==============================] - 2s 4ms/step - loss: 0.0214
- accuracy: 0.9929 - val_loss: 0.0944 - val_accuracy: 0.9755
Epoch 19/20
469/469 [==============================] - 2s 4ms/step - loss: 0.0225
- accuracy: 0.9922 - val_loss: 0.0860 - val_accuracy: 0.9785
Epoch 20/20
469/469 [==============================] - 2s 4ms/step - loss: 0.0214
- accuracy: 0.9928 - val_loss: 0.1017 - val_accuracy: 0.9750
```

從結果來看相當不錯, 驗證資料的預測準確率更高了。而下一章我們會繼續介紹專處理電腦視覺相關的卷積神經網路 (Convolutional Neural Network, CNN), 屆時再看效果如何。

9.6 改試試迴歸 (Regression) 範例

前面我們實作的幾乎都屬於分類 (Classification) 問題, 即根據輸入特徵決定輸出類別, 而本節改來試試迴歸 (Regression) 問題, 也就是用神經網路來預測一些連續變量, 例如未來的股價、明天的雨量、商品的銷售額等。本節會使用一個經典資料集來估計七〇年代波士頓一帶的房價。

本節的範例《ch09-regression_in_keras.ipynb》 需載入的模組如下所示, 除了 tf.Keras 預先打包好的 boston_housing 資料集以外, 其他的前面都出現過:

```
import numpy as np
from tensorflow.keras.datasets import boston_housing
from tensorflow.keras.models import Sequential
from tensorflow.keras.layers import Dense, Dropout
from tensorflow.keras.layers import BatchNormalization
```

迴歸模型要載入的模組

9.6.1 載入資料集

此資料集加載起來跟 MNIST 資料集一樣簡單, 一行了事:

```
(X_train, y_train), (X_test, y_test) = boston_housing.load_data()
```

呼叫 X_train 與 X_test 的 shape 參數後, 可發現訓練樣本有 404 筆, 驗證樣本則是 102 筆:

```
X_train.shape
```

輸出

```
(404, 13)
```

```
X_test.shape
```

↓輸出

```
(102, 13)
```

X 裡面的每筆樣本 (代表波士頓郊區的不同區域) 都有包括建物年齡、平均房間數、犯罪率、校區師生比等共 13 項變量[*註] :

```
X_train[0]
```

↓輸出

```
array([  1.23247,   0.     ,   8.14  ,   0.     ,   0.538 ,   6.142 ,
         91.7    ,   3.9769,   4.    , 307.    ,  21.    , 396.9   ,
         18.72   ])
```

而正確答案 y 則是該區域的房價中位數 (單位為千美元)。以訓練集第 0 筆樣本為例, 其房價中位數為 \$15,200 :

```
y_train[0]
```

↓輸出

```
15.2
```

9.6.2 神經網路的架構

預測房價的神經網路架構如下頁所示 :

[*註] 關於該資料集的詳細資訊可參考原始論文:Harrison, D., & Rubinfeld, D. L. (1978). Hedonic prices and the demand for clean air.Journal of Environmental Economics and Management, 5, 81 - 102。

```
model = Sequential()
model.add(Dense(32, input_dim=13, activation='relu'))
model.add(BatchNormalization())

model.add(Dense(16, activation='relu'))
model.add(BatchNormalization())
model.add(Dropout(0.2))

model.add(Dense(1, activation='linear'))
```

迴歸模型的
神經網路架構

由於輸入變量只有 13 個, 訓練樣本也只有幾百筆, 實在無須出動含大量神經層的神經網路, 用 32 神經元搭配 16 神經元的雙隱藏層架構處理就好。為了避免模型與訓練資料集過度配適, 兩隱藏層都套用批次正規化, 後一層還加上 dropout。

而最關鍵的修改在輸出層, 激活函數改為線性的 "linear", 因為現在打造的是迴歸模型, 預測結果為連續變量, 此激活函數會將傳入 z (權重加權總和加偏值) 原封不動地輸出 a (激活值)。

9.6.3 編譯、訓練模型

編譯模型時, 由於這次是迴歸模型, 損失函數就設為均方誤差 (MSE) (loss='mean_squared_error')。本書到目前為止用過不少次交叉熵損失函數, 但都是在模型的輸出為「機率值」時使用, 而迴歸模型的輸出並非機率, 而是一個數值, 所以損失函數改用 MSE:

```
model.compile(loss='mean_squared_error', optimizer='adam')
```

編譯迴歸模型

讀者可能已經留意到, 上面的編譯程式將準確率 (accuracy) 指標拿掉了, 因為準確率指標 (分類正確的機率) 只對分類結果有意義, 跟連續變量預測沒什麼關係。

至於 fit() 的內容則和之前沒什麼兩樣：

```
model.fit(X_train, y_train,
          batch_size=8, epochs=32, verbose=1,        ─ 訓練迴歸模型
          validation_data=(X_test, y_test))
```

此例我們先訓練 32 個週期, 這次沒多花時間去優化批次量等超參數, 所以模型能力可能還有一點改進空間。結果如下：

```
(…前略…)
Epoch 19/32
51/51 [=======] - 0s 2ms/step - loss: 40.5895 - val_loss: 22.3844
Epoch 20/32
51/51 [=======] - 0s 2ms/step - loss: 43.0686 - val_loss: 33.4109
Epoch 21/32
(…中略…)
51/51 [=======] - 0s 2ms/step - loss: 35.1078 - val_loss: 28.3662
Epoch 30/32
51/51 [=======] - 0s 2ms/step - loss: 38.2602 - val_loss: 44.8023
Epoch 31/32
51/51 [=======] - 0s 2ms/step - loss: 39.1393 - val_loss: 43.8690
Epoch 32/32
51/51 [======] - 0s 2ms/step - loss: 36.5985 - val_loss: 68.8327
```

本例訓練期間, 最低驗證損失出現在第 19 週期 (22.3844)；而在最末 (第 32) 週期, 卻大幅回升至 68.8327, 顯示模型非常有改善的空間, 這些就留個讀者試著調校看看。此外, 第 12 章也會示範如何在每個訓練週期結束時儲存當時的模型參數, 這樣在訓練結束後便能挑出其中表現最好的重新載入, 以那時的模型來應用, 這也是訓練時很常用的技巧。我們先暫且用目前的模型來進行接下來的內容。

9.6.4 實際進行預測

　　若想實際用該模型預測房價, 只要照底下的傳入資料即可。此處以第 42 筆樣本 (索引從 0 開始) 為例來預測看看。而由於訓練時是以批次的形式進行 (資料為矩陣形式), 因此我們先用 NumPy 的 reshape() 將第 42 筆樣本的 13 個預測變量, 從形狀為 (13,) 的向量形式重塑為形狀為 (1, 13) 的矩陣, 然後再進行預測:

```
model.predict(np.reshape(X_test[42], [1, 13]))  ◀── 實際預測房價
```

```
array([[24.17145]], dtype=float32)
```

輸入波士頓郊區房價驗證資料集的第 42 筆樣本後, 模型傳回的房價預測值為 $24,171 美元。而實際的房價 y (呼叫 y_test[42] 即可輸出) 為 $14,100。如前所述, 這個模型還有優化空間, 讀者可運用前面所介紹的知識自行調校看看喔!

9.7 用 TensorBoard 視覺化判讀 訓練結果

　　前面在判讀模型在每一訓練週期的表現時, 都只能從一行行顯示的數字來看, 如果訓練週期很多時, 光判讀就很花時間, 本節就教你用 TensorBoard 這個套件以視覺化方式查看模型訓練成效。

　　在 Colab 上使用 TensorBoard 很簡單, 請開啟《ch09-deep_net_in_keras_with_tensorboard.ipynb》範例, 這是從先前的《ch09-deep_net_in_keras.ipynb》範例修改而來, 我們來看有差異的地方。

9.7.1 在訓練中添加 TensorBoard callback

首先, 在匯入模組時, 要多調用以下內容：

```
from tensorflow.keras.callbacks import TensorBoard # new!
```

底下這一行程式是建立一個 tensorboard 物件, 只要在訓練模型時將此 tensorboard 物件放入 callback (回呼) 參數中 (編註：callback 就是訓練時呼叫一些設計好的物件來用), 這樣就可以將模型的訓練資訊寫進 tensorboard 物件, 並將此資訊匯出到指定路徑, 然後我們再啟動 TensorBoard 來讀取。

底下先來建立 tensorboard 物件：

```
tensorboard = TensorBoard(log_dir='/content/drive/MyDrive/(您的雲端硬碟儲存路徑)/Ch09/logs')
```

將模型訓練資訊輸出至本章範例資料集內的 logs 子資料夾

模型建構、編譯的內容都跟之前一樣, 只有 mode.fit() 裡面稍做修改：

```
model.fit(X_train, y_train,
          batch_size=128, epochs=20,
          verbose=1,
          validation_data=(X_valid, y_valid),
          callbacks=[tensorboard])
```

加上 callbacks 參數, 並指定剛才建立的 tensorboard 物件, 這樣就可以將模型的訓練資訊匯出到指定路徑

9.7.2 在 Colab 啟動 TensorBoard

接著執行以下這兩行指令就可以啟動 TensorBoard 查看 model.fit() 的訓練結果：

```
%load_ext tensorboard
%tensorboard --logdir '/content/drive/MyDrive/(您的雲端硬碟儲存路徑)/ 接下行
    Ch09/logs'
```

 輸出

接下頁

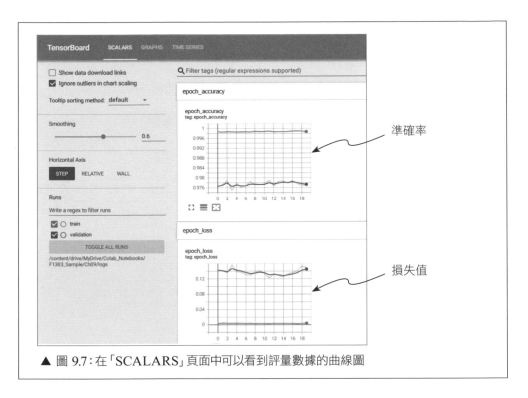

▲ 圖 9.7：在「SCALARS」頁面中可以看到評量數據的曲線圖

　　除了用視覺化方式觀察訓練成效外，「GRAPHS」頁面還可以查看視覺化的模型結構圖，你可以清楚看到神經網路的結構關係。此外還有許多功能，但這部份超過本書範疇，有興趣的讀者可以自行研究或參考：https://www.tensorflow.org/tensorboard/tensorboard_profiling_keras。

9.8　總結

　　本章討論了建構神經網路模型常遇到的困難，並介紹了因應之道，最後則將到目前為止所學到的知識都用上，建構了一個辨識 MNIST 手寫數字影像的深度學習網路，其準確率超過前面幾個模型。不過，儘管這種深層、密集神經網路可根據任何輸入 x 來逼近輸出 y，但不是所有應用都能用同一招解決，要達到更好的效能，還得視情況選擇更適合的架構才行。接下來的第 3 篇會介紹幾個在機器視覺、自然語言處理、藝術生成與進行遊戲等特殊任務上表現傑出的深度學習技術。

重要名詞整理

以下是到目前為止介紹過的重要名詞，本章新介紹的內容以外框顯示。

❖ 權重參數：

- 權重 w

- 偏值 b

❖ 激活值 a

❖ 激活函數

- sigmoid

- tanh

- ReLU

- softmax

- linear

❖ 輸入層 (Input Layer)

❖ 隱藏層 (Hidden Layer)

❖ 輸出層 (Output Layer)

❖ 損失函數：

- 均方誤差

- 交叉熵

❖ 前向傳播

❖ 反向傳播

❖ 梯度消失、梯度爆炸

❖ Glorot 權重初始化

❖ 批次正規化

❖ 丟棄法 (dropout)

❖ 優化器：

- 隨機梯度下降法 (SGD)

- Adam

❖ 優化超參數：

- 學習率 η

- 批次量

❖ Tensorboard

Chapter

10

機器視覺實戰演練：
CNN (Convolutional
Neural Network)

第 3 篇開始, 我們將以前面學到的知識為基礎, 介紹深度學習應用常會用到的進階技術, 本章先從**機器視覺**領域常用的**卷積神經網路 (CNN)** 介紹起, 後續各章則分別介紹以下內容:

● 用密集神經網路、卷積神經網路 (CNN)、循環神經網路 (RNN) 進行自然語言處理, 見第 11~13 章。

● 用**對抗式生成網路 (GAN)** 生成創意圖案, 見第 14 章。

● 用**深度強化式學習 (DRL)** 在瞬息萬變的環境中做行動決策, 見第 15 章。

10.1 卷積神經網路 (CNN)

卷積神經網路 (Convolutional Neural Network, CNN) 指的是含有一或多個**卷積層 (convolutional layer)** 的神經網路, 常被用在機器視覺 (Machine Vision) 領域, 本節就帶你認識。

10.1.1 用密集神經網路處理影像的缺點

CNN 與跟之前章節所使用的密集神經網路在處理影像方面有什麼不同呢？我們分兩點來看。

用密集神經網路得將二軸的影像展平成一軸

首先, 前面在處理 MNIST 手寫數字影像時都是先將影像轉換成 NumPy 的 1D 陣列 (註：也就是向量, 對陣列的 D (軸) 不熟的請回顧 5.3.2 節的說明), 也就是將原本 28×28 的灰階影像資訊重塑 (reshaping) 為 784 個元素的 1D 陣列後, 再傳入密集層處理。之所以要這樣是因為密集層是 1 軸形式, 資料自然也必須同是 1 軸形式才行。

只不過，硬將二軸形式影像結構展平成一軸，會破壞視覺特徵之間的關聯，例如將原本二軸的手寫數字影像改以一條長 784 元素的向量，我敢打賭你根本看不出來是啥。人類之所以能識別眼前的景物，正是因為大腦能將影像內各種形狀、顏色等空間特徵串聯起來，而將影像做展平處理恰恰會破壞像素與像素之間的關聯。

用密集神經網路處理大尺寸影像會讓模型太複雜

用密集神經網路理影像，還得考慮複雜度問題。MNIST 影像的規格為 28×28 單顏色通道 (channel)，算很小了 (一般全彩影像通常就是 R、G、B 3 個 channel)，即使是這類迷你影像，密集層也得為每一個神經元準備 785 個權重參數 (784 個 w 外加 1 個 b)。若是處理中等尺寸影像，比方說 200×200 像素的全彩 RGB，所需的參數量就會飆升，算法就是 3 個顏色通道，各通道各有 40,000 像素，等於說密集層每個神經元均要配置 120,001 個參數 (200 像素 $\times$ 200 像素 $\times$ 3 個顏色通道 + 1 個偏值 = 120,001 個參數)。

而這只是一個神經元需要的參數量而已，即便神經元數目不多 (比方說 64 個)，一層也要近 8 百萬個參數 (64 個神經元 $\times$ 120,001 個參數 = 7,680,064 個參數)，而這才第 1 層隱藏層而已呢……更不用說 200×200 像素的影像才 40 萬像素，我們都很清楚，現在大多數智慧型手機鏡頭至少都 1200 萬像素起跳了。

雖說機器視覺任務並非一定得用高解析度影像，但現實還是很殘忍：影像通常所含的像素不少，若以密集層來處理，除了神經網路需要的計算能力會嚴重爆表外，如之前所說的，當權重參數太多 (= 網路結構太複雜)、而我們給它的訓練資料沒這麼多時，訓練時就非常可能發生**過度配適 (overfitting)** 的問題。因此，在有限的資料數量下，我們希望神經網路的權重數量可以降低，且保持一定的學習能力，這就是 CNN 能幫我們做到的。

10.1.2　卷積層的基本概念

　　卷積層 (convolutional layer, 簡稱 conv layer) 主要負責做影像的**特徵萃取 (feature extraction)**, 也就是從原始影像中萃取出足以辨識內容的特徵, 這樣就不必整張影像圖片的特徵值通通餵給密集神經網路做分類, 可以避免輸入特徵過量的問題。

> **★ 小編補充** CNN 通常就是「卷積層 + 後面會介紹的池化層 + 之前所介紹的密集神經網路」這樣的結構, 卷積層跟池化層的用途都是做特徵萃取。這兩層處理完後, 後續密集神經網路要做的事就都跟前面所介紹的一樣了。

認識卷積核 (convolutional kernel)

　　卷積層是使用**卷積核 (kernel)** 來掃描影像, 也有人將卷積核稱為**濾鏡 (filter)** 或**過濾器** (後續我們都以「濾鏡」稱之), 也就是用一個滑動窗口 (sliding window) 將影像從左上到右下掃過一遍, 掃描時濾鏡跟掃到的區域做「卷積」運算, 滑動窗口每移動一步便依照濾鏡上所設定的權重, 與滑動窗口對應到的影像像素做加權計算, 概念如圖 10.1 所示:

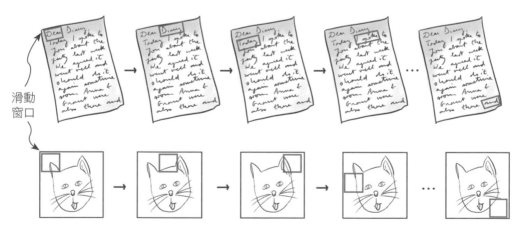

▲ 圖 10.1：橫排書籍 (上圖) 一般的閱讀順序是從左到右, 由上而下, 整頁讀完後視線剛好會停留在右下角。卷積核 (下圖) 的運作與此類似, 像素滑動窗口從影像左上角出發, 從第 1 列開始從左掃到右, 然後下一列以同樣方式接著掃, 這樣一列一列掃下去, 直到抵達右下角代表所有像素都掃完

　　濾鏡上頭會設定**權重** (與密集層的一樣), 同樣要透過訓練 CNN 來求得最佳的權重配置。而濾鏡的尺寸大小可視情況調整, 一般常見的是 3×3 或 5×5, 比這更大的就很少見。濾鏡大小涉及了有多少權重參數要訓練：假設用來處理單色 MNIST 數字影像的 3×3 濾鏡, 就有 9 個 (3×3×1) 權重與 1 個偏值 (每個濾鏡都有自己的偏值 b, 這點跟密集層的每一個神經元一樣), 共 10 個參數要去訓練。若要以同規格濾鏡來處理「全彩」RGB 影像, 權重數就是 3×3×3, 也就是 27 個, 再加上 1 個偏值, 共 28 個參數。

通道數

最後這個是通道數

卷積的運算例

　　如圖 10.1 所示, 滑動窗口每移動一步, 就會對重疊的部份做卷積運算。此運算一樣是照「全書最重要公式」$(w \cdot x + b)$, 就是用濾鏡內的二軸 w 與同是二軸的像素 x 做運算。我們用圖 10.2 的 3×3 濾鏡 (代表權重 w) 和 3×3 像素滑動窗口 (代表輸入 x) 來看卷積運算的細節：

.01	.09	.22
-1.36	.34	-1.59
.13	-.69	1.02

點積

●

.53	.34	.06
.37	.82	.01
.62	.91	.34

濾鏡上的權重 (w)　　　　　　**掃描到的像素值 (x)**

▲ 圖 10.2：「3×3 濾鏡」與「3×3 滑動窗口掃到的像素值」做點積運算

　　將對應位置的元素逐一求乘積後相加, 即得加權和 $w \cdot x$。運算如下：

$$\begin{aligned}
\boldsymbol{w} \cdot \boldsymbol{x} = {} & .01 \times .53 + .09 \times .34 + .22 \times .06 \\
& + -1.36 \times .37 + .34 \times .82 + -1.59 \times .01 \\
& + .13 \times .62 + -.69 \times .91 + 1.02 \times .34 \\
= {} & -0.3917
\end{aligned} \qquad \text{(公式 10.1)}$$

加權和算出來後, 一樣加上 1 個偏值 b (假設為 0.2) 求出 z (編：還記得定義吧！本書一律把還沒套激活函數之前的值稱為 z)：

$$\begin{aligned}
z = {} & \boldsymbol{w} \cdot \boldsymbol{x} + b \\
= {} & -0.39 + b \\
= {} & -0.39 + 0.2 \\
= {} & -0.19
\end{aligned} \qquad \text{(公式 10.2)}$$

z 求出後, 再傳給 tanh、ReLU 等激活函數, 算出輸出 (激活) 值 a, 這個數值可視為這一區萃取出來的特徵值, 從原本 9 個像素值萃取成只剩 1 個值。

　　以上的計算其實跟前面介紹的密集神經網路前向傳播沒兩樣, 唯一的不同是, 密集神經網路是為每一輸入配置獨立的權重, 濾鏡則是用一組權重 (此時為 3×3) 應付所有輸入, 濾鏡當中的權重不會隨滑動窗口移動而改變, 因此卷積層的權重數量就可以比密集層少許多。另外一個重點是, 將原始圖片的各區域用濾鏡掃過後, 每掃過一區就會得到一個輸出值, 因此通通掃完後得到的結果就會一個 2D 陣列, 我們稱之為**特徵圖 (feature map)**, 稍候會再介紹。

10.1.3　用多個濾鏡 (filter) 萃取不同的特徵

多濾鏡的概念

　　卷積層一般會配置「多個」濾鏡, 主要是希望每個濾鏡都負責萃取不同特徵, 若某個濾鏡對垂直線最靈敏, 當它對輸入影像的某條垂直線做卷積 (滑動窗口剛好掃過那裡), 就會輸出較大的值, 也就是垂直線被強調出來了。而其他濾鏡則可能學習到水平線或顏色變化。濾鏡輸出的 2D 陣列就像加了專

用顯影劑一樣，曝露該濾鏡「專精」的特徵，而濾鏡的輸出被稱為**特徵圖
(feature map)** 或**激活圖 (activation map)**，本書一律以前者稱之。

　　卷積層所萃取出來的特徵圖會繼續傳遞給後面的卷積層 (註：卷積層後
面可以繼續再接卷積層)，這樣堆疊之下，起初看起來很簡單的特徵 (線條與色
彩) 經過層層濾鏡的重組與詮釋將變得日益複雜 (複雜的紋理與形狀)。第 1
章不斷提到，神經層數越多，神經網路學到的特徵就越來越抽象，如同我們之
前在密集神經網路看到的情況一樣 (越前面的層萃取簡單特徵、愈後面的層
萃取複雜特徵)，如此一來，較後面的神經層就能具備識別影像的能力。

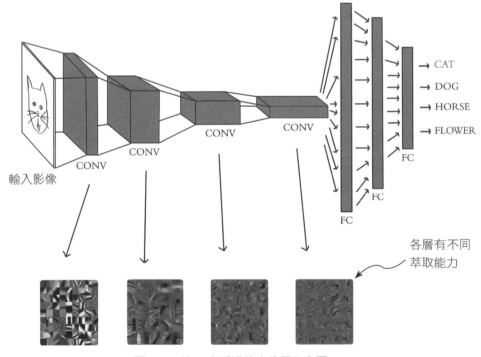

▲ 圖 10.3：第 1 章看過的卷積層示意圖

濾鏡的數量建議

　　卷積層的濾鏡數與密集層要設幾個神經元一樣，都是訓練者要決定的
「超參數」，讀者可根據以下經驗來調整：

- 濾鏡越多, 越能識別較複雜的特徵, 但要耗費的計算能力也越多, 所以請考量資料的複雜度來調整。

- 若神經網路有多組卷積層, 請記住此原則:**越後面的卷積層用的濾鏡越多**。概念上就是前面幾層識別簡單的特徵, 後面幾層則負責識別這些簡單特徵的複雜組合, 這是機器視覺領域很常見的配置。

- 老話一句, 計算複雜度越低越好, 因此濾鏡能少就少, 這樣驗證資料的損失值 (val_loss) 比較容易降低。當然, 若將濾鏡數量加倍 (比方說從 32 個增加為 64 個, 再加倍變 128 個) 能大大降低驗證損失, 那就加倍吧!若模型驗證損失不會因濾鏡數量減半 (比方說從 32 個減為 16 個, 再減半變 8 個) 而增加, 那減半會好些。

10.1.4 再以圖解看卷積運算

由於卷積層的概念與第 2 篇的密集層完全不同, 為幫助讀者了解像素值如何與權重結合產生特徵圖, 這一小節準備了一個範例, 我們將卷積的數學運算分解成圖 10.4 到 10.6 這 3 部份。開始前, 假設要卷積的影像為 5×5 的全彩影像 (3 顏色通道), 影像就會是形狀為 (5, 5, 3) 的 3D 陣列形式, 如下頁圖 10.4 最上面所示[註]。

圖 10.4 第 2 列是影像的像素值矩陣, 這裡將 R、G、B 3 顏色通道分開顯示 (各是 3×3 陣列), 讀者或許也留意到影像上下左右 4 邊都多填補了一排 0, 稱為**填補 (padding)**, 這部份等下會補充, 現在只需知道:填補是用來確保特徵圖的尺寸大小與輸入資料相同。

而圖 10.4 第 3 列是濾鏡的權重矩陣, 由於是處理全彩影像, **濾鏡的顏色通道數必須與輸入影像一致**。此例濾鏡的尺寸設為 3×3, 有 3 個顏色通道, 因此權重矩陣會是形狀 (3, 3, 3) 的 3D 陣列, 這裡將不同顏色通道的權重分開顯示, 至於圖 10.4 第 3 列最後面將偏值設為 0.2。而圖 10.4 最底下那一列則是先列出所有加權結果, 然後求總和算出第一個 z 值的過程。

---

*註 5*5 全彩影像總共才 25 個像素, 要畫顆樹可能不夠用, 不過請讀者將就一下。

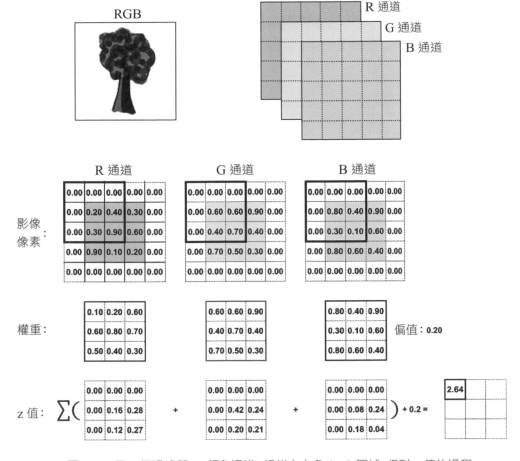

▲ 圖 10.4：用 1 個過濾器 (3 顏色通道) 掃描左上角 3×3 區域, 得到 z 值的過程

上圖就是掃描最左上角 3×3 區域、並得到 z 值的過程。如同前述, 是將濾鏡掃到的位置, 把同位置的像素與權重一一相乘, 再照公式 10.1 的作法求出三顏色通道加權和, 最後再加上偏值後, z 矩陣的第一個元素就出來了, 為 2.64。

繼續看圖 10.5, 此時滑動窗口往右移動一步 (即一個像素), 運算過程與圖 10.4 一樣, 照相同的步驟計算, z 矩陣的第二個元素就出來了, 如圖 10.5 右下方所示, 為 4.67。

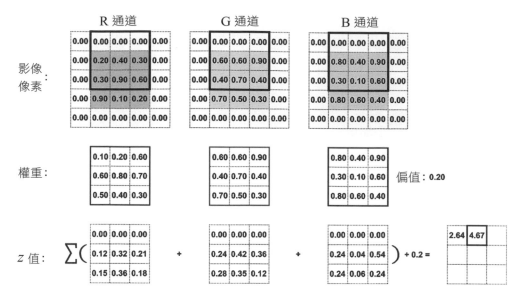

▲ 圖 10.5：滑動窗口移動一步後繼續求出該區域的 z

滑動窗口每移動一步, 就照同樣步驟來一遍, 整個影像只要 9 步就能走完, 下圖是所有位置的 z 都算出來的樣子：

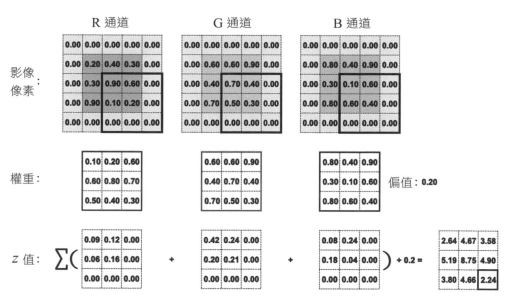

▲ 圖 10.6：濾鏡已移動到最末位置, 算出最後一個 z 後,
將最右下角的 z 矩陣傳給激活函數, 特徵圖就出爐了

最後, 只要將 3×3 的 z 值矩陣當中的各 z 值逐一傳遞給激活函數 (如 ReLU), 就可以產生一張 3×3 的特徵圖了。

特徵圖的深度 (通道數) 會與濾鏡的數量一致

一個卷積層幾乎都會配置多個濾鏡, 每個濾鏡各產生一張 2D 特徵圖 (也有些文章會稱為一片 (slice) 特徵圖), 把這些特徵圖一片一片疊起來, 整體來看就會多出一軸「深度」(depth)。特徵圖的每個深度都代表某個濾鏡針對某特徵 (例如特定方向的直線) 的探測結果[註]。

下圖展示了卷積層如何根據輸入全彩影像建構出 3 軸結構的特徵圖。這裡是設定卷積層共有 16 個濾鏡, 所以產生的特徵圖深度就會是 16：

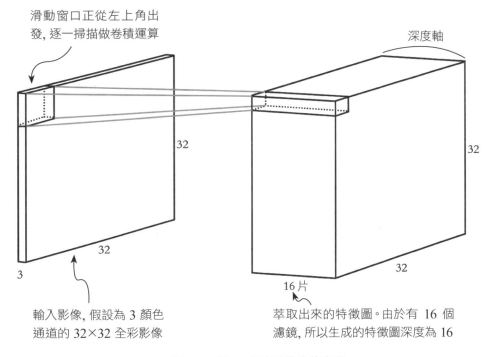

▲ 圖 10.7：用 16 個濾鏡做卷積處理

[註] 圖 10.3 展示了真實世界的特徵如何被一道道卷積層的濾鏡逐步提取出來。以第 1 卷積層為例, 大部份濾鏡都專精於檢測特定走向的直線。

上頁圖中, 濾鏡從輸入影像左上角出發, 每個濾鏡生成一輸出值 a, 所以特徵圖左上角就有 16 個輸出值 (深度為 16)。例如頭一個濾鏡對垂直線條特別敏銳, 那特徵圖的第一「片 (slice)」(深度 1) 就會將輸入影像中有垂直線條的部份突顯出來；若第 2 個濾鏡對水平線條敏銳, 則特徵圖第 2「片」(深度 2) 就會突顯水平線條的區域。以此類推, 16 個濾鏡就能將 16 種不同的特徵集結在特徵圖表現出來[*註]。

回顧

介紹完卷積層在深度學習中的作用後, 現在做個回顧整理：

● 卷積層的濾鏡 (卷積核) 可在任何局部區域檢測是否有其鎖定的特徵。

● 卷積後得到的特徵圖可保有影像原本的 2D 結構, 這樣各像素值與其周圍像素的關聯可被保留下來 (不像密集層一律展平成 1D 結構)。

● 卷積層大大減少了參數數量, 可以有效避免過度配適。

10.1.5　卷積核的超參數

卷積層是用少量權重與偏值來處理所有像素, 至於總共會用多少參數則由該層的「超參數」決定, 這些超參數包括：

● 濾鏡 (卷積核) 的尺寸大小。

● 滑動窗口的移動步長 (Stride)。

● 是否填補 (Padding)。

[*註]　Jason Yosinski 等人用 4 分鐘影片 (網址為 bit.ly/DeepViz) 生動地展示了 CovNet 層的濾鏡如何去識別影像特徵, 有興趣的讀者可以看一看。Yosinski, J., et al. (2015).Understanding neural networks through deep visualization.Proceedings of the International Conference on Machine Learning。

濾鏡的尺寸大小

濾鏡大小常見的有 3×3 及 5×5, 本章之後的範例一律將濾鏡設為 3×3, 近幾年機器視覺方面的 CNN 架構多採用此設定, 效果都不錯。若濾鏡設太大 (相對於影像來說), 會同時納入太多特徵, 反而難以有效學習；若尺寸設太小 (如 2×2), 也很難針對任何特徵來優化辨識能力。

步長 (stride)

步長 (stride) 指的是濾鏡在影像上移動的步伐, 之前圖 10.4 至圖 10.6 的卷積層採用的步長為 1 (像素), 不過步長 2 (像素) 也很多人用, 步長 3 就比較少見。步長不宜設太大, 否則可能剛好跳過重要特徵的區域。但步長加大能減少所需的計算, 深度學習就得在這些好壞之間做權衡。我們建議步長設為 1 或 2 就好。

填補 (padding)

接下來要介紹與步長密切相關的**填補 (padding)** 概念, 步長與填補兩參數得妥善搭配才能使卷積層的計算順利進行。假設現在要用 5×5 的濾鏡來處理 28×28 的影像。在步長為 1 時, 由於濾鏡框本身是 5×5, 移動 23 次後, 這個 5×5 的濾鏡框就碰到對邊了, 所以就只有 24×24 能做卷積運算, 也就是說, 輸出的特徵圖尺寸必定「小於」原始的輸入影像。如果您想讓輸出特徵圖的尺寸與輸入影像相同, 只要在輸入影像邊界以 0 補滿即可 (例如圖 10.4 就是用 0 去填補)。對 28×28 影像上下左右四邊各補上「兩」排 0 後, 再用 5×5 卷積核處理, 就能產生 28×28 的特徵圖。特徵圖的尺寸可以用以下公式算出來：

$$\text{特徵圖寬（高）的計算} = \frac{D - F + 2P}{S} + 1 \qquad \text{（公式 10.3）}$$

這些代表的意思見下頁説明

在上面的公式中：

● D 為輸入影像的邊長, 本例為 28。

● F 為濾鏡邊長, 本例為 5。

● P 為填補數 (設 1 就是補一圈 0; 設 2 就是補兩圈 0)。

● S 為步長, 本例為 1。

舉例來說, 若填補兩圈 0 (P=2), 算出的輸出特徵圖尺寸便為 28×28：

$$特徵圖的寬（或高） = \frac{D - F + 2P}{S} + 1$$
$$特徵圖的寬（或高） = \frac{28 - 5 + 2 \times 2}{1} + 1 \qquad (公式\ 10.4)$$
$$特徵圖的寬（或高） = 28$$

在設計 CNN 架構時, 通常必須考慮到卷積核大小、步長、填補行數之間的關聯, 以算出所需要的特徵圖尺寸。請注意, 尺寸值必須是整數, 底下就是一個錯誤的例子。此例卷積核大小為 5×5, 步長為 2, 無填補。根據公式, 算出來的特徵圖會是 12.5×12.5：

$$特徵圖的寬（或高） = \frac{D - F + 2P}{S} + 1$$
$$特徵圖的寬（或高） = \frac{28 - 5 + 0 \times 2}{2} + 1 \qquad (公式\ 10.5)$$
$$特徵圖的寬（或高） = 12.5$$

由於像素值沒有所謂的「半個」,
以這樣來進行將會發生錯誤

10.2 池化層 (pooling layer)

卷積層後面通常會搭配**池化層 (pooling layer)**, 目的很簡單, 就是負責再對卷積層輸出的特徵圖做 "重點挑選", 從結果來看會繼續縮小特徵圖的尺寸。

> **◆★註** 池化層是在保留深度的前提下, 繼續縮小特徵圖的寬與高。還記得深度吧？卷積層可以設任意數量的濾鏡 (卷積核), 而卷積層輸出的特徵圖會是 3D 陣列 (寬×高×深度), 深度剛好對應於濾鏡的數量。

池化層的運算細節

池化層與卷積層類似, 都需指定一個**池化尺寸 (pool_size)** 做為滑動窗口, 並設步長；運作原理也與卷積層一樣, 將卷積層所輸出的特徵圖從頭掃到尾即可。滑動窗口每移動一步, 池化層便會執行資料縮減運算。池化層最常搭配的運算法是 max(), 此類池化層被稱為**最大池化層 (max-pooling layer)**：也就是保留滑動窗口當中的最大值, 其他都捨棄 (見圖 10.8)。雖然也有**平均池化 (average pooling)**、**L2 範數池化 (L2-norm pooling)** 等變體, 但 CNN 最常用的還是最大池化法。最大池化的示意圖如下：

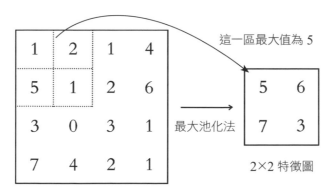

▲ 圖 10.8：假設步長為 2, 一樣從左到右、由上而下掃過特徵圖, 這樣一來滑動窗口會把輸入特徵圖切成 4 區, 各區中只有最大的值會被保留。最終輸出的特徵圖大小就會是 2×2

池化層的設定經驗

　　池化層通常採用的滑動窗口尺寸為 2×2, 步長則設 2, 建議都採用此預設值。使用此種配置, 例如 28 (寬)×28 (高)×16 (深度) 的特徵圖在池化後會變成 14×14×16, 會改變的只有尺寸, 深度不會改變。

10.3　CNN 實作範例 (用 tf.Keras 重現 LeNet-5 經典架構)

　　第 1 章提過 LeNet-5 這個機器視覺經典模型, 本節會用 tf.Keras 重現這個劃時代的架構, 用它做出一個能分類 MNIST 手寫數字影像的模型。我們會在這個模型上加入一些現代元素:

● 因應電腦運算能力增強, 因此增加卷積層的濾鏡數。原始 LeNet-5 在第 1 與第 2 卷積層各只有 6 個與 16 個濾鏡, 本例會分別增加為 32 與 64 個。

● 只用一層最大池化層, 原始 LeNet-5 則做了兩次, 因為計算已愈來愈不成問題, 少用池化層是深度學習的普遍趨勢。

● 使用 ReLU 激活函數、dropout 等 LeNet-5 發表時尚未出現的技術。

10.3.1　匯入模組

　　本章完整範例如《ch10-lenet_in_keras.ipynb》所示, 與第 9 章的《ch09-deep_net_in_keras.ipynb》相比, 這裡多調用了 3 個模組, 如下:

▼ 範例《ch10-lenet_in_keras.ipynb》調用的模組

```
from tensorflow.keras.datasets import mnist
from tensorflow.keras.models import Sequential
from tensorflow.keras.layers import Dense, Dropout
from tensorflow.keras.utils import to_categorical
from tensorflow.keras.layers import Conv2D, MaxPooling2D, Flatten # new!
```

新模組

新增的模組中, Conv2D 與 MaxPooling2D 分別用來實作卷積層與最大池化層, Flatten 層則可讓多軸陣列展平為 1 軸, 負責將將卷積層或池化層處理完的多軸特徵圖轉換成 1 軸, 以匯入密集層做處理。

10.3.2　載入資料集並做資料預處理

接著要載入 MNIST 資料集, 這部份與前面手寫數字分類範例無異。唯一的差別是之前的密集神經網路範例在輸入前得先將原本的 2 軸影像結構重塑為 1 軸陣列；但 CNN 的第 1 隱藏層通常為卷積層, 影像直接以原格式 28×28 輸入即可。此外需留意將訓練資料傳遞給 Conv2D() 時必須先轉換成 4 軸陣列的形式, 4 軸分別是「樣本數×寬×高×顏色通道」, 由於 MNIST 數字為單色影像, 在重塑時最後的顏色通道數就設為 1, 若改輸入全彩影像, 就應該設為 3。

```
(X_train, y_train), (X_test, y_test) = mnist.load_data()
X_train = X_train.reshape(60000, 28, 28, 1).astype('float32')
X_test = X_test.reshape(10000, 28, 28, 1).astype('float32')
```

　　　　　　　　　　　　　　　　　　　　　　　重塑輸入資料的形狀

上面用了 astype() method 將像素值從整數轉為浮點數, 接著用以下程式縮成 0 到 1 的範圍, 並將整數標籤 y 轉換為 one-hot 編碼 (one-hot encoding) 形式：

```
X_train /= 255
X_test /= 255

n_classes = 10
y_train = to_categorical(y_train, n_classes)
y_test = to_categorical(y_test, n_classes)
```

10.3.3 規劃 CNN 模型的架構

載入並預處理資料後, 就著手配置 CNN 模型的架構:

```
model = Sequential()

# 第 1 卷積層：  ❶              ❷              ❸
model.add(Conv2D(32, kernel_size=(3, 3), activation='relu',
                  input_shape=(28, 28, 1)))
                                              還有些參數用預設值未出
    32 個濾鏡                                 現, 見下頁 ❹、❺ 的説明
# 第 2 卷積層, 並搭配最大池化層與丟棄層：
model.add(Conv2D(64, kernel_size=(3, 3), activation='relu'))
                  64 個濾鏡
model.add(MaxPooling2D(pool_size=(2, 2)))  ◀━❻
model.add(Dropout(0.25))  ◀━❼
model.add(Flatten())  ◀━❽

# 搭配丟棄法的密集隱藏層
model.add(Dense(128, activation='relu'))
model.add(Dropout(0.5))

# 輸出層
model.add(Dense(n_classes, activation='softmax'))  ◀━❾
```

> **★ 編註** 這裡可以看到 tf.Keras 的好處, 它會自動做好各層之間的連接, 因此我們只要指定好第 1 卷積層的濾鏡數、input_shape, tf.Keras 便會自動幫我們處理好和下一層的連接, 我們只管一層一層的疊就好了!

兩個卷積層的設定

此模型的前兩個隱藏層為卷積層 (Conv2D)[*註], 設置如下：

❶ 兩個 Conv2D() 裡面的參數分別是 32 與 64, 這是設定第 1 與第 2 卷積層的濾鏡數。

[*註] 由於得對二軸陣列 (即影像) 求卷積, 故採用 Conv2D()。第 12 章會使用 Conv1D() 對一軸資料 (文本內的字串) 做卷積。當然也有 Conv3D() 層這種東西, 不過不在本書討論範圍, 這是用來對 3D 醫學影像等三軸資料做卷積運算。

❷ kernel_size (濾鏡尺寸) 都設為 3×3 的卷積核。

❸ 採用 ReLU 為激活函數。

❹ Conv2D() 內沒有設定步長, 因此就沿用預設值 1 (垂直與水平方向), 若需要可用 Conv2D() 的 stride 參數來更改步長。

❺ Conv2D() 內沒有設定填補, 因此會用預設值「padding = 'valid'」, 代表不填補。此例由於步長為 1, 生成的特徵圖尺寸會比輸入影像少兩像素 (輸入 28×28 像素影像會得到 26×26 特徵圖)。若想用 0 填補輸入影像外圍的話, 只要設定引數 padding='same' 即可, 輸出特徵圖的尺寸就會與輸入影像一致 (輸入 28×28 影像會得到 28×28 特徵圖)。

　　第 2 隱藏層則多了最大池化層與丟棄層的設計, 一樣使用 add() 來建立即可：

❻ MaxPooling2D() 是用來繼續減少特徵圖的尺寸, 此例將 pool_size 設為 2×2, strides 則沿用預設值 (None, 代表與 pool_size 相同), 輸出的特徵圖尺寸會是輸入特徵圖的 1/4。

❼ Dropout() 能降低模型的過度配適問題, 第 9 章我們已經很熟悉了。

❽ Flatten() 會把 MaxPooling2D() 輸出的特徵圖展平為 1D 陣列, 如此就能把這些像素值傳遞給密集層 (只能接受 1D 陣列做為輸入)。

　　最後的輸出層 ❾ 則與之前的 MNIST 分類模型一樣, 用 softmax 換算成各類別的機率。

顯示模型摘要

　　建構完成後, 先呼叫 model.summary() 看看此 CNN 模型的摘要, 如下所示：

由於此時還未設定每回合要處理的樣本數 (即訓練的批次量),所以每層第 0 軸均顯示「None」,為批次量預留位置。稍候在 model.fit() 就會設定批次量

```
Layer (type)                 Output Shape              Param #
=================================================================
conv2d_1 (Conv2D)            (None, 26, 26, 32) ❶      320      ❼

conv2d_2 (Conv2D)            (None, 24, 24, 64) ❷      18496    ❽

max_pooling2d_1 (MaxPooling2 (None, 12, 12, 64) ❸      0

dropout_1 (Dropout)          (None, 12, 12, 64)        0

flatten_1 (Flatten)          (None, 9216) ❹            0

dense_1 (Dense)              (None, 128) ❺             1179776  ❾

dropout_2 (Dropout)          (None, 128)               0

dense_2 (Dense)              (None, 10) ❻              1290     ❿
=================================================================
Total params: 1,199,882 ⓫
Trainable params: 1,199,882
Non-trainable params: 0
```

▲ 圖 10.9:CNN 架構

■ Output Shape 欄位

先依序來看上圖的「**Output Shape**」欄位,理解這些可以對卷積層及池化層的運算更有概念:

❶ 第 1 卷積層 **conv2d_1** 接收 $28 \times 28 \times 1$ 像素的 MNIST 影像。根據設定的濾鏡超參數 (濾鏡邊長 F=2、步長 S=1、填補 P=0),該層會輸出 26×26 像素的特徵圖 $(28-3+2*0) / 1 +1 = 26$,而由於濾鏡設了 32 個,所以輸出特徵圖的最後一軸 (深度) 會是 32 維。

❷ 第 1 卷積層將生成的 $26 \times 26 \times 32$ 特徵圖傳遞給第 2 卷積層 **conv2d_2**。由於該層的步長與填補超參數同前層,輸出的特徵圖寬高降為 24×24。不過該層有 64 個濾鏡,所以輸出深度加倍,為 64。

❸ 如前所述, 最大池化層 **max_pooling2d_1** 的池化滑動窗口寬高為 2、步長為 2, 資料流經此層後寬高減半, 生成 12×12 的特徵圖。不過特徵圖的深度不被池化影響, 依舊為 64。

❹ dropout 層我們都很熟悉就略過。最後, 展平層將 3D 結構的特徵圖展平為含 9,216 (12 × 12 × 64 = 9,216) 元素的 1D 陣列 (註：這裡都先不看最前面的訓練批次數量, 所以是最後 3 軸的乘積)。

❺ 密集隱藏層內含 128 個神經元, 因此會輸出含有 128 個值的 1D 陣列。

❻ 搭配 softmax 的輸出層內含 10 個神經元, 因此會輸出 10 筆機率, 顯示 0~9 各數字的機率。

■ Param # 欄位

接下來繼續解說「**Param #**」欄位：

❼ 第 1 卷積層共有 320 個參數：

- 288 個權重：32 (濾鏡數) ×9 (權重數) (註：濾鏡尺寸為 3×3、單一顏色通道)。

- 32 個偏值, 每個濾鏡各一。

❽ 第 2 卷積層共有 18,496 個參數：

- 18,432 個權重：64 (濾鏡數)×9 (權重數)×32 (輸入的特徵圖深度)。

- 64 個偏值, 每個濾鏡各一。

❾ 密集隱藏層共有 1,179,776 個參數：

- 1,179,648 個權重：9,216 (前層 12×12×64 特徵圖展平後的1D 陣列長度)×128 (密集層神經元數) (看到沒！一用密集層參數量馬上爆增)。

- 128 個偏值, 密集層每個神經元各一。

⑩ 輸出層共有 1,290 個參數：

- 1,280 個權重：來自前層的 128 個輸入 × 輸出層的 10 個神經元。

- 10 個偏值, 輸出層每個神經元各一。

⑪ 整個 CNN 模型共有 1,199,882 個參數, 其中大多數 (98.3%) 屬於密集層。

10.3.4 編譯、訓練模型

之後呼叫 model.compile() 編譯模型, 再呼叫 model.fit() 開始訓練, 這些步驟大致與之前範例相同, 唯一的差別是訓練週期調低了 (降為10), 因為我們發現驗證損失 (val_los) 在 9 個訓練週期後就停止下降：

```
model.compile(loss='categorical_crossentropy', optimizer='adam', 接下行
               metrics=['accuracy'])

model.fit(X_train, y_train, batch_size=128, epochs=10, verbose=1, 接下行
               validation_data=(X_test, y_test))
```

最佳週期的表現如圖 10.10 所示：

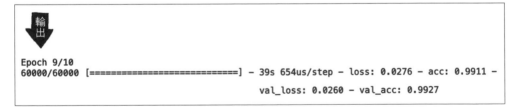

```
Epoch 9/10
60000/60000 [==============================] - 39s 654us/step - loss: 0.0276 - acc: 0.9911 -
                                                val_loss: 0.0260 - val_acc: 0.9927
```

▲ 圖 10.10：在第 9 訓練週期達到 99.27% 驗證準確率,
破了前一章密集神經網路網路創下的紀錄

之前在 MNIST 數字分類表現最好的是第 9 章範例《ch09-deep_net_in_keras.ipynb》, 而這個 CNN 範例的驗證準確率 (val_acc) 高達 99.27%, 看來連密集神經網路辨識不出來的數字都遊刃有餘。

10.4 進階的 CNN 技術 (用 tf.Keras 重現 AlexNet 與 VGGNet 架構)

前一節的 CNN 架構是用 2 個卷積層搭配 1 個最大池化層，這是 CNN 模型相當常見的「區塊式」架構。實務上這裡區塊式架構通常不會只有一組，而會像下圖一樣，先將卷積層 (通常 1-3 道) 與池化層組合成一個「**conv-pool 區塊 (後續以「卷積塊」稱之)**」，再將數組區塊堆疊起來，之後再加上一道 (或數道) 密集層，最後才接上輸出層。

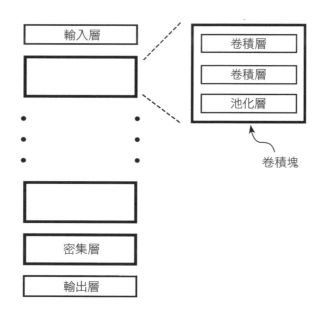

▲ 圖 10.11：常見的卷積塊設計：每一塊均以一池化層搭配數道 (1~3) 卷積層，堆疊數個區塊後，最後以密集層作結

在 2012 年以電腦視覺競賽冠軍之姿吹起深度學習革命號角的 AlexNet 模型，就是採用這種卷積塊架構。本章的《ch10-alexnet_in_keras.ipynb》範例就來重現此架構。

10.4.1 載入資料集

此範例分類的不是 MNIST 數字, 而是更大 (224×224 像素) 的全彩花朵影像 (3 顏色通道):

```
!pip install tflearn ←── 先在 colab 安裝 tflearn 套件
import tflearn.datasets.oxflower17 as oxflower17 ┐ 載入資料集, 並直
X, Y = oxflower17.load_data(one_hot=True)        ┘ 接進行資料預處理
```

10.4.2 CNN 範例 (一)：仿 AlexNet 經典模型

接著是重頭戲, 底下來規劃仿 AlexNet 的模型架構:

```
model = Sequential()

# 第 1 卷積塊：
                                           ❷
model.add(Conv2D(96, kernel_size=(11, 11),
            strides=(4, 4), activation='relu',
            input_shape=(224, 224, 3))) ←──❶
model.add(MaxPooling2D(pool_size=(3, 3), strides=(2, 2)))
model.add(BatchNormalization())

#第 2 卷積塊：
model.add(Conv2D(256, kernel_size=(5, 5), activation='relu'))
model.add(MaxPooling2D(pool_size=(3, 3), strides=(2, 2)))
model.add(BatchNormalization())

#第 3 卷積塊：
model.add(Conv2D(256, kernel_size=(3, 3), activation='relu'))
model.add(Conv2D(384, kernel_size=(3, 3), activation='relu'))
model.add(Conv2D(384, kernel_size=(3, 3), activation='relu'))
model.add(MaxPooling2D(pool_size=(3, 3), strides=(2, 2)))
model.add(BatchNormalization())

# 密集層：
model.add(Flatten())
model.add(Dense(4096, activation='tanh'))
model.add(Dropout(0.5))                      ❸
model.add(Dense(4096, activation='tanh'))
```

接下頁

```
model.add(Dropout(0.5))

# 輸出層：
model.add(Dense(17, activation='softmax'))
```

此架構有幾個要注意的地方：

❶ 此範例分類的是 224×224×3 全彩影像, 因此第 1 Conv2D 層的 input_ shape 是 3 通道。

❷ AlexNet 在前幾道卷積層用的濾鏡較大 (比方說第 1 卷積層, kernel_ size=(11, 11), 這種大小現在已不多見), 暫且先試試看。

❸ 對靠近模型輸出層的兩道「密集層」使用 dropout, 前面的卷積層則不用, 因為前面的卷積層是在萃取影像特徵, 並且池化層也丟掉了一些像素資訊。而密集層就如之前所述, 為避免過度配適訓練資料, 因此加了 dropout 層。

這裡的主軸主要是解說模型的架構, 後續的編譯、訓練模型都和之前所介紹的一樣, 讀者可自行執行《ch10-alexnet_in_keras.ipynb》看看效果如何。

10.4.3　CNN 範例 (二)：仿 VGGNet 經典模型

當 AlexNet 榮獲 2012 年 ImageNet 的 ILSVRC 視覺辨識挑戰賽 (ImageNet Large Scale Visual Recognition Challenge) 冠軍, 深度學習模型開始在競賽中風行, 之後新神經網路模型就一個個誕生, 而且越來越深層。以 2014 年 ILSVRC 的亞軍 VGGNet[*註] 為例, 一樣是採用 AlexNet 的 conv-pool-

---

*註　Developed by the Visual Geometry Group at the University of Oxford: Simonyan, K., and Zisserman, A. (2015). Very deep convolutional networks for large-scale image recognition. arXiv: 1409.1556。

block 區塊式架構, 只是 VGGNet 堆了更多層, 然後把卷積核改小 (全改為 3×3)。讀者可以參考《ch10-vggnet_in_keras.ipynb》查看模型的架構：

```python
model = Sequential()

model.add(Conv2D(64, 3, activation='relu',
input_shape=(224, 224, 3)))
model.add(Conv2D(64, 3, activation='relu'))
model.add(MaxPooling2D(2, 2))
model.add(BatchNormalization())  ← 當中還加了 9.2 節介紹
                                    過的批次正規化功能
model.add(Conv2D(128, 3, activation='relu'))
model.add(Conv2D(128, 3, activation='relu'))
model.add(MaxPooling2D(2, 2))
model.add(BatchNormalization())

model.add(Conv2D(256, 3, activation='relu'))
model.add(Conv2D(256, 3, activation='relu'))
model.add(Conv2D(256, 3, activation='relu'))
model.add(MaxPooling2D(2, 2))
model.add(BatchNormalization())

model.add(Conv2D(512, 3, activation='relu'))
model.add(Conv2D(512, 3, activation='relu'))
model.add(Conv2D(512, 3, activation='relu'))
model.add(MaxPooling2D(2, 2))
model.add(BatchNormalization())

model.add(Conv2D(512, 3, activation='relu'))
model.add(Conv2D(512, 3, activation='relu'))
model.add(Conv2D(512, 3, activation='relu'))
model.add(MaxPooling2D(2, 2))
model.add(BatchNormalization())

model.add(Flatten())
model.add(Dense(4096, activation='relu'))
model.add(Dropout(0.5))
model.add(Dense(4096, activation='relu'))
model.add(Dropout(0.5))
model.add(Dense(17, activation='softmax'))
```

10.5 殘差神經網路 (residual network)

從前面展示的一系列經典 CNN 範例來看，神經網路有往更深層發展的趨勢，但這也容易引發 9.2 節提到的梯度消失 (vanishing gradient) 問題，也就是神經網路的訓練效率會隨架構的加深而下降 (通常會很明顯)，這一節我們就來介紹一個最近幾年才冒出來的超神奇解決方案：**殘差神經網路 (residual network)**。

10.5.1 深層 CNN 很難甩掉的梯度消失問題

梯度消失問題在第 9 章提過，若只是一味地加深神經網路 (比方說像圖 10.11 一樣，增加一個又一個的卷積塊)，前面幾層的學習力最終會因為梯度消失而逐漸微弱。此問題的根源在於，神經網路前幾層離結算損失的輸出層太遠了，因為權重參數的梯度得靠「反向傳播」才能計算，但個別參數對損失的貢獻會隨著一層層的反向傳播逐漸被稀釋，因此越靠近輸入源頭的神經層，參數調整的幅度越小。最終結果會是，神經網路越深層，前面幾層會更難訓練。若觀察到神經網路「準確率隨深度增加至某一飽和點後開始往下掉」，就代表神經網路層數太多，梯度消失現象逐漸浮上檯面。

因此，想使用深層的架構，又不希望產生上述問題，就是**殘差神經網路**要解決的事了。

10.5.2 認識殘差模組 (residual module)

殘差神經網路 (簡稱 ResNets) 是指使用**殘差模組 (residual module)**、或稱**殘差塊 (residual block)** 的架構，簡單來說殘差模組就是「卷積塊」搭配**跳接 (skip connection)** 設計而成的架構。

　　下圖就是一個殘差模組的示意圖, 中間的方框就是之前提到的卷積塊, 裡面通常含多個卷積層設計 (也可能包括批次正規化層或丟棄層等設計)。而殘差模組特色就是加入了**跳接 (skip connection)** 設計 (註：下圖那條從輸入直接傳到輸出「抄捷徑」的箭頭就是), 簡單說跳接的作用是將準備傳入卷積塊的輸入 (做卷積運算之前)「跨層」傳遞, 然後與經過卷積運算後的輸出 (做卷積運算之後), 兩者直接「**相加**」後, 做為最終的輸出, 再進行後續處理 (通常是送入激活函數)。

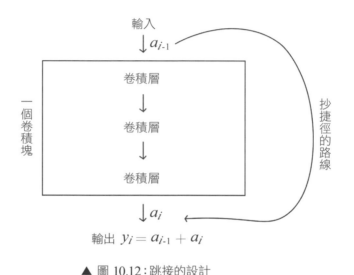

▲ 圖 10.12：跳接的設計

　　換句話說, 當殘差模組接收到某輸入 a_{i-1} (神經層接收到的任何輸入都是前層的輸出, 所以表示為 a_{i-1}), 除了輸入卷積塊運算產生當層的輸出 a_i 之外, 這個 a_{i-1} 還要與殘差模組輸出端的 a_i 輸入相加, 成為殘差模組的輸出值 y_i, 即：

$$y_i = a_{i-1} + a_i$$

當層算出來的

抄捷徑從前一層送來的

　　根據上一段描述的殘差連接原理, 你可能會注意到一個有趣的現象, 若殘差模組內輸出的輸出值 $a_i = 0$ (註：可理解成學到的東西幾乎不會影響參數的修正), 那輸出值 y_i 結果會與原輸入無異。代入前面方程式出來的結果就是：

$$y_i = a_{i-1} + a_i$$
$$= a_{i-1} + 0 \qquad \text{(公式 10.6)}$$
$$= a_{i-1}$$

殘差連接在此時的作用就相當於「恆等函數」，當神經層以類似卷積塊的形式在殘差模組內運算時，即使無法學到有用的知識 (即 $a_i = 0$) 來減少神經網路損失，至少也能當個不礙事的恆等函數。而因為殘差模組可以恆等函數的模式讓資料流「跳過」自己，所以前面才將這樣的設計稱為「跳接」(skip connection)。

殘差模組除了具備「多幾層就算沒貢獻，但至少不添亂」的優點外，也提供多樣性的用途。只要將數個殘差模組 (卷積塊+跳接的設計) 堆疊在一起，可以設計出多種變化。效果就如下圖所示：資料流經過一重重卷積塊與跳接而不斷分流、合流，交織產生各種複雜的組合：

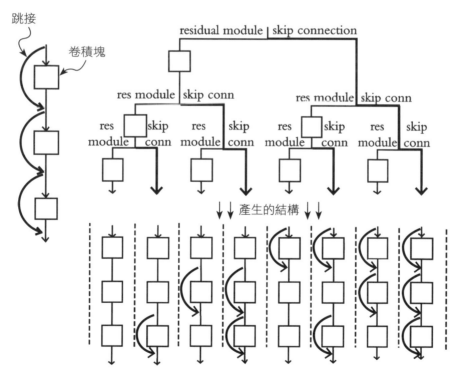

▲ 圖 10.13：殘差網路的多種變化，資料可以兵分兩路，「經過」或「跳過」卷積塊再合流。資料流可藉由不同跳接來改道

如上圖所示, 光用「3 組卷積塊 + 3 組跳接設計」, 資料流可以有非常很多樣化的走法, 上圖上半部的決策樹就示範了 8 種資料流路徑。

10.5.3 ResNet 的優秀表現

依循殘差模組的概念, 微軟研究院於 2015 年推出史上第 1 個深度殘差神經網路 ResNet [註31], 並以此拿下當年的 ILSVRC 影像分類競賽冠軍, ResNet 在當時成為眾多演算法中的佼佼者。

其實 ILSVRC 除了影像分類競賽外, 還有物件偵測 (object detection)、圖像分割 (image segmentation) 等多種機器視覺競賽項目 (待會最後一節會提到更多跟這兩種機器視覺任務有關的資訊)。ResNet 在 2015 年面世之際, 馬上於 ILSVRC 大放異彩, 不只在影像分類項目奪冠, 在物件偵測與圖像分割項目也拿下冠軍; 同年的 COCO 資料集競賽 (cocodataset.org), ResNet 同樣拿下影像偵測與分割項目的冠軍。

ResNet 一問世便輾壓所有機器視覺技術, 毫無疑問是劃時代的創新。從此以後, 神經網路想多深層就能多深層, 因為多的神經層即使無法學習到更多有用的資訊, 至少也不會降低整體效能, 只要手上的運算資源夠用, 即便稍微有提升一點也好。

關於殘差神經網路就介紹到這裡, 本書一路下來所介紹的模型架構與資料集都不大, 但殘差網路的超深層結構與所使用的資料集例外, 這裡就不實作了 (編註: 在書末的參考書目 Ref 2.「**強化式學習 – 打造最強通用演算法 AlphaZero**」一書中, 對殘差學習網路的實作有深入介紹, 有興趣的讀者可以參考)。不過, ResNet 等超深層架構若預先用大規模資料集訓練出參數, 再搭配**遷移學習** (transfer learning, 本章末會介紹), 就能將模型用在不同方面, 本章最後會介紹並示範這種萬用的方法來使用殘差神經網路的能力。

---

*註 He, K., et al. (2015). Deep residual learning for image recognition. arXiv:1512.03385。

10.6 機器視覺的各種應用

前面介紹了幾種機器視覺模型常用的神經層，還討論了改進模型的方法，也深入介紹幾種前幾年才誕生的經典機器視覺演算法。本章到目前為止解決的機器視覺問題都屬於影像分類，也就是針對設定主題分辨影像。最後一節我們來看一些影像分類之外的有趣應用，如下圖所示：

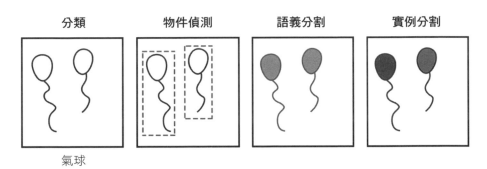

▲ 圖 10.14：各種機器視覺應用。最前頭的「分類」已經
很熟悉了，此外還有物件偵測、語義分割與實例分割等

● **物件偵測**：此演算法的任務是以方框去鎖定影像中的物件。

● **圖像分割**：分為兩種。**語義分割 (Semantic segmentation)** 可辨識影像物件的類別，並將影像像素依所屬物件類別標示，例如將同屬「氣球」類別的物件標示出來。而**實例分割 (instance segmentation)** 則是進一步將分屬不同實例的物件分開，例如判斷此二物件為兩個不同的氣球。

10.6.1 物件偵測

假設某張照片是一群人坐下來吃飯的畫面，裡面有幾個人圍繞著一張桌子，上面擺了盤烤雞，搞不好還有一瓶酒。若想打造一個自動化系統來判別所上過的餐點，或是辨識同桌共餐的人，光靠影像分類演算法無法做到如此精細，這時候就得靠物件偵測演算法。

　　不論是辨識醫學影像中的異常狀況, 還是自駕車要偵測視野中的行人, 都屬於物件偵測的應用範圍。物件偵測的處理流程主要分三階段：

▶ 鎖定要偵測的區域。

▶ 在鎖定區域執行自動特徵提取。

▶ 辨識所鎖定的區域。

　　隨著 R-CNN、Fast R-CNN、Faster R-CNN 和 YOLO 等經典模型的誕生, 該領域逐漸走上軌道。

R-CNN

　　R-CNN 是 Ross Girshick 等人於 2013 年提出的演算法[*註1], 此演算法效法人腦的注意力機制, 先掃描整個畫面, 再將注意力放在特定區域上。為了模仿這種「注意力」機制, Girshick 等人開發的 R-CNN 流程如下：

▶ 先在影像中篩選出一批興趣區域 (Regions Of Interest, ROIs)。

▶ 用 CNN 對這些 ROI 提取特徵。

▶ 結合線性迴歸 (linear regression) 與支援向量機 (support vector machine) 這兩種「傳統」機器學習方法來校正邊框位置 (邊框範例可參見圖 10.15), 再對框內物件進行分類。

　　R-CNN 重新定義了物件偵測技術的最佳水準：在 PASCAL (Pattern Analysis, Statistical Modeling and Computational Learning) 的視覺物件類 (Visual Object Classes, VOC) 競賽中[*註2], 其表現大幅勝過上屆最佳模型, 物件偵測領域的深度學習紀元就此展開。不過此模型還有改善空間：

---

*註1 Girshnick, R., et al. (2013).Rich feature hierarchies for accurate object detection and semantic segmentation. arXiv: 1311.2524。

*註2 PASCAL VOC競賽從 2005 年到 2012 年都有舉辦, 資料集不但到現在都找得到, 也被認為是物件檢測問題的標準。

- **缺乏彈性**：輸入影像維度是固定的, 無法視情況調整。

- **速度慢、計算耗時**：CNN、線性迴歸模型與支援向量機三種技術原理完全不同, 導致訓練與實際使用都得分成數階段進行。

Fast R-CNN

　　為了解決 R-CNN 的缺點 (速度太慢), Girshick 又推出了改良版 Fast R-CNN[*註], 其主要進展在於上一頁 R-CNN 演算法的第 2 步驟, CNN 不會對每個 ROI 都執行一次特徵提取。Fast R-CNN 會像以前一樣預先篩選 ROI (步驟 1), 但在第 2 步驟中, CNN 改對整個輸入影像提取特徵, 讓所有 ROI 都能共享提取結果。從 CNN 最末層提取的特徵向量, 會與 ROI 一起被送入密集神經網路 (步驟 3)。密集神經網路得針對每個 ROI 的特徵, 學習輸出兩種預測：

- 針對某大類, 輸出物件屬於不同細項的 softmax 機率 (判斷目標物件屬於其中哪類)。

- 校正後的邊框位置 (優化 ROI 的位置)。

　　Fast R-CNN 模型一樣是搭配 ROI 篩選與密集層流程, 但只需用 CNN 對輸入影像提取一次特徵 (計算複雜度因此大降), 就能完成物件檢測任務。顧名思義, 計算複雜度低很多的 Fast R-CNN 執行起來更快。與其前身相比, 它還將原本分開的迴歸器與分類器整合為單一架構。但由於 Fast R-CNN 依然保留了 R-CNN 的第 1 步驟 (ROI 篩選), 所以仍存在明顯的計算瓶頸。

---

*註　Girshnick, R. (2015). Fast R-CNN. arXiv: 1504.08083。

Faster R-CNN

Faster R-CNN 模型架構稱得上是深具巧思的創新作品, 由任職於微軟研究院的 Shaoqing Ren 等人於 2015 年提出 (輸出範例可參考圖 10.15)[*註]。為了克服 R-CNN、Fast R-CNN 模型在 ROI 篩選方面的瓶頸, 眾人將腦筋動到 CNN 產生的特徵圖上, 關於影像特徵的二維空間資訊不是早就被整理成這些特徵圖了嗎？若卷積層有 16 組濾鏡, 輸出的特徵圖 (16 通道) 就能分別指出 16 種不同特徵在同一張輸入影像上的位置。影像所含的各種內容以及其位置等詳細資訊均被收納進特徵圖內, Faster R-CNN 就是利用這些詳細資訊來定位 ROI, 打造出一個基於 R-CNN 與 Fast R-CNN 的統一模型架構, 不但能用 CNN 連續執行物件偵測的所有 3 步驟, 速度也明顯更快。

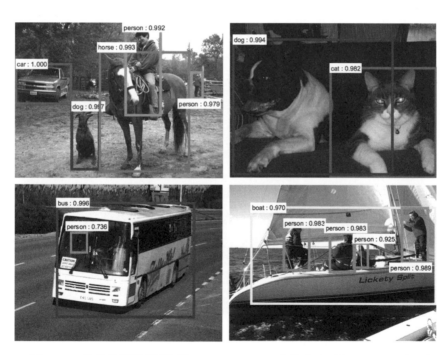

▲ 圖 10.15：物件偵測範例 (使用 Faster R-CNN 演算法分別在 4 張不同的影像上執行)。該演算法可判斷每個 ROI (由影像內的邊框定義) 內的物件為何

[*註] Ren, S. et al. (2015).Faster R-CNN: Towards real-time object detection with region proposal networks. arXiv: 1506.01497。

YOLO
....

前面提到的物件偵測模型, 都是先用 CNN 鎖定 ROI, 再對每個 ROI 做分類, 而非直接對整張輸入影像分類[*註1], 但此慣例在 Joseph Redmon 等人於 2015 年發表 YOLO (You Only Look Once) 後被打破[*註2]。YOLO 先用預訓練過的 CNN 提取特徵[*註3], 接著將影像劃分成網格狀, 逐格預測內含物件的邊框位置與類別機率。當預測出的類別機率高於某閾值, 就會採用其預測結果, 定位影像中的物件。

可將 YOLO 想成是一種將「許多迷你邊框拼在一起」的方法, 但此法要順利運作的前提, 是得對影像包含的所有物件類別都有良好的識別能力。此演算法雖然執行起來比 Fast R-CNN 快多了, 但很難準確偵測影像中的小型物件。

繼 YOLO 之後, Redmon 等人又陸續推出了 YOLO9000[*註4] 與 YOLOv3 模型[*註5], 一步步提昇準確率與速度, 這大部份得歸功於越來越複雜的基礎模型架構。關於這些演進的細節已經超出本書範圍, 在撰寫本文時, 這些模型算是相當先進的物件偵測演算法, 有興趣可再自行研究。

10.6.2 圖像分割

雖說世間萬物以視覺元素的形式在人類視野中層層堆疊 (比方說圖 10.16 的足球賽), 但成年人的大腦似乎可不費吹灰之力地在幾百毫秒內區分人物與

---

*註1 雖說從技術層面來看, Fast R-CNN 與 Faster R-CNN 中的 CNN 是在一開始先觀察整個影像, 不過都僅限於提取局部特徵, 從那時就已經把影像拆解成一系列局部區域了。

*註2 Redmon, J., et al. (2015).You Only Look Once: Unified, real-time object detection. arXiv: 1506.02640。

*註3 在本章結尾會使用預訓練模型做遷移學習。

*註4 Redmon, J., et al. (2016). YOLO9000: Better, faster, stronger. arXiv: 1612.08242。

*註5 Redmon, J. (2018). YOLOv3: An incremental improvement. arXiv: 1804.02767。

背景、捕捉其輪廓、甚至推算這些景物的遠近。而機器視覺能在區區數年間就讓趕上人類視覺，全賴深度學習之助，本節要介紹的**圖像分割（image segmentation）**就是其中一個重點領域。我們會將重心放在 Mask R-CNN 這個知名模型架構上，它可判斷影像中哪些像素屬於哪些特定物件，並確實分類。

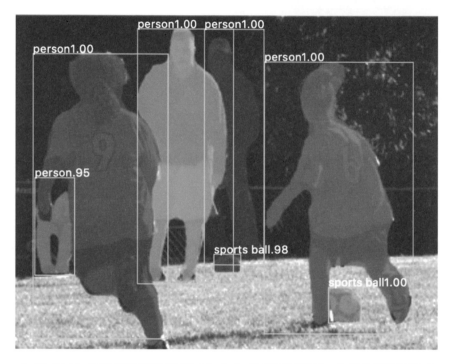

▲ 圖 10.16：圖像分割範例（使用 Mask R-CNN 演算法）。物件偵測只能粗略地用邊框來定義物件位置，而圖像分割可沿著像素描出整個物件的輪廓

Mask R-CNN

Mask R-CNN 是 Facebook AI Research (FAIR) 於 2017 年所提出[註]，此方法的實作概念如下：

*註 He, K., et al. (2017).Mask R-CNN. arXiv: 1703.06870。

❶ 先用現成的 Faster R-CNN 架構, 鎖定影像中可能含有特定物件的 ROI。

❷ 以 ROI 分類器預測邊框內物件 (為前景或背景), 並優化邊框的位置與大小。

❸ 從 CNN 輸出的特徵圖抓出與邊框區域對應的部份。

❹ 將 ROI 的特徵圖送入精心打造的卷積神經網路進行分類等程序, 將所有像素改以遮罩 (mask) 呈現, 不同顏色遮罩代表不同物件。遮罩的效果如圖 10.16 所示。

10.6.3 遷移學習 (transfer learning)

本章描述的大多數模型都得用大規模的影像資料集來訓練, 以 CNN 為例, 它在訓練期間學會如何從影像中提取特徵, 包括線條、邊緣、顏色、形狀等「基本」特徵, 以及紋理、形狀組合或其他複雜視覺元素等「進階」特徵。

若 CNN 架構夠深, 且已預先以一組內容夠豐富的影像訓練過, 那此 CNN 內部的神經層應該能提取相當多種視覺元素, 可以應用在其他未知的影像。比方說, CNN 若已經能分別辨識凹型紋理、圓形物體與白色, 將這三種特徵以適當方式結合, 應該就能辨識高爾夫球。**遷移學習** (transfer learning) 就是這樣一種技術, 讓我們可以將已充分訓練的 CNN「移植」到別處, 用以辨識未知的物件, 無需從頭開始訓練新模型。

10.4.3 節曾介紹過經典機器視覺模型架構 VGGNet, 那時的範例《ch10-vggnet_in_keras.ipynb》是以 16 道神經層 (大部份是重複的 conv-pool 卷積塊) 組成的 VGGNet16 模型。至於底下要用的則是 VGGNet19 模型, 與 VGG16 相比, VGG19 的神經層更多, 能捕捉視覺影像中更抽象化的特徵。範例《ch10-transfer_learning_in_keras.ipynb》一開頭會先載入 VGGNet19, 取用它的部分內容, 再將它修改成我們自己的例子 - 熱狗堡影像辨識器。

匯入模組

老規矩, 先調用模組, 順便載入訓練過的 VGGNet19 模型:

```
# 載入套件:                            載入 VGGNet19 模型以進行遷移學習
from tensorflow.keras.applications.vgg19 import VGG19 ←
from tensorflow.keras.models import Sequential
from tensorflow.keras.layers import Dense, Dropout, Flatten
from tensorflow.keras.preprocessing.image import ImageDataGenerator


# 建立預訓練過的 VGG19 模型物件:
vgg19 = VGG19(include_top=False,
              weights='imagenet',
              input_shape=(224,224,3),       ← 見底下解説
              pooling=None)
```

在以上程式中, tf.Keras 已提供現成的 VGG19 架構, 例如只需在 VGG19() 內用 weights='imagenet' 就可以讀入已訓練好的權重參數, 載入的 操作很容易[*註]。這裡傳入 VGG19() 的內容如下:

● include_top=False 代表我們不想要此 VGGNet19 架構原有的最終密集分 類層, 那幾層是訓練來分類原始的 ImageNet 資料集。此例我們會自行建 構最後面的神經層, 並用自己的資料來訓練, 等等就會看到 (編註:如果把 神經網路的形狀從水平改成垂直的, 那終端的密集層就會在上方 (top), 所 以 inculde_top = False 就是不包含終端的密集層)。

● weights='imagenet' 代表要載入的模型權重是用高達 1400 萬筆樣本的 ImageNet 資料集訓練出來的。

● input_shape=(224, 224, 3) 將模型的輸入影像的形狀初始化為我們的熱狗 堡影像維度。

---

*註 Keras 也有其他預訓練模型, 包括本章前面提過的 ResNet 架構, 可上 keras.io/ applications 一覽。

凍結 VGGNet 的神經層

載入模型後, 用 for 迴圈快速地將所有神經層的 trainable 標記設為 False, 這些層的參數就不會在訓練期間被調整。VGGNet19 的卷積已用大規模 ImageNet 資料集充份訓練, 絕對能捕捉到一般視覺影像 (如本例的熱狗堡影像) 特徵, 所以不需更動。

```
for layer in vgg19.layers:        ┐── 凍結 VGGNet19 模型的所有神經層
    layer.trainable = False       ┘
```

添加新的密集層

接著我們在 VGGNet19 模型後面添加新的密集層, 這些層的參數是要訓練的, 訓練後便能輸入影像提取的特徵判定影像是否為熱狗堡:

```
# 建立空的模型後, 把載入的 VGG19 模型的神經層加進去:
model = Sequential()
model.add(vgg19)

# 在 VGG19 神經層後面增加負責分類的新神經層:
model.add(Flatten(name='flattened'))
model.add(Dropout(0.5, name='dropout'))
model.add(Dense(2, activation='softmax', name='predictions'))

# 編譯模型:
model.compile(optimizer='adam', loss='categorical_crossentropy',
              metrics=['accuracy'])
```

使用 ImageDataGenerator 類別

此外我們也用上 tf.Keras 的 ImageDataGenerator 類別, 這個類別還可以在訓練過程中進行隨機擴增資料量, 相當方便[*註]:

---

*註　第 9 章提過, 擴增資料量可有效增加訓練資料集樣本, 增加模型對新資料的普適性。

```
# 建立兩個 ImageDataGenerator 物件：
train_datagen = ImageDataGenerator(
    rescale=1.0/255,
    data_format='channels_last',
    rotation_range=30,
    horizontal_flip=True,
    fill_mode='reflect')

valid_datagen = ImageDataGenerator(
    rescale=1.0/255,
    data_format='channels_last')
```

在上面的程式中, 訓練資料生成器 (train_generator) 會對影像隨機執行旋轉 (不超過 30 度) 與水平翻轉、正規化到 0 與 1 範圍 (乘以 1/255), 並設定 data_format='channels_last' 將影像以「顏色通道數擺最後」的格式載入陣列 [*註]。而驗證資料的生成器 (valid_generator) 則只需要縮放與載入影像, 沒必要做資料擴增。

定義訓練與驗證資料的生成器

```
# 設定批次量
batch_size=32

# 定義訓練與驗證資料的生成器：
train_generator = train_datagen.flow_from_directory(
    directory='/content/drive/MyDrive/雲端硬碟的路徑/Ch10/hot-dog- 接下行
        not-hot-dog/train',
    target_size=(224, 224),
    classes=['hot_dog','not_hot_dog'],
    class_mode='categorical',
    batch_size=batch_size,
    shuffle=True,
    seed=42)
                                                                 接下頁
```

---

*註 輸入資料的形狀為 224×224×3, 顏色通道數出現在最後一軸。

```
valid_generator = valid_datagen.flow_from_directory(
    directory='/content/drive/MyDrive/雲端硬碟的路徑/Ch10/hot-dog- 接下行
        not-hot-dog/test',
    target_size=(224, 224),
    classes=['hot_dog','not_hot_dog'],
    class_mode='categorical',
    batch_size=batch_size,
    shuffle=True,
    seed=42)
```

以上程式是用 flow_from_directory() method 指示生成器從指定目錄載入影像。本章範例資料夾附有「hot-dog-not-hot-dog」資料集, 請確認已經置於您的雲端硬碟內 (方法可參閱附錄 A), 並自行修改上述的 directory 參數。

開始訓練

接著就可以開始訓練了：

```
model.fit(train_generator, steps_per_epoch=15,          ┐ 訓練遷移
        epochs=16, validation_data=valid_generator,     ├ 學習模型
        validation_steps=15)                            ┘
```

根據我們的測試, 表現最好的是第 6 週期, 準確率達到 81.2%, 讀者可以自行跑一下程式。而經過以上實作, 應該能稍微感受到遷移學習的方便之處吧。很輕鬆就能將現有模型改投入熱狗堡辨識等複雜影像分類任務上, 表現還有一定水準。若是花點時間調整超參數, 效果應該會更好。

10.6.4　膠囊神經網路（capsule networks）

　　2017 年, Geoff Hinton 領導的 Google Brain 小組 Sara Sabour 等人發表了名為**膠囊神經網路 (capsule networks)** 的新概念, 引起極大轟動[*註]。膠囊神經網路能納入特徵的「相對位置」資訊, 而 CNN 是辦不太到的；比方說, CNN 可能會將底下的兩張圖都當成人臉, 膠囊神經網路則不會：

五官位置錯置的臉

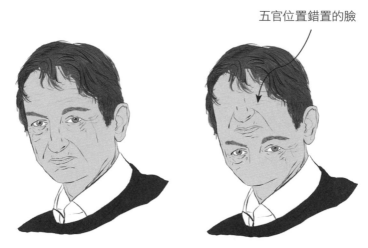

▲ 圖 10.17：CNN 無法將影像特徵的相對位置納入考量, 所以連右圖也會識別成人臉, 膠囊神經網路就不會

　　膠囊神經網路背後的理論已超出本書範圍, 有興趣的讀者可以自行關注其發展, 雖然需要的計算量相當龐大, 但日益低廉的計算能力應該很快會扭轉此情勢。

---

*註　Sabour, S., et al. (2017).Dynamic routing between capsules. arXiv: 1710.09829。

10.7　總結

　　本章介紹了常用在機器視覺任務的卷積層、池化層，然後重現了 LeNet-5 等經典神經網路架構，在手寫數字分類方面一舉突破第 2 篇密集神經網路創下的準確率紀錄。本章最後討論了幾種 CNN 的延伸架構，並提及幾個機器視覺演算領域最受矚目的應用。第 12 章你更會發現，卷積層不僅能用在機器視覺，其他任務也適用喔！

重要名詞整理

以下是到目前為止講過的重要名詞，本章新介紹的以加外框顯示。

- ❖ 權重參數：
  - 權重 w
  - 偏值 b
- ❖ 激活值 a
- ❖ 激活函數
  - sigmoid
  - tanh
  - ReLU
  - softmax
  - linear
- ❖ 輸入層
- ❖ 隱藏層
- ❖ 輸出層
- ❖ 神經層類型：
  - 密集層（全連接層）
  - 卷積層
  - 最大池化層

- ❖ 展平層
- ❖ 損失函數：
  - 均方誤差
  - 交叉熵
- ❖ 前向傳播
- ❖ 反向傳播
- ❖ 梯度消失、梯度爆炸
- ❖ Glorot 權重初始化
- ❖ 批次正規化
- ❖ 丟棄法
- ❖ 優化器：
  - 隨機梯度下降法
  - Adam
- ❖ 優化器超參數
  - 學習率 η
  - 批次量

MEMO

自然語言處理實戰演練 (一)：資料預處理、建立詞向量空間

在第 2 章, 我們曾介紹如何將語言改用電腦能理解的形式表達, 其中提及了**詞向量 (word vector)、詞向量空間 (word vector space)** 這種將單字轉換成數字的量化方法, 本章就來教讀者如何用程式建立詞向量空間。我們會先從自然語言資料的預處理作業 (preprocessing) 開始, 再介紹建立詞向量空間的做法, 這些都是打造一個自然語言處理 (Natural Language Processing, NLP) 模型的重要前置工作。

11.1　自然語言資料的預處理

本節先從自然語言資料的預處理作業看起, 常見的有以下幾種:

> **★編註** 本書的解說是針對英文句子, 主要讓您對預處理作業有個簡單的概念, 若想延伸了解中文的例子, 可以閱讀參考書目 Ref 3.「**tf.keras 技術者們必讀!深度學習攻略手冊**」。

❶ **斷句或斷字 (tokenization)**:將文檔 (比方說某篇文章、某部小說) 拆成獨立的 token。token 這個名稱之後會常出現, 其實就是一個個的單字。

❷ **將所有字母都轉換為小寫**:英文句子開頭第 1 個字母必須大寫, 但單字的意義不會因為放開頭或放中間而有差別 (「She」與「she」意思完全一樣), 所以要將全部字母轉換為小寫。

❸ **移除停用字 (stop word)**:停用字是指經常出現, 但沒什麼特殊含義的詞, 像是「the」、「a」、「which」、「oh」等 (編註:所謂停用字, 並不是這些字已經很罕見, 不常用而被停用了, 恰恰是因為這些字沒什麼意義又太常出現, 會影響機器的學習, 所以要把它們移除, 即停用)。世界上並不存在一個能通吃所有情況的停用字清單, 必須視情況將某些單字設為停用字。如果是要建立一個「判斷電影影評內容為正面或負面」的 NLP 模型, 像「didn't」、「isn't」、「wouldn't」等否定字可能對判斷影評中的情緒相當重要, 就不應視為停用字而刪除。

❹ **刪除標點符號**：標點符號對自然語言模型來說通常沒什麼價值, 因此大都會刪除。

❺ **字根提取 (stemming)**：字根提取是將單字字根以外的部份截掉, 像「house」與「housing」兩單字的字根均為「hous」。字根提取能將意義差不多的單字歸類成同一 token。

❻ **處理 n-gram 詞彙**：某些字的組合很常一起出現, 比方說「New York」含有兩個字, 是 2-gram (bigram),「New York City」則是 3-gram (trigram)。像這些字連續出現時帶有特殊含義, 因此必須單獨給它們一個 token。

　　以上提到的 6 個預處理步驟不是每項都要做, 得視模型任務與使用資料集而定, 底下是一些經驗：

● 字根提取對小型語料庫可能幫助, 但對大型語料庫來說幫助恐怕有限, 甚至適得其反。

● 使用小型語料庫時, 將所有字母轉為小寫應該會有幫助；但在較大型的語料庫, 大小寫有可能會影響單字的意義, 比方說「general」(形容詞, 意為「廣泛的」) 與「General」(名詞, 意為「將軍」), 所以保留大小寫可能會好些。

● 不是每種情況都要刪除標點符號。以問答題演算法為例, 留一個問號 (?) 可以用來辨識問句。

● 否定字 (didn't) 對某些分類模型來說常被當停用字處理, 但情感分類模型就不適合。

● 使用小型語料庫可能得擔心裡頭有罕見字或訓練資料集沒涵蓋的單字, 此時只要把罕見字都歸類為同一 token 不去理會 (類似屏蔽的效果), 讓模型只根據常見單字來判斷, 訓練起來應該會容易多了。但若語料庫規模相當龐大, 罕見或陌生單字等問題會越來越少, 就沒必要將罕見字歸類為單一 token。

現在就用本章範例《ch11-natural_language_preprocessing.ipynb》來示範一些預處理步驟。第一步是載入相關模組。大多數模組是來自 **nltk** (Natural Language Toolkit) 自然語言工具包與 **gensim** 這個著名的 Python 自然語言函式庫, 各模組後續使用時再來說明。

```
import nltk  ◀── 11.1 節大部分的預處理工作都是用 nltk 這個套件來做
from nltk import word_tokenize, sent_tokenize
from nltk.corpus import stopwords
from nltk.stem.porter import *
nltk.download('gutenberg')
nltk.download('punkt')
nltk.download('stopwords')

import string
                            gensim 提供了豐富的語料庫、資
                            料預處理功能、以及建立詞向量
import gensim                功能, 是做 NLP 的重量級函式庫

from gensim.models.phrases import Phraser, Phrases
from gensim.models.word2vec import Word2Vec

from sklearn.manifold import TSNE

import pandas as pd
from bokeh.io import output_notebook, output_file
from bokeh.plotting import show, figure
%matplotlib inline
```

★ 編註 提醒一下, 這一章我們先帶你紮穩自然語言處理的基本功, 不會一下子就請出 tf.Keras 來操作 (這樣很多細節你會不明不白), 所以上面匯入的都是 Python 相關的自然語言處理套件 (nltk、gensim...等)。

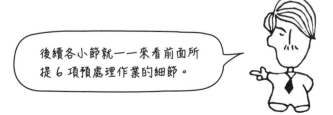

後續各小節就一一來看前面所提 6 項預處理作業的細節。

11.1.1　斷句與斷字（tokenization）

這一小節我們是拿古騰堡計劃 (Project Gutenberg)[*註] 電子書的一小部份做為語料庫, 示範如何做資料預處理 (11.2 節則會再用預處理後的語料庫來建立詞向量空間), 該語料庫已經被包在 nltks 模組內, 用以下程式便可匯入：

```
from nltk.corpus import gutenberg
```

這個語料庫內含 18 部文學作品, 包括珍‧奧斯汀 (Jane Austen) 的《艾瑪》、路易斯‧卡羅 (Lewis Carroll) 的《愛麗絲夢遊仙境》…等。只要執行 **gutenberg.fileids()** 便可顯示所有 18 個文字檔的檔名：

```
gutenberg.fileids()
```
輸出
```
[ 'austen-emma.txt' ,
  'austen-persuasion.txt' ,
  'austen-sense.txt' ,
  'bible-kjv.txt' ,
(中略)........                    }← 各文字檔
  'shakespeare-hamlet.txt' ,
  'shakespeare-macbeth.txt' ,
  'whitman-leaves.txt' ]
```

執行 **len(gutenberg.words())** 後可發現, 該語料庫共有 262 萬個單字, 規模還算好駕馭, 一般電腦都可執行本節所有範例：

```
len(gutenberg.words())
```
輸出
```
2621613 ← 有 262 萬字
```

[*註]　古騰堡計劃是以印刷機發明人約翰內斯古騰堡（Johannes Gutenberg）為名, 收錄了成千上萬本電子書, 都是在全世界傳誦的經典文學作品, 由於版權已經過期, 所以可免費使用。詳細資訊可上 gutenberg.org 一觀。

斷句處理

先來做斷句。可使用 nltk 的 **sent_tokenize**() 這個函式將這 18 個文字檔的每個句子分開, 各句會存放在一個 Python list 當中：

```
gberg_sent_tokens = sent_tokenize(gutenberg.raw())
```

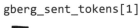

做斷句處理

完成後, 執行 gberg_sent_tokens[0] 傳回該串列的第 0 個元素 (註：以下內文的敘述都是索引從 0 開始), 會發現古騰堡計劃語料庫的第 0 本書是《艾瑪》(Emma), 而該書的第 0 句剛好把此書扉頁、該章標題與第 0 句混在一起 (以換行符 \n 隔開)：

```
gberg_sent_tokens[0]
```

輸出   扉頁、該章標題

```
'「[Emma by Jane Austen 1816]\n\nVOLUME I\n\nCHAPTER I\n\n\nEmma
Woodhouse, handsome, clever, and rich, with a comfortable home\nand
happy disposition, seemed to unite some of the best blessings\nof
existence; and had lived nearly twenty-one years in the world\nwith
very little to distress or vex her.」'
```
                                                               第 0 句

至於第 1 元素就是《艾瑪》的第 1 句, 可用 gberg_sent_tokens[1] 查看：

```
gberg_sent_tokens[1]
```

輸出

```
'「She was the youngest of the two daughters of a most affectionate,
\nindulgent father; and had, in consequence of her sister's
marriage,\nbeen mistress of his house from a very early period.」'
```
                                                               第 1 句

斷字處理

要進一步將句子分解成一個個的單字, 可用 nltk 的 **word_tokenize()** 這個函式：

```
word_tokenize(gberg_sent_tokens[1]) ← 斷字, 把每一個單字分開
```

這樣就會將該句拆分成一個既不含空格也沒換行碼的單字串列：

```
['She',
 'was',
 'the',
 'youngest',
 'of',
 'the',
 'two',
 'daughters',
 'of',
 'a',
 'most',
 'affectionate',
 ',',
 'indulgent',
 'father',
 ';',
 'and',
 'had',
 ',',
 'in',
 'consequence',
 'of',
 'her',
 'sister',
 "'",
 's',
 'marriage',
 ',',
 'been',
 'mistress',
 'of',
 'his',
 'house',
 'from',
 'a',
 'very',
 'early',
 'period',
 '.']
```

▲ 圖 11.1：第 1 句的斷字結果, 每個字都分開了

執行以下程式碼會發現, 第 1 句的第 14 個字為「father」：

```
word_tokenize(gberg_sent_tokens[1])[14]
```
輸出

```
'father'
```

用 sents() method 一次做完斷句、斷字

儘管用 sent_tokenize() 與 word_tokenize() 已經很方便, 但古騰堡語料庫有內建叫 **sents()** 的 method, 可以一步到位：

```
gberg_sents = gutenberg.sents()  ←— 改用 sents()
```

上面這行程式會將語料庫斷句、斷字後的結果以 list 指派給 gberg_sents 變數：外層 list 先將句子斷開, 內層 list 再進一步分開成單字。用 sents() 處理完的結果有些不同, 它會將扉頁與章節標題斷成不同的句子, 佔據前 3 個索引, 用 gberg_sents[0:3] 看看就知道了：

```
gberg_sents[0:3]
```
輸出

```
[['[', 'Emma', 'by', 'Jane', 'Austen', '1816', ']'],
 ['VOLUME', 'I'],
 ['CHAPTER', 'I']]
```

前 3 個索引是扉頁與章節標題, 真正的第 0 句還沒出現, 和 11-6 頁的索引 0 包含扉頁、章節標題與第 0 句不太一樣。從現在開始, 我們會改用這個 gberg_sents 變數作為語料庫, 繼續往下操作

現在《艾瑪》內文的第 0 句在 gberg_sents 退居至索引 3；第 1 句退居至索引 4。剛查看的第 1 句第 14 個單字 (father) 現在跑到 gberg_sents[4][14]。

11.1.2　將大寫字母轉成小寫 (以艾瑪第 1 句為例)

這裡先用《艾瑪》第 1 句來示範如何將大寫轉成小寫, 最後會教如何快速套用在全部 18 個小說文字檔。回頭看圖 11.1,《艾瑪》第 1 句開頭的單字「She」就有大寫, 若要轉成小寫, 可以使用 Python 的 string 函式庫中的 lower()：

將索引 4 (不算扉頁、標題的話是
艾瑪內文的第 1 句) 轉為小寫

```
[w.lower() for w in gberg_sents[4]]
```

這裡使用 list 生成式外加 for 迴圈來做處理, 不熟悉的話還請查看參考書目 Ref 8.「**Python 技術者們 - 實踐!**」3-18 頁的說明

執行這行後, 除了第 0 個元素從「She」變成「she」以外, 其他與圖 11.1 都一樣：

```
輸
出

[ 'she' ,     ← 改成小寫
  'was' ,
  'the' ,
  'youngest' ,
  'of' ,
  'the' ,
  'two' ,
  'daughters' ,
(以下略)
```

11.1.3　移除停用字與標點符號 (以艾瑪第 1 句為例)

圖 11.1 的《艾瑪》第 1 句裡既有停用字又有標點符號, 接著一次解決它們, 先用 + 算符將 nltk 模組提供的英語停用字串列 stopwords.words ('english') 與 string 函式庫的標點符號串列 string.punctuation 結合在一起：

```
stpwrds = stopwords.words('english') + list(string.punctuation)
```

要停用的字和標點符號都合併到這個串列裡

　　在 stpwrds 這個串列內有很多沒什麼特殊含義的常用單字, 例如「a」、「an」與「the」, 也有「!」、「"」與「,」這些標點符號, 底下串列生成式 (list comprehensions) 就來刪除句子內任何列在 stpwrds 的單字, 這裡連前面有做過的小寫轉換都順手做了:

跟前一頁最上面的程式相比多了這一段 (用來移除停用字與標點符號)

```
[w.lower() for w in gberg_sents[4] if w.lower() not in stpwrds]
```

利用 list 生成式去除索引 4 這句的停用字與標點符號

　　這行程式碼傳回的串列比圖 11.1 的短很多,《艾瑪》第 1 句當中只剩含義較明確的單字:

輸出

前頭的 "she"、"was"、"the"... 那些都刪掉了

```
['youngest',
 'two',
 'daughters',
 'affectionate',
 'indulgent',
 'father',
 'consequence',
 'sister',
 'marriage',
 'mistress',
 'house',
 'early',
 'period']
```

11.1.4　字根提取 (stemming) (以艾瑪第 1 句為例)

　　要從單字提取字根, 可使用 nltk 套件提供的 Porter 演算法[註]。首先新增一個PorterStemmer() 物件, 然後將該物件的 stem() method 併入上面那一段停用標點符號的 list 生成式, 變成底下這樣:

[註]　Porter, M. F. (1980). An algorithm for suffix stripping. Program, 14, 130 - 7。

```
stemmer = PorterStemmer()
              將字根提取步驟併入 list 生成式
[stemmer.stem(w.lower()) for win gberg_sents[4]
    if w.lower() not in stpwrds]
```

輸出如下：

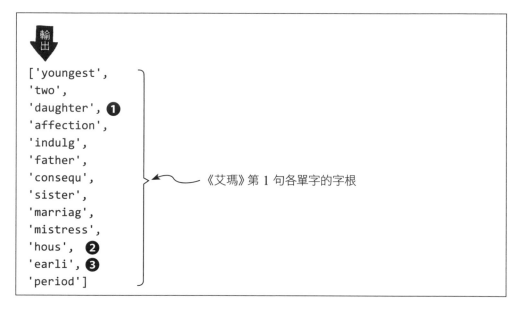

```
['youngest',
 'two',
 'daughter', ❶
 'affection',
 'indulg',
 'father',
 'consequ',
 'sister',
 'marriag',
 'mistress',
 'hous', ❷
 'earli', ❸
 'period']
```

《艾瑪》第 1 句各單字的字根

上面的輸出結果乍看之下與上一頁的輸出結果類似, 但仔細看裡面很多單字都已字根化：

❶ 「daughters」變成「daughter」(將單複數一視同仁)。

❷ 「house」變成「hous」(將「house」、「housing」等房屋類單字當成一樣)。

❸ 「early」變成「earli」(將同一形容詞原級「early」、比較級「earlier」、最高級「earliest」一視同仁)。

　　字根提取對本範例這種小型語料庫來說可能有助益, 因為同一單字出現的次數相對較少, 將相似的單字併成一類, 就能壯大同類數量, 在詞向量空間中會分配到更精確的位置。若語料庫相當龐大, 罕見字出現次數相對較多, 這

時可考慮將單字的單複數視為不同類、將意義相近的單字也細分為不同類、甚至將不同時態的同一單字也當成不同類；更珍貴的資訊, 往往就藏在措詞的細微差別裡。

11.1.5 找出 n-gram 詞彙並串成單一詞彙

將語料庫中的 2-gram 詞彙檢測出來

n-gram 詞彙應該以 2-gram 居多, 因為我們就以 2-gram 來示範。這個預處理的目標是要將「New York」從分開的 2-gram, 轉換成「New_York」這樣的單一詞彙 (中間用 "_" 串起來了), 因此第一步就是要先整理出語料庫中有哪些 2-gram 詞彙, 第二步再將它們各自用 "_" 串起來。

先來看第一步怎麼做：我們改用 gensim 函式庫出馬, 借重當中的 **Phrases()** 和 **Phraser()** 這兩個 method。**Phrases()** 可從語料庫中抓出所有曾「相繼出現」的單字組合, 並一一比較「該單字組合的出現頻率」與「該組合當中各單字各自出現的頻率」, 此步驟稱為「2-gram 詞彙配對 (bigram collocation)」, 最終會傳回一個 2-gram 詞彙的特殊物件。**Phraser()** 則再將 **Phrases()** 的處理結果稍做整理, 建立另一個效率較高的物件來使用。

我們來掃描整個古騰堡語料庫, 建立這個 2-gram 詞彙物件：

注意一下是拿 11-8 頁最後建立的 gberg_sents 來用

```
phrases = Phrases(gberg_sents)    2-gram 詞彙檢測, 建立一個
bigram = Phraser(phrases)         叫 bigram 的特殊物件
```

建立完成後, 再執行 bigram.phrasegrams 就可建立一個易閱讀的 Python 字典 (dict) 物件, 這個字典羅列了古騰堡語料庫所有 2-gram 詞彙出現的次數與分數, 前面幾行如圖 11.2 所示：

`bigram.phrasegrams` ← 建立 2-gram 字典物件

編：這裡的 "b" 不是 bigram 的意思喔！這表示這裡印出來看到的字是 Python 的 bytes 型別物件。bytes 物件類似於字串物件，但用法不太一樣。這不是此處的重點就不細究了，有興趣的讀者可以進一步閱讀參考書目 Ref 9.「Python 技術者們 - 練功!」一書 6-31 頁的説明

指「次數」，意思是在語料庫中，two、daughters 兩個字連著一起出現的次數有 19 次 (two 後面緊接著出現 daughters)

指「分數」，例如 two daughters 這個 2-gram 是 11.96 分。這個分數是程式自動算出來的，背後的算式不必細究，但要大致知道它所代表的意思，下頁就來介紹

```
{(b'two', b'daughters'): (19, 11.966813731181546),
 (b'her', b'sister'): (195, 17.7960829227865),
 (b"'", b's'): (9781, 31.066242737744524),
 (b'very', b'early'): (24, 11.01214147275924),
 (b'Her', b'mother'): (14, 13.529425062715127),
 (b'long', b'ago'): (38, 63.22343628984788),
 (b'more', b'than'): (541, 29.023584433996874),
 (b'had', b'been'): (1256, 22.306024648925288),
 (b'an', b'excellent'): (54, 39.063874851750626),
 (b'Miss', b'Taylor'): (48, 453.75918026073305),
 (b'very', b'fond'): (28, 24.134280468850747),
 (b'passed', b'away'): (25, 12.35053642325912),
 (b'too', b'much'): (173, 31.376002029426687),
 (b'did', b'not'): (935, 11.728416217142811),
 (b'any', b'means'): (27, 14.096964108090186),
 (b'wedding', b'-'): (15, 17.4695197740113),
 (b'Her', b'father'): (18, 13.129571562488772),
 (b'after', b'dinner'): (21, 21.5285481168817),
 ...(略)
```

Miss Talor 453.8 分。疑？出現 48 次比它上面這個字的 54 次還要少，分數卻高出很多？(見下頁的説明)

▲ 圖 11.2：從語料庫檢測出的 2-gram 詞彙字典

☆ 編註 所謂 n-gram, 就是由 n 個字所串起來而具備特殊意義的詞彙 (字串)。例如 New York City 和 New、York、City、New City、York City 甚至是 New York 都是不一樣的，因此要如同單字也給它單獨一個向量值。但是 2 個字、3 個字、4 個字..... 串起來的字到底要不要都給個向量值呢？這要看情況而定, 例如「To be or not to be」這種超長的 6-gram 在分析科技文章時可能就不需要, 而在文學方面可能就有所必要。

上圖每個 2-gram 詞彙都有「出現次數」與「分數」。比方說,「two daughters」這個 2-gram 在整個語料庫中一塊出現的次數有 19 次 (編:當然, two 也會單獨出現在很多地方、daughters 也是, 這裡只顯示兩者接連一塊出現的次數), 而程式算出「two daughters」這個 2-gram 的分數是 11.96。以上圖來說這分數不是太高, 低分是什麼意思呢？這告訴我們「two daughters」一起出現的次數比「two」、「daughters」分開出現少很多, 因此雖然目前「two daughters」被列入 2-gram 詞彙, 但是否要將其視為 2-gram 要考慮一下。

在圖 11.2 當中, 次數多的, 分數不一定高、次數少的, 分數也不一定低。如果某 2-gram 詞彙的分數很高, 不論其次數, 程式都告訴我們此 2-gram 中的兩個字很常接連出現, 是個十足的 2-gram (例如圖 11.2 的「Miss Taylor」有 453.8 分, 視為 2-gram 沒有問題)。相反的, 即使某 2-gram 的出現次數很多, 但程式算出來分數不高, 那就表示更多時候這兩個字是分開出現的, 是否要視為 2-gram 就要掛個問號了 (編:無論如何, 圖 11.2 目前看到的那些詞彙現階段都被列入 2-gram 詞彙了, 後面我們會教你如何利用次數與分數將某些 2-gram 排除在字典物件外)。

測試看看 bigram 物件能否運作

我們來體驗看看這個 bigram 物件是如何運作的, 順利的話它應該能將上頁圖當中的各 2-gram 串起來。為了快速驗證成果, 我們隨便生成一句話, 接著用 **split**() 將這句話照空格拆開:

```
test_sentence = "Miss Taylor has two daughters".split()
```

上面這行程式的結果會是:['Miss', 'Taylor', 'has', 'two', 'daughters'], 我們將這個串列 (test_sentence) 傳遞給剛才所生成的 bigram 物件, 執行後可以看到當中的「Miss Taylor」就會被 '_' 串在一起變成「Miss_Taylor」,「two daughters」也被串在一起變成「two_daughters」, 都被視為一個字了:

```
bigram[test_sentence]
```

 都用 `'_'` 串起來了, 這樣 2-gram 詞彙
就可當成 1-gram 的單字處理了

```
['Miss_Taylor', 'has', 'two_daughters']
```

> **★註** 用此 bigram 物件將語料庫中的 2-gram 詞彙一一挑出、像上面這個例句一樣輸出成串列後, 用 Phrases() 與 Phraser() method 再處理一次, 就能檢測出 3-gram 詞彙（如「New York City」）；重複同樣步驟, 就能繼續檢測出 4-gram（甚至 5、6、7、8、9）gram 詞彙, 不過檢測到的會越來越少, 基本上 2-gram（至多 3-gram）語法應該能滿足大部份應用。然而此古騰堡計劃語料庫內應該不太可能找到「New York City」這種 3-gram 詞彙, 畢竟這個詞在古典文學語料庫很罕見。

　　整理一下, 以上我們說明了 11-2 頁～11-3 頁提到的 6 種資料預處理方法, 包括：斷詞 / 斷句、去大寫、移除停用字、刪除標點符號、字根提取與 n-gram 詞彙的檢測等。我們分別使用了 Python 的 nltk 以及 gensim 套件來處理。

11.1.6　處理整個古騰堡語料庫

　　針對整個古騰堡保語料庫的斷句與斷字處理, 我們在 11-8 頁就已經完成了 (即 gberg_sents 變數), 不過前面為了不希望太複雜, 包括去大寫、移除停用字、刪除標點符號、字根提取等 4 項工作, 我們都只用《艾瑪》的第 1 句來示範, 只有 11-12 頁提及 n-gram 詞彙的檢測時才用上整個古騰堡語料庫 (編：但回憶一下我們僅完成 2-gram 詞彙字典, 還沒用這個字典將語料庫的所有 2-gram 轉成單一詞彙喔！)。底下我們就繼續針對整個古騰堡語料庫完成預處理的工作。

而如同先前提到, 預處理工作不是每項都要做, 這裡我們也略做簡化, 不去掉停用字也不做字根提取, 只做去大寫、刪除標點符號以及將語料庫所有 2-gram 字轉成單一詞彙 (像是 two daughters 串成 two_daughters)。

去大寫、刪除標點符號

首先我們針對整個古騰堡語料庫做去大寫、刪除標點符號的處理, 所用的程式跟 11.1.2、11.2.3 節類似, 讀者應該都很熟悉了。以下程式是先建一個空串列 lower_sents, 然後用 for 迴圈將去大寫、刪除標點符號的句子一一加到空串列裡面:

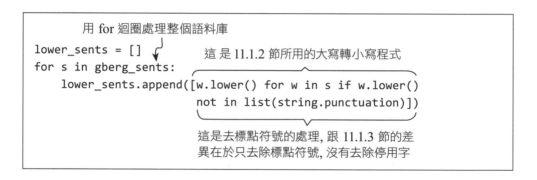

建立 2-gram 詞彙物件

接下來, 我們用這個去大寫、刪除標點符號後的語料庫 (lower_sents), 重新做一次 11.1.5 節提到的 2-gram 檢測 (11.1.5 節所建立的 bigram 就不再用了), 我們改建一個 lower_bigram, 這個 lower_bigram 就是去大寫、刪除標點符號後的 2-gram 詞彙字典物件, 可以用來將語料庫所有 2-gram 詞彙串成成單一詞彙:

```
lower_bigram = Phraser(Phrases(lower_sents))
```

與 11-12 頁的程式相比, 這裡將 Phrases() 與 Phraser() 串成一行, 建立一個叫 lower_bigram 的物件

　　圖 11.3 是用 lower_bigram.phrasegrams 建立字典 (dict) 物件, 我們可以列出前幾行來看, 與 11-13 頁的圖 11.2 相比, 這些 2-gram 詞彙已經全都是小寫 (例如「miss taylor」), 標點符號也不見了：

```
lower_bigram.phrasegrams
```

```
{(b'two', b'daughters'): (19, 11.080802900992637),
 (b'her', b'sister'): (201, 16.93971298099339),
 (b'very', b'early'): (25, 10.516998773665177),
 (b'her', b'mother'): (253, 10.70812618607742),
 (b'long', b'ago'): (38, 59.226442015336005),
 (b'more', b'than'): (562, 28.529926612065935),
 (b'had', b'been'): (1260, 21.583193129694834),
 (b'an', b'excellent'): (58, 37.41859680854167),
 (b'sixteen', b'years'): (15, 131.429130000977515),
 (b'miss', b'taylor'): (48, 420.4340982546865),
 (b'mr', b'woodhouse'): (132, 104.19907841850323),
 (b'very', b'fond'): (30, 24.185726346489627),
 (b'passed', b'away'): (25, 11.751473221742694),
 (b'too', b'much'): (177, 30.36309017383541),
 (b'did', b'not'): (977, 10.846196223896685),
 (b'any', b'means'): (28, 14.294148100212627),
 (b'after', b'dinner'): (22, 18.60737125272944),
 (b'mr', b'weston'): (162, 91.63290824201266),
...(略)
```

▲ 圖 11.3：從全小寫且無標點符號的語料庫
檢測出的 2-gram 詞彙字典 (僅節錄部分)

進一步過濾 2-gram 詞彙

　　如果在上圖中有你不想列入字典內的 2-gram 詞彙, 可以把認定的標準訂嚴謹一點, 做法是將出現次數與分數的閾值加倍。把 Phrases() 的 min_count (最小出現次數) 參數設為 32, threshold (最小分數) 則設為 64, 這樣就可以讓字典中的 2-gram 詞彙變少：

```
lower_bigram = Phraser(Phrases(lower_sents,
                       min_count=32, threshold=64))
```
用更高的閾值來產生 2-gram 詞彙字典

　　照底下 lower_bigram.phrasegrams 的輸出結果來看, 雖不完美, 裡面還有一些像是「great deal」、「few minutes」等不應該出現的 2-gram 詞彙, 但還算能接受:

```
lower_bigram.phrasegrams
```

輸出

```
{(b'miss', b'taylor'): (48, 156.44059469941823),
 (b'mr', b'woodhouse'): (132, 82.04651843976633),
 (b'mr', b'weston'): (162, 75.87438262077481),
 (b'mrs', b'weston'): (249, 160.68485093258923),
 (b'great', b'deal'): (182, 93.36368125424357),
 (b'mr', b'knightley'): (277, 161.74131790625913),
 (b'miss', b'woodhouse'): (173, 229.03802722366902),
 (b'years', b'ago'): (56, 74.31594785893046),
 (b'mr', b'elton'): (214, 121.3990121932397),
 (b'dare', b'say'): (115, 89.94000515807346),
 (b'frank', b'churchill'): (151, 1316.4456593286038),
 (b'miss', b'bates'): (113, 276.39588291692513),
 (b'drawing', b'room'): (49, 84.91494947493561),
 (b'mrs', b'goddard'): (58, 143.57843432545658),
 (b'miss', b'smith'): (58, 73.03442128232508),
 (b'few', b'minutes'): (86, 204.16834974753786),
 (b'john', b'knightley'): (58, 83.03755747111268),
 (b'don', b't'): (830, 250.30957446808512),
```

▲ 圖 11.4: 產生新的 2-gram 詞彙字典 (僅節錄部分)

最終處理: 將語料庫的所有 2-gram 串成單一詞彙

　　完成 lower_bigram 物件後, 現在可用底下的程式, 以 for 迴圈將語料庫一句句清理好後附加到 clean_sents 這個空白串列內:

```
clean_sents = []  ◀── 建立一個空的串列來存放「2-gram 轉單一詞彙後」的結果
for s in lower_sents:  ◀── 用 for 迴圈處理「已轉小寫、已移除標點符號」的語料庫
    clean_sents.append(lower_bigram[s])
```

用 low_bigram 做 lower_sents (整個語料庫) 當中的 2-gram
轉單一詞彙, 處理後將結果不斷加進 clean_sents 串列

　　這個 clean_sents 串列就是古騰堡語料庫最終的處理結果, 例如下圖是串列第 6 個元素 (句子) 處理乾淨後的樣子, 裡面有「miss_taylor」這種原本分開成「miss」、「taylor」、但已經串成單一詞彙的字存在：

```
clean_sents[6]
```

输
出

```
['sixteen',
 'years',
 'had',
 'miss_taylor',      ← 2_gram 出現了, 和其它單字一樣佔用了
 'been',                一個位置, 因此會有自己的一個向量值
 'in',
 'mr_woodhouse',    ←
 's',
 'family',
 'less',
 'as',
 'a',
 'governess',
 'than',
 'a',
 'friend',
 'very',
 'fond',
 'of',
 'both',
 'daughters',
 'but',                ◀ 圖 11.5：古騰堡計劃語料庫預處理後的第 6 個
 'particularly',         句子。clean_sents 是一個兩層串列, 第一層的
 'of',                   元素是句子串列, 第 2 層是句子的單字
 'emma']
```

11.2　用 word2vec 建立詞向量空間

　　現在我們已經得到一個梳理完畢的語料庫 (clean_sents), 接著便能著手將 clean_sents 中的文字一一嵌入第 2 章提及的詞向量空間。我們繼續用 gensim 這個 Python 自然語言處理套件來處理, 它提供了方便 word2vec 模組可以快速將語料庫建立成詞向量空間 (註：11-4 頁我們已經載入需要的模組)。操作時只要一行程式就能了事, 不過這行程式需要設的參數不少, 所以在看程式前先帶您認識 word2vec 背後的理論, 這樣才能理解各參數的用意。

11.2.1 word2vec 的基礎知識

word2vec 是 word to vector 的簡寫, 顧名思義就是把單字或 n-gram 詞彙都轉成向量, 並嵌入到詞向量空間內。詞向量在第 2 章已經簡單介紹過, 基本的概念就是「物以類聚」, 要推斷某個字的意義, 只要看它周圍都是哪些字就知道了。而 word2vec 的概念就是直接利用大量文章 (語料庫) 的文字做為樣本, 以神經網路的做法訓練出能反映文字相關性的詞向量空間, 訓練好之後, 相似語義的字在詞向量空間的距離就會比較近。

使用 word2vec 時, 可從 **SG (skip-gram)** 與 **CBOW** (continuous bag of words, 發音同 see-bo) 兩種模型架構中選一種, 我們用第 2 章出現過的迷你語料庫來說明:

you shall know a word by the company it keeps

在這個句子中, 假設目標 (target) 字為「word」, 左右兩側的字就為脈絡 (context) 字 (註:忘了請回頭看第 2 章)。SG 架構是用目標字來預測脈絡字, 至於 CBOW 則是反過來用脈絡字來預測目標字。我們把焦點放在 CBOW 架構就好, 另一個就是反向操作而已。

CBOW 計算目標字的概念正如後面 3 個字母 BOW (即 bag of words, 「**詞袋**」) 所示, 依以下步驟進行:

● 將目標字左右側窗口內的所有脈絡字都擷取下來。

● 將這些脈絡字都塞進一個袋子裡 (這是比喻啦!), 袋子裡頭的單字順序亂掉沒關係, 由於 word2vec 只認字的含義, 因此脈絡字的順序通常不重要。而這些詞袋就會是神經網路的訓練資料。

● 計算袋內脈絡字向量的平均值, 以估計目標字可能為何。

了解 CBOW 當中「BOW」的意義後, 現在來講「C」(continuous)：將覆蓋目標字與脈絡字的窗口從語料庫的第 0 個單字出發, 依序滑過一個個單字, 直到抵達最後一個字為止。每移動一步 (一個單字), 將脈絡字丟入詞袋後, 就用詞袋內的這些脈絡字來預測目標字在向量空間的位置。目標字在向量空間中的位置可藉由神經網路的訓練逐步調整, 進而改善目標字的預測結果。

▼ word2vec 兩架構比較

架構	預測方法	優點
Skip-gram (SG)	根據目標字預測脈絡字	適合較小的語料庫；對罕見單字較有利
CBOW	根據脈絡字預測目標字	快很多；對常見單字較有利

根據上表的整理, SG 架構較適合處理小型語料庫, 罕見字在詞向量空間的表示法也較好。相較之下, CBOW 的計算效率高很多, 不但更適合處理大型的語料庫, 也比 SG 更能妥善處理常見單字[*註]。

11.2.2 評估詞向量空間

下一小節就會示範用 word2vec 來生成詞向量空間, 在此之前先提一下可利用兩個角度來評估其好壞：**外部 (extrinsic) 評估與內部 (intrinsic) 評估**。

外部評估是指直接就用這個詞向量空間來建構 NLP 模型, 然後看看模型的表現如何？如果 NLP 模型表現不錯, 那詞向量空間就可用, 如果 NLP 模型表現不好, 那詞向量空間就不堪用。儘管建構模型很花時間, 但可確實驗證該詞向量是否真能用來建構優秀的 NLP 模型。

[*註] word2vec 的訓練方法除了 SG 與 CBOW 架構以外, 還有分層 softmax (hierarchical softmax) 與負採樣 (negative sampling) 兩種：採用正規化 (normalization) 的前者對罕見字較有利, 而沒用正規化的後者在常見單字與低維詞向量空間表現更好。

至於**內部評估**則是建模前就用一些方法來評估詞向量的表現, 例如第 2 章提到可將某些詞向量加加減減看得到的結果好不好。比如將「king」減去「man」, 再加上「woman」, 看看出來的詞向量會不會離「queen」很近[註]。

11.2.3 使用 word2vec

用 gensim 來實作 word2vec 很簡單, 使用 Word2Vec() 這個 method 一行就能解決, 如同前述, word2vec 也是使用神經網路技術, 因此習慣上也會將所建立的物件取名為 model, 如下所示:

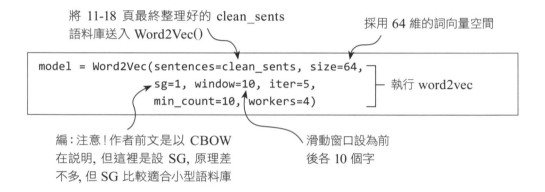

Word2Vec() 各參數說明

底下針對各參數逐一說明:

● **sentences**:二層串列形式的語料庫, 這裡傳入前面處理好的 clean_sents。串列第一層的元素是句子, 第二層元素則是 token, 請見 11-19 頁的說明。

---

*註 Tomas Mikolov 等人於 2013 年發表的 word2vec 開山論文中, 就提供了 19,500 種類似的操作以便測試, 此測試集可從 download.tensorflow.org/data/questions-words.txt 下載。

● **size**：指定 word2vec 生成的詞向量空間維度, 也就是您想用幾個值來表示一個token。可以先從某個還能接受的值出發, 比方說 32, 然後以 2 為倍數或分母來增減。維度加倍雖會讓之後的深度學習模型計算複雜度跟著加倍, 但若能提升模型準確性就可以考慮。反之, 若維度減半而 NLP 模型準確率不會因此大降, 能降就儘量降。(本例我們發現 64 維的詞向量會比 32 維的更精準, 但再往上加倍成 128 維以上改善就很有限)

● **sg**：設為 1 代表套用 SG 架構, 保留預設值 0 則代表選用 CBOW。SG 通常較適合古騰堡語料庫這種的小型資料集。

● **window**：對 SG 架構來說, window 寬度設為 10 較合適 (設 10 代表前後共 20 個脈絡字) ; 若改用 CBOW, 設為 5 會好些 (前後共 10 個脈絡字)。

● **iter**：Word2Vec() method 預設會對輸入的語料庫走訪 5 次 (每次走訪會將整個語料庫單字照順序滑過一次)。走訪次數就類似訓練週期 (epoch), 這種小型語料庫只要多走訪幾次, 就能將詞向量調整的更好。而超大型語料庫由於單字量已經相當大, 即使只走訪兩次也能將詞向量調整到相當不錯的水準, 再多幾次進步也很有限。

● **min_count**：單字至少要在語料庫出現一定次數, 才會被嵌入詞向量空間, 若某目標 (target) 詞只出現過一兩次, 那能納入的脈絡 (context) 字樣本會很有限, 也就無法在詞向量空間找出合適位置來嵌入。所以一般要求單字至少要出現 10 次左右 (min_count = 10), 門檻越高, 能納入詞向量空間的單字就愈少, NLP 能用的詞彙量也就越少。

● **workers**：投入訓練的 CPU 核心數量。若電腦的 CPU 為 8 核心, 那最多只能開 8 個執行緒來平行處理。如果想保留一些計算資源給其他任務, 就設低於 8 (編：本書是在 Colab 雲端平台實作, 此參數就不用細究了)。

建立詞向量空間模型物件

只要執行 11-22 頁那段 Word2Vec() 程式就可以建立詞向量空間 (編：在 Colab 上執行約花了 55 秒)。我們也事先將建好的詞向量空間物件以 model. save('clean_gutenberg_model.w2v') 儲存成「clean_gutenberg_model.w2v」檔案, 附在本章範例資料夾內, 讀者可利用以下語法, 從指定的檔案來快速載入以建立模型 (1 秒就可以載入)：

```
model = gensim.models.Word2Vec.load('/content/drive/MyDrive/ 接下行
    (您存放的雲端硬碟目錄)/Ch11/ch11-clean_gutenberg_model.w2v')
```

用事先建好的 .w2v 檔建立 model

word2vec 在將單字嵌入向量空間時, 單字的詞向量初始位置會是隨機值, (因為一開始神經網路的權重參數都是隨機設定的) 再慢慢進行優化, 由於參雜了隨機性, 因此即使是用同樣資料與參數, 每個人用 Word2Vec() 產生的詞向量也會有小差異 (但語義關聯應該會相似)。然而若直接用我們建立的「clean_gutenberg_model.w2v」詞向量檔案, 後續應該可以得到跟我們一樣的結果。

查看模型 (詞向量空間) 的內容

建好 model 物件後, 先查看詞向量空間內有多少詞彙：

```
len(model.wv.vocab)
```

輸出

10329 ← 前面在 Word2Vec() 內設定 min_count=10, 這就表示 clean_cents 語料庫內出現 10 次以上的 token (含單字和 n-gram) 有 10,329 個

　　筆者記得語料庫裡面有「dog」這個字，因此想看看「dog」這個字被轉換成什麼樣的向量 (即處於 64 維向量空間中的什麼位置)，只要執行 model.wv['dog'] 即可：

```
model.wv[ 'dog' ]
```

輸出

```
array([ 0.38401067,  0.01232518, -0.37594706, -0.00112308,  0.38663676,
        0.01287549,  0.398965   ,  0.0096426  , -0.10419296, -0.02877572,
        0.3207022 ,  0.27838793,  0.62772304,  0.34408906,  0.23356602,
        0.24557391,  0.3398472 ,  0.07168821, -0.18941355, -0.10122284,
       -0.35172758,  0.4038952 , -0.12179806,  0.096336  ,  0.00641343,
        0.02332107,  0.7743452 ,  0.03591069, -0.20103034, -0.1688079 ,
       -0.01331445, -0.29832968,  0.08522387, -0.02750671,  0.32494134,
       -0.14266558, -0.4192913 , -0.09291836, -0.23813559,  0.38258648,
        0.11036541,  0.005807  , -0.16745028,  0.34308755, -0.20224966,
       -0.77683043,  0.05146591, -0.5883941 , -0.0718769 , -0.18120563,
        0.00358319, -0.29351747,  0.153776  ,  0.48048878,  0.22479494,
        0.5465321 ,  0.29695514,  0.00986911, -0.2450937 , -0.19344331,
        0.3541134 ,  0.3426432 , -0.10496043,  0.00543602], dtype=float32)
```

▲ 圖 11.6：「dog」這個字在 64 維詞向量空間中的座標 (編：好難想像啊，有 64 維呢！)

評估生成的詞向量空間

　　要對生成的詞向量空間進行評估，可使用 **most_similar**() 這個 method 查看特定單字，看看其附近的字是否意義上也很相近。比方說，要從詞向量空間找出與「father」最相似的 3 個單字，可執行以下程式：

```
model.wv.most_similar('father', topn=3)
```

輸出

```
[('mother', 0.8257375359535217),
 ('brother', 0.7275018692016602),
 ('sister', 0.7177823781967163)]
```

　　根據輸出結果, 在此 64 維詞向量空間中, 與「father」最相似的字依序為「mother」、「brother」與「sister」。其中最接近的為「mother」(註：後面的分數是根據特定演算法算出來的, 在此就不細究了, 分數愈高代表愈接近)。我們共試了 5 個單字, 如下表, 看起來結果都很合理：

▼ 找出與測試單字最相似的單字

測試單字	最相似單字	得分
father	mother	0.82
dog	puppy	0.78
eat	drink	0.83
day	morning	0.76
ma_am	madam	0.85

　　您也可以分析某個句子當中, 哪個字最與眾不同：

```
model.wv.doesnt_match("mother father sister brother dog".split())
```

輸出

```
'dog'
```
← 分析出「dog」是這些單字中最與眾不同的

也可用下面程式碼來算出「father」與「dog」之間的相似性分數：

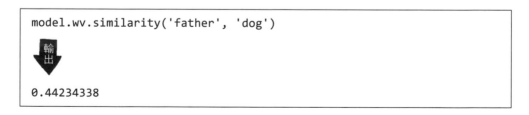

```
model.wv.similarity('father', 'dog')
```

輸出

```
0.44234338
```

相似性分數只有 0.44,「father」與「mother」、「brother」、「sister」的相似度都比這高很多, 所以在此詞向量空間中,「dog」一定會離另外 4 個遠一點。

最後來個好玩的，我們來對詞向量做些加加減減，比方說，計算 $v_{father} - v_{man} + v_{woman}$，看看會有什麼結果：

```
model.wv.most_similar(positive=['father', 'woman'], negative=['man'])
```

輸出 ⬇

                              加項   減項

```
[( 'mother' , 0.7650133371353149),   ← 算出來得分最高的字為
 ( 'husband' , 0.7556628584861755),      「mother」，答案正確
 ( 'sister' , 0.7482180595397949),
 ( 'daughter' , 0.7390402555465698),
 ( 'wife' , 0.7284981608390808),
 ( 'sarah' , 0.6856439113616943),
 ( 'daughters' , 0.6652647256851196),
```

再試試另一個例子：

```
model.wv.most_similar(positive=['husband', 'woman'], 接下行
    negative=['man'])
```

輸出 ⬇

```
[( 'wife' , 0.707526445388794),   ← 最符合的單字為「wife」，也是
 ( 'sister' , 0.6973985433578491),    正確答案，這代表我們生成的詞
 ( 'maid' , 0.6911259889602661),      向量空間應該能正常運作
 ( 'daughter' , 0.6799546480178833),
 ( 'mother' , 0.6583081483840942),
 ( 'child' , 0.6433471441268921),
 ( 'conceived' , 0.6391384601593018),
 ( 'harlot' , 0.6089693307876587),
```

11.2.4 將詞向量空間描繪出來

目前的詞向量「空間」都是以文字來描述，看到的也是一大堆數字，讀者大概對這個「空間」超無感的吧！我們就試著將詞向量空間描繪出來吧！不過，如同前面提到的，資訊一旦超過三維，人腦就壓根想像不出來了，所幸有**降維 (Dimension Reduction)** 的技巧被研究出來，可以將 64 維的詞向量空間

降至 2～3 維, 仍能保有一定的資訊。而降到 2～3 維, 畫出來就不是難事了。
這裡要使用的降維方法稱為 **t-隨機鄰近嵌入法 (t-distributed stochastic neighbor embedding, t-SNE, 發音為 tee-snee)**[註]。

用 t-SNE 進行降維

t-SNE 的降維語法收錄在《ch11-natural_language_preprocessing.ipynb》範例最底下, 如下所示:

```
tsne = TSNE(n_components=2, n_iter=1000)
X_2d = tsne.fit_transform(model.wv[model.wv.vocab])
coords_df = pd.DataFrame(X_2d, columns=['x','y'])
coords_df['token'] = model.wv.vocab.keys()
```
用 t-SNE
進行降維

上述程式是將前面生成的 64 維詞向量空間降為 2 維 (這樣就可視為 x、y 座標來繪製), 並用 Pandas 的 DataFrame 格式儲存下來。上面程式第一行的 TSNE() 是從 scikit-learn 套件匯入的, 有兩個參數要設:

- **n_components** 為要輸出的資料維數, 想降為 2 維便設為 2, 想降為 3 維便設為 3。

- **n_iter** 是對輸入資料的走訪次數。這裡的走訪次數與神經網路的訓練週期很類似, 走訪次數越多, 得出的效果可能會較好 (也許很有限還是得試試)。

執行上面這個程式區塊可能得跑一段時間 (編: 在 Colab 上執行花了 1 分 40 秒左右), 而由於 t-SNE 背後的運算具有隨機性, 每次跑完結果都會有點差異, 因此方便讀者對照, 我們將降維後的詞向量存成 CSV 檔案:

[註]　t-SNE 是 Laurens van der Maaten 與 Geoff Hinton 合作開發的。van der Maaten, L., & Hinton, G. (2008). Visualizing data using t-SNE.Journal of Machine Learning Research, 9, 2579 - 605。

```
coords_df.to_csv('clean_gutenberg_tsne.csv', index=False)
```

讀者可以用以下程式讀取我們跑好的結果：

```
coords_df = pd.read_csv('/content/drive/MyDrive/Colab_Notebooks/ 接下行
    (您的雲端硬碟存放路徑)/Ch11/ch11-clean_gutenberg_tsne.csv')
```

直接讀取事先建好的 .csv 檔案

檢視 2 維的詞向量內容

接著我們用 head() 列出 coords_df 前 5 筆資料：

```
coords_df.head()
```

	x	y	token
0	62.494060	8.023034	emma
1	8.142986	33.342200	by
2	62.507140	10.078477	jane
3	12.477635	17.998343	volume
4	25.736960	30.876250	i

▲ 圖 11.7：將語料庫創造的 64 維詞向量空間降為 2 維的
　　結果，每個 token (單字及 n-gram 詞彙)都以兩個數值
　　表示 (編：想想好玄啊～兩個數值就能表示一個英文字)

將 2 維的詞向量繪成散布圖

接著用以下程式將這筆 2 維資料繪製成散布圖, 感受一下這個詞向量空間長什麼樣子:

```
_ = coords_df.plot.scatter('x', 'y', figsize=(12,12),
                           marker='.', s=10, alpha=0.2)
```

用散布圖繪製詞向量空間

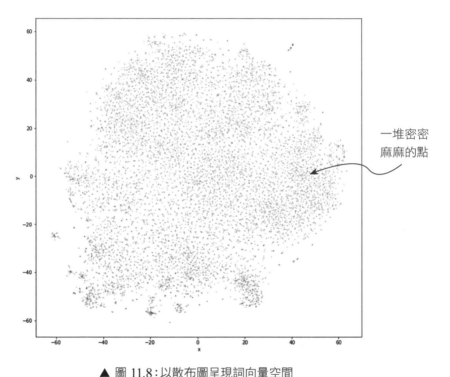

一堆密密
麻麻的點

▲ 圖 11.8:以散布圖呈現詞向量空間

老實說, 雖然稍微有點空間感, 但只看到滿滿的資料點, 因此我們改用 bokeh 函式庫來畫, 可以製作互動性更好、還可操作的散布圖。我們先用 Pandas 的 sample() 取 5,000 樣本出來畫就好, 若一下子呈現太多資料點會不太流暢。以下程式可以將 5000 筆 (x, y) 詞向量畫成互動式散布圖:

```
output_notebook()
subset_df = coords_df.sample(n=5000)
p = figure(plot_width=800, plot_height=800)
_ = p.text(x=subset_df.x, y=subset_df.y, text=subset_df.token)
show(p)
```

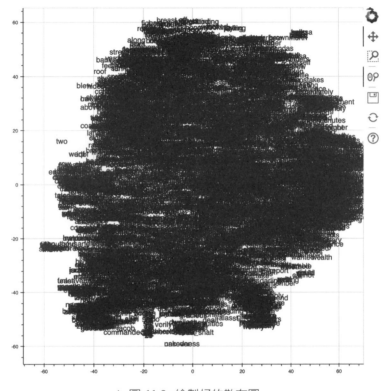

▲ 圖 11.9：繪製好的散布圖

　　雖然看起來更密了，但按下右上角的「Wheel Zoom」(滾輪縮放) 按鈕 OP ，再將游標移至想局部放大的區域，這個區域就會隨著滑鼠滾輪轉動而放大；或者也可以點選右上方的「放大鏡」🔍 後，再用滑鼠選一區出來，就可以局部放大該區。

以下圖顯示的局部區域為例, 這裡的單字跟服飾有關, 附近還有與人體部位、顏色或織物相關詞。當然, 不太可能手動一一檢視來評估這個詞向量空間的好壞, 但至少現在應該對詞向量空間更有感覺了吧！

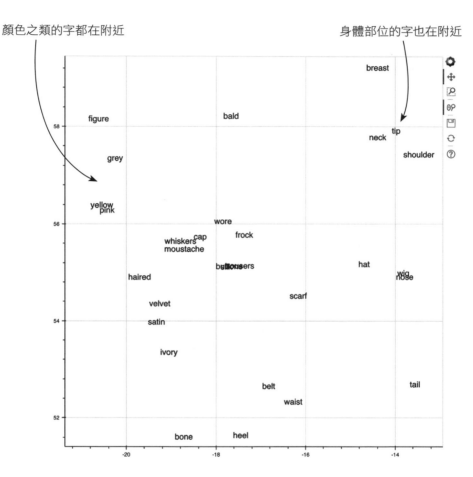

▲ 圖 11.10：這是語料庫中的服飾類的相關單字

11.3 小編總結

　　這一章講了這麼多，到目前我們都只是在說明如何建立詞向量空間而已，後面兩章才是真正的 NLP 建模與訓練工作 (準備搬出 tf.Keras 來了！)。但是要先提醒兩點：

❶ 我們要跟這一章用古騰堡電子書所建的詞向量空間說再見了！接下來兩章我們要做的 NLP 模型是能夠判斷一篇電影影評是正評或是負評，我們準備建立不同的詞向量空間給這個 NLP 模型用 (總是要換不同的例子練習吧！)。

　　此外，讀者可能會有疑問：「**難道就沒有一個萬用的詞向量空間嗎？**」這樣就不用遇到不同領域 (例如文學類的、電影類的、醫學類的、科技類的、生物學的…) 的文章都建一次詞向量空間了！這個想法很美好，但想要有一個萬用的詞向量空間能應付各種領域的文章實在是難上加難，就算人類也做不到，就像藝術家看不懂積體電路設計、工程師看不懂蛋白質結構的論文、醫師看不懂量子場論、....

　　我們要面對一個現實：建立這個萬用詞向量空間所需的「萬用語料庫」在哪裡？世界上有這種語料庫嗎？現實就是，各領域文章的背景知識、用字遣詞都差異很大，儘管有像維基百科這種「稍微」廣泛的文章可以做為語料庫，但它也不可能包山包海 (文章數、領域涵蓋數都是問題)，離「萬用」還有很大的距離，因此目前普遍的做法還是只能先針對某些特定領域「預訓練 (pre-training)」好一個詞向量空間，再遷移 (transfer) 到您想分析的領域來建模。

❷ 我們接下來也不會用 gensim 的 Word2Vec() 來建立詞向量空間，而是直接用 tf.Keras 的神經層來處理。那前面講這麼多是為了什麼？最主要我們必須了解資料預處理的細節以及如何建立詞向量空間 (重要的是我們還畫出來讓你對這個空間更有感！)，否則凡事都由 tf.Keras 代勞，初學者就什麼都學不到了。

重要名詞整理

以下是到目前為止提過的重要名稱,本章新介紹的以加外框顯示。

* ❖ 權重參數:
  * ● 權重 w
  * ● 偏值 b
* ❖ 激活值 a
* ❖ 激活函數
  * ● sigmoid
  * ● tanh
  * ● ReLU
  * ● softmax
  * ● linear
* ❖ 輸入層
* ❖ 隱藏層
* ❖ 輸出層
* ❖ 神經層類型:
  * ● 密集層(全連接層)
  * ● 卷積層
  * ● 最大池化層
  * ● 展平層

* ❖ 損失函數:
  * ● 均方誤差
  * ● 交叉熵
* ❖ 前向傳播
* ❖ 反向傳播
* ❖ 梯度消失、梯度爆炸
* ❖ Glorot 權重初始化
* ❖ 批次正規化
* ❖ 丟棄法
* ❖ 優化器:
  * ● 隨機梯度下降法
  * ● Adam
* ❖ 優化器超參數:
  * ● 學習率 η
  * ● 批次量
* ❖ word2vec

自然語言處理實戰演練 (二)：
用密集神經網路、
CNN 建立 NLP 模型

有了前一章的基礎知識後, 本章就著手建立、訓練一個 NLP 模型, 我們要用 tf.Keras 實作一個能夠「分析 IMDb 電影影評內容為正評或負評」的模型。此模型會直接從 Keras 載入訓練資料集 (內容為 25000 筆電影影評), 資料集大部分都預處理好了, 只剩少部分工作要做 (後述); 而我們也會直接以訓練資料做為語料庫來產生詞向量空間。本章主要就是聚焦在如何用 tf.Keras 快速完成詞向量空間的建立, 以及建模、訓練工作。

而在模型的架構方面, 很多書通常都是直接以下一章所介紹的 RNN 循環神經網路來做, 但何不先用前面一路下來好不容易才熟悉的密集神經網路與 CNN 來建模看看, 難道效果一定不好嗎？本章就帶您親身驗證, 做看看就知道！

12.1 前置作業

為了方便與其他模型比較, 先打造一個較簡單的密集神經網路模型作為比較基準, 程式收錄在本章《ch12-dense_sentiment_classifier.ipynb》範例。

12.1.1 載入模組並設定超參數

要調用的模組大部份前幾章都用過, 另外還載入 IMDb 資料集、儲存訓練完的模型參數等需要用到的模組, 實際用到時再詳細介紹：

```
from tensorflow.keras.datasets import imdb # new!
from tensorflow.keras.preprocessing.sequence import pad_ 接下行
    sequences #new!
from tensorflow.keras.models import Sequential
from tensorflow.keras.layers import Dense, Flatten, Dropout
from tensorflow.keras.layers import Embedding # new!
from tensorflow.keras.callbacks import ModelCheckpoint # new!
import os # new!
from sklearn.metrics import roc_auc_score, roc_curve # new!
import pandas as pd
import matplotlib.pyplot as plt # new!
%matplotlib inline
```

接著，將所有需要設定的參數 (尤其是超參數) 集中在開頭是很好的習慣，可以方便試驗，此範例的所有超參數如下所示：

```
# 資料預處理
n_words_to_skip = 50
max_review_length = 100
pad_type = 'pre'
trunc_type = 'pre'

# 詞向量空間
n_unique_words = 5000
n_dim = 64

# 訓練神經網路：
output_dir =  '/content/drive/MyDrive/(您的雲端硬碟儲存路徑)/Ch12/
    model_output/dense'
n_dense = 64
dropout = 0.5
epochs = 4
batch_size = 128
```

這些超參數主要是資料預處理、建立詞向量空間、訓練神經網路時要設定，用到的時候我們再一一介紹。

12.1.2 載入 IMDb 影評資料集

載入影評資料只需一行：

```
(x_train, y_train), (x_test, y_test) = imdb.load_data()
```
　　訓練資料集及標籤　　測試資料集及標籤

IMDb 資料集是 Andrew Maas[註] 等人於 2011 年收集 IMDb (imdb.com) 影評製作而成的。裡頭共有 50,000 則影評，其中一半為訓練資料集 (x_train)，

[註] Maas, A., et al. (2011).Learning word vectors for sentiment analysis.Proceedings of the 49th Annual Meeting of the Association for Computational Linguistics, 142－50。

另一半則是測試資料集 (x_test)。使用者在上傳影評時會順便提供星級評分,最多 10 顆星。二元標籤 (y_train 和 y_test) 是根據星級分配:

● 評分為 4 星以下的影評會被視為負評 (y=0)。

● 評分為 7 星以上的影評會被視為正評 (y=1)。

● 持平的影評 (5-6 星) 並未包含在資料集內。

12.1.3 查看 IMDb 資料集的內容

我們來稍微熟悉一下訓練資料集的內容, 看是否需要做什麼資料預處理工作。

查看每筆資料的長度

我們先看一下訓練資料集前 6 則影評的長度:

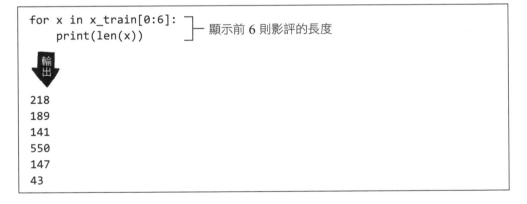

```
for x in x_train[0:6]:     ┐── 顯示前 6 則影評的長度
    print(len(x))          ┘

輸
出

218
189
141
550
147
43
```

第 0 則影評是 218 個字、第 1 則影評是 189 個字…第 5 則影評是 43 個字,字數從 43 個字到 218 個字都有。前面提到我們要先用密集神經網路來建模,就得固定每一筆輸入資料的形狀, 才能將資料餵入神經網路, 因此, 12.2 節做預處理時就會將影評補滿 (padding) 或截斷 (truncating) 為統一長度。至於要怎麼補滿、怎麼截斷, 12.2 節再來詳細介紹, 我們先繼續熟悉資料集。

查看每筆資料的內容

　　接著，實際看一下每筆資料長什麼模樣，底下執行 x_train[0:6] 把訓練資料集的前 6 則影評印出來：

```
x_train[0:6]
```

```
array([1, 14, 22, 16, 43, 530, 973, 1622, 1385, 65, 458, 4468, 66,
3941, 4, 173, 36, 256, 5, 25, 100, 43, 838, 112, 50, 670, 22665, 9,
35, 480, 284, 5, 150, 4, 172, 112, 167, 21631, 336, 385, 39, 4, 172,
4536, 1111, 17, 546, 38, 13, 447, 4, 192, 50, 16, 6, 147, 2025, 19,
14, 22, 4, 1920, 4613, 469, 4, 22, 71, 87, 12, 16, 43, 530, 38, 76,
15, 13, 1247, 4, 22, 17, 515, 17, 12, 16, 626, 18, 19193, 5, 62,
386, 12, 8, 316, 8, 106, 5, 4, 2223, 5244, 16, 480, 66, 3785, 33, 4,
130, 12, 16, 38, 619, 5, 25, 124, 51, 36, 135, 48, 25, 1415, 33, 6,
22, 12, 215, 28, 77, 52, 5, 14, 407, 16, 82, 10311, 8, 4, 107, 117,
5952, 15, 256, 4, 31050, 7, 3766, 5, 723, 36, 71, 43, 530, 476, 26,
400, 317, 46, 7, 4, 12118, 1029, 13, 104, 88, 4, 381, 15, 297, 98,
32, 2071, 56, 26, 141, 6, 194, 7486, 18, 4, 226, 22, 21, 134, 476,
26, 480, 5, 144, 30, 5535, 18, 51, 36, 28, 224, 92, 25, 104, 4, 226,
65, 16, 38, 1334, 88, 12, 16, 283, 5, 16, 4472, 113, 103, 32, 15, 16,
5345, 19, 178, 32]),
```
第 0 則

```
       [1, 194, 1153, 194, 8255, 78, 228, 5, 6, 1463, 4369, 5012,
134, 26, 4, 715, 8, 118, 1634, 14, 394, 20, 13, 119, 954, 189, 102,
5, 207, 110, 3103, 21, 14, 69, 188, 8, 30, 23, 7, 4, 249, 126, 93,
4, 114, 9, 2300, 1523, 5, 647, 4, 116, 9, 35, 8163, 4, 229, 9, 340,
1322, 4, 118, 9, 4, 130, 4901, 19, 4, 1002, 5, 89, 29, 952, 46, 37,
4, 455, 9, 45, 43, 38, 1543, 1905, 398, 4, 1649, 26, 6853, 5, 163,
11, 3215, 10156, 4, 1153, 9, 194, 775, 7, 8255, 11596, 349, 2637,
148, 605, 15358, 8003, 15, 123, 125, 68, 23141, 6853, 15, 349, 165,
4362, 98, 5, 4, 228, 9, 43, 36893, 1157, 15, 299, 120, 5, 120, 174,
11, 220, 175, 136, 50, 9, 4373, 228, 8255, 5, 25249, 656, 245, 2350,
5, 4, 9837, 131, 152, 491, 18, 46151, 32, 7464, 1212, 14, 9, 6, 371,
78, 22, 625, 64, 1382, 9, 8, 168, 145, 23, 4, 1690, 15, 16, 4, 1355,
5, 28, 6, 52, 154, 462, 33, 89, 78, 285, 16, 145, 95])],
……(後略)
```
第 1 則

▲ 圖 12.1：訓練資料中的前兩則

　　上圖可以看到影評當中的單字已經被處理成整數格式了, 依 Andrew Maas 等人的整理, 每個整數都代表特定的單字, 數值的大小是依各單字在整個資料集中出現的「次數」所訂的。值愈小的, 代表這個字出現次數愈多 (如 the、and、a…等字) ; 值愈大的, 代表這個字的出現次數愈少。

　　不過, 雖然基本上各整數值是依字的出現次數來排, 但整數「1」是專指 "START" 這個英文字, 此資料集中每一則影評的開頭都是 "START" 這個字, 因此圖 12.1 兩則影評最前頭的整數都是 1 (編註:除了 1 之外, 0 跟 2 也是特殊用途的保留數字, 預設情況下影評中不會出現這兩個整數, 12.2 節做資料預處理就會提到)。

查看影評原文 (將數字還原成單字本身) 非建模必要步驟

　　為了方便丟進電腦運算, 我們目前載入的資料集已經是「單字轉整數」後的形式, 不過一大堆數字看起來實在有點無感, 若想看影評的內容, 我們教你如何將整數還原成單字本身。提醒一下, **這不是建模的必要步驟**, 有興趣看影評原文再操作就可以。

　　在 IMDb 資料集中, 單字轉整數的處理是依照一個 Python 字典 (dict) 轉換而成的, 字典內容為 {'單字1':出現次數排名, '單字2':出現次數排名, '單字3':出現次數排名……}, 如果您想查看影評原文, 必須用這個字典將各整數還原成單字本身。底下程式是將這個字典下載回來並做些整理:

```
word_index = imdb.get_word_index()    ◄─── 載入字典, 預設是「單字:
                                               整數 (單字的排名值)」

word_index = {k:(v+3) for k,v in word_index.items()} ◄───┐

                                            使用 dict 生成式稍做處理, 將字
word_index["START"] = 1 ◄───┐                典內每個 value 的值 (單字的排
                                            名值) + 3 (原因見下頁的編註)
         將 {"START" :1} 這組鍵與值加入字典
         中, 待會好將整數 1 轉換回 "START"

index_word = {v:k for k,v in word_index.items()} ◄───┐
                           對調一下鍵、值的順序, 改成「整數 (單字的排名值):單字」
```

> **★編註** 為什麼上面第 2 行程式要將字典內每個 value 的值 (即單字的排名) + 3？第 3 行程式又要手動把 {"START" :1} 這組鍵與值加入字典呢？看一下第 1 行讀入的 word_index 字典就知道了。第 1 行讀入的字典內容是：
>
> ```
> the : 1  ◄──  哈！終於知道出現次數最多的字 (排名值 = 1) 是 "the"
> and : 2  ┐
> a : 3    ├─  排名 2~4 的字
> of : 4   ┘
> …(後略)
> ```
>
> 而前頁第 2、3 行程式, 之所以將每個排名值 +3, 並加上 {"START" :1} 這組鍵與值, 是想將字典內容調整成底下這樣：
>
> ```
> "START" : 1  ◄──  加入這組鍵與值
> the : 4   ┐
> and : 5   │
> a : 6     ├─  原本的排名值都 +3
> of : 7    ┘
> …(後略)
> ```
>
> 至於原因, 則是為了跟 12-3 用 imdb.load_data() 所載入的資料集對應, 因為圖 12.1 各數字真正所對應的單字, 其實是上面這樣 (開頭的幾個數字 0、2、3 是保留數字沒有用上), Andrew Maas 等人就是依上面的對照表來整理 IMDb 資料集 (待會將數字還原成單字時就可以驗證)。

　　做完以上處理, 我們得到 index_word 這個對照字典, 就可以將 x_train 中的影評數字還原成單字本身囉。要轉換特定影評可利用以下程式, 這裡選定訓練資料集中的第 0 則影評來做轉換：

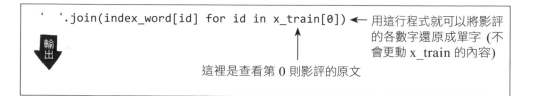

```
' '.join(index_word[id] for id in x_train[0]) ◄── 用這行程式就可以將影評
                                                    的各數字還原成單字 (不
                                                    會更動 x_train 的內容)
輸出
                        ↑
                這裡是查看第 0 則影評的原文
```

哈!影評出現囉～

第 14 個字是 "the", 對照圖 12.1,
該字是以整數 "4" 來表示

```
"START this film was just brilliant casting location scenery
ion everyone's really suited the part they played and you
ine being there robert redford's is an amazing actor and
ng director norman's father came from the same scottish
so i loved the fact there was a real connection with thi
remarks throughout the film were great it was just brill
i bought the film as soon as it was released for retail
nd it to everyone to watch and the fly fishing was amazi
t the end it was so sad and you know what they say if you
t must have been good and this definitely was also congratu
two little boy's that played the part's of norman and paul they
brilliant children are often left out of the praising list i think becaus
e the stars that play them all grown up are such a big profile for the wh
ole film but these children are amazing and should be praised for what th
ey have done don't you think the whole story was so lovely because it was
true and was someone's life after all that was shared with us all"
```

x_train[0:6]

輸出

```
array([1, 14, 22, 16, 43,
3941, 4, 173, 36, 256, 5,
35, 480, 284, 5, 150, 4,
4536, 1111, 17, 546, 38,
14, 22, 4, 1920, 4613,
15, 13, 1247, 4, 22,
86, 12, 8, 316, 8
```

▲ 圖 12.2：訓練資料集內的第 0 則影評原文

12.2 進行資料預處理

　　簡單認識資料集的內容後, 接著就來看需要做哪些資料預處理工作。目前載入的資料集已經是「單字轉整數」後的結果, 本例就只移除停用字 (stop words) (編：不熟悉此概念請回頭看一下第 11 章), 並解決 12.1 節提到影評長度不一的問題。

12.2.1 預處理 (一)：移除停用字 (stop words)

　　在 IMDb 資料集中, 並沒有刪除「the」、「and」、「a」、「of」這種出現頻率很高的停用字 (stop words) (編：上圖也看到 "the" 有出現在影評中), 這些字沒什麼意義又太常出現, 會影響機器的學習, 所以要把它們移除, 即停用。本例我們就假設出現頻率最高的前 50 個字要列入停用字。

12-3 頁載入資料集所用的 imdb.load_data() 就有提供「移除停用字」的功能，設一下參數就可以，這裡就用它來做。底下重新用 imdb.load_data() 載入資料集，並設定一些參數：

```
(x_train, y_train), (x_test, y_test) = \
imdb.load_data(skip_top=n_words_to_skip, num_words=n_unique_words)
                 ❶                          ❷
```

❶ **skip_top 參數**：值設 50 (即 12.1 節所設定的 n_words_to_skip 超參數)，將前 50 個最常用的字做為停字用。

❷ **num_words 參數**：值設 5000 (即 12.1 節所設定的 n_unique_words 超參數)。此參數嚴格來說不是資料預處理的環節，它是訓練神經網路時用來設定詞向量空間要嵌入多少單字，由於載入資料集就得決定好，因此這裡就一併設定好。

如 11.2 節提到的，語料庫當中出現次數過少的那些字，不容易在詞向量空間找出合適位置來嵌入，應該要捨棄，因此本例在讀入做為語料庫的 IMDb 資料集時，就用 num_words 參數只使用最常出現的 5000 個字，比這些更少用的就不要了。

執行程式後，我們同樣執行 x_train[0:6] 查看訓練資料集的前 6 則影評，跟圖 12.1 做個比對：

```
x_train[0:6]
```

輸出

```
array([ [2, 2, 2, 2, 2, 530, 973, 1622, 1385, 65, 458, 4468, 66, 3941, 2,
173, 2, 256, 2, 2, 100, 2, 838, 112, 50, 670, 2, 2, 2, 480, 284, 2, 150,
2, 172, 112, 167, 2, 336, 385, 2, 2, 172, 4536, 1111, 2, 546, 2, 2, 447,
2, 192, 50, 2, 2, 147, 2025, 2, 2, 2, 2, 1920, 4613, 469, 2, 2, 71, 87,
2, 2, 2, 530, 2, 76, 2, 2, 1247, 2, 2, 2, 515, 2, 2, 2, 626, 2, 2, 2, 62,
386, 2, 2, 316, 2, 106, 2, 2, 2223, 2, 2, 480, 66, 3785, 2, 2, 130, 2, 2,
2, 619, 2, 2, 124, 51, 2, 135, 2, 2, 1415, 2, 2, 2, 215, 2, 77, 52, 2,
2, 407, 2, 82, 2, 2, 2, 107, 117, 2, 2, 256, 2, 2, 2, 3766, 2, 723, 2, 7
1, 2, 530, 476, 2, 400, 317, 2, 2, 2, 1029, 2, 104, 88, 2, 381, 2, 29
7, 98, 2, 2071, 56, 2, 141, 2, 194, 2, 2, 2, 226, 2, 2, 134, 476, 2, 480,
2, 144, 2, 2, 2, 51, 2, 2, 224, 92, 2, 104, 2, 226, 65, 2, 2, 1334, 88,
2, 2, 283, 2, 2, 4472, 113, 103, 2, 2, 2, 2, 2, 178, 2],
```

第 0 則

接下頁

```
      [2, 194, 1153, 194, 2, 78, 228, 2, 2, 1463, 4369, 2, 134, 2, 2, 71
5, 2, 118, 1634, 2, 394, 2, 2, 119, 954, 189, 102, 2, 207, 110, 3103, 2,
2, 69, 188, 2, 2, 2, 2, 249, 126, 93, 2, 114, 2, 2300, 1523, 2, 647,
2, 116, 2, 2, 2, 2, 229, 2, 340, 1322, 2, 118, 2, 2, 130, 4901, 2, 2, 100
2, 2, 89, 2, 952, 2, 2, 2, 455, 2, 2, 2, 2, 1543, 1905, 398, 2, 1649, 2,
2, 2, 163, 2, 3215, 2, 2, 1153, 2, 194, 775, 2, 2, 2, 349, 2637, 148, 60
5, 2, 2, 2, 123, 125, 68, 2, 2, 2, 349, 165, 4362, 98, 2, 2, 228, 2, 2,
2, 1157, 2, 299, 120, 2, 120, 174, 2, 220, 175, 136, 50, 2, 4373, 228, 2,
2, 2, 656, 245, 2350, 2, 2, 2, 131, 152, 491, 2, 2, 2, 2, 1212, 2, 2, 2,
371, 78, 2, 625, 64, 1382, 2, 2, 168, 145, 2, 2, 1690, 2, 2, 2, 1355, 2,
2, 2, 52, 154, 462, 2, 89, 78, 285, 2, 145, 95],
...(略)
```

第1則

跟圖 12.1 比起來, 很多整數被轉成了 2, 想必是參數的作用, 見底下說明

▲ 圖 12.3：訓練資料中的前兩則

上圖中那一大堆 2 是代表「UNK」, 也就是 Unkown (未知) 這個字的縮寫。此例因為載入資料集時設了前述兩個參數, 整個資料集當中出現次數前 50 高的這些停用字, 會一律被改成 2, 代表剔除不用 (編：設 skip_top = 50 的緣故)。而超過 4999 (原本 5000、5001、5002…的那些字), 也會一律被改成 2, 也代表剔除不用 (編：設 num_words=5000 的緣故)。

★編註 整理一下, 用上述兩個參數讀入資料, 所有影評當中就只會保留整數 50 (含)～4999 (含) 這些字, 其餘都變成 2 了 (即剔除, 變成 Unknown), 所以圖 12.3 那兩則影評才會看到一大堆 2 (它們原本都是大於 4999 或小於 50 的數字, 可回頭看一下 12-5 頁的圖 12.1 做個對照)。

尤其注意到最前頭原本是代表 "START" 這個字的整數 "1", 由於每一則影評開頭都是 'START', 它的出現頻率當然是前 50 高的, 因此看到圖 12.3, 最前頭的值 (原本是 1) 也被轉成 2 了。

12.2.2 預處理 (二)：統一影評長度

回憶一下 12-4 頁看到前 6 則影評的字數從 43 個字到 218 個字都有, 這裡我們將各則影評填滿 (padding) 或截斷 (truncating) 為 100 個字。我們可以使用 tf.Kreas 現成的 **pad_sequences()** 來處理, 只需一行程式就能填補 (太短時) 或截斷 (太長時) 各影評：

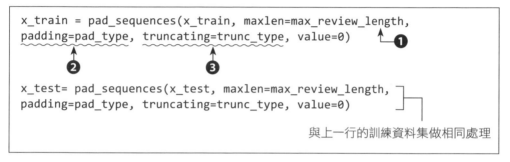

```
x_train = pad_sequences(x_train, maxlen=max_review_length,
padding=pad_type, truncating=trunc_type, value=0)          ❶

x_test= pad_sequences(x_test, maxlen=max_review_length,
padding=pad_type, truncating=trunc_type, value=0)
```
❷ ❸

與上一行的訓練資料集做相同處理

❶ **maxlen 參數**：值設 100 (即 12.1 節所設定的 max_review_length 超參數)。

❷ **padding 參數**：值設 'pre' (即 12.1 節所設定的 pad_type 超參數)。

當影評不足 100 個字, 不足的字會全指定為 0 (類似 CNN 的填補 padding 概念)。此例設 padding = 'pre', 表示是將 0 補在影評「開頭」; 若想改補在結尾的話可設為 'post'。下一章會用到專門處理序列資料的 RNN (循環神經網路), 文章越「後面」的內容愈重要, 這時最好就設 padding = ' pre', 將無用的 0 放在文章開頭。由於此範例用的是密集神經網路, 選哪種差別不大, 我們就設 padding = 'pre'。

❸ **truncating 參數**：值設 'pre' (即 12.1 節所設定的 trunc_type 超參數)。

truncating (截斷) 與上一個 padding (填補)一樣, 可選 'pre' 或 'post', 前者表示刪除影評開頭多餘的單字, 後者則刪除後面多餘的字。這裡設 truncating = 'pre', 表示, 代表我們 (大膽地) 假設各影評後面包含的資訊比開頭更多 (編：若影評有 423 個字, 就刪去前面 323 個字, 只留後面 100 個字)。

以上處理完, 影評長度就會統一成 pad_sequences() 函式中所設定的 maxlen=100, 來檢查一下:

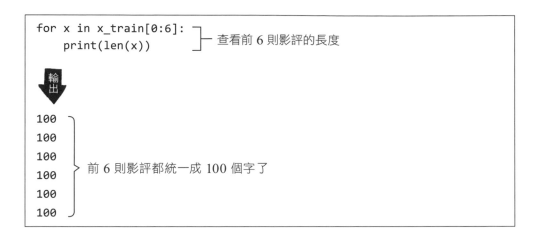

```
for x in x_train[0:6]:
    print(len(x))
```
查看前 6 則影評的長度

輸出

```
100
100
100
100
100
100
```
前 6 則影評都統一成 100 個字了

也印出索引 5 這一則影評看看:

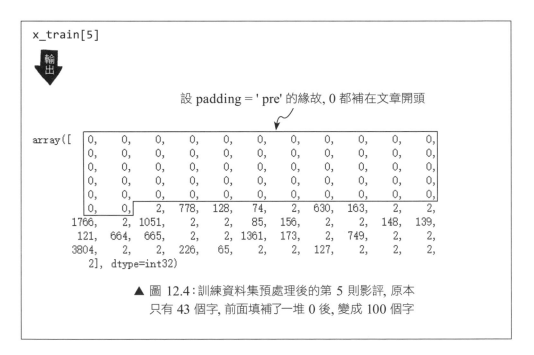

```
x_train[5]
```

輸出

設 padding = ' pre' 的緣故, 0 都補在文章開頭

```
array([  0,    0,    0,    0,    0,    0,    0,    0,    0,    0,    0,
         0,    0,    0,    0,    0,    0,    0,    0,    0,    0,    0,
         0,    0,    0,    0,    0,    0,    0,    0,    0,    0,    0,
         0,    0,    0,    0,    0,    0,    0,    0,    0,    0,    0,
         0,    0,    0,    0,    0,    0,    0,    0,    0,    0,    0,
         0,    0,    2,  778,  128,   74,    2,  630,  163,    2,    2,
      1766,    2, 1051,    2,    2,   85,  156,    2,    2,  148,  139,
       121,  664,  665,    2,    2, 1361,  173,    2,  749,    2,    2,
      3804,    2,    2,  226,   65,    2,    2,  127,    2,    2,    2,
         2], dtype=int32)
```

▲ 圖 12.4:訓練資料集預處理後的第 5 則影評, 原本只有 43 個字, 前面填補了一堆 0 後, 變成 100 個字

最後來看索引 0 這一則影評, 原本是 218 個字, 我們來看截斷成 100 個字的結果:

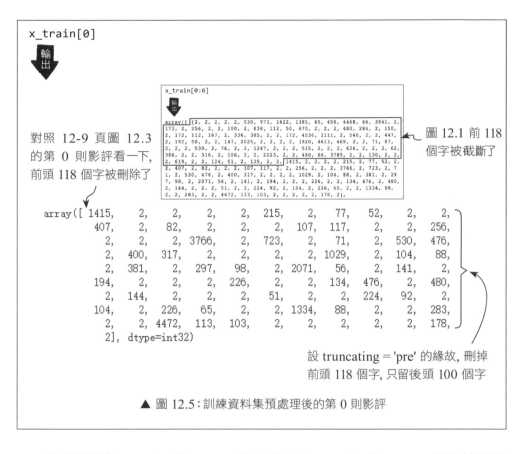

▲ 圖 12.5：訓練資料集預處理後的第 0 則影評

這樣就做好 x_train 與 x_test 的預處理了，y_train 和 y_test 就純粹是答案，不用辛苦的做預處理。

12.3 用密集神經網路區分正評、負評

備妥預處理過的資料，現在就可以著手建構神經網路了，我們首先建一個密集神經網路判斷影評是正面還是負面。以下程式仍是在本章《ch12-dense_sentiment_classifier.ipynb》範例內。

12.3.1 密集神經網路的架構

負責本次任務的密集神經網路架構如下所示：

▼ 《ch12-dense_sentiment_classifier.ipynb》最後面的模型建構

```
model = Sequential()  ←❶
model.add(Embedding(n_unique_words, n_dim,
                    input_length=max_review_length))  ❸
                    ❷

model.add(Flatten())  ←❹
model.add(Dense(n_dense, activation='relu'))  ❺
model.add(Dropout(dropout))
# model.add(Dense(n_dense, activation='relu'))
# model.add(Dropout(dropout))
model.add(Dense(1, activation='sigmoid'))  ←❻
```

大部分我們都已經很熟悉了:

❶ 先用 Sequential() method 建構一個空的序列模型。

❷ **Embedding**() 這一層稱為**嵌入層**, 它所做的事與 11.2 節所介紹的 word2vec 類似 (編註: 這樣我們就不需要用 gensim 套件的 Word2Vec() 這個 method 來做了), 嵌入層同樣具備可訓練的權重參數, 能根據語料庫 (這裡是直接用 IMDb 訓練資料集的 25,000 則影評) 訓練出一個詞向量空間。也就是說, 這裡是用一個神經層來做 word2vec 的工作, 而處理後得到的詞向量空間是否堪用, 同樣是以反向傳播來訓練嵌入層的權重參數來做優化。當輸入資料 (各影評內的單字) 餵進來嵌入層後, 同時就會依這一層所勾勒出來的詞向量空間做「單字轉詞向量」的處理, 再繼續往後面的神經層傳遞。

❸ 嵌入層當中的 n_unique_words 和 n_dim 超參數 12.1 節已設定好, 分別為詞向量的詞彙量 (5000) 與維度 (64)。由於嵌入層是神經網路中的第 1 隱藏層, 也兼輸入層的角色, 因此也用 input_length 參數設定輸入層的維度 (12.1 節已設 max_review_length 超參數為 100)。

❹ Flatten() 層能將多軸的資料 (此處為來自嵌入層的 2 軸輸出) 展平後傳遞給一軸的密集層。

❺ 至於密集層 Dense(), 本架構使用搭配 relu 激活函數的單一密集層 (12.1 節是設 64 個神經元), 並套用 Dropout(), 丟棄的神經元比例在 12.1 節是設 0.5。

❻ 最後, 因為是二元 (正評、負評) 分類, 輸出神經元只需要一個 (編註：兩個也行, 但一個就夠了, 若其中一類的機率為 p, 另一類的機率則會是 1-p)。輸出的會是介於 0 到 1 的機率, 所以輸出層用的是 sigmoid 激活函數。

先執行 model.summary() 看看模型摘要：

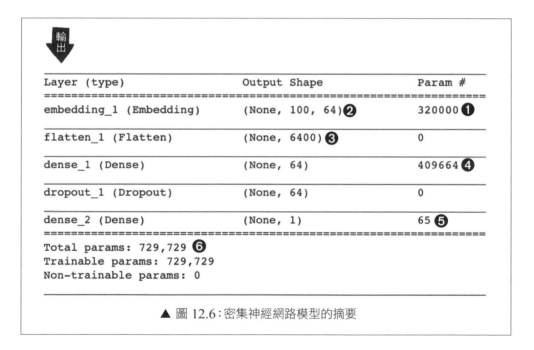

▲ 圖 12.6：密集神經網路模型的摘要

我們來解讀一下各層的輸出結果以及各層的權重參數量：

❶ 嵌入層有 320,000 個權重參數 (5,000×64=320,000), 算法是：總共有 5,000 個詞向量, 每個都是 64 維, 這一大堆權重會將整個詞向量空間勾勒出來。

❷ 嵌入層處理好的資料是 100×64 的二軸形式 (每則影評都是 100 個字, 每個字都已轉成 64 維的詞向量空間座標)。

❸ 接著, 資料在送入密集層前先在展平層轉成一軸, 從 (100, 64) 的二軸形式展平成 (6400,) 一軸形式。

❹ 密集層規劃 64 個神經元, 每個神經元均接受來自展平層傳來的 6,400 維輸入, 所以展平層與密集層之間共有 6,400×64=409,600 個 w 權重。這 64 個神經元在計算時都各加上一個 b (偏值), 所以該層共有 6,400×64 + 64 = 409,664 個參數。

❺ 最後, 輸出層是 1 個神經元, 接收來自密集層 64 個神經元傳來的值, 因此 64 個 w 權重 (均對應前層所有神經元傳過來的激活值), 加上 1 個 b 共有 65 個權重參數。

❻ 以上, 所有層加起來的權重參數共有 729,729 個。

12.3.2　編譯模型

接著來編譯模型, 模型的輸出層我們只用了單一神經元, 所以損失函數改用二元交叉熵損失 (binary_crossentropy) 來取代之前出現過的多元交叉熵損失 (categorical_crossentropy):

損失函數改用二元交叉熵

```
model.compile(loss='binary_crossentropy', optimizer='adam',  ← 編譯模型
              metrics=['accuracy'])
```

12.3.3　設定每週期結束記錄模型參數

為方便在每個訓練週期結束時記錄模型參數, 底下建立一個 ModelCheckpoint() 物件, 方便之後評估時視情況將參數回溯至特定週期:

▼ 建立 ModelCheckpoint 物件來儲存每個訓練週期的模型參數

目錄路徑在 12.1 節程式最開頭已設好, 每輪訓練週期結束
後就將模型參數儲存於此, 方便之後將參數回溯到任一週期

```
modelcheckpoint = ModelCheckpoint(filepath=output_dir+
                            "/weights.{epoch:02d}.hdf5")

if not os.path.exists(output_dir):    ┐  若 output_dir 目錄尚未建立,
    os.makedirs(output_dir)           ┘  則用 makedirs() 建一個
```

12.3.4 訓練模型

訓練模型的程式跟前幾章都一樣, 差異是這裡將前面的 modelcheckpoint 物件放入 callback (回呼) 參數中 (編註：callback 就是呼叫一些設計好的物件來用啦！想呼叫多個物件來用時, 將各物件一一擺入串列做為 callback 的參數值即可)。

把之前 12.2 節整理好的 x_train 和 x_test 拿來訓練模型

```
model.fit(x_train, y_train,
        batch_size=batch_size, epochs=epochs, verbose=1,
        validation_data=(x_test, y_test),
        callbacks=[modelcheckpoint])
```

訓練時的批次量設 128。訓練週期的話, NLP 模型
比機器視覺模型更容易過度配適訓練資料, 所以週
期設少一點, 12.1 節設超參數時是設定 epochs = 4

y_train 和 y_test 就純粹
是答案, 不用像 x_train
那樣辛苦的做預處理

輸出

```
Train on 25000 samples, validate on 25000 samples
Epoch 1/4
25000/25000 [==========] - 2s 80us/step - loss: 0.5612 - acc: 0.6892 - val_loss: 0.3630 - val_acc: 0.8398
Epoch 2/4
25000/25000 [==========] - 2s 69us/step - loss: 0.2851 - acc: 0.8841 - val_loss: 0.3486 - val_acc: 0.8447
Epoch 3/4
25000/25000 [==========] - 2s 70us/step - loss: 0.1158 - acc: 0.9646 - val_loss: 0.4252 - val_acc: 0.8337
Epoch 4/4
25000/25000 [==========] - 2s 70us/step - loss: 0.0237 - acc: 0.9961 - val_loss: 0.5304 - val_acc: 0.8340
```

▲ 圖 12.7：訓練結果

12.3.5 模型評估 (一)：挑幾筆來觀察

在這個例子中，第 2 訓練週期結束時驗證損失 (val_loss) 降到最低 (0.3486)，驗證資料的預測準確率也達到最高 (84.47%)。後面的第 3、第 4 週期，模型看起來已經過度配適，因為訓練準確率比驗證準確率高很多，例如第 4 訓練週期的訓練準確率高達 99.61%，驗證準確率卻只有 83.4%。

為了更全面地評估第 2 週期的模型能力，我們使用 load_weights() 將模型參數回溯至第 2 週期結束時，只要讀取存放在 output_dir 資料夾 (註：12.1.1 節已指定好) 的 weights.02.hdf5 檔案即可：

```
model.load_weights(output_dir+"/weights.02.hdf5")  ◀── 載入模型參數
```

將模型參數回溯到最佳週期後，就實際用 predict() 來預測 x_test 資料集看看：

```
y_hat = model.predict(x_test)  ◀── 預測 x_test 資料
```

以預測 x_test 第 0 則影評為例，本例 y_hat[0] = 0.09，這表示模型判斷其為正評的機率為 9%，為負評的機率為 91%。實際看一下正確答案 y_test[0]＝0，的確是負評，看來模型表現是 OK 的！

12.3.6 模型評估 (二)：繪製直方圖

一個個手動檢查雖然很具體，但還是需要以整體的角度來看模型對 x_test 的預測能力，例如可以將所有預測值畫成直方圖：

```
plt.hist(y_hat)
_ = plt.axvline(x=0.5, color='orange')
```
將 x_test 的預測結果畫成直方圖

輸出

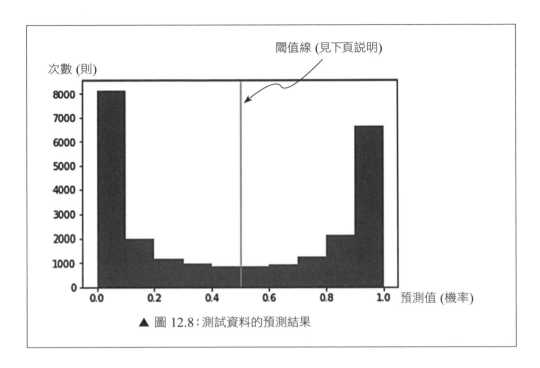

▲ 圖 12.8：測試資料的預測結果

　　從此圖看來, 模型對 x_test 這 25,000 條影評的判斷結果相當兩極化, 約有 8,000 則 (佔 32%) 的機率值小於 0.1, 6,500 則左右 (佔 26%) 的機率值大於 0.9。

　　但除此之外的「中間值」呢？讀者可以看到上圖中間機率值 0.5 的地方我們畫了一條閾值線, 一般的判讀方式都是只要機率值超過 0.5, 就視為正評, 低於 0.5, 則視為負評, 也就是「相對來說」比較靠哪一邊, 就歸哪一類。但機率值用這樣「兩邊切」好嗎？只高 0.5 一點 (0.51) 或超出很多 (0.9), 一律會被視為正評, 只用單一閾值 0.5 就將結果兩邊切, 然後據此再算出準確率 (註：前面我們都看準確率的！) 似乎不夠客觀, 畢竟準確率只能看出「預測與結果相符的比率」, 中間的細節全被忽略掉了。為什麼閾值非得設為 0.5, 設 0.49 或 0.51 不行嗎？差在哪？

以上想強調的是, 要如何在「錯殺」與「錯放」之間做權衡, 就不能單看準確率。為此, 我們來介紹另一個評估分類模型的指標：**ROC AUC 分數 (ROC AUC score)**。

12.3.7 模型評估 (三)：ROC AUC 分數

ROC AUC 分數是常用於二元分類的評估指標, 特別是輸出值為「機率值」的情況經常派上用場, 先說結論：只要算出來的分數愈接近 1 (或乘上 100 後接近 100), 代表模型的預測能力愈好。我們直接使用 scikit-learn metrics 函式庫 (12-2 頁已載入) 的 roc_auc_score() 來算算看前面這個密集神經網路模型的分數：

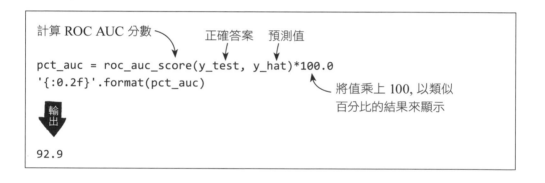

計算 ROC AUC 分數　　　　正確答案　　預測值

```
pct_auc = roc_auc_score(y_test, y_hat)*100.0
'{:0.2f}'.format(pct_auc)
```

將值乘上 100, 以類似百分比的結果來顯示

輸出

92.9

感覺是很高, 但這個 ROC、AUC 到底是什麼啊, 92.9 跟準確率的 92.9% 意思差不多嗎？

哈！底下來介紹一下, 知其然, 還是要知其所以然啦！

ROC、AUC 觀念釋疑

前面我們提到, 若從單一閾值來篩選機率值結果, 再據此算出準確率, 很多潛在細節會被忽視, 因此在評估二元分類模型的表現時, 我們會用一種稱為 **AUC** 的評量指標, 全名為 **Area Under the curve of the ROC (編：注意它的含義, 為一條稱為 ROC 曲線底下的面積)** , 它能夠評估二元分類模型在不同的閾值範圍（0.0 到 1.0）的整體表現。

前面我們看到用來計算分數的 method 是 roc_auc_score(), 因此暫且以 ROC AUC 分數來稱這個指標, 但嚴謹來說, 計算的其實是 AUC 分數, 而如同上面 AUC 的名稱所示, AUC 代表「ROC 曲線」底下的面積, 因此計算 AUC 時必須先繪出 ROC 這條曲線, 才能進而計算曲線下的面積 (即 AUC), 然後以 AUC 值做為最終的評量指標。

■ ROC 曲線是根據「混淆矩陣 (confusion matrix)」畫出來的

先看看什麼是 **ROC 曲線**吧！它起源於第二次世界大戰, 當時被雷達工程師用來評估雷達對敵方物體的識別能力, ROC 曲線是根據**混淆矩陣 (confusion matrix)** 畫出來的, 此矩陣是個簡單的 2×2 表格, 統計了「真實值 VS 模型預測值」的正確、錯誤筆數, 此矩陣的定義如下：

這是樣本的真實值 (稱標籤、正確答案都可以)

		真實值	
		1	0
預測值	1 (positive, 陽性)	真陽性 (TP)	偽陽性 (FP)
	0 (negative, 陰性)	偽陰性 (FN)	真陰性 (TN)

這是模型的預測結果

比對「真實值 VS 預測值」的正確、錯誤筆數後, 會記錄在此 2×2 表格

❖ 真陽性（True Positive）：預測值為 1 (註：意指 1 這一類、或稱陽性), 真實值也為 1, 代表模型正確分類了真實陽性的 case。

接下頁

❖ 偽陽性（False Positive）：預測值為 1, 真實值為 0 (註：意指 0 這一類、或稱陰性), 代表模型分類錯誤。

❖ 偽陰性（False Negative）：預測值為 0, 真實值為 1, 代表模型分類錯誤。

❖ 真陰性（True Negative）：預測值為 0, 真實值為 0, 代表模型正確分類。

我們以前幾章的分類熱狗堡例子, 實際代些數字來填出一個混淆矩陣, 並依此畫出 ROC 曲線試試。

■ Step1：產生一個混淆矩陣

假設分類模型在分別接收 4 筆輸入資料後, 得到如右表的結果：

真實值	預測值 (機率)
0	0.3
1	0.5
0	0.6
1	0.9

混淆矩陣怎麼填呢？首先要先設一個閾值, 套在上表的預測值上, 假設閾值為 0.5, 意思就是預測的機率值必須超過 0.5, 才會被模型當成熱狗堡 (最終輸出值 1), 低於或等於 0.5 就不會被當成熱狗堡 (最終輸出值 0)。經閾值過濾後, 結果如下表：

真實值	預測值 (機率)	閾值 =0.5 的預測結果	
0	0.3	0	TN
1	0.5	0	FN
0	0.6	1	FP
1	0.9	1	TP

接下頁

根據上表統計 TP、FP、FN、TN 的筆數，就可以得到一個混淆矩陣了：

		真實值	
		1	0
預測值	1 (positive, 陽性)	1 筆 (TP)	1 筆 (FP)
	0 (negative, 陰性)	1 筆 (FN)	1 筆 (TN)

■ Step2：設不同閾值，產生多個混淆矩陣

前面我們說希望能夠評估二元分類模型在特定閾值範圍（為 0.0 到 1.0）的整體表現，因此接著輪流選一些閾值，一一套用在所有輸出上 (編註：您可以選任何合理的閾值，這裡是選 0.3、0.5、0.6 這 3 個)。重覆 Step1 的做法，完成後可以得到 3 個混淆矩陣，為了方便識別，我們將混淆矩陣的數據整合在同一個表格中：

3 個混淆矩陣的數據

真實值	預測值 (機率)	閾值=0.3	閾值=0.5	閾值=0.6
0	0.3	0 (TN)	0 (TN)	0 (TN)
1	0.5	1 (TP)	0 (FN)	0 (FN)
0	0.6	1 (FP)	1 (FP)	0 (TN)
1	0.9	1 (TP)	1 (TP)	1 (TP)

註：通常不會指定太大的閾值，因為高的閾值硬套用下去必然會產生最終輸出值都是 0 的極端情況

■ Step3：計算各混淆矩陣的真陽性率 (TPR) 與偽陽性率 (FPR)

繪製 ROC 曲線的下一步，是計算 3 個混淆矩陣的**真陽性率 (true positive rate, TPR)** 與**偽陽性率 (false positive rate, FPR)**，以「閾值 =0.3」這一欄為例，真陽性率 (TPR) 與偽陽性率 (FPR) 的算法如下：

接下頁

$$真陽性率\,(TPR) = \frac{(TP\,數\,)}{(TP\,數 + FN\,數)}$$

$$= \frac{2}{2 + 0}$$

$$= \frac{2}{2}$$

$$= 0.5$$

(公式 12.1)

$$偽陽性率\,(FPR) = \frac{(FP\,數\,)}{(FP\,數 + TN\,數)}$$

$$= \frac{1}{1 + 1}$$

$$= \frac{1}{2}$$

$$= 0.5$$

(公式 12.2)

底下是前面 3 個混淆矩陣的計算結果：

真實值	預測值 (機率)	閾值=0.3	閾值=0.5	閾值=0.6
0	0.3	0 (TN)	0 (TN)	0 (TN)
1	0.5	1 (TP)	0 (FN)	0 (FN)
0	0.6	1 (FP)	1 (FP)	0 (TN)
1	0.9	1 (TP)	1 (TP)	1 (TP)
真陽性率 TPR=TP/(TP+FN)		2/(2+0)=1.0	1/(1+1)=0.5	1/(1+1)=0.5
偽陽性率 FPR=FP/(FP+TN)		1/(1+1)=0.5	1/(1+1)=0.5	0/(0+2)=0.0

接下頁

■ Step4：繪製 ROC 曲線

別忘了, 一路下來我們的目標都是要繪製 ROC 曲線, 依 ROC 曲線的定義, 橫軸 (x 座標) 為 FRP, 縱軸 (y 座標) 為 TPR, 而 Step3 最後我們已經得到 3 個座標點, 分別是：

1. 閾值 = 0.3 時 → (FPR, TPR) = (0.5, 1.0)

2. 閾值 = 0.6 時 → (FPR, TPR) = (0.0, 0.5)

3. 閾值 = 0.5 時 → (FPR, TPR) = (0.5, 0.5)

外加固定的左下角 (0, 0) 與右上角 (1.0, 1.0) 這兩點, 總共 5 個點就可以畫出右圖的 ROC 曲線：

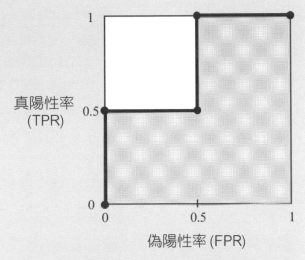

▲ 圖 12.9：根據 5 個座標點畫出的 ROC 曲線

此範例只有 4 筆樣本, 所以畫出來的 ROC 曲線只有 5 個點, 看起來呈階梯狀, 如果樣本數夠多, 畫出來的 ROC 曲線會更平滑。

那 ROC 曲線該怎麼解讀呢？首先, 如果一個模型的分類效果丟硬幣亂猜差不多, ROC 曲線應該會近似於左下到右上的對角線, 此 ROC 「直」線會經過 (FPR=0.5, TPR=0.5) 這個座標點, 意思是預測值為陽性 (P) 的情況下, 有 0.5 的機率這個陽性是判斷正確的 (TPR), 不過有

接下頁

0.5 的機率這個陽性是誤判的 (FPR)。最理想的狀況當然是 FPR = 0 與 TPR = 1, 因此可以知道 ROC 曲線**越逼近左上角的 (0, 1) 座標點愈好**。

■ Step5：繪製 ROC 曲線底下的面積 (AUC)

但憑「曲線愈接近左上角愈好」、「愈遠愈不好」來敘述模型好壞似乎不太具體, 想具體一點, 算一下曲線底下的面積 - 即 **Area Under the curve of the ROC (AUC)** 不就得了, 最理想的情況應該 AUC 面積 = 正方形面積 1.0, 意指不論如何變動閾值, 都會產生 FPR = 0 與 TPR = 1 的結果。

> **★ 編註** 其實就分類的觀點, AUC=0 也很好, 代表全預測反了, 這樣的模型也可以用, 每次都選相反的就好了, 但這裡不討論這種特殊情況。

當然, 大部份情況都無法讓 AUC 達到完美的 1.0, 因為同類資料內多少會有長得特別奇怪的離群值 (outlier), 要是將閾值設太寬以將其納入同類, 就免不了因此納入其他非同類的資料點。因此, 通常每種資料集的 AUC 值都會有一定上限, 不管二元分類模型使用的模型多強, 都無法突破。

回頭看到圖 12.9 的例子, 整個正方形的面積是 1, 曲線底下的 AUC 面積是 0.75, 這也可以視為 AUC 面積佔所有正方形面積的 75%。如果 ROC 曲線更靠近左上角, AUC 值就會更大, 表示愈接近 FPR = 0、TPR = 1 的完美結果。

以上就是 ROC 曲線及曲線下面積 (AUC) 的概念, 而前面用 roc_auc_score() 算出來的正是 AUC 的值, 爾後經常會以 AUC 這個指標來評估模型的性能, 因此對以上觀念請好好熟悉喔！

最後, 我們回到辨識 IMDb 影評的例子, 前面密集神經網路模型最終算出來的 AUC 值為 0.929 (編：現在你知道這代表佔正方形面積的 92.9%), 算不低了, 下一節改用 CNN 實作看看能否取得更好的成果。

12.4 用 CNN 模型區分正評、負評

　　CNN (卷積神經網路) 不只能用在機器視覺領域, 卷積層當中的濾鏡是專門用來捕捉特徵, 本節試著用它來捕捉檢測字與字之間的關聯特徵, 看能否結合密集神經網路改善影評情感分類方面的表現。

　　CNN 模型大部份的程式與密集神經網路類似, 底下挑差異的部分來說明, 完整的程式可以查看《ch12-convolutional_sentiment_classifier.ipynb》。

12.4.1 載入模組

　　要載入的模組與前一小節差不多, 只是多了 3 種神經層類型, 如下所示：

```
from tensorflow.keras.layers import Conv1D, GlobalMaxPooling1D
from tensorflow.keras.layers import SpatialDropout1D
```
　　　　　　　　　　　　　　　　　　CNN 影評分類模型額外需要的模組

12.4.2 設定超參數

　　這個 CNN 模型的超參數如下：

```
# 輸出目錄名稱
output_dir = '/content/drive/MyDrive/(您的雲端硬碟儲存路徑)/Ch12/ 接下行
    model_output/conv'          ❶

# 訓練：
epochs = 4
batch_size = 128

# 將單字嵌入詞向量空間
n_dim = 64
n_unique_words = 5000
max_review_length = 400
pad_type = trunc_type = 'pre'    ❷
drop_embed = 0.2 # 新！                           接下頁
```

```
# 卷積層架構：
n_conv = 256 # 濾鏡（卷積核）數
k_conv = 3    # 濾鏡長度

# 密集層架構：
n_dense = 256
dropout = 0.2
```
❸

跟 12.3 節的密集神經網路模型相比，主要差異是：

❶ 每輪訓練週期結束後，參數改儲存到另一個新的子目錄 ('conv')。

❷ 詞向量空間的超參數大致上也沒變，除了：

- max_review_length 乘上 4 倍，變成 400。雖然此模型的輸入資料軸數與隱藏層層數都增加了，但之前提到 CNN 模型的參數量比密集神經網路少很多，所以先提高看看。

- 設定 drop_embed，對嵌入層使用丟棄法。

❸ 在嵌入層後堆了兩道隱藏層：

- 第一道是含有 256 個濾鏡 (n_conv) 的卷積層，濾鏡長度 (k_conv) 為 3。之前第 10 章用卷積層處理 2 軸的影像時，用的是 3×3、2×2 這樣的 2 軸濾鏡。而處理自然語言只需要 1 軸濾鏡就好 (代表出現先後)，因此只需設定長度 k_conv = 3 就好。

- 含有 256 個神經元 (n_dense) 並搭配 20% dropout 的密集層。

之後的載入 IMDb 資料集、統一影評長度兩步驟與 12.3 節範例《ch12-dense_sentiment_classifier.ipynb》完全一樣。

12.4.3 CNN 分類模型的架構

至於模型的架構當然跟之前不同, 如下所示:

```
model = Sequential()

# 嵌入向量空間：
model.add(Embedding(n_unique_words, n_dim,
                    input_length=max_review_length))
model.add(SpatialDropout1D(drop_embed)) ←———❶

# 卷積層                    ❷
model.add(Conv1D(n_conv, k_conv, activation='relu')) ←———❸
# model.add(Conv1D(n_conv, k_conv, activation='relu'))
model.add(GlobalMaxPooling1D())
                              ❹
# 密集層
model.add(Dense(n_dense, activation='relu'))  ┐
model.add(Dropout(dropout))                   ┘ ❺

# 輸出層：
model.add(Dense(1, activation='sigmoid')) ←———❻
```

針對架構解說如下:

❶ 嵌入層與之前一樣, 不過現在加了 dropout (設了 drop_embed)。

❷ 此例不需要再用 Flatten(), 因為 Conv1D() 這個一軸卷積層可直接承接嵌入層傳遞過來的二軸資料。

❸ 一軸卷積層搭配了 relu 激活函數。該層有 256 個濾鏡, 每當檢視窗口移步到任意 3 個字, 就會輸出對應的 256 個激活值。窗口從頭走到尾共 398 步 (見下註), 所以輸出的特徵圖形狀為 256×398 (註:還記得濾鏡的個數就等於特徵圖的深度吧!)。

> **★編註** 卷積層的濾鏡長度為 3 (token), 從影評最開頭出發時, 中心點會落在第 2 個字；濾鏡滑到影評結尾時, 中心點會落在倒數第 2 個字。由於此例不會在影評首尾做額外填補 (padding), 所以首尾會各少掉一個字長的資訊：影評長度 (max_review_lenth) 400 (個) -1-1=398, 但這種損失微不足道。

❹ **全局最大池化 (global max-pooling)** 是 NLP 模型很常用的降維手段, 這裡用它將 256×398 的特徵圖縮減為 256×1。全局最大池化的意思就是同一濾鏡輸出的 398 個激活值中, 只有最大的會留下來。

❺ 由於最大池化層輸出的激活值是一軸的, 故可直接傳遞給一樣搭配 dropout 的密集層。

❻ 輸出層的部分不變。

此模型共有 435,000 個參數 (算法就留給讀者用 model.summary() 做練習), 比之前 12.3 節的密集神經網路少了幾十萬個。不過由於卷積計算較耗時, 此模型的每輪訓練週期都會花上更長時間。

12.4.4 編譯、訓練模型

本範例《ch12-convolutional_sentiment_classifier.ipynb》當中的編譯、定期儲存參數與訓練模型等步驟與 12.3 節的密集神經網路模型完全相同, 底下就不贅述, 對當中程式不了解的可參考 12.3 節的說明。底下列出 CNN 模型每週期的訓練成果：

```
Train on 25000 samples, validate on 25000 samples
Epoch 1/4
25000/25000 [=======] - 41s 2ms/step - loss: 0.4894 - acc: 0.7447 - val_loss: 0.2971 - val_acc: 0.8750
Epoch 2/4
25000/25000 [=======] - 41s 2ms/step - loss: 0.2534 - acc: 0.8972 - val_loss: 0.2604 - val_acc: 0.8914
Epoch 3/4
25000/25000 [=======] - 41s 2ms/step - loss: 0.1709 - acc: 0.9357 - val_loss: 0.2577 - val_acc: 0.8959
Epoch 4/4
25000/25000 [=======] - 41s 2ms/step - loss: 0.1151 - acc: 0.9589 - val_loss: 0.2828 - val_acc: 0.8934
```

▲ 圖 12.10：卷積型情感分類模型訓練過程

可以看到, 第 3 訓練週期結束時, 驗證損失達到最低 (0.258), 驗證準確率達到最高 (89.6%)。將模型參數回溯到第 3 週期, 然後算一下 AUC 值看看：

```
y_hat = model.predict(x_test)  ◀── 產生預測值
"{:0.2f}".format(roc_auc_score(y_test, y_hat)*100.0)  ◀── 計算 AUC 值
```

算出來的 AUC 值為 96.07 (佔總面積 96.07%), 代表此模型的判斷更好了, 比的 12.3 節的密集神經網路分類模型的 92.9% 更勝一籌。

12.5 總結

一般來說, 建立 NLP 模型並不常用到純密集神經網路或者 CNN 模型, 但依這個判斷影評為正評 / 負評的範例結果來看, 兩個模型都是 OK 的。

而用 CNN 建構 NLP 分類模型的表現之所以比密集神經網路好, 很可能是因為卷積層較擅長學習字與字之間的組成模式, 抓出影評中偏正面或負面的詞。不過, 在 CNN 模型中的卷積層濾鏡長度我們設 k=3, 可能較擅長學習短序列資料, 但像影評這樣的自然語言文章內可能有更長的單字序列, 若能將這些都考慮進去, 或許可進一步提升模型的能力。下一章我們就以專用於處理序列資料的 RNN 模型來實作, 看看模型的能力能否再提升。

重要名詞整理

以下是到目前為止提過的重要名稱, 本章新介紹的以加外框顯示。

- ❖ 權重參數:
    - 權重 w
    - 偏值 b
- ❖ 激活值 a
- ❖ 激活函數
    - sigmoid
    - tanh
    - ReLU
    - softmax
    - linear
- ❖ 輸入層
- ❖ 隱藏層
- ❖ 輸出層
- ❖ 神經層類型:
    - 密集層 (全連接層)
    - 卷積層
    - 最大池化層
    - 展平層
    - 嵌入層

- ❖ 損失函數:
    - 均方誤差
    - 交叉熵
- ❖ 前向傳播
- ❖ 反向傳播
- ❖ 梯度消失、梯度爆炸
- ❖ Glorot 權重初始化
- ❖ 批次正規化
- ❖ 丟棄法
- ❖ 優化器:
    - 隨機梯度下降法
    - Adam
- ❖ 優化器超參數:
    - 學習率 η
    - 批次量

自然語言處理實戰演練 (三)： RNN 循環神經網路

本章要介紹專用來做自然語言處理的神經網路 - **循環神經網路** (**Recurrent Neural Networks, RNN**)。RNN 不但可以處理自然語言等依照特定順序出現的資料, 就連金融資訊、溫度變化等任何時間序列資料皆可應付, 用途非常廣泛。我們先介紹 RNN 的基本理論, 並同樣用於影評分類, 跟前一章的模型 PK 看看表現如何。

> ◆★註 RNN 適合處理自然語言、價格波動 (股價)、銷售數字、溫度與疾病發生率 (流行病學相關) 等任何以時間序列出現的資料。儘管自然語言處理以外的 RNN 應用並不在本書範圍內, 但我們將相關資源整理在 jonkrohn.com/resources 的《Time Series Prediction》一欄, 之後你可以本章學到的知識為基礎, 參考上述網址為各種時間序列資料建立模型。

13.1 RNN 循環神經網路

13.1.1 RNN 的基本概念

我們從以下英文的句子看起:

Jon and Grant are writing a book together. They have really enjoyed writing it.

人腦應該很容易根據第 1 句理解第 2 句的意思, 第 2 句開頭的「They」是指前面的人名 Jon and Grant, 「it」則表示 book。儘管這對讀者來說很容易, 但對神經網路而言可沒那麼簡單。

上一章建立的 CNN 模型器要觀察特定單字, 只能從前後兩個單字著手 (濾鏡長度為 3), 由於滑動窗口很小, 跨越的單字不多, 神經網路無法從第 2 句得知「They」或「it」可能是指什麼。而人腦之所以能理解, 是因為大腦思緒能不斷「循環」, 回溯前一句所看到的, 運用資訊來分析當前這一句的情

況, RNN 就用上了這種「循環」概念, 讓資訊在模型內不斷循環。下圖就是 RNN 跟密集神經網路最明顯的差異, 即中間層具備循環機制, 變成循環層：

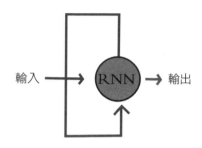

▲ 圖 13.1：RNN 中間層的循環機制

　　循環層是怎麼運作呢？以上面的英文句子為例, 句子內的每個單字依序 (依時序一個接著一個) 進入 RNN 模組內 (為簡化篇幅, 下圖只顯示前 4 個單字)：

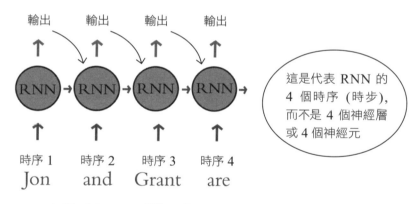

▲ 圖 13.2：RNN 運作原理

　　上圖代表 RNN 層在「不同的時間點 (時序)」的處理情況, 文字序列一個接一個餵進神經網路, 首先處理 Jon 這個輸入值, 得到一個輸出, 接著處理 Grant 時, 除了 Grant 外, 也一併處理前一個時間點 (註：或稱前一個「時步」)「處理 Jon 後得到的輸出值」, 這樣就能把 Jon 跟 Grant 關聯起來了。如此依序進行下去, RNN 就能從第 1 句學到「Jon」與「Grant」正在寫書, 並將這兩個單字與後面時間點, 即第 2 句出現的「They」聯想在一起。

　　與密集神經網路、CNN 相比, RNN 在計算上更複雜, 而且在訓練時也很容易發生第 9 章提到的「**梯度消失 (Vanishing gradient)**」問題, 即時間點一多則可能發生「**記憶消失**」的問題, 也就是只能維持短期記憶, 卻很難保持長期記憶 (編:時間一久, 之前的就記不住啦!)。因此, 對 RNN 模型來說, 後面時間點出現的資料往往會比前面時間點的資料更具影響力[*註]。

13.1.2　用 tf.Keras 實作 RNN

　　接著我們就實作看看, 請參考本章的《ch13-rnn_sentiment_classifier.ipynb》範例, 除了 RNN 的程式, 其他部分都跟前一章密集神經網路、CNN 範例一樣。有差異的是超參數設置與神經網路架構。

設定超參數

　　RNN 分類模型的超參數如下:

```
# 輸出目錄名稱
output_dir = '/content/drive/MyDrive/(您的雲端硬碟儲存路徑)/Ch13/ 接下行
    model_output/rnn'

# 訓練
epochs = 16   # 增加訓練週期 ←①
batch_size = 128

# 詞向量空間
n_dim = 64
max_review_length = 100 ←②
n_unique_words = 10000  ←③
pad_type = trunc_type = 'pre'
drop_embed = 0.2

# RNN的循環層參數
n_rnn = 256 ←④
drop_rnn = 0.2
```

*註　先提一下, 往後訓練時, 若您認為影評「開頭」出現的字比「結尾」重要, 可將整個影評的單字順序整個倒過來再輸入模型, 實驗看看結果會不會比較好。

❶ 通常訓練 RNN 不會太早出現過度配適, 因此增加訓練週期為 16 週期。

❷ 將 max_review_length 降為 100。我們先試試 100, 但 100 對於 RNN 來說可能還是太多, 若搭配 RNN 的變體 - LSTM (下一節會介紹) 還勉強可以。依經驗, RNN 在做反向傳播時, 梯度可能約 10 個時步就會完全消失, 沒關係我們先試試。

❸ 本章只要是 RNN 架構的分類模型, 詞向量的詞彙量一律加倍, 也就是 10000 個字。

❹ 在循環層的參數方面, 設定 n_rnn=256, 也就是說此循環層有 256 個單元 (unit), 這些單元也可稱為 cell。就像之前的 CNN 模型用了 256 個長度為 3 的濾鏡來偵測 256 種不同的 3 連字的詞義 (指的是於詞向量空間中的位置), 現在 RNN 也能藉由這些 cell 偵測 256 種文字序列的詞義。

RNN 分類模型架構

RNN 模型的架構如下：

```
from tensorflow.keras.layers import SimpleRNN # new!

model = Sequential()
model.add(Embedding(n_unique_words, n_dim,
                    input_length=max_review_length))
model.add(SpatialDropout1D(drop_embed))
model.add(SimpleRNN(n_rnn, dropout=drop_rnn))
model.add(Dense(1, activation='sigmoid'))
```

之前隱藏層內的卷積層或密集層現在改以 SimpleRNN() 層替代, 由於它可設定 dropout 參數, 所以不用另外加 dropout 層。此外, 之前有在卷積層後放加一些密集層, 但循環層後加密集層並不多見, 因為對提升性能沒明顯作用。讀者可自行增加 Dense() 層來試驗看看, 這裡就略過, 直接接輸出層。

編譯、訓練模型

《ch13-rnn_sentiment_classifier.ipynb》範例當中的編譯、定期儲存參數與訓練模型等步驟跟之前的模型大同小異,讀者若對當中程式不了解可參考 12.3 節的說明。底下節錄 RNN 模型各幾個週期的訓練成果:

```
Epoch 1/16
196/196 [==============] - 68s 336ms/step - loss: 0.6989 - accuracy: 0.5101 - val_loss: 0.6871 - val_accuracy: 0.5867
Epoch 2/16
196/196 [==============] - 65s 334ms/step - loss: 0.6705 - accuracy: 0.5747 - val_loss: 0.6504 - val_accuracy: 0.5970
Epoch 3/16
196/196 [==============] - 66s 335ms/step - loss: 0.5878 - accuracy: 0.6872 - val_loss: 0.5614 - val_accuracy: 0.7083
Epoch 4/16
196/196 [==============] - 66s 335ms/step - loss: 0.5088 - accuracy: 0.7484 - val_loss: 0.6683 - val_accuracy: 0.6570
Epoch 5/16
196/196 [==============] - 66s 335ms/step - loss: 0.4607 - accuracy: 0.7856 - val_loss: 0.6262 - val_accuracy: 0.6543
Epoch 6/16
196/196 [==============] - 66s 337ms/step - loss: 0.4712 - accuracy: 0.7690 - val_loss: 0.7366 - val_accuracy: 0.6804
Epoch 7/16
196/196 [==============] - 66s 335ms/step - loss: 0.4157 - accuracy: 0.8112 - val_loss: 0.7673 - val_accuracy: 0.6695
```

▲ 圖 13.3:RNN 訓練模型結果

並試著計算 AUC 值:

```
model.load_weights(output_dir+"/weights.05.hdf5")
y_hat = model.predict(x_test)
"{:0.2f}".format(roc_auc_score(y_test, y_hat)*100.0)
```

```
72.60
```

可看到結果並不令人驚豔,驗證資料 (val_loss) 有增加的趨勢,算出最佳週期的 AUC 值也比上一章的密集神經網路、CNN 模型差上不少,但這並不太意外,正如前面提過,RNN 在做反向傳播時,梯度大概只能撐個 10 個時步,再多就會有「記憶消失」的問題。因此,像本例這種單純型的 RNN 在實務中很少見,一般會改用 LSTM 等較複雜的循環神經網路來實作,緊接著就來看看。

13.2 LSTM (長短期記憶神經網路)

　　既然 RNN 有難以保持長期記憶的問題, 因此就有「長期」記憶或「短期」記憶都可以保留下來的 **LSTM (Long short-term memory, 長短期記憶神經網路)** 模型[*註]被提出來, 本例的影評上下文範圍較廣, 就適合用 LSTM。

　　LSTM 模型當中最重要的就是 LSTM 層, 基本概念和前面用 SimpleRNN() 建立的單純 RNN 層一樣, 從序列資料接收輸入資料, 然後處理下個時步的資料時, 一併處理前一個時步的輸出值。不過 LSTM 層內的 cell 結構複雜很多, 內部的結構就類似電路, 以稱為「**閘門 (gate)**」的功能判斷過去時間點的資料「可以忘記」或「不可以忘記」, 如下圖所示：

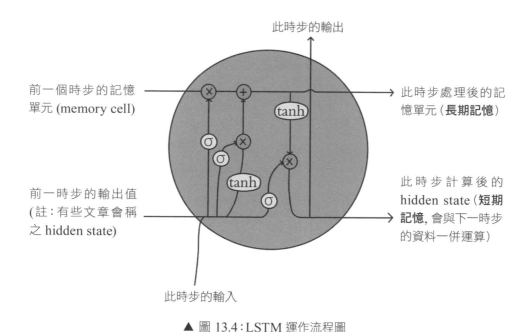

▲ 圖 13.4：LSTM 運作流程圖

[*註] LSTM 由 Sepp Hochreiter 與 Jürgen Schmidhuber 於 1997 年提出。Hochreiter, S., & Schmidhuber, J. (1997). Long short-term memory. Neural Computation, 9, 1735 - 80。

　　內部的結構有點複雜, 本書不會對當中涉及的數學運算一一說明, 我們只要掌握一些重要概念就好。首先看到上圖最上面那條由左而右的直線路徑, 這條路徑統整了一筆「長期記憶」, 稱做**記憶單元 (memory cell)**, cell 的狀態 (cell state) 就代表了長期記憶。而底下那一大堆運算是要決定哪些資料可以忘記, 即從記憶單元中刪除 (就像人的記憶會隨時間消退, 只保留重要的部份一樣)。或者判斷新時步的資料是否要加入到記憶單元中, 以供後續使用; 又或者判斷哪些資料需要從記憶單元中取出來繼續用, 也就是做為下一個時步的輸入。

　　任何新時步的資料進入記憶單元前, 得先通過 sigmoid 激活函數 (在圖中以 σ 表示) ；由於 sigmoid 激活函數輸出的值一定會介於 0 到 1 之間, 所以可以充當「**閘門 (Gate)**」, 來決定是否加入到記憶單元。

　　當前時步會收到的新資訊, 當然就是當前時步的輸入 (input) 與前一時步算出的輸出值 (我們稱之為 hidden state)。上圖左邊第一個 σ 是做為第一道 sigmoid 閘門, 會決定前一時步傳來的單元狀態只能保留多少, 以因應新資訊的進入 (就像人的記憶會隨時間消退, 只保留重要的部份一樣), 這稱為**遺忘閘 (Forget gate)**。

　　搭配 tanh (圖 13.4 靠左下) 的第二道 sigmoid 閘門 (圖 13.4 第二個 σ) 則會控制新資訊進入記憶單元的比例 (就跟我們無法完整記憶某一瞬間發生的所有事, 只能記得一部分一樣), 這稱為**輸入閘 (Input gate)**。

　　將新資訊與記憶單元狀態合流後, LSTM 會用第三道 sigmoid 閘門, 控制「當前時步的新資訊」與「新的單元狀態」(以圖 13.4 靠左下的 tanh 控制) 會如何影響當前時步的輸出 (output), 並更新 hidden state, 往下一時步傳遞, 這稱為**輸出匣 (Output gate)**。

> **◆星◆註** 如果您想更深入了解 LSTM 內部的運作, Christopher Olah 有篇圖文
> 並茂的文章相當清楚, 有興趣的讀者可參考 bit.ly/colahLSTM。

13.2.1 用 tf.Keras 實作 LSTM

儘管結構上複雜很多, 但用 tf.Keras 實作 LSTM 其實相當容易, 我們將範
例收錄在《ch13-lstm_sentiment_classifier.ipynb》。除了以下幾點, 基本上
與之前的單純 RNN 差不多：

● 輸出目錄名稱改了。

● 由於 LSTM 比單純 RNN 更容易過度配適訓練資料, 因此將訓練週期減為
  4 就好。

底下是 LSTM 分類模型的超參數：

```
# 輸出目錄名稱：
output_dir = '/content/drive/MyDrive/(您的雲端硬碟儲存路徑)/Ch13/ 接下行
    model_output/LSTM'

# 訓練
epochs = 4
batch_size = 128

# 詞向量空間
n_dim = 64
n_unique_words = 10000
max_review_length = 100
pad_type = trunc_type = 'pre'
drop_embed = 0.2

# LSTM 層架構
n_lstm = 256
drop_lstm = 0.2
```

13.2.2 LSTM 分類模型架構

在架構方面, 此模型除了用 LSTM() 層取代 SimpleRNN() 層, 基本上與之前的 RNN 差不多：

```
from tensorflow.keras.layers import LSTM

model = Sequential()
model.add(Embedding(n_unique_words, n_dim,
                    input_length=max_review_length))
model.add(SpatialDropout1D(drop_embed))
model.add(LSTM(n_lstm, dropout=drop_lstm))
model.add(Dense(1, activation='sigmoid'))
```

LSTM 型情感分類模型架構

本範例的訓練全程都收錄在範例《ch13-lstm_sentiment_classifier. ipynb》, 讀者可以實際跑看看, 模型的驗證損失最低點出現在第 2 訓練週期 (val_loss = 0.349), 此時驗證資料準確率為 84.8%, AUC 值則為 92.8%。不出所料, 訓練成效比前面的單純 RNN 更好。

13.3 雙向 LSTM (Bi-LSTMs)

雙向 LSTM (Bidirectional LSTMs, Bi-LSTMs) 是標準 LSTM 的一個變體。標準 LSTM 的跨時步反向傳播是單向的 (比如說從影評結尾往開頭的方向), Bi-LSTM 的則是雙向。額外的反向傳播雖然增加了運算, 但這就好比我們我們想匯款到某個帳號, 可能會正著看一遍, 再反著看一次, 這樣或許能發現原本沒發現的錯誤。Bi-LSTM 也是這種概念,它會分別以正向和反向的方式處理資料, 接著再把處理完的結果合併起來, 如此一來就有可能取得單向處理時漏掉的特徵。

將 LSTM 架構改為 Bi-LSTM 很簡單, 只要將 LSTM() 層加入 Bidirectional() 即可：

```
from tensorflow.keras.layers import LSTM
from tensorflow.keras.layers import Bidirectional # 新！

model = Sequential()
model.add(Embedding(n_unique_words, n_dim,
                    input_length=max_review_length))
model.add(SpatialDropout1D(drop_embed))
model.add(Bidirectional(LSTM(n_lstm, dropout=drop_lstm)))
model.add(Dense(1, activation='sigmoid'))
```

Bi-LSTM 分類模型 的架構

範例《ch13-bi_lstm_sentiment_classifier.ipynb》內有訓練全紀錄, 將 LSTM 改成 Bi-LSTM 後模型的數據更好了, 驗證損失最低點出現在第 4 個 週期 (0.331), 此時驗證準確率為 86.0%, AUC 為 93.5%。

> **★註** 由於 LSTM 的結構有點複雜, 因此就有改良版出現, 稱為**閘控循環單元 (gated recurrent unit, GRU)**, 為了精簡結構, GRU 把 LSTM 的輸入閘與遺忘閘合併成「**更新閘 (Update gate)**」, 而且少了記憶單元與輸出閘, 但增加了「**還原閘 (Reset gate)**」。
>
> 整體來說比 LSTM 擁有更好的效能。用 tf.Keras 實作 GRU 只要調用 GRU() 層相關模組, 然後用它取代模型架構內的 LSTM() 層就好, 有興趣的讀者可以參考範例《ch13-gru_sentiment_classifier.ipynb》。

13.4 以「函數式 API」建構非序列式 NLP 模型

從前一章到現在, 我們嘗試了各種神經網路模型來比較成效, 要用深度學習解決特定問題, 解法有無限多種, 只要能有效解決問題的就是好模型。本章最後我們從模型的建構方式來下手。到目前為止我們都只用 Sequential() 來設計序列式模型, 資料流不管怎麼設計都得依序經過每一道神經層, 創造力因而受限。

儘管大部份深度學習模型都是序列式架構, 但有時候若採用「非序列式」架構, 可讓模型擁有無限的可能性, 例如在中間層臨時插入輸入或輸出 ; 或者將某神經層輸出的激活值與其它層共享...等等彈性設計, 想建構這種非序列式模型, 可改用 tf.Keras 的**函數式 API (functional API)**, 取代本書用到現在的 Sequential() 模型。

模型構想

為了嘗試用非序列式架構來提升模型效能, 我們將著手改造這兩章一路嘗試下來訓練成效最好的 CNN 分類模型 (第 12 章), 對該模型不熟悉的請回頭複習一下第 12 章。整個構想是在嵌入層 (Embedding()) 後面放三道「並行」的卷積層, 讓詞向量資料流從嵌入層出來後兵分三路, 各往一個卷積層邁進, 如下圖所示 :

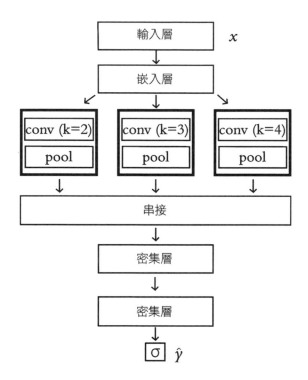

▲ 圖 13.5：非序列式模型架構

各卷積層的設定則與前一章的《ch12-convolutional_sentiment_classifier.ipynb》範例一樣, 只有濾鏡長度有差異, 第一道卷積層的濾鏡維持 3；中間那道卷積層濾鏡長度為 2；最右邊那一道卷積層濾鏡長度則為 4。透過各種檢視範圍的卷積處理, 看能否讓模型的能力更上一層樓。

超參數設定

底下是這個兵分三路卷積模型的超參數設定, 完整程式收錄在《ch13-multi_convnet_sentiment_classifier.ipynb》。

▼ 超參數設定

```
# 輸出目錄名稱：
output_dir = '/content/drive/MyDrive/(您的雲端硬碟儲存路徑)/Ch13/ 接下行
    model_output/ multiconv '

# 訓練：
epochs = 4
batch_size = 128

# 嵌入詞向量空間：
n_dim = 64
n_unique_words = 5000
max_review_length = 400
pad_type = trunc_type = 'pre'
drop_embed = 0.2

# 卷積層架構：
n_conv_1 = n_conv_2 = n_conv_3 = 256   ←  只多了與三並行卷積層相
k_conv_1 = 3 ┐                            關的超參數, 並行的三卷
k_conv_2 = 2 ├ 濾鏡長度 (k) 均不同,       積層各有 256 個濾鏡
k_conv_3 = 4 ┘  2 到 4 都有

# 密集層架構：
n_dense = 256
dropout = 0.2
```

模型架構

這 3 個並行卷積模型架構採用了函數式 API 的寫法, 我們挑跟之前有差異的地方來說明:

```python
from tensorflow.keras.models import Model
from tensorflow.keras.layers import Input, concatenate

# 輸入層
input_layer = Input(shape=(max_review_length,),          ❶
                    dtype='int16', name='input')

# 嵌入層：        ❷
embedding_layer = Embedding(n_unique_words, n_dim,
                            name='embedding')(input_layer)
                                                    ❸
drop_embed_layer = SpatialDropout1D(drop_embed,
                            name='drop_embed')(embedding_layer)
                            ❹

# 三並行卷積層：    ◀── ❺
conv_1 = Conv1D(n_conv_1, k_conv_1,
                activation='relu', name='conv_1')(drop_embed_layer)
❻
maxp_1 = GlobalMaxPooling1D(name='maxp_1')(conv_1)

conv_2 = Conv1D(n_conv_2, k_conv_2,
                activation='relu', name='conv_2')(drop_embed_layer)
maxp_2 = GlobalMaxPooling1D(name='maxp_2')(conv_2)

conv_3 = Conv1D(n_conv_3, k_conv_3,
                activation='relu', name='conv_3')(drop_embed_layer)
maxp_3 = GlobalMaxPooling1D(name='maxp_3')(conv_3)

# 將三資料流的特徵圖串接為一
concat = concatenate([maxp_1, maxp_2, maxp_3])          ❼

# 密集隱藏層：
dense_layer = Dense(n_dense,
                activation='relu', name='dense')(concat)
drop_dense_layer = Dropout(dropout, name='drop_dense')(dense_layer)
dense_2 = Dense(int(n_dense/4),                          ❽
                activation='relu', name='dense_2')(drop_dense_layer)
```

接下頁

```
dropout_2 = Dropout(dropout, name='drop_dense_2')(dense_2)

# sigmoid 輸出層：
predictions = Dense(1, activation='sigmoid', name='output')
(dropout_2)

# 建立模型：
model = Model(input_layer, predictions) ← ⑩
```
⑨

　　若不常用 tf.Keras 的 Model 類別，此架構可能會看起來有點「玄」，但只要一行行拆開來看，其實相當單純，大致上就把各層視為函數一樣，有需要時呼叫來用即可：

❶ 使用 Model 類別時，要特別用 Input() 設定輸入層，而非像 Sequential() 那樣用 input_shape 參數傳遞給第 1 隱藏層。輸入資料類型 (dtype) 明確設為 16 位元整數 (int16)，最大可到 32,767，對我們要輸入的單字索引來說夠了。此模型所有神經層都以參數 name 設定名稱，之後要顯示模型摘要 (使用 model.summary()) 時會比較容易理解。

❷ 每道神經層均以 input_layer、embedding_layer、conv_1、conv_2、conv_3... 等獨立變數表示，方便之後呼叫來用。

❸ 使用 Model 類別最值得注意的語法，就是每個神經層最後面接的那組括號，裡面的變數名稱是對應「它上一層的神經層」，也就是要接收該層的輸出，這語法對函數程式設計開發人員來說應該再熟悉不過。比方說，embedding_layer 那行的第 2 組括號內為 input_layer，代表嵌入層得接收輸入層傳過來的資料。

❹ Embedding() 層與 SpatialDropout1D 層的參數與前面模型無異。

❺ SpatialDropout1D 層 (變數名稱為 drop_embed_layer) 的輸出會兵分三路，各自進入不同的並行卷積層：conv_1、conv_2 和 conv_3。

❻ 兵分三路的卷積層各由一個 Conv1D 層 (濾鏡長為 k_conv) 與一個 GlobalMaxPooling1D 層組合而成。

❼ 三卷積層各自 GlobalMaxPooling1D 層輸出的激活值 (特徵圖) 進入 concatenate() 層後 (參數為 [maxp_1, maxp_2, maxp_3]), 會被串接為單一 激活值陣列。

❽ 合而為一的激活值 (特徵圖) 會繼續進入後面的兩密集隱藏層, 這兩層均套 用 Dropout()。(第 2 密集層的神經元數只有第 1 密集層的 1/4, 即 n_dense/4。)

❾ sigmoid 神經元輸出預測值, 配給變數 predictions。

❿ 最後, Model 類別將所有神經層用兩參數串成同一模型：即最前面的輸入 層與最後面的輸出層的變數名稱 (input_layer 與 predictions)。

```
model = Model(input_layer, predictions)
```

編譯、訓練模型

之後的編譯、訓練模型步驟跟之前的模型大同小異, 就留給讀者自行開 啟《ch13-multi_convnet_sentiment_classifier.ipyn》範例跑看看囉。我們精 心打造的並行卷積神經網路架構最後終於讓效能又往上提高一些, 成為本章 表現最棒的分類模型。最低驗證損失出現在第 2 訓練週期 (0.262), 此時驗證 準確率達 89.4%, AUC 則高達 96.2%, 與前面的「序列式」卷積模型相比又 增加了 0.1%, 訓練詳情請參見範例的內容。

> **★編註** 「函數式 API」看起來有點不熟, 但它很有用。我們在下一章會再 使用它建立 GAN 模型, 如果讀者有興趣可閱讀書末參考書目 Ref 2.「tf.keras 技術者們必讀！深度學習攻略手冊」, 對函數式 API 有更詳盡的説明。

13.5 總結

本章一口氣實作了多種 RNN 系列 (RNN、LSTM 與 GRU) 模型, 以判斷影評為正評還是負評。連同第 12 章的結果來看, 前一節用「函數式 API」建構而成的 CNN 模型似乎最好, 不過筆者認為若資料集的的規模更大, 那 Bi-LSTM 型的表現可能會勝過 CNN 型, 以上經驗供讀者參考。

重要名詞整理

以下是到目前為止提過的重要名稱, 本章新介紹的以加外框顯示。

❖ 權重參數:

- 權重 w

- 偏值 b

❖ 激活值 a

❖ 激活函數

- sigmoid

- tanh

- ReLU

- softmax

- linear

❖ 輸入層

❖ 隱藏層

❖ 輸出層

❖ 神經層類型:

- 密集層 (全連接層)

- 卷積層

- 最大池化層

- 展平層

- 嵌入層

- RNN

- (雙向) LSTM

- 函數式 (functional) API

接下頁

❖ 損失函數:

- 均方誤差

- 交叉熵

❖ 前向傳播

❖ 反向傳播

❖ 梯度消失、梯度爆炸

❖ Glorot 權重初始化

❖ 批次正規化

❖ 丟棄法

❖ 優化器:

- 隨機梯度下降法

- Adam

❖ 優化器超參數:

- 學習率 η

- 批次量

❖ word2vec

藝術生成實戰演練：GAN (Generative Adversarial Network)

到目前為止, 我們請神經網路模型做的事都是辨識資料、預測結果, 這類模型統稱為**識別模型** (discriminative model), 不過神經網路也可以用來「產生」新資料（例如生成圖片、文章等）, 這類模型則統稱為**生成模型 (generative model)**。第 3 章我們介紹深度學習在藝術創造方面的應用就看到, 神經網路可以創造出新穎、獨特、甚至稱得上是藝術的視覺影像。本章就來結合第 10 章的 CNN、第 13 章的函數式 API 模型建構法, 並加上幾個新類型的神經層, 打造出能模仿手繪塗鴉的**對抗式生成網路 (Generative Adversarial Network, GAN)**。

14.1　GAN 的基本概念

GAN 基本上是由兩個相互「對抗」的神經網路組成, 一個為**生成器 (generator)** 網路, 負責偽造影像；另一個為**鑑別器 (discriminator)** 網路, 負責判斷眼前的是真品, 還是生成器製造的假貨。兩者的運作概念如下圖所示, 生成器 (左) 負責將輸入的隨機雜訊 z 轉為偽造影像, 然後鑑別器 (右) 負責進行二元分類, 辨識影像真偽：

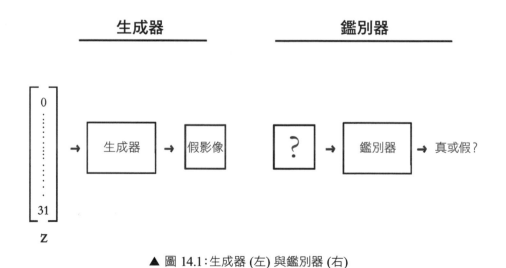

▲ 圖 14.1：生成器 (左) 與鑑別器 (右)

　　兩個網路經過幾回合訓練後，生成器就能製造出更逼真的假貨，鑑別器也會提升檢驗真假貨的能力，兩模型都為了勝過對方而不斷精進，藉由對抗性的互動在各自的任務上越發老練。針對 GAN 的訓練，基本上就是讓鑑別器與生成器不斷「輪流」訓練，兩者其中一個在訓練時，另一個就暫停訓練，單純輸出結果 (生成假影像或判斷影像真假)，訓練中的模型就會根據這些結果學習如何改善。

14.1.1　鑑別器 (discriminator) 的訓練概要

　　接著就依序介紹這兩個神經網路的訓練程序，先從**鑑別器**開始。在訓練鑑別器時，生成器只負責生成假影像，不會進行訓練，運作的示意圖如下：

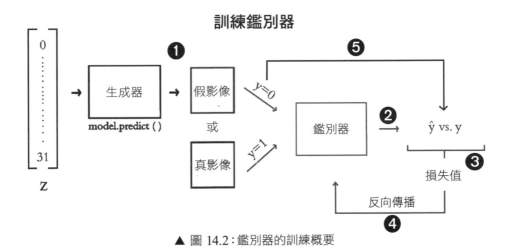

▲ 圖 14.2：鑑別器的訓練概要

❶ 生成器 (在訓練鑑別器時，生成器只輸出不訓練) 生成假影像，並混入一批真影像中，配上各自的標籤一併送進鑑別器，讓鑑別器可以根據結果不斷精進。

❷ 鑑別器對各影像樣本產生預測結果 (真或假)。

❸ 比較「鑑別器的預測值」與「正確答案」的差異，計算損失值。

❹ 以反向傳播修正鑑別器的參數，求損失值最小化，讓鑑別器更能分辨真假影像。

❺ 注意，這裡要將生成器產生的假貨配上 0 的標籤。

14.1.2 生成器 (generator) 的訓練概要

接著來看**生成器**的訓練。在訓練生成器時, 鑑別器只負責判斷生成器偽造的假影像是否為真, 本身不會進行訓練, 而生成器則根據鑑別器的判斷結果來精進學習, 希望做出假影像讓鑑別器把假影像都誤判為真。訓練生成器的流程如下:

訓練生成器

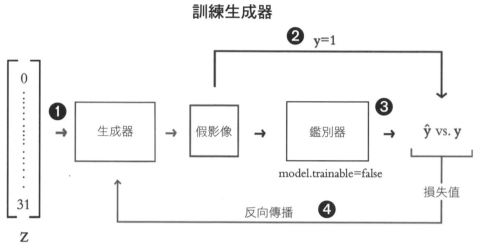

▲ 圖 14.3 : 生成器的訓練概要

❶ 生成器接收一組隨機雜訊 (z 向量) 作為輸入, 然後輸出一張假影像。此隨機雜訊 z 向量是從第 3 章介紹過的潛在空間 (latent space) 取樣出來, 潛在空間聽起來有點抽象, 但白話來說就是指真圖濃縮後的特徵, 生成器要做的事就是從潛在空間取樣, 將隨機雜訊 z 轉換成一張仿真的影像。

❷ 將生成器生成的假影像輸入鑑別器。這裡的重點是「假影像的標籤 y 要設為 1」, 因為生成器希望它們被鑑別器誤判為真。如果鑑別器預測的 $\hat{y}$ 亦為 1, 則 $\hat{y} = y$, 損失函數值最小, 生成器就成功了。反之, $\hat{y}$ 為 0, 則損失函數值變大, 生成器就要修正權重參數以生成品質更好的影像了。

❸ 鑑別器 (在訓練生成器時, 鑑別器只做預測不訓練) 辨識混雜了真假的影像樣本, 產生每個樣本的預測結果。可能把假貨當成真的, 當然, 也可能把真貨誤判為假的。

❹ 生成器根據損失值來修正參數。具體地說, 生成器能從鑑別器的預測結果中, 知道自己偽造的假影像是否騙過鑑別器, 不斷精進學習。藉由將損失值最小化, 漸漸學會如何生成更逼真的假貨。

> ★註 重申一次, 在生成器訓練階段, 鑑別器是暫停訓練的, 方法是凍結鑑別器的參數, 因此留意到上圖的鑑別器底下顯示 model.trainable=false, 待會實作時會再詳加說明怎麼做。

在 GAN 開始訓練之際, 生成器尚在狀況外, 完全不知該拿輸入的隨機雜訊 z 怎麼辦, 所以生成的影像也只是一堆隨機雜訊, 但隨著一輪輪訓練過去, 生成器逐漸揣摩出真實影像的細微特徵, 偽造手法越趨純熟, 甚至能生成足以騙過鑑別器的 A 級假貨。當然, 鑑別器也從真實影像中學到更多複雜、細微的特徵, 變得越來越難騙。生成器與鑑別器就在這一來一往的訓練中互相砥礪, 愈來愈精進。

不過, 兩個神經網路對抗到某種程度便會陷入僵局, 再訓練下去兩者都不太會進步, 此時通常會將鑑別器放一邊, 只留下生成器供後續應用, 只要輸入左頁圖看到的隨機雜訊 (z 向量), 生成器就能根據在對抗式網路受訓的經驗輸出風格匹配的影像。例如若使用大型名流頭像資料集訓練, GAN 便可偽造出幾可亂真的「虛擬名流」大頭照。

不過考量到初學, 本章不會把範例弄太複雜, 後面會以手繪塗鴉做為訓練資料集, 讓 GAN 學習生成各種圖案, 緊接著來看如何下載並處理這些塗鴉資料集給 GAN 訓練吧!

▲ 圖 14.4:《限時塗鴉!(Quick, Draw!)》遊戲的真人參賽者畫出來的塗鴉。裡面有棒球、籃球、蜜蜂

14.2 《限時塗鴉!》資料集

我們在第 1 章鼓吹讀者去玩《限時塗鴉!》 (quickdraw.withgoogle.com) 產生塗鴉, 為世界最大的塗鴉資料集盡一份心力。在撰寫本文時, 《限時塗鴉!》資料集樣本已達 5000 萬, 類別多達 345 種, 本章建構的 GAN 會用蘋果類的塗鴉影像來訓練[*註]。

[*註] 當您看完本章, 同時手邊的運算資源夠多（建議用多個 GPU）, 可以同時用好幾種類別訓練, 甚至將全部 345 類都用上, 不過連我們都沒嘗試過, 不知道能否訓練出來!

14.2.1 取得資料集

《限時塗鴉！》的原始資料集可從 GitHub 儲存庫 (bit.ly/Qdrepository) 下載, 上面有多種格式可選擇, 包括原始、未經修改的影像, 以及經過預處理的資料。而我們使用的是預處理過的資料 (經平移、置中、縮放調整過), 資料已轉成 NumPy 格式 (.npy), 讀者可以從 bit.ly/QDdata 下載：

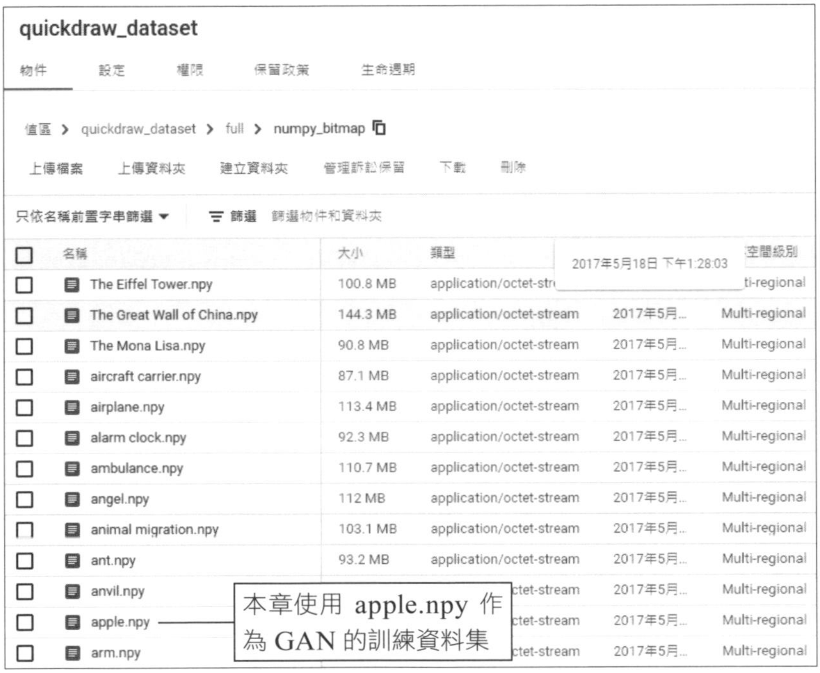

▲ 圖 14.5：下載資料集

我們已經將 apple.npy 附在本章的「quickdraw_data」資料夾內, 請記得將這一章的 Ch14 資料夾複製到 Google 雲端硬碟, 完整路徑為：

(您的雲端硬碟路徑) /Ch14/quickdraw_data/apple.py ←

若您將資料改存在其他目錄或更改檔案名稱 (例如你之後想試試其他類的影像時), 別忘了要修改名稱

14.2.2　匯入模組並載入資料集

　　首先一樣是載入相關套件, 本章範例《ch14-generative_adversarial_network.ipynb》要載入的模組如下所示:

```
# 資料輸入輸出所需套件:
import numpy as np
import os


# 深度學習所需套件:
from tensorflow.keras.models import Model
from tensorflow.keras.layers import Input, Dense, Conv2D, Dropout
from tensorflow.keras.layers import BatchNormalization, Flatten
from tensorflow.keras.layers import Activation
from tensorflow.keras.layers import Reshape # 新!
from tensorflow.keras.layers import Conv2DTranspose, UpSampling2D # 新!
from tensorflow. keras.optimizers import RMSprop # 新!


# 繪圖所需套件:
import pandas as pd
from matplotlib import pyplot as plt
```

頭一回用的有 3 個新神經層與 RMSProp 優化器 (第 9 章介紹過), 其他套件在前面都出現過, 新模組的用法後續再一一介紹。底下先載入資料集:

```
data_dir='/content/drive/MyDrive/(您的雲端硬碟路徑)/Ch14/ 接下行
    quickdraw_data'
input_images = data_dir + "/apple.npy"


data = np.load(input_images) ◄── 載入 apple.npy
```

14.2.3 查看資料集內容

載入資料集後呼叫 data.shape 來看看：

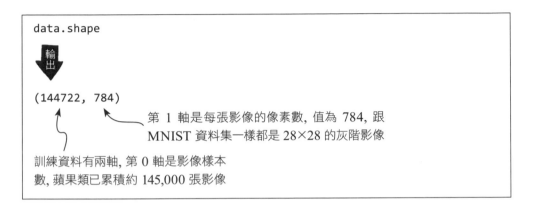

讀者可自行查看任一張影像, 比方說想看第 4,242 張影像只要執行 data[4242] 就好, 不過此時像素仍是以一軸陣列呈現, 不好辨識 (註：這裡就不印出來了, 讀者可自行執行範例看看), 若想看清各影像的模樣, 得先做些處理, 如下：

```
data = data/255  ◀━❶
data = np.reshape(data,(data.shape[0],28,28,1))  ◀━❷
img_w,img_h = data.shape[1:3]  ◀━❸
```

❶ 按照之前處理 MNIST 數字的步驟, 將所有像素值除以 255 做正規化, 變成介於 0 與 1 之間的值。

❷ 鑑別器神經網路的第 1 隱藏層是處理 2 軸資料的卷積層, 所以用 NumPy 的 reshape() 將原本 1×784 的影像陣列重塑為 28×28。由於影像為單色, 所以第 3 軸 (最後一軸, 即顏色通道數) 為 1；若處理的是全彩影像, 此處就要改為 3。

❸ 將影像寬 (img_w) 與高 (img_h) 先存下來, 之後會用到。

處理後, 執行以下程式就能畫出蘋果類第 4,242 張塗鴉的內容:

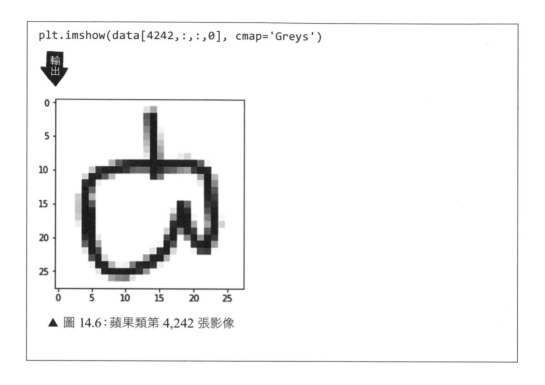

```
plt.imshow(data[4242,:,:,0], cmap='Greys')
```

▲ 圖 14.6: 蘋果類第 4,242 張影像

14.3 建構鑑別器 (discriminator) 神經網路

認識完資料集, 接著就先來建構**鑑別器**神經網路。鑑別器的本質其實就是一個 CNN 分類模型, 這裡會用上第 10 章介紹過 Conv2D 層與第 13 章最後介紹的 Model 類別 (即函數式 API) 來建構。

14.3.1 鑑別器的架構

首先我們定義一個 build_discriminator() 來建構鑑別器, 模型是採用函數式 API 方式來建立, 鑑別器的架構如下：

```
def build_discriminator(depth=64, p=0.4):

    # 定義輸入
    image = Input((img_w,img_h,1))  ←——❶

    # 卷積層
    conv1 = Conv2D(depth*1, 5, strides=2,
                    padding='same', activation='relu')(image)
    conv1 = Dropout(p)(conv1)

    conv2 = Conv2D(depth*2, 5, strides=2,
                    padding='same', activation='relu')(conv1)
    conv2 = Dropout(p)(conv2)

    conv3 = Conv2D(depth*4, 5, strides=2,
                    padding='same', activation='relu')(conv2)
    conv3 = Dropout(p)(conv3)

    conv4 = Conv2D(depth*8, 5, strides=1,
                    padding='same', activation='relu')(conv3)
    conv4 = Flatten()(Dropout(p)(conv4))

    # 輸出層
    prediction = Dense(1, activation='sigmoid')(conv4)

    # 定義模型
    model = Model(inputs=image, outputs=prediction)

    return model
```

　　以往的範例都是直接建立模型架構, 但這次改定義在獨立函式 build_discriminator() 內, 呼叫此函式便會傳回建構好的模型物件, 我們一段一段來看:

❶ 輸入影像維度為 28×28, 藉由變數 img_w 與 img_h 傳遞給輸入層。

❷ 4 層隱藏層, 均為卷積層。

❸ 卷積層的濾鏡數從第 1 隱藏層的 64 個 (輸出的特徵圖深度為 64) 開始逐層倍增, 到第 4 隱藏層已經變成 512 個 (特徵圖深度也變為 512), 濾鏡增加雖會增加模型參數與複雜度, 但也能提高 GAN 生成影像的品質, 本例用這個數量應該夠了。

❹ 濾鏡寬高一律設為 5×5, 雖然之前用 3×3 濾鏡表現也很好, 但 GAN 適合用稍大一點的濾鏡。

❺ 前 3 道卷積層的步長均為 2×2, 代表特徵圖的寬高會 (大致) 逐層減半, 最後一層卷積層步長則改為 1×1, 代表輸出的特徵圖寬高與前層一致 (4×4)。

❻ 除了最後一道卷積層外, 每道卷積層都設定 40% 的 dropout (p=0.4)。

❼ 將最末卷積層輸出的三維特徵圖展平, 以便傳遞給密集輸出層。

❽ 模型任務與第 12~13 章的影評分類模型一樣, 皆為二元分類, 因此輸出層只需要一個神經元, 使用 sigmoid 激活函數。

上述程式所建立的神經層架構如下圖:

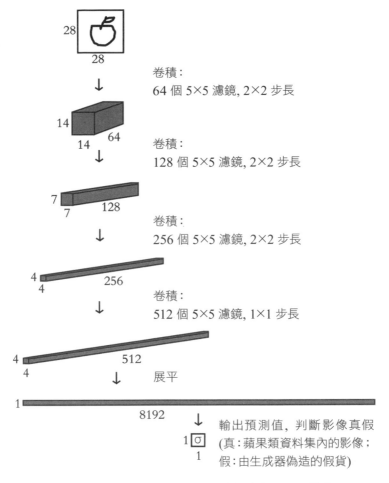

卷積：
64 個 5×5 濾鏡, 2×2 步長

卷積：
128 個 5×5 濾鏡, 2×2 步長

卷積：
256 個 5×5 濾鏡, 2×2 步長

卷積：
512 個 5×5 濾鏡, 1×1 步長

展平

輸出預測值, 判斷影像真假
(真：蘋果類資料集內的影像；
假：由生成器偽造的假貨)

▲ 圖 14.7：鑑別器神經網路的輸出值 shape 變化

之後呼叫 build_discriminator() 函式即可建立鑑別器物件, 不需設定任何參數：

```
discriminator = build_discriminator()
```

根據 summary() 輸出的架構摘要, 模型有多達 430 萬個參數, 大部份是最末卷積層所貢獻的 (76%)：

```
discriminator.summary()
```

```
Model: "model"

_____
Layer (type)                 Output Shape              Param #
=================================================================
input_1 (InputLayer)         [(None, 28, 28, 1)]       0
_____
conv2d (Conv2D)              (None, 14, 14, 64)        1664
_____
dropout (Dropout)            (None, 14, 14, 64)        0
_____
conv2d_1 (Conv2D)            (None, 7, 7, 128)         204928
_____
dropout_1 (Dropout)          (None, 7, 7, 128)         0
_____
conv2d_2 (Conv2D)            (None, 4, 4, 256)         819456
_____
dropout_2 (Dropout)          (None, 4, 4, 256)         0
_____
conv2d_3 (Conv2D)            (None, 4, 4, 512)         3277312
_____
dropout_3 (Dropout)          (None, 4, 4, 512)         0
_____
flatten (Flatten)            (None, 8192)              0
_____
dense (Dense)                (None, 1)                 8193
=================================================================
Total params: 4,311,553
Trainable params: 4,311,553
Non-trainable params: 0
```

14.3.2 編譯鑑別器

建構完成後, 用以下程式來編譯鑑別器 :

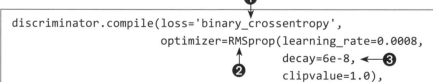

❶ 由於鑑別器跟第 12~13 章一樣是二元分類模型, 所以損失函數也採用二元交叉熵。

❷ RMSprop 是與 Adam 媲美的優化器, 先用它試試[*註]。

❸ 第 9 章提過, 使用 RMSprop 優化器時得設定衰減率 (ρ) 超參數, 數值通常很小。

❹ 至於 clipvalue 超參數可用來限制 (裁剪) 學習梯度, 防止第 9 章提到的梯度爆炸問題, 一般常見的設定為 1.0。

以上這樣就完成鑑別器的建構與編譯了。

14.4 建構生成器 (generator) 神經網路

　　建構生成器神經網路會用到幾種之前沒提過的神經層, 首先, 生成器可以看成是種「反向 CNN」(deCNN) 架構, 它是由功能與一般卷積層相反的「**反卷積層 (de-convolutional layer)**」, 或稱「**轉置卷積層 (convTranspose layer)**」組成。之前看過卷積層是從「大張」影像檢測特徵, 並輸出「小張」的特徵圖；反卷積層則是逆向操作, 能夠將「小張」的特徵圖 (註：由隨機雜訊向量轉換而成) 還原成「大張」的影像。生成器神經網路一開始會將做為輸入值的隨機雜訊向量送進密集層, 輸出時會重塑為二軸陣列再傳遞給下一層的反卷積層, 經過數道反卷積的運算後, 這些雜訊就會漸漸化為影像。底下就來看如何建立上述架構吧！

[*註] Ian Goodfellow 等人於 2014 年發表 GAN 的開山論文時, RMSProp 算是當時相當流行的優化器, 同年 Kingma 與 Ba 發表 Adam 後才漸漸被取代, 雖然超參數可能要稍微調整, 本例用 Adam 代替 RMSProp 應該也會有不錯的效果。

14.4.1　生成器的架構

同樣地, 我們定義一個 build_generator() 函式來建構生成器, 內容如下：

```
z_dimensions = 32    ←①
                        ②
def build_generator(latent_dim=z_dimensions,
                    depth=64, p=0.4):

    # 定義輸入
    noise = Input((latent_dim,))

    # 第 1 密集層
    dense1 = Dense(7*7*depth)(noise)
    dense1 = BatchNormalization(momentum=0.9)(dense1)       ③
    dense1 = Activation(activation='relu')(dense1)
    dense1 = Reshape((7,7,depth))(dense1)
    dense1 = Dropout(p)(dense1)

    # 反卷積層    ←④
    conv1 = UpSampling2D()(dense1)
    conv1 = Conv2DTranspose(int(depth/2),
                            kernel_size=5, padding='same',
                            activation=None,)(conv1)
    conv1 = BatchNormalization(momentum=0.9)(conv1)
    conv1 = Activation(activation='relu')(conv1)

    conv2 = UpSampling2D()(conv1)
    conv2 = Conv2DTranspose(int(depth/4),
                            kernel_size=5, padding='same',
                            activation=None,)(conv2)
    conv2 = BatchNormalization(momentum=0.9)(conv2)
    conv2 = Activation(activation='relu')(conv2)

    conv3 = Conv2DTranspose(int(depth/8),
                            kernel_size=5, padding='same',
                            activation=None,)(conv2)
    conv3 = BatchNormalization(momentum=0.9)(conv3)
    conv3 = Activation(activation='relu')(conv3)
```

接下頁

```
# 輸出層
image = Conv2D(1, kernel_size=5, padding='same',
                      activation='sigmoid')(conv3) ⑤

# 定義模型
model = Model(inputs=noise, outputs=image)

return model
```

❶ 輸入的隨機雜訊向量維度 (z_dimensions) 為 32 (註：即 32 個元素)。此超參數的配置原則與第 13 章 RNN 的詞向量維度一樣，維度越高儲存的資訊愈多，生成器產生的假影像品質就更好，但代價是計算量會增加。若需要試驗建議以 2 為倍數來增減。

❷ latent_dim (潛在空間維度) 與輸入的隨機雜訊向量長度相同，都是 32。

❸ 第 1 隱藏層為密集層，長度為 32 的輸入向量進入這個具備 3,136 個神經元的密集層處理，最後激活值會被重塑 (reshaping) 為 7×7×64 的特徵圖，此密集層是生成器內唯一套用 dropout 的神經層。

❹ 此神經網路有 3 組用 Conv2Dtranspose() 建立的反卷積層。第 1 反卷積層有 32 個 (depth/2) 濾鏡，之後逐層減半 (depth/4、depth/8)。反卷積層的濾鏡數與卷積層一樣，會決定輸出特徵圖的深度。要注意的是，儘管濾鏡逐層減半，但因為前頭都有一個升採樣層 (UpSampling2D)，輸出特徵圖面積反而會越來越大。以預設值用 UpSampling2D() 每執行一次升採樣，特徵圖的寬高都會加倍 (編註：升採樣相當於池化的反向操作，白話來說這裡的操作都與卷積層、池化層相反，輸出的尺寸都是愈變愈大啦！)

- 3 組反卷積層設定如下：

  ■ 濾鏡寬高為 5×5

  ■ 步長為 1×1 (預設值)

  ■ 填補設定 'same'，讓反卷積層輸出的特徵圖維度與輸入的形狀一樣

- 搭配 ReLU 激活函數

- 均使用批次正規化 (BatchNormalization)

❺ 輸出層為卷積層, 將第 3 反卷積層處理完的 28×28×8 特徵圖濃縮成 28×28×1 影像。並套用 sigmoid 激活函數, 讓輸出的像素值都落在 0 至 1 的範圍內 (與真實資料集裡面的影像一致)。

上述程式所建立的神經層架構如下圖所示:

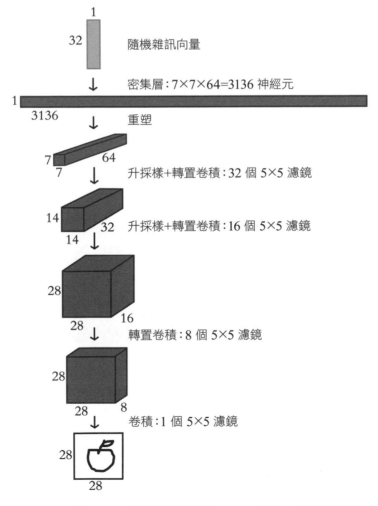

▲ 圖 14.8：生成器的輸出值 shape 變化, 從最上面的 32 元素雜訊向量漸漸變成最底下的 28×28 影像

定義完 build_generator() 函式後，隨即用它來建構生成器物件：

```
generator = build_generator()
```

最後，根據 summary() 顯示的摘要，該生成器模型只有 177,000 個可訓練
參數，差不多只有鑑別器的 4%：

```
generator.summary()
```

Layer (type)	Output Shape	Param #
input_2 (InputLayer)	[(None, 32)]	0
dense_1 (Dense)	(None, 3136)	103488
batch_normalization (BatchNo	(None, 3136)	12544
activation (Activation)	(None, 3136)	0
reshape (Reshape)	(None, 7, 7, 64)	0
dropout_4 (Dropout)	(None, 7, 7, 64)	0
up_sampling2d (UpSampling2D)	(None, 14, 14, 64)	0
conv2d_transpose (Conv2DTran	(None, 14, 14, 32)	51232
batch normalization_1 (Batch	(None, 14, 14, 32)	128
activation_1 (Activation)	(None, 14, 14, 32)	0
up_sampling2d_1 (UpSampling2	(None, 28, 28, 32)	0
conv2d_transpose_1 (Conv2DTr	(None, 28, 28, 16)	12816
batch_normalization_2 (Batch	(None, 28, 28, 16)	64
activation_2 (Activation)	(None, 28, 28, 16)	0
conv2d_transpose_2 (Conv2DTr	(None, 28, 28, 8)	3208
batch_normalization_3 (Batch	(None, 28, 28, 8)	32
activation_3 (Activation)	(None, 28, 28, 8)	0
conv2d_4 (Conv2D)	(None, 28, 28, 1)	201

```
Total params: 183,713
Trainable params: 177,329
Non-trainable params: 6,384
```

14.5 結合生成器與鑑別器, 建構對抗式生成網路

　　盤點一下目前完成的工作, 在**鑑別器**方面, 神經網路已建構並編譯完成, 只要生成器開始生成假影像, 即可開始用真假影像訓練鑑別器 (訓練流程如圖 14.2)。而在**生成器**方面, 前一節也已經建構完成, 不過眼尖的讀者或許有注意到, 前面並沒有用 model.compile() 編譯生成器, 因為如同 14.1.2 節提到, 訓練生成器時, 鑑別器必須參與在其中 (註:鑑器別只是暫停訓練, 但鑑別工作必須進行, 不然生成器無法從鑑別器的輸出結果得知假貨有沒有騙過鑑別器, 進而據此做訓練), 為此, 我們得先將了生成器、鑑別器整合成對抗式神經網路 (adversarial_model), 這個整合起來的網路會將鑑別器包起來一起編譯, 這樣就可進行生成器的訓練 (訓練流程如圖 14.3)。

> **★編註** 後續讀者可以將這個對抗式網路的訓練成效視為「生成器」的訓練成效, 因為在這個對抗式網路中, 鑑別器就只是做分類的運算而已。

　　上面提到的這個對抗式神經網路其實就是將圖 14.2 (鑑別器的訓練) 與圖 14.3 (生成器的訓練) 整合起來, 底下是兩張圖整合起來的樣子, 對當中細節不清楚的可以回頭看前面的說明:

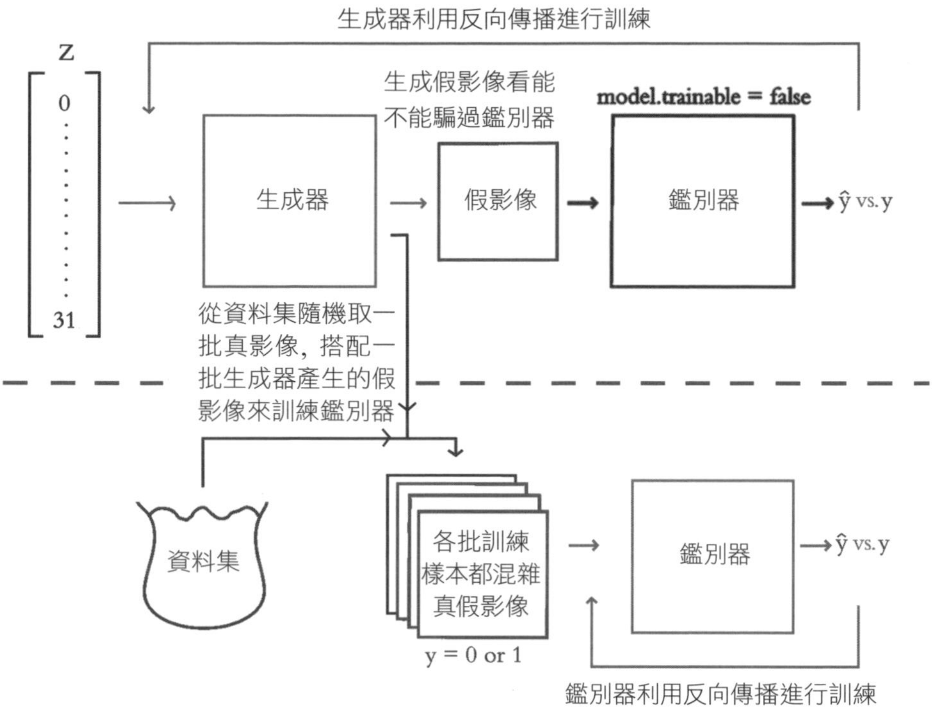

▲ 圖 14.9：對抗式網路的運作流程

14.5.1　建立對抗式神經網路

以下程式就是要先建構上面這個對抗式神經網路：

```
z = Input(shape=(z_dimensions,))  ←──❶
img = generator(z)  ←──❷
discriminator.trainable = False  ←──❸
pred = discriminator(img)  ←──❹
adversarial_model = Model(z, pred)  ←──❺
```

❶ 用 Input() 將 z 定義為長度 32 的一軸陣列 (同隨機雜訊的長度)。

❷ 將 z 傳遞給生成器, 並將其輸出的 28×28 影像指派給 img 變數, img 就代表假圖。

❸ 在訓練生成器時, 必須凍結鑑別器神經網路權重參數 (見圖 14.3), 所以將鑑別器的 trainable 屬性設為 False。

❹ 將假圖 img 輸入鑑別器神經網路, 讓其預測該圖是真 (1) 是假 (0), 輸出為 pred (即 $\hat{y}$)。若 pred 為真 (1), 則 $\hat{y} = y$, 生成器就成功了。反之, pred 為假 (0), 表示生成器的假圖被識破了, 必須修正權重參數來改進假圖的逼真度。

❺ 最後用函數式 API 的 Model 類別來建構對抗式模型, 只要將模型輸入與輸出分別設為 z 與 pred, 建構出的對抗式神經網路就能將生成器產生的 img 傳遞給鑑別器。

14.5.2 編譯模型

建構完成後, 接著就來編譯這個對抗式神經網路:

```
adversarial_model.compile(loss='binary_crossentropy',
                          optimizer=RMSprop(lr=0.0004,
                                            decay=3e-8,
                                            clipvalue=1.0),
                          metrics=['accuracy'])
```

編譯對抗式神經網路

compile() 的參數基本上與鑑別器神經網路相同, 小差異是優化器的學習率與衰減率 (decay) 減半。為了讓 GAN 能生成幾可亂真的假影像, 鑑別器與生成器的學習速度得達成某種微妙的平衡, 因此若有更動編譯鑑別器的超參數, 在對抗式模型中也得做出相對應的調整, 才能產生令人滿意的輸出影像。

> ★ 註 再強調一次, 不管是訓練鑑別器還是對抗式模型, 用的鑑別器神經網路參數 (權重) 其實都是同一組, 而鑑別器參數僅在訓練對抗式模型時才會凍結, 而非從頭凍結到尾。在鑑別器訓練期間, 權重依然得藉由反向傳播調整, 模型才有辦法學會如何區分真假。至於對抗式模型編譯時用的是「參數凍結」的鑑別器, 但此鑑別器還是原來那個, 只是對抗式模型學習時不會去動它 (鑑別器) 的參數, 僅生成器的參數會被更新。

14.6 訓練 GAN

GAN 是出了名的難訓練, 訓練時間往往必須拉得很長, 我們先定義一個 train() 函式, 再接著用它來訓練。

14.6.1 定義 train() 函式並進行 GAN 的訓練

這是本書最長的一段程式, 底下先列出來再做逐行分析, 程式當中的編號請對照程式最後的解說來閱讀。

```python
def train(train_round=2000, batch=128, z_dim=z_dimensions):

    d_metrics = []
    a_metrics = []

    running_d_loss = 0
    running_d_acc = 0
    running_a_loss = 0
    running_a_acc = 0                                          ❶

    for i in range(train_round):   ◀── ❷

        # 從真影像資料集中取樣：
        real_imgs = np.reshape(
            data[np.random.choice(data.shape[0],
                                  batch,
                                  replace=False)],    4-1
            (batch,28,28,1))

        # 生成假影像：
        fake_imgs = generator.predict(
            np.random.uniform(-1.0, 1.0,             4-2
                              size=[batch, z_dim]))

        # 將真假影像串起來, 方便一併輸入鑑別器：
        x = np.concatenate((real_imgs,fake_imgs))  ◀── 4-3
```

接下頁

```
# 標籤 y, 提供給鑑別器：
y = np.ones([2*batch,1])          4-4
y[batch:,:] = 0

# 訓練鑑別器：          ◄── ❸
d_metrics.append(   ◄──          4-6
    discriminator.train_on_batch(x,y)
)                                4-5
running_d_loss += d_metrics[-1][0]
running_d_acc += d_metrics[-1][1]

# 設定對抗式神經網路的輸入雜訊與標籤 y
# (生成器希望鑑別器能誤判為真, 所以 y=1)：
noise = np.random.uniform(-1.0, 1.0,
                          size=[batch, z_dim])    5-1
y = np.ones([batch,1])

# 訓練對抗式神經網路：   ◄── ❸
a_metrics.append(   ◄──  5-3
    adversarial_model.train_on_batch(noise,y) ◄── 5-2
)
running_a_loss += a_metrics[-1][0]
running_a_acc += a_metrics[-1][1]

# 定時顯示進度與生成影像：
if (i+1)%100 == 0:
    print('train_round #{}'.format(i)) ◄── 6-1
    log_mesg = "%d: [D loss: %f, acc: %f]" % \
    (i, running_d_loss/i, running_d_acc/i)
    log_mesg = "%s [A loss: %f, acc: %f]" % \        6-2
    (log_mesg, running_a_loss/i, running_a_acc/i)
    print(log_mesg)

    noise = np.random.uniform(-1.0, 1.0,
                              size=[16, z_dim])    6-3
    gen_imgs = generator.predict(noise)
```

接下頁

```
        plt.figure(figsize=(5,5))

        for k in range(gen_imgs.shape[0]):
            plt.subplot(4, 4, k+1)
            plt.imshow(gen_imgs[k, :, :, 0],
                        cmap='gray')
            plt.axis('off')

        plt.tight_layout()
        plt.show()

    return a_metrics, d_metrics
```

6-4

7

❶ 定義兩個空串列 (d_metrics 等) 與 4 個變數 (running_d_loss 等, 先設為 0), 用來追蹤鑑別器 (d) 與對抗式網路 (a) (註：相當於生成器) 在訓練期間的損失與準確率。

❷ 使用 for 迴圈來設定訓練回合數 (train_round) (註：依本書定義, 訓練一批次就是訓練一回合), for 迴圈的每次走訪皆會從蘋果資料集內的 14 多萬張塗鴉中隨機抽取 128 筆樣本。

特別要注意的是, 很多 GAN 程式常將本例的訓練回合數「train_round」命名為「epoch」, 但這樣很容易與我們一直以來所認識的 epoch 搞混, 建議區別清楚。

> ★ **編註** 回憶一下我們是將 epoch 定義為「將所有樣本訓練一遍為一個 epoch」, 而一個 epoch 期間內的訓練次數 (即回合數) 則是「樣本總數 / 批次量 (batch-size)」。

❸ for 每走訪一次會各訓練鑑別器與生成器一次 (即程式中所分成的兩大段)。

❹ 鑑別器訓練過程 (如圖 14.2 所示) 如下：

4-1 隨機取一批次量 (128 張) 真影像。

4-2 從潛在空間 [-1.0, 1.0] 範圍內均勻取樣出來 128 組雜訊向量 z, 傳遞給生成器模型的 predict(), 生成 128 張假影像。

4-3 將真假影像串接起來後指給變數 x, 作為鑑別器的輸入資料。

4-4 定義標籤陣列 y, 標記 x 內影像的真 (y=1) 假 (y=0), 鑑別器訓練會用到。

4-5 要訓練鑑別器, 只要將輸入 x 與標籤 y 一同傳給模型的 train_on_batch() 即可。

4-6 每回合訓練結束後, 該回合訓練損失與準確率會被附加到 d_metrics 串列。

❺ 生成器訓練過程如下 (如圖 14.3)：

5-1 將隨機雜訊向量 (儲存在 noise 變數中) 與標籤陣列 (y, 此為「生成器期望從鑑別器得到的結果」, 因此所有元素值為 1) 傳遞給對抗式模型的 train_on_batch()。

5-2 對抗式模型內的生成器會將雜訊轉換為假影像, 自動傳遞給同在對抗式模型內的「參數凍結」鑑別器。

由於鑑別器參數在對抗式模型訓練期間會被凍結, 所以鑑別器只會根據輸入來輸出結果, 即影像是真 ($\hat{y}=1$) 或假 ($\hat{y}=0$)。生成器模型權重會根據交叉熵損失反向傳播的結果來更新：若鑑別器誤信為真 ($\hat{y}=1$), 符合生成器期望 (y=1), 會得出的損失較小；若鑑別器明察秋毫 ($\hat{y}=0$), 不符生成器期望, 則得出的損失較大。藉由將損失最小化, 生成器就能漸漸學會製造出讓鑑別器錯判為真的假影像。

5-3 每回合訓練結束後，對抗性模型損失與準確率會被附加到 a_metrics 串列。

6 每隔 100 回合做底下這些事：

6-1 顯示當前 train_round。

6-2 顯示鑑別器與對抗式模型的當前損失與準確率等指標。

6-3 隨機採樣 16 組雜訊向量，傳遞給生成器的 predict() 生成假影像，儲存在gen_imgs中。

6-4 將 16 張假影像以 4×4 排版顯示，以便在訓練期間隨時監控生成影像的品質。

7 train 函式跑完後，傳回對抗式模型與鑑別器模型的指標串列（分別為 a_metrics 與 d_metrics）。

定義好 train() 後，直接呼叫 train() 就會開始訓練了，我們將過程中不斷計算出的評量指標串列存入 a_metrics_complete 與 d_metrics_complete 變數：

```
# 訓練 GAN：
a_metrics_complete, d_metrics_complete = train()
```

14.6.2 觀察 GAN 的訓練情況

執行上面那行程式後就會開始跑些圖像出來，首先，經歷前 100 回合 (train_round) 訓練後，GAN 生成的假影像只有模糊的輪廓，還看不出是蘋果：

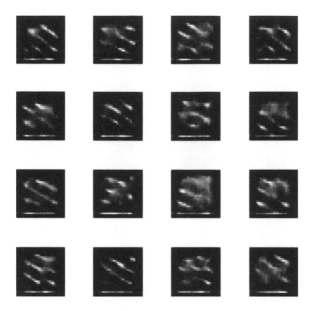

▲ 圖 14.10：GAN 訓練 100 回合後生成的蘋果塗鴉

訓練 200 回合後, 開始有點蘋果的樣子；

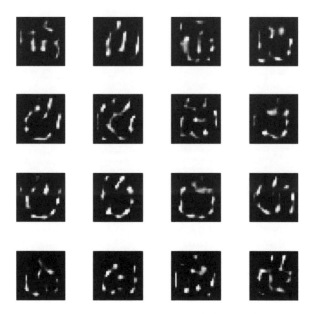

▲ 圖 14.11：GAN 訓練 200 回合後生成的蘋果塗鴉

經過 1000 回合訓練後, GAN 開始生成一些像樣的蘋果塗鴉：

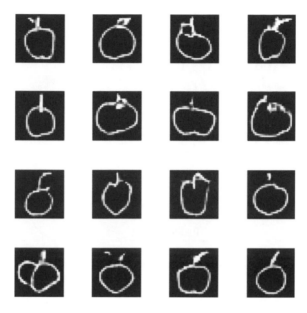

▲ 圖 14.12：GAN 訓練 1,000 回合後生成的蘋果塗鴉

　　本例是用簡單的圖樣來示範, 以此例來說, 1000 回合時所生成的影像已經看似不錯了, 之後的 1100、1200、...1999 回合, 生成的影像大致就像上圖這樣。當然, 若使用真正的人物照片就不會這麼容易, 若您之後用實際的照片影像來實作, 也可以憑肉眼大略觀察模型各訓練回合的仿真能力。

14.6.3　觀看評估指標

　　範例《ch14-generative_adversarial_network.ipynb》最後, 是將 GAN 的訓練損失與準確率逐回合畫出來, 先來看損失值的部分：

```
ax = pd.DataFrame(
    {
        'Generator': [metric[0] for metric in a_metrics_complete],
        'Discriminator': [metric[0] for metric in d_metrics_complete],
    }
).plot(title='Training Loss', logy=True)
ax.set_xlabel("train_round ")
ax.set_ylabel("Loss")
```

將對抗式網路 (可視同生成器) 及
鑑別器的損失值存成 padans 的
DataFrame, 然後用 plot() 畫出來

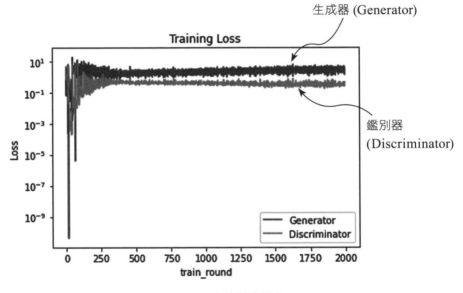

▲ 圖 14.13：GAN 逐回合的訓練損失

　　從損失值的走勢圖來看, 可看到鑑別器 (Discriminator) 的損失值在起初
0~300 回合一路漸增, 不過了約 300 回合後, 鑑別器逐漸改善其二元分類的表
現, 儘管損失值相對還是高, 但也就不再繼續爬升, 但理想的情況還是應該逐
回合下降, 值得繼續探討、改進 (調整模型架構或超參數…等)。

　　而在生成器 (Generator) 部分，訓練過程的損失值一直很穩定，但也不太會降，雖然前面肉眼觀察到 1000 回合左右生成器所生成的蘋果塗鴉已經有點樣子，不過若換成複雜影像的例子，勢必還不太成熟，得再想辦法改進。

　　也跑一下兩者的準確率趨勢圖供讀者參考：

```
ax = pd.DataFrame(
    {
        'Generator': [metric[1] for metric in a_metrics_complete],
        'Discriminator': [metric[1] for metric in d_metrics_complete],
    }
).plot(title='Training Accuracy')
ax.set_xlabel("train_round ")
ax.set_ylabel("Accuracy")
```

繪製的語法同前

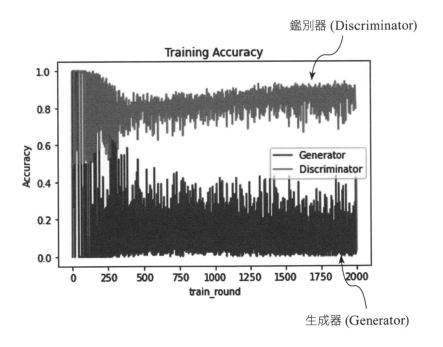

▲ 圖 14.14：GAN 逐回合的訓練準確率

> **★ 小編補充** 上圖怎麼看呢？首先，鑑別器比較單純，因為鑑別器說穿了就是我們一路下來實作過很多遍的分類模型，此例的準確率是有向上，但沒有到很高，看起來還有改進的空間。
>
> 至於上圖的生成器準確率第一眼可能會覺得有點低，這涉及生成器的準確率算法，一般的算法是：(騙過鑑別器的樣本數) / (生成的假貨總數)。例如生成 100 假圖，20 張騙過鑑別器，準確率就是 0.2，而以 GAN 不斷對抗的觀點來看，生成器總不太可能像分類器一樣準確率到八成、九成，那豈不代表鑑別器都沒在進步，毫無「對抗」了，所以說跑出來的結果還算合理。

14.7 　總結

　　本章先從 GAN 的基礎知識介紹起，提及了鑑別器模型與生成器的訓練概念，最後並實作了一個生成蘋果塗鴉影像的 GAN 網路，當中也用到了幾種前幾章沒出現過的新型神經層 (反卷積層與升採樣層...等)。本章 GAN 模型所使用的架構、超參數設定等，讀者可都自行嘗試去調整看看。

> **★ 編註** 若您想更深入體驗 GAN 的奧妙，例如讓 GAN 挑戰難度更高的真實影像，可以閱讀參考書目 Ref 4.「**GAN 對抗式生成網路**」的內容。

重點名詞整理

以下是到目前為止所介紹的重要名詞，本章新介紹的部分以加外框顯示。

❖ 權重參數：

- 權重 w

- 偏值 b

❖ 激活值 a

❖ 激活函數

接下頁

- sigmoid
- tanh
- ReLU
- softmax
- linear

❖ 輸入層

❖ 隱藏層

❖ 輸出層

❖ 神經層類型：

- 密集層（全連接層）
- 卷積層
- 反卷積層
- 最大池化層
- 升採樣層
- 展平層
- 嵌入層
- RNN
- （雙向）LSTM
- 函數式 (functional) API

❖ 損失函數：

- 均方誤差
- 交叉熵

❖ 前向傳播

❖ 反向傳播

❖ 梯度消失、梯度爆炸

❖ Glorot 權重初始化

❖ 批次正規化

❖ 丟棄法

❖ 優化器：

- 隨機梯度下降法
- Adam

❖ 優化器超參數：

- 學習率 η
- 批次量

❖ word2vec

❖ GAN 元件

- 鑑別器神經網路
- 生成器神經網路
- 對抗式網路

MEMO

遊戲對局實戰演練：

DRL (Deep Reinforcement Learning)、
DQN (Deep Q Network)

第 4 章已簡單認識**強化式學習 (Reinforcement Learning, RL)** 的概念, 也就是讓**代理人 (agent)** 藉由與環境 (Environment) 的一連串互動, 學習如何因應所處狀態 (state) 的改變來採取行動 (action), 這些環境可能極為複雜, 只有訓練有素的代理人才能順利完成任務。現今最成功的幾個強化式學習訓練法, 都結合了深度學習的做法, 兩者加起來就成了本章要介紹的**深度強化式學習 (Deep Reinforcement Learning, DRL)** 演算法。

本章的內容包括:

- 認識強化式學習的重要元素, 並介紹 DQN (Deep Q-learning Network) 這個深度強化式學習演算法。

- 用 DQN 建構並訓練好一個很會玩遊戲的代理人。

- 介紹 DQN 以外的代理人訓練方式。

15.1 強化式學習 (Reinforcement Learning) 的基本概念

我們先回顧一下第 4 章所提到的幾個重要名詞, 這些名詞在後續文章中會經常出現, 一定要好好熟悉。

15.1.1 強化式學習的重要元素

整個強化式學習的概念就是, 在由訓練者建構的**環境 (environment)** 中, 代理人 (編:簡單說就是 AI 啦!) 在各時步 (timestep) 會採取**行動 (action)**, 以達到訓練者所賦予的目標。針對代理人的行動, 環境會向它回饋兩種資訊:

❶ **回饋值 (reward)**:回饋值通常為一純量, 藉由純量的大小 (得 -1 分或 +1 分), 代理人可明白它在各時步採取的行動 (action) 是優是劣, 進而改善在

類似**狀態 (state)** 下的行動邏輯, 以求得更高的回饋值 (編註：reward 也常被稱為**獎勵**, 由於回饋值有正有負, 本書採用較中性的名稱, 而不叫做獎勵)。

一般來說, 代理人被賦予的目標通常就是盡可能多拿正的回饋值, 例如在《小精靈 (Pac-Man)》這款遊戲中, 吃掉櫻桃可得 100 分, 若我們用強化式學習訓練好一個代理人來玩, 它看到櫻桃出現時就會趕快衝過去吃。

❷ **狀態 (state)**：代理人在環境中行動後, 環境會賦予新的**狀態**。例如代理人在走格子迷宮, 移動或休息這稱為行動 (action), 採取行動後所處的新位置就稱為新狀態 (也就是下一個時步的狀態 next_state)。在新狀態下, 代理人再繼續決定下個時步要採取何種行動, 行動後再來到新狀態……一直持續進行下去。

強化式學習就是不斷重複以上步驟, 訓練代理人達成所被賦予的目標, 例如拿高分、通過迷宮、自駕車抵達指定目的地…等。當然, 代理人也可能沒有達成目標就掛了, 例如在遊戲中死亡而處於死亡「狀態」, 此時就要重玩 (執行) 一次, 而這也代表代理人還沒有訓練完善, 必須想辦法改進。

15.1.2 認識本章的強化式學習環境：木棒平衡滑車 (Cart-Pole)

第 4 章提到過 OpenAI Gym 這個函式庫, 本章會使用裡頭的「木棒平衡滑車 (Cart-Pole)」遊戲 (環境) 來訓練代理人, 這個遊戲是控制理論 (control theory) 領域的經典問題, 我們就用強化式學習來做。木棒平衡滑車所設定的情境如下：

● 滑車上立了一根木棒, 若滑車靜止時木棒就會倒下, 而木棒一端連接到滑車上的轉軸, 因此木棒會隨著滑車移動與重力影響朝左或朝右倒下, 玩家 (我們所訓練的代理人) 的目標是操控滑車移動, 讓車上的木棒始終保持平衡 (註：這個遊戲是 2D 平面, 不考慮木棒會往前或往後倒的問題)。

● 滑車只能朝左就是朝
右移動, 而且一定要
動, 靜止的話木棒就倒
了, 遊戲也就結束。

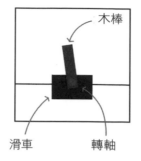

目標:
讓木棒保持直立

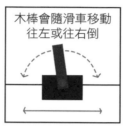

◀ 圖 15.1:《木棒平衡滑車》

● 遊戲一開局, 木棒會隨機以某個小角度稍往其中一邊偏, 必須馬上開始移
動滑車以保持木棒的平衡。

● 若發生以下兩種情形, 則該局結束:

● 木棒已經快倒了, 毫無回正餘地。

● 滑車出界:遊戲有個區域範圍, 若滑車碰到螢幕最右邊或最左邊就結
束。

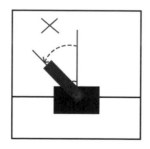

木棒已經快倒, 救不回來

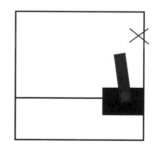

滑車出界

▲ 圖 15.2:出局的情況

● 本章使用的遊戲版本, 滑車一局最多可走 200 時步 (向左或向右一次算一時步), 若沒有提前出局, 則走完 200 步後該局也會結束。

● 每走 1 時步, 就會得 1 點回饋值, 因此一局最多可得 200 點。

木棒平衡滑車是很簡單的遊戲, 常被用來做為強化式學習的入門環境 (編：它是個遊戲沒錯, 但要習慣強化式學習的術語喔！它就代表一個「環境」), 其狀態資訊只有 4 個維度：

❶ 滑車所在位置

❷ 滑車的速度

❸ 木棒偏移角度

❹ 木棒轉動的角速度

與此相比, 若是訓練自駕車, 要面對的環境複雜多了, 車內配備的各種感測器 (攝影機、雷達、加速度計、麥克風等) 會將周圍環境的狀態 (state) 資訊源源不絕地送進來, 每秒傳送的資料量會是 gigabyte 等級, 訓練的難度可想而知。

此外, 自駕車能採取的行動 (action) 相當多樣, 包括加速、減速、右轉或左轉等；而木棒平衡滑車在任何時步 t 都只有兩種行動可選：**「向左」**或**「向右」**。

◆編註 讀者可以連上 https://bit.ly/2W3ZdVm 網站透過影片看看真實世界的 Cart-Pole 玩起來是什麼樣子。在此影片中, 訓練一開始木棒完全立不起來, 歷經一連串的訓練後就駕輕就熟了, 甚至人為去干涉, 厲害的代理人仍可以讓木棒回正喔。請務必先瀏覽一下影片對這個遊戲更有印象。

15.1.3 認識 Markov 決策過程 (MDP)

強化式學習問題在數學上可用 **Markov 決策過程 (Markov Decision Process, MDP)** 來描述, MDP 是建立在「環境具有 Markov 性質 (Markov property)」的假設上, 簡單來說 Markov 性質就是「**當前時步 t**」**的狀態只取決於「前一時步 t-1」的狀態與採取的行動而決定**, 又或者, 「**下一時步 t+1」的狀態只取決於「當前時步 t」的狀態與採取的行動而決定**。這樣的決策過程套用在木棒平衡滑車時, 代表代理人只需根據滑車與木棒在當下時步 t 的狀態 (即前面所列的滑車位置、木棒角度…那 4 個值) 來決定要向左還是向右移動, 而這就是強化式學習所要做的, 我們要訓練代理人在任何狀態下都能採取最正確的行動 (左或右, 以維持不倒)。

因此, 強化式學習的決策循環就是一種 Markov 決策過程, 裡頭包含 5 個要素, 請跟著我們好好熟悉才有辦法了解後續範例程式的撰寫邏輯:

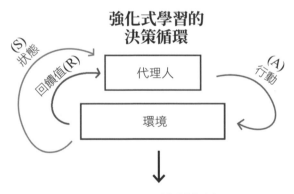

強化式學習的決策循環

Markov 決策過程

❶ S: 所有可能的狀態集合

❷ A: 所有可能的行動集合

❸ R: 各種 (s, a) 組合產生的回饋值分佈

❹ P: 新狀態之機率分佈

❺ γ: 折扣係數

▲ 圖 15.3: 強化式學習的決策循環

　　別被上圖下面那 5 個 Markov 決策過程的數學符號嚇到, 只要套用木棒平衡滑車的例子對應來看就不難明白, 大部分我們已經很熟悉了：

❶ 大寫 S 為所有可能狀態的集合, 底下看到如果 s 是小寫, 就代表 S 集合當中的其中任一種狀態, 即滑車位置、滑車速度、木棒偏轉角度、木棒角速度這 4 種資訊的組合。

❷ A 為所有可能行動的集合, 小寫 a 則代表任一種可能行動。在木棒平衡滑車中, A 集合內只有「向左」或「向右」兩種行動。

❸ R 是根據 (狀態 s, 行動 a) 組合給出的回饋值分佈, 這裡的 (狀態 s, 行動 a) 表示「代理人在某個狀態下採取的某個行動」, 後續我們都以 (s, a) 來表示, 請好好熟悉這樣的表示法。之所以稱 R 是一種「分佈」, 是因為即使是完全相同的 (s, a), 環境也可能因時機不同而給代理人不同的回饋值 r, 所以這可視為一種機率分佈。

❹ P 代表**新狀態**的機率分佈, 如同前述, 下一時步 (t+1) 的新狀態是由當前時步 (t) 的狀態在採取行動之後所產生的結果。

❺ γ (gamma) 稱為**折扣係數**或**折扣因子 (discount factor)** , 是一個超參數, 我們舉另一個《小精靈》遊戲的例子來理解折扣係數會比較容易。底下圖 15.4 代表正在玩小精靈遊戲的三葉蟲 (註：三葉蟲是強化式學習代理人在背後操控的), 在地圖遊走時, 吃到魚會加分, 被章魚逮到就會掉命。在這個例子中, 折扣係數衍生的概念就是：代理人在思考得分策略時, 會比較看重能馬上拿的回饋值 (僅離 1 步的魚), 還是一定步長後才能拿的回饋值 (20 步外的魚)？

　　以本例來說,「當下能拿的回饋值」當然比「多走幾步才能拿」來的好；此外, 三葉蟲在衝過去的路上[註] 還可能會撞到章魚, 不但拿不到分還得送命。

---

*註　可不要小看這「一路上」, 在強化式學習中, 每一時步都會有無限可能, 本章接下來會介紹價值函數 (value functions, V) 與 Q 函數 (Q-value function, Q) 的概念, 都是在計算「每一時步」所採取的各種行動的價值 (讓代理人選價值高的行動去做), 這部分後面再來介紹。

因此, 折扣係數的概念就是「**多走 n 步才能拿到的回饋值, 其實際價值就得打 n 次折**」; 若我們設定 γ=0.9, 走一步便能吃到的魚就是得 90 分 (打一次折, $100 \times \gamma^1 = 100 \times 0.9^1$=90), 吃到離 20 步遠的魚就只值 12.2 分 (打 20 次折, 即 $100 \times \gamma^{20} = 100 \times 0.9^{20}$=12.2)。

這 100 分需花 20 步才能吃到, 打折後實際價值為 12.2 分

碰到我就死啦!

這 100 分需花 1 步便能吃到, 打折後實際價值為 90 分

▲ 圖 15.4:將回饋值的實際價值根據折扣係數與距離「打折」

★ **小編補充** 後續我們會將打折後的實際價值以「**折現回饋值**」來稱呼, 主要是希望讀者只要看到「折現」二字, 就會要立刻聯想到這是乘上「折扣係數」打折後的結果。此外, 看了老半天也別忘了使用折扣係數最根本的原因是什麼? 無非是要比較出回饋值的「好」跟「壞」, 否則走 20 步跟走 1 步一樣都吃到魚, 都得 100 分, 我們如何訓練代理人「請挑近的吃」呢, 當然是要告訴它走 1 步就吃到會得比較多分啦!

15.1.4　代理人的最佳行動策略

　　MDP 的最終目標，是為代理人找到一組完美函數，這樣一來不管是遇到環境狀態集合 S 中的任一狀態 s，都能藉此函數從行動集合 A 中挑出最適合的行動 a 來應對。也就是說，我們希望代理人能學到一個可將 S 映射到 A 的函數，此函數稱為**策略函數 (policy function)**，以 π 表示：

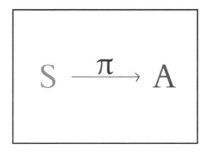

▲ 圖 15.5：代理人可藉由策略函數 π，
從任一狀態算出要採取的行動

　　白話來說，策略函數 π 的基本概念就是「代理人該採取何種策略，才能將回饋值極大化？」我們進一步用以下公式將「回饋值極大化」定義起來：

$$J(\pi^*) = \max_{\pi} J(\pi) = \max_{\pi} \mathbb{E}\left[\sum_{t>0} \gamma^t \boldsymbol{r}_t\right] \qquad \text{(公式 15.1)}$$

❶ $J()$ 是所謂的**目標函數 (objective function)**，傳入策略函數 π 就會算出回饋值，代理人的目標就是將回饋值極大化。

> ◆註　本書經常提到的損失函數 (loss function) 也是一種目標函數，不過損失函數算出的是損失值 C，「目標」當然是越小越好，因此應該還記得前面是用梯度下降法來優化模型的權重參數；而這裡的目標函數 $J(\pi)$ 算的是回饋值 r，目標當然是越大越好，所以理論上就要改用梯度「上升」法來做，不過後續我們不會觸及梯度上升法的細節，請讀者大致理解這裡提到的概念就好。

> ★ **小編補充** 有些強化式學習是以「**策略優化 (policy optimization)**」來訓練代理人, 意思就是「直接」學習、訓練出 π, 例如策略梯度法 (Policy graident) 就是一種學習策略的演算法, 它會在根據策略採取動作之後, 強調成功時的動作, 並於更新下一次的策略時盡量多採取這種動作, 此時就時就會用梯度上升法來優化模型。而本章我們走的是**價值優化 (value optimization)** 這個流派, 強調的是優化「動作」的價值來訓練代理人, 這是一種「間接」學習、訓練出 π 函數的方法, 但無論如何, 接觸強化式學習還是要明白策略函數的概念喔!

❷ π 代表從 S 映射到 A 的策略函數。

❸ π* 代表從 S 映射到 A 的最佳策略函數 (所有可能的策略 π 中最好的那個), 不管面對何種狀態 s, 代理人只要採取 π* 指示的行動 a, 就能得到最多的 **折現回饋值 (discounted future reward)** (編註:別忘了「折現回饋值」就是前面所提到, 回饋值乘上折扣係數後所算出來的實際價值, 加上折現二字比較好, 可以隨時明白是折扣係數參與計算的結果)。

❹ 預期的折現回饋值定義為 $\mathbb{E}\left[\sum_{t>0}\gamma^t r_t\right]$, 其中 $\mathbb{E}$ 代表期望值, $\sum_{t>0}\gamma^t r_t$ 則為折現回饋值。

❺ 要估計未來時步 (t>0) 能累積的折現回饋值 $\sum_{t>0}\gamma^t r_t$, 步驟如下:

- 將未來任一時步所得到的回饋值 (r) 乘上折扣係數 (γ), 即為該時步的折現回饋值。

> ★ **小編補充** 別忘了 15-8 頁小精靈的例子, 每多走一步, 該步的回饋值都要多乘一次 γ, 例如走 20 步, 就會有 20 個折現回饋值, 其中走第 20 步得到的那個回饋值要乘上 20 次 γ (γ^{20})。

- 將上述每一時步的折現回饋值 $\gamma^t r_t$ 全部加起來 (Σ)。

★ **小編補充** 我們再舉個例子讓您理解這裡的「累加」折現回饋值到底是什麼意思。假設代理人在走迷宮，代理人在 A 回合花了 6 步走迷宮，在 B 回合花了 4 步走出迷宮，我們設定還沒到終點前，走每一步後得到的回饋值都是 0，若到達終點，回饋值是 1，而這裡設折扣係數為 0.9，那麼代理人在 A、B 回合各自的累積折現回饋值算法如下：

- 6 步的情況：

$$0.9^1 * 0 + 0.9^2 * 0 + 0.9^3 * 0 + 0.9^4 * 0 + 0.9^5 * 0 + 0.9^6 * 1 = 0.531441$$

- 4 步的情況：

$$0.9^1 * 0 + 0.9^2 * 0 + 0.9^3 * 0 + 0.9^4 * 1 = 0.6561$$

算出來 4 步的累積折現回饋值比 6 步的大，這就會讓代理人理解花愈少步數走出迷宮，得到的累積折現回饋值越大。

15.2　DQN 的基本概念

　　上一節中，我們將強化式學習當成一種 Markov 決策過程 (MDP)，既然這是一種 MDP，那代理人在任一時步 t 遇到任一狀態 s 時，都該遵循某個最佳策略 π* 來採取行動 a，以獲得最大的累積折現回饋值。但麻煩在於極大化的累積折現回饋值 max() 很不容易算，即便是木棒平衡滑車這種相對單純的強化式學習問題也是一樣，所有可能的狀態集合 S 與行動集合 A 都得被考慮進去，而這兩者的排列組合與順序根本數不清，因此這裡用的是 **Q-learning** 這種稱為價值迭代法 (value iteration) 的演算法，也就是在每次採取某個動作時，根據結果來更新這個動作的價值，接著利用更新完的價值去決定下一個策略，用這種方法來因應本章的木棒平衡滑車會比較容易。

　　標題提到的 DQN 則是一種結合神經網路與 Q-learning 的演算法，我們已經認識神經網路了，本節就來看 Q-learning 的概念。

15.2.1 Q 函數

認識 Q-learning 得先從 **Q 函數**說起, Q 函數是一種**動作價值函數**, 從名字就可以理解, 就是採取某個動作的價值。「Q」代表一個動作的品質 (quality), 不過通常是以衡量動作的價值來看待它。

動作的價值和所處的狀態有關, Q 函數是用來計算 (s, a) 的價值, s 是當時的狀態 (state), a 是採取的動作 (action)。Q 函數以 $Q^\pi(s, a)$ 表示, 其中 π 表示代理人遵循某個策略 π 來行動。也常可以看到將 π 省略的 Q 函數表示法, 即 $Q(s, a)$, 意思都一樣。

以木棒平衡滑車為例, 若木棒目前是接近垂直、但稍微往「左」傾的情況, 而代理人已掌握某種能平衡木棒的策略, 那在行動前我們就會讓代理人了解往左移動的動作價值 $Q(s, a_L)$ 值比往右移動的動作價值 $Q(s, a_R)$ 大 (註: a_L 表示滑車向左移動, a_R 表示滑車向右移動), 這樣代理人就會往左移動。

★ 小編補充 呼!一路下來我們看了好多「函數」喔!從 π 策略函數、$J(\pi)$ 目標函數, 這裡又冒出一個 $Q^\pi(s, a)$ 動作價值函數, 簡直是.....。哈, 讀者也不要想得太複雜, 其實它們想闡明的觀點都相近, 白話來說就是為了讓代理人在環境獲勝 (過關、得到最多回饋值...隨便怎麼說), 只要先行透過訓練, 計算出環境中每個 (s, a) 組合的價值, 代理人只要遵循這個結果去行事, 挑價值最高的去做, 就會取得理想的結果。往下看下去之前您只要掌握好這個概念就可以了。

而很多書在介紹 DQN 時可能一下就直接切入 Q 函數, 也不是不行, 但簡言之深度強化式學習並不是只有 DQN 這個流派 (15-30 頁就會看到其他的), 因此作者才稍微帶一下 Q 函數以外的演算法概念, 有了這些基礎, 以後學到不同的深度強化式學習方法就會更容易吸收!

15.2.2　用 DQN 估算最佳 Q 值

　　有了 Q 函數的概念後, 當代理人面臨某種狀態 s, 最好的作法是先對所有可能行動算出個別 Q 值, 遇到時, 從中挑出最大的那個來行動就行了, 這個最佳 Q 值一般會以 Q*(s, a) 表示。

★ 小編補充 Q-learning 在實作一般會將各種 (s, a) 的 Q 值整理成一張 **Q table**, 我們舉個簡單的例子帶您認識一下 Q table。假設代理人要走一個超迷你的 2×2 地圖, 如下：

1	2
3	出口

這裡的地圖就是強化式學習的「環境」, 當中的第 1 格、第 2 格、第 3 格、出口則是「狀態 (代理人處於哪一格)」, 而代理人處於任何一格時, 都有上、下、左、右 4 個「動作」可以去做。

若將出口以外的所有狀態, 以及各狀態都擁有的 4 個動作都以 Q 函數來表示, 就可以整理出以下這個表格：

狀態＼行動	a_U(上)	a_D(下)	a_L(左)	a_R(右)
S_1	Q(S_1, a_U)	Q(S_1, a_D)	Q(S_1, a_L)	Q(S_1, a_R)
S_2	Q(S_2, a_U)	Q(S_2, a_D)	Q(S_2, a_L)	Q(S_2, a_R)
S_3	Q(S_3, a_U)	Q(S_3, a_D)	Q(S_3, a_L)	Q(S_3, a_R)

上面這個表就稱為 Q table, 代理人就是依循這個表來決定各狀態下, 該採取什麼動作比較好。而 Q-learning 的主要工作就是要藉由一次又一次的嘗試、修正, 算出 Q table 中每格的最佳解, 這樣就得到一個最佳的 Q table 給代理人遵循了。

　　問題是, 簡單的例子要將所有可能的 Q (s, a), 都考慮進去還有可能 (編: 如上面這個超簡單的 2×2 地圖環境), 如果狀態的數量增加, 勢必增加計算量, 不好算出最佳 Q 值, 此時就是 DQN (Deep Q-learning Network) 登場的時候了, 簡單來說我們只要將狀態值傳入 DQN 網路中, 神經網路就會幫我們算出最佳 Q 值。

　　以下方程式是 DQN 的精神所在:

$$Q*(s, a) \approx Q(s, a, \theta) \qquad \text{(公式 15.2)}$$

上式透露兩個資訊:

- θ 表示神經網路的權重參數, 在導入神經網路後, Q 函數不只是狀態 s 與行動 a 的函數, 更是神經網路模型參數 (以希臘字母 θ 表示) 參與在其中的函數。

- 最佳 Q 值 Q*(s, a) 是靠**逼近**來的 (編註: 如同前幾章求神經網路權重參數的最佳配置也是逼近得來的 (不斷訓練求損失值的最小化)。

　　用 DQN 訓練好的代理人 (以下簡稱 **DQN 代理人**) 在進行木棒平衡滑車遊戲時, 不論遇到何種狀態, 都會依照神經網路算出的向左、向右價值, 選價值高的那一個去做。下一節我們就來示範如何結合密集神經網路, 實際建構一個 DQN 代理人。

★註 Richard Sutton (圖 15.6) 與 Andrew Barto 的著作《Reinforcement Learning: An Introduction》[*註] 中對 DQN 在內的強化式學習理論做了很全面的介紹，此書可從 bit.ly/SuttonBarto 免費下載，有興趣的讀者可以參考。

▶ 圖 15.6：Richard Sutton 於艾伯塔大學擔任計算機科學教授多年。他不但是強化式學習領域最耀眼的明星，也是最近幾年崛起的 Google DeepMind 的傑出研究科學家

15.3 建構 DQN 代理人

我們一樣在 Google Colab 上編寫 DQN 代理人的程式碼，訓練它在木棒平衡滑車環境中行動。這裡的木棒平衡滑車是直接套用 Python OpenAI Gym 這個函式庫當中的遊戲環境，這一節先來看 DQN 代理人該怎麼建構。

本章完整範例收錄在《ch15-cartpole_dqn.ipynb》內，作者是基於 Keon Kim 的程式修改而來，原程式碼可參考原作的 GitHub：bit.ly/keonDQN。

15.3.1 前期準備

匯入所需的模組

本章範例需要調用的模組如下：

---

*註　Sutton, R., & Barto, A.（2018）. Reinforcement Learning: An Introduction（2nd ed.）Cambridge, MA: MIT Press）

```
import random
import gym
import numpy as np
from collections import deque
from tensorflow.Keras.models import Sequential
from tensorflow. Keras.layers import Dense
from tensorflow.Keras.optimizers import Adam
import os
```

其中最關鍵的套件是 gym, 即 Open AI Gym, 15.4 節用到時再來介紹。

設定超參數

程式一開頭我們先設定超參數：

```
env = gym.make('CartPole-v0')  ←① 
state_size = env.observation_space.shape[0] 
action_size = env.action_space.n          ②
batch_size = 32  ←③ 
n_episodes = 1000  ←④ 

from google.colab import drive
drive.mount( '/content/drive' )
output_dir =  '/content/drive/My Drive/(您的雲端硬碟路徑)/Ch15/ 接下行
    model_output/cartpole/'                                              ⑤
output_dir = 'model_output/cartpole/'
if not os.path.exists(output_dir):
    os.makedirs(output_dir)
```

❶ 用 Open AI Gym 的 **make**() 來指定代理人要應付的環境, 並指派給 env 變數, 這裡選用的是木棒平衡滑車第 0 版 (CartPole-v0)。Open AI Gym 也提供其他環境可供選擇, 之後讀者有興趣可自行嘗試。

❷ 從指定環境中提取兩個參數：

- **state_size**：狀態資訊的維度, 以木棒平衡滑車來說是 4 維 (分別為滑車位置、滑車速度、木棒角度、木棒角速度)。

- **action_size**：可選的動作數，滑車只有向左或向右 2 種行動可以做。

❸ 訓練神經網路的樣本批次量設為 32。

❹ 訓練次數 (遊戲回合數) 設為 1000，以本範例來說這次數差不多夠了，若更複雜的環境，代理人會需要更多回合訓練，訓練次數就得加大。

❺ 將神經網路參數每隔 50 回合 輸出到指定目錄 (本章範例的 'model_output/cartpole/')。若該目錄尚未建立，則用 os.makedirs() 建立目錄。

15.3.2　定義 DQN 代理人的類別

　　《ch15-cartpole_dqn.ipynb》很大一部份是用來建構 DQN 代理人類別 (命名為 DQNAgent)，這個類別的內容有點長，我們一段一段來看。

參數初始化

　　首先用一批參數來初始化此類別：

▼ 《ch15-cartpole_dqn.ipynb》的 DQNAgent 類別內容

```
class DQNAgent:
    def __init__(self, state_size, action_size):
        self.state_size = state_size
        self.action_size = action_size          ──❶
        self.memory = deque(maxlen=2000)    ◄──❷
        self.gamma = 0.95    ◄──❸
        self.epsilon = 1.0    ◄──❹
        self.epsilon_decay = 0.995    ◄──❺
        self.epsilon_min = 0.01    ◄──❻
        self.learning_rate = 0.001    ◄──❼
        self.model = self._build_model()    ◄──❽
```

❶ state_size 和 action_size 都由環境決定，在木棒平衡滑車中分別為 4 與 2，這點前面已經提過。

❷ memory 用來儲存每一時步的資訊, 這些資訊會在訓練 DQN 神經網路時做為訓練資料 (這機制稱為 Experience Replay, 見底下的補充); 資料是以 **deque** (音同「deck」) 的形式儲存, 這種資料結構是「雙向」的, 它會保留最近加入的 2000 筆資料 (我們設 maxlen=2000), 而若加入第 2001 筆資料, deque 的頭一筆就會被移除, 這樣就可以讓裡頭的資料數維持在最新的 2000 筆。

> **★ 小編補充** 上面提到 DQN 的 Experience Replay 機制, 簡單帶您了解其概念。我們已經很熟悉訓練神經網路需要準備大量的訓練資料, DQN 的訓練資料怎麼來呢？DQN 使用「記憶池」的概念 (即上面提到的 deque), 簡單來說來開始訓練之前, 我們先利用神經網路的前向傳播運算蒐集一些資訊 (在 DQN 中將其稱為「記憶」或「經驗」), 以木棒平衡滑車來說, 資訊至少包含 4 部分 [滑車狀態, 動作, 回饋值, 下一時步的狀態], 上面的 memory 就是一直去儲存最新 2000 筆的資訊。而開始訓練神經網路時, 就從「記憶池 (deque)」取批次量出來做為訓練資料, 這樣的機制就稱為 Experience Replay。
>
> 一開始時, 只要 deque 裡面的筆數大於批次量就會開始訓練, 而訓練的同時仍會不斷一直累積新記憶存入 deque, 裡頭隨時維持最新 2000 筆的前向傳播資訊。

❸ gamma 是 15-7 頁提過的折扣係數 γ, 代理人會根據此超參數評估未來時步得到的回饋值該以多少折扣來折現。γ 一般都會設為接近 1 的值 (例如 0.9 代表打 9 折, 或者設 0.95、0.98…等)。

❹ epsilon (以希臘字母 ϵ 表示): 稱為**探索率** (exploration rate), 也是超參數, 指的是「**代理人不依循在遊戲累積的經驗來行動, 而是隨機行動**」的機率。此超參數涉及了強化式學習當中的「**探索 (exploration)**」與「**利用 (exploitation)**」的概念, 意思是代理人除了「利用」所獲得的經驗來行動 (例如一律選價值最大的動作來行動) 外, 也設計讓它偶爾不照章行事 (也就是做「探索」), 搞不好能取得意想不到的好結果。

> **★ 編註** 簡單說就是加點隨機性進去啦！若設 ϵ 值為 0.1, 就表示 90% 的機率讓代理人做「利用」, 10% 的機率做「探索」。

在本例中, 此參數一開始是設 epsilon = 1.0 , 因為在開頭前幾局, 由於代理人毫無經驗可依循, 所以最常見的設計就是先隨機亂行動, 慢慢有經驗 (策略) 後再逐步減少探索率。

探索 (exploration) 與利用 (exploitation) 是強化式學習的重要概念, 以下圖為例, DQN 代理人操控的三葉蟲若處於「探索」模式, 即便魚已經近在眼前, 三葉蟲也可能往反方向走掉。若處於「利用」模式, 通常就會依摸索出來的策略, 眼前有魚就趕快拿下以取得回饋值。以下圖這個例子來說做探索的結果雖然不好, 但在某些情況下可能獲得意想不到的好結果, 而且說白了代理人所「利用」的經驗也是訓練來的, 不見得是完美的。

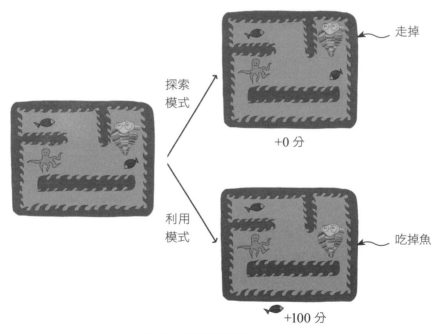

▲ 圖 15.7：探索與利用

❺ 承上, 當代理人漸漸從遊戲中累積經驗, 訓練者就可以緩慢降低探索率, 讓代理人多「利用」所學到的經驗 (策略)。在做法上, 每局訓練結束後, 我們就讓 ∈ 乘以 epsilon_decay, 此超參數一般設為 0.990、0.995 或 0.999, 可以知道是「緩降」探索率, 而不是一次降很多。

❻ epsilon_min 是探索率 ∈ 的下限 (最小值), 不能降的比下限低, 通常設為 0.001、0.01 或 0.02, 意思是再怎麼樣也要保留一些隨機性在裡面。本例是設 0.01 (在第 911 回合會降到 0.01), 也就是至少保留 1% 機率做探索。

❼ learning_rate 是用來修正權重參數時的學習率, 已經很熟悉了。

❽ 程式最後的 _build_model() 是建構模型用, 此 method 加了底線「_」設為 private, 僅供同屬 DQNAgent 類別的物件使用。

建立代理人的神經網路模型 – _build_modle()

▼ 《ch15-cartpole_dqn.ipynb》的 DQNAgent 類別內容 (續)

```python
def _build_model(self):
    model = Sequential() ←❶
    model.add(Dense(32, activation='relu',
              input_dim=self.state_size))
    model.add(Dense(32, activation='relu'))                    ❷
    model.add(Dense(self.action_size, activation='linear'))
    model.compile(loss='mse',
                  optimizer=Adam(learning_rate=self.learning_rate))  ❸
    return model
```

　　_build_model() method 是用 tf.Keras 建構、編譯神經網路, 我們希望經過一次次的訓練後, 神經網路能根據環境狀態 (s) 算出各行動 (a) 的 Q 值, 讓代理人從中挑出最大的 Q 值來行動。建構神經網路的程式我們都很熟悉了:

❶ 建立一個空的序列式模型。

❷ 將以下神經層依序加入模型中:

- 第 1 隱藏層為密集層, 由 32 個神經元組成, 使用 ReLU 激活函數, input_dim 參數指定輸入資料的維度, 此例為 4 維, 也就是 [滑車位置, 滑車速度, 木棒角度, 木棒角速度]。

- 第 2 隱藏層也是 32 個神經元的密集層，同樣使用 ReLU。

- 輸出層的神經元數量就是可採取的行動數，此例為 2 (向左、向右)，由於是要計算數值出來，因此用 "linear" 線性激活函數。輸出層會傳回「向左」與「向右」的 Q 值。

❸ 本例算是迴歸模型，因此用 MSE 做損失函數，優化器則設最常用的 Adam。

儲存遊戲記憶 (經驗) – **remember()**

▼ 《ch15-cartpole_dqn.ipynb》的 DQNAgent 類別內容 (續)

```
def remember(self, state, action, reward, next_state, done):
    self.memory.append((state, action,
                        reward, next_state, done))
```

　　remember() 的工作就是 15-18 頁介紹 memory 超參數時所提到的，在任一時步 t (即代理人玩遊戲所走的每一步)，都會將此時步的狀態、行動…等資訊存到 deque 的最末端 (保留最新的 2000 筆)。此例的資訊包括以下 5 個：

● 代理人當時的狀態 (state)。

● 代理人當時採取的行動 (action)。

● 環境針對代理人的行動給予的回饋值 (reward)。

● 環境根據代理人的行動而反應出的新狀態。

● 標記此時步是否為該局最後一步，以 True 或 False 表示。

藉由記憶重播 (Experience Relay) 來訓練 – train()

```
def train(self, batch_size):
    minibatch = random.sample(self.memory, batch_size) ←❶
    for state, action, reward, next_state, done in minibatch:
        target = reward # 若該局結束 ←❷
        if not done:
            target = (reward +
                        self.gamma *
                        np.amax(self.model.predict(next_state)[0]))  ❸
        target_f = self.model.predict(state) ←❹
        target_f[0][action] = target ←❺
        self.model.fit(state, target_f, epochs=1, verbose=0) ←❻
    if self.epsilon > self.epsilon_min:
        self.epsilon *= self.epsilon_decay
```

train() method 是用來訓練 DQN 代理人, 一開始先從 deque (最多可容納 2000 筆資料) 隨機取一批次量 (本例設 32 筆) 出來做為訓練樣本 ❶, 隨機取可讓模型接觸到更多樣的經驗, 學習起來更有效率。若固定採用最新的 32 筆資料, 它們的狀態可能非常相似, 學習效果就不會那麼好。

★註 假設滑車在某時步 t 剛好在某特定位置, 木棒幾近垂直, 那滑車在前、後的時步 (如 t-1、t+1、t+2 等) 應該也會在差不多的位置上, 表示木棒也不至於偏到哪去, 這樣就沒什麼好學的, 因為怎麼移動大概都差不多。

每輪訓練在隨機取 32 筆資料出來後, 照以下步驟進行:

若 done 為 True (即此資料剛好位於某局最後一時步) ❷ , 那代表不管表現再怎麼好, 能拿的回饋值就只限此時步能拿的回饋值 (因為沒下一步了), 所以模型可暫時以此為目標回饋值來擬合 (fit) 神經網路。

　　反之, done 為 False 時 ❸, 由於還沒結束, 後來還有無限時步的可能, 因此就以現有模型權重嘗試「估計」目標回饋值 (即最高折現回饋值), 針對這點 Q-learning 的算法是：將「**該時步已到手的回饋值**」加上「**折扣係數 γ 乘上下一時步狀態時, 所有行動中最大的那個 Q 值**」。

★ 小編補充 上面這個算法是 Q-learning 的重點, 不過用文字表達有點拗口, 我們用 15-13 頁所舉的代理人走 2×2 地圖例子來補充說明, 該例子的環境及 Q-Table 如下：

1	2
3	出口

狀態＼行動	a_U (上)	a_D (下)	a_L (左)	a_R (右)
S_1	$Q(S_1, a_U)$	$Q(S_1, a_D)$	$Q(S_1, a_L)$	$Q(S_1, a_R)$
S_2	$Q(S_2, a_U)$	$Q(S_2, a_D)$	$Q(S_2, a_L)$	$Q(S_2, a_R)$
S_3	$Q(S_3, a_U)$	$Q(S_3, a_D)$	$Q(S_3, a_L)$	$Q(S_3, a_R)$

假設想「估計」 $Q(S_1, a_D)$ 這一格的最高折現回饋值, 之所以説「估計」是因為一旦 (S_1, a_D) 行動後, 會從狀態 1 往「下」走到狀態 3, 而此時還沒抵達終點, 遊戲尚未結束, 因此稱估計。而依上面提到的 Q-learning 算法, $Q(S_1, a_D)$ 的最高折現回饋值的計算公式就是：

　　「狀態 1 走到狀態 3 時所到手的回饋值」＋

　　「折扣係數 γ 乘上狀態 3 (S_3) 那一列的最大 Q 值」

選 4 個當中最大的

特別留意加法後面, 折扣係數 γ 所乘上的是「新」狀態 3 的情況下, 各行動當中最大的那一個 Q 值 (代表最有價值的動作)。

以上這個最高折現回饋值的算法稱為貝爾曼方程 (Bellman Equation), 又稱動態規劃方程 (Dynamic Programming Equation), 詳細的推導非本書的重點, 有興趣的讀者可以進一步閱讀書末參考書目 Ref 5.「**強化式學習：打造最強 AlphaZero 通用演算法**」及 Ref 6.「**深度強化式學習**」兩本書來深入了解。

折扣係數 γ 所乘上的「**下一時步狀態時, 所有行動中最大的那個 Q 值**」如何用神經網路算出來呢？只要將下一時步的狀態 s_{t+1} 代入模型的 predict() ❸, 便能預測未來各行動的 Q 值, 執行此操作會得到一組 2 個元素的的 1D 陣列, 分別為「向左」與「向右」的未來 Q 值, 數值較大的 (Numpy 的 amax() 函式會傳回此值) 那個就是了。

不管 fit 的目標回饋值是確定的 (處於某局最後一時步) 還是不確定的 (使用 Q-learning 算式估計出來的), 都可藉由 train() 當中的 for 迴圈, 將資訊不斷更新到神經網路中：

❹ 將當時狀態 s_t 照前面程式碼再次代入 predict(), 會算出「向左」與「向右」所會得到的折現回饋值, 我們將這此陣列存入變數 target_f 中。

❺ 無論在代理人記憶中當時採取的行動 (action) 為何, 我們都強制 target_f[0][action] = target, 然後模型便以此 target_f 為目標回饋值來訓練。

之所以這樣做, 是因為我們希望能把代理人實際經驗「在狀態 s_t 採取某行動 a_t 會讓環境反應出下個狀態 s_{t+1}」透過 target_f[0][action] 傳遞給神經網路, target 是基於前述的代理人實際經驗與下一時步狀態 (next_state) s_{t+1} 算出的, 會比光用模型預測的 target_f 有說服力 (編：有點像正確答案的概念, 讓神經網路可以據此做訓練), 所以用 target 來取代 target_f[0][action] 相當於將最新的資訊送入神經網路。

❻ 呼叫 fit() 來訓練模型。

模型輸入為當時狀態 s_t, 期望輸出 target_f 便是我們要漸漸逼近的未來最大折現回饋值。只要依照遊戲經驗漸漸調整模型權重, 就能改善準確率, 進而預測該採取何種行動才能將未來折現回饋值最大化。

在 DQN 中, 訓練週期設 1 就好了, 因為如同前述, 訓練資料是我們生成出來存入 deque 的, 若需更多資料, 只需多玩幾次遊戲就能不斷生成新資料, 無須重複使用同一批資料集。

設定 verbose=0 的意思是不顯示訓練進度, 此階段不需要監看訓練進度, 我們會另外設計程式來逐回查看代理人的訓練情況。

採取某一行動 – act()

▼ 《ch15-cartpole_dqn.ipynb》的 DQNAgent 類別內容 (續)

```
def act(self, state):
    if np.random.rand() <= self.epsilon:
        return random.randrange(self.action_size)    ──❶
    act_values = self.model.predict(state)    ─┐
    return np.argmax(act_values[0])            ─┘──❷
```

要讓代理人在特定時步 t 採取特定行動, 就用 act() method。此 method 先用 Numpy 的 rand() 函式生成一個介於 0 與 1 的亂數 (暫且稱為 v), 代理人再根據設定的 epsilon、epsilon_decay、epsilon_min 等超參數跟 v 值比大小, 決定是否要採取隨機行動 (探索模式) 或按照模型指示行動 (利用模式):

❶ 若亂數值 v 小於或等於探索率 ϵ, 則使用 randrange() 函式來隨機選擇行動。前面提到, 在開頭幾回合, ϵ (探索率) 會很高, 大多數行動都屬於探索性質。之後隨著 ϵ 逐漸衰減 (衰減速度由 epsilon_decay 超參數決定), 代理人的探索機率會越來越小。

❷ 反之 (若亂數值 v 大於 ϵ), 代理人就會「利用」模型學到的知識來決定如何行動, 只要將當前狀態傳入模型的 predict(), 模型就會為向左、向右各輸出一個 Q 值, 然後再用 Numpy 的 argmax() 選 Q 值最大的那個動作來做即可。

儲存與載入模型參數 – save()、load()

▼《ch15-cartpole_dqn.ipynb》的 DQNAgent 類別內容 (續)

```
def save(self, name):
    self.model.save_weights(name)

def load(self, name):
    self.model.load_weights(name)
```

最後, save() 和 load() 是分別用來儲存或載入模型權重參數, 對於比較複雜的環境, 代理人的性能可能會不太穩定, 例如在長局數的完美表現後, 可能會突然走樣。為了因應這種不穩定性, 本範例設計了定期保存模型參數的做法, 一旦代理人的效能在後面回合突然下降, 就可讀取前面表現較好的權重參數來用。

15.4 與 OpenAI Gym 環境互動

建立 DQN 代理人類別後, 接著就建一個代理人物件來用, 我們命名為 agent 物件 :

```
agent = DQNAgent(state_size, action_size)
```

15.4.1 開始進行遊戲並展開訓練

以下程式可讓代理人與用 OpenAI Gym 建立的遊戲環境開始互動 :

▼ DQN agent 與遊戲環境互動

```
for e in range(n_episodes):
    state = env.reset()
    state = np.reshape(state, [1, state_size]) ─┐❶
    done = False
    time = 0
                                              接下頁
```

```
    while not done:  ◄── ❷
        # env.render()
        action = agent.act(state)  ◄── 2-1
        next_state, reward, done, _ = env.step(action)  ◄── 2-2
        reward = reward if not done else -10  ◄── 2-3
        next_state = np.reshape(next_state, [1, state_size])  ◄── 2-4
        agent.remember(state, action, reward, next_state, done)  ◄── 2-5
        state = next_state  ◄── 2-6
        if done:
            print("episode: {}/{}, score: {}, e: {:.2}"
                    .format(e, n_episodes-1, time, agent.epsilon))  ── 2-7
        time += 1  ◄── 2-8
    if len(agent.memory) > batch_size:  ── ❸
        agent.train(batch_size)

if e % 50 == 0:
        agent.save(output_dir + "weights_"  ── ❹
                + '{:04d}'.format(e) + ".hdf5")
```

15-16 頁已將超參數 n_episodes 設置為 1000, 代理人就是照著上面這個大型 for 迴圈, 在一次又一次玩遊戲的過程中進行學習, 也別忘了「經驗池」的機制, 玩遊戲的過程中會用 remember() 不斷將各時步的資訊存入 deque 以做為訓練資料：

❶ 新局一開始先用 env.reset() 隨機生成狀態 state, 為了配合神經網路模型, 先用 reshape() 將狀態的形狀從 (4,) 轉成 (1, 4), 其中第 0 軸代表的是批次量。

❷ 這個要走訪 1000 次的 for 迴圈裡面還有一個 while 迴圈, 代理人得在裡頭重複走訪, 每前進一時步 t (以變數 time 表示), 就會執行以下操作, 直到該局結束 (done 等於 True)：

2-1 代理人將狀態 state 送入 act(), 然後根據傳回結果來行動, action 的值不是 0 (向左) 就是 1 (向右)。

2-2 將得出的 action 送入 env 的 step(), 環境會傳回 reward (回饋值) 與 next_state (下一個狀態), 更新布林值 done。

2-3 若該局結束 (即 done 為 True)。就將 reward 設成一個負值 (本範例用 -10)。透過這種懲罰可阻止代理人因木棒失控或出界而提早出局。若該局未結束 (done 為 False)。則將 reward 設為 +1, 每多走 1 時步就多 1 分 (編註：這裡暫不考慮代理人撐過 200 步而結束的情況)。

2-4 前面每局開始時要將 state 用 reshape() 重塑, 這裡的 next_state 也一樣。

2-5 代理人用 remember() 將當前時步的相關資訊 (狀態 satee、採取的行動 action、收到的回饋值 reward、下個狀態 next_state、done 標記) 存入 deque 經驗池中。

2-6 為準備下一時步 t+1 的迭代, 將 state 設為 next_state。

2-7 若該局結束, 顯示該局表現小結 (傳回結果可參見後面的圖 15.8 與 15.9)。

2-8 時步計數器加 1。

❸ 當 deque 的長度大於設定的批次量, 就用 train() 隨機挑一批次量樣本出來訓練神經網路。

❹ 代理人每隔 50 回會執行 save() 來儲存神經網路模型參數。

15.4.2 觀看結果

執行前面這一大段 for 迴圈程式後, 就會顯示逐回合 (共玩 1000 次) 的結果, 底下是前 10 回合的表現：

```
輸
出
episode: 0/999, score: 19, e: 1.0
episode: 1/999, score: 14, e: 1.0
episode: 2/999, score: 37, e: 0.99
episode: 3/999, score: 11, e: 0.99
episode: 4/999, score: 35, e: 0.99
episode: 5/999, score: 41, e: 0.98
episode: 6/999, score: 18, e: 0.98
episode: 7/999, score: 10, e: 0.97
episode: 8/999, score: 9, e: 0.97
episode: 9/999, score: 24, e: 0.96
```

▲ 圖 15.8：DQN 代理人前 10 回的表現

可看到前 10 回得分都不高, 最高分數為 41 分, 後頭也記錄了探索率 ϵ, 從一開始的 100% 緩慢下降, 到了第 10 回, ϵ 下降到 96%, 意思是代理人只有 4% 的機率在「利用」(即依照學到的經驗來行動), 然而在訓練早期, 模型還在摸索中, 這些號稱是根據經驗來採取的行動應該也不怎麼有用。

下圖則是最後 10 回的表現：

```
episode: 990/999, score: 199, e: 0.01
episode: 991/999, score: 199, e: 0.01
episode: 992/999, score: 199, e: 0.01
episode: 993/999, score: 199, e: 0.01
episode: 994/999, score: 199, e: 0.01
episode: 995/999, score: 199, e: 0.01
episode: 996/999, score: 199, e: 0.01
episode: 997/999, score: 199, e: 0.01
episode: 998/999, score: 199, e: 0.01
episode: 999/999, score: 199, e: 0.01
```

▲ 圖 15.9：最後 10 回的表現

可看到代理人已經很會玩了, 最後 10 局都撐到遊戲結束得到完美的 199 分, 在第 911 回, 探索率 ∈ 已經降至最低的 0.01, 表示代理人 99% 都在「利用」所學到的經驗。

最後, 前面提過, 使用深度強化式學習架構的代理人可能會不太穩定, 例如偏末段的幾回合 (也許是第 850 或 900 局) 明明表現不錯, 連續幾局都能撐完 200 時步, 但在最後 (也許第 1000 局左右) 突然走樣, 若真發生這種情況, 可使用 agent.load (agent.load("./path/filename.hdf5")) 將模型還原至表現較好的參數。

15.5　DQN 以外的代理人訓練方式

在深度強化式學習 (DRL) 領域, DQN 之所以有那麼多人愛用, 並不是因為比較簡單, 其中一個原因是在訓練樣本普遍不易取得的情況下, DQN 的訓練樣本是自己生成的, 這就是很大的優點。不過相較於其他訓練方式, DQN 在自主探索方面普遍被認為並不出色, 導致有可能根本找不到收斂的 Q*, 因此本章最後我們就帶您一覽 DQN 以外的代理人訓練方式。我們先從深度強化式學習演算法的類型看起, 主要有幾大類:

- **價值優化 (Value optimization):** 包含 DQN 與 DQN 的變體 (例如雙重 DQN 等), 都是藉由優化動作價值函數 (Q 函數) 來解決強化式學習問題。

- **策略優化 (Policy optimization):** 此類型的代理人會直接學習策略, 也就是說, 直接學習圖 15.5 的策略函數 π。下一節我們再多談一些。

- **模型優化 (Model optimization):** 此類型的代理人是學習如何從某時步的狀態 (s, a) 出發來預測未來狀態, 蒙地卡羅搜尋法 (Monte Carlo tree search, MCTS) 就是其中一種演算法, 我們在第 4 章提到的 AlphaGo 就屬於此類。

● **模仿學習 (Imitation learning)：** 此類型訓練出的代理人能模仿指定的示範動作，像是將餐盤放在碗碟架上，或把水倒入杯子裡。儘管模仿學習是種很炫的方法，但其應用範圍相對較小，後續就不再著墨。

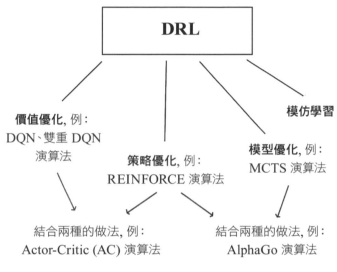

▲ 圖 15.10：DRL 的主要分類

15.5.1　採用「策略優化」的 REINFORCE 演算法

　　圖 15.5 提到，強化式學習的目的，是讓代理人學習到狀態集合 S 映射到行動集合 A 的策略函數 $\pi()$，而前面所用的 DQN 是一種「價值優化」演算法，藉由估計最佳 Q 值等動作價值函數來「間接」學習、訓練出 π 函數，如果改用「策略優化」的演算法來訓練代理人，就可「直接」學習、訓練出 π。

　　「策略優化」的演算法最經典的當屬 **REINFORCE** 演算法[註]，其概念是利用「策略梯度法 (Policy Gradient, PG)」求回饋值最大化，名稱當中的梯度是指用梯度「上升」法來求回饋值的**最大化** (編：注意不是梯度下降喔，求損失值的**最小化**才是用梯度下降)。

---

*註　Williams, R.（1992）.Simple statistical gradient-following algorithms for connectionist reinforcement learning.Machine Learning, 8, 229 - 56。

REINFORCE 等 PG 演算法的優點是比較容易收斂到一個相對優化的解[*註]，比 DQN 等價值優化演算法的應用更廣。而 PG 演算法的缺點就是訓練成效的變化較大，因此訓練時常需要準備大量樣本。

15.5.2　結合「價值優化與策略優化」的 Actor-Critic 演算法

Actor-Critic 演算法 (AC) 是種結合價值優化與策略優化的代理人訓練法，更具體地說可視為 PG 演算法與 Q-learning 的結合，AC 會不斷在 PG (扮演 Actor) 與 Q-learning (扮演 Critic) 演算法之間循環，如下圖所示：

▲ 圖 15.11：AC 演算法

Actor-Critic 演算法的概念很像第 14 章介紹的 GAN (對抗式生成網路)，GAN 的生成器神經網路與鑑別器神經網路互動，前者生成假影像給後者鑑定；而 AC 演算法則是 Actor 與 Critic 互動，前者採取行動讓後者評論好不好。

> **★編註** 礙於篇幅，上面提到的 REINFORCE 和 AC 演算法就不深入介紹，有興趣的讀者可以進一步閱讀書末參考書目 Ref 6.「**深度強化式學習**」，該書對各種 DRL 演算法有相當完整的介紹。

---

*註　參見 Fazel, K., et al.(2018) .Global convergence of policy gradient methods for the linear quadratic regulator. arXiv: 1801.05039。用 PG 比較有可能收斂到區域最佳解，而有些 PG 演算法已經被證實能找到全域最佳解。

15.6　總結

　　本章先介紹了強化式學習基本概念, 並建構了應對木棒平衡滑車環境的 DQN 代理人, 最後則簡要地介紹 REINFORCE 和 Actor-Critic 等 DQN 以外 的深度強化式學習演算法。本書已經準備邁向最後一章了, 我們會提供讀者 一些大方向, 以將這些知識應用到自己的專案上。

重點名詞整理

以下是到目前為止所介紹的重要名詞, 本章介紹的新知識以加外框顯 示。

❖ 權重參數：

- 權重 w
- 偏值 b

❖ 激活值 a

❖ 激活函數

- sigmoid
- tanh
- ReLU
- softmax
- linear

❖ 輸入層

❖ 隱藏層

❖ 輸出層

❖ 神經層類型：

- 密集層 (全連接層)
- 卷積層
- 反卷積層
- 最大池化層
- 升採樣層
- 展平層
- 嵌入層
- RNN
- (雙向) LSTM
- 函數式 (functional) API

接下頁

- ❖ 損失函數
  - 均方誤差
  - 交叉熵
- ❖ 前向傳播
- ❖ 反向傳播
- ❖ 梯度不穩定 (或消失)
- ❖ Glorot 權重初始化
- ❖ 批次正規化
- ❖ 丟棄法 (dropout)
- ❖ 優化器
  - 隨機梯度下降法
  - Adam

- ❖ 優化超參數：
  - 學習率 η
  - 批次量
- ❖ word2vec
- ❖ GAN 元件：
  - 鑑別器神經網路
  - 生成器神經網路
  - 對抗式網路
- ❖ DQN

Chapter

16

打造自己的
深度學習專案

恭喜, 終於來到最後一章了！一路下來, 我們從應用面著手, 先帶您認識深度學習這麼夯的原因 (第 1 篇), 接著介紹深度學習的基礎知識 – 神經網路 (第 2 篇), 並進一步使用各種深度學習技術, 實踐在機器視覺、語言、藝術生成、遊戲…等領域 (第 3 篇)。

一般書大概到這裡就停了, 不過到目前為止, 您所操作的都是我們提供的範例, 學到這些之後, 您終究得試著打造自己的深度學習專案。為此最後一章將提供一些資源與建議, 幫助你以第 3 篇介紹的範例為基礎打造自己的深度學習專案, 學以致用, 你的貢獻也許能為深度學習發展出一份力也說不定😊。

16.1 探索方向

16.1.1 機器視覺

在機器視覺方面, 從影像辨識模型著手建立自己的專案相對簡單, 這也是前面我們實作最多次的。您可以嘗試用不同資料集來實作看看, 這裡推薦您 **Fashion-MNIST**[*註] 這個服飾資料集, 此資料集內含 10 類服飾圖片, 用 tf. Keras 也可以直接載入。

▼ Fashion-MNIST 的 10 類影像

類別 (標籤)	服飾內容
0	T 恤
1	褲子
2	套頭衫
3	連身裙
4	外套
5	涼鞋
6	襯衫
7	運動鞋
8	包包
9	短靴

*註 Xiao, H., et al.(2017).Fashion-MNIST: A novel image dataset for benchmarking machine learning algorithms. arXiv: 1708.07747。

　　Fashion-MNIST 提供 60,000 張訓練用影像與 10,000 張測試用影像, 每一張影像的尺寸與 MNIST 手寫數字一樣, 都是 28×28 的灰階圖, 因此前面章節只要有用到 MNIST 資料集的模型範例, 大部分的程式都可以拿來用, 只要在程式中改載入 Fashion-MNIST 資料集即可:

```
from tensorflow.keras.datasets import fashion_mnist
(X_train, y_train), (X_test, y_test) = fashion_mnist.load_data()
```

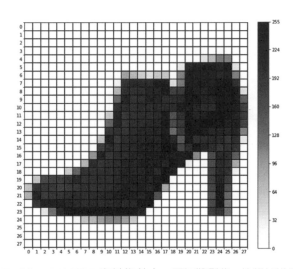

▲ 圖 16.1:Fashion-MNIST 資料集其中一張短靴影像。若想知道如何畫出此圖, 可以參考本章附的《ch16-fashion_mnist_pixel_by_pixel.ipynb》範例

　　與 MNIST 手寫數字相比, Fashion-MNIST 資料集分類起來更具挑戰性, 很適合用前面學到的知識來練功, 您可想辦法從模型架構或調整超參數來提升模型的能力。第 10 章在面對 MNIST 資料集時曾達到 99% 的驗證資料準確率 (val_acc), 但 Fashion-MNIST 資料集能將 val_acc 調校到 92% 已經很不錯了, 請挑戰看看吧!

　　以下還有其他取得資料集的方式, 供您參考:

- **Kaggle**：這個資料科學競賽平台上有很多現成的資料集, 若能以此打造出成功的模型, 還可以領到現成的獎金！例如參與 CDiscount (註：這是一家法國大型電商) 產品圖片分類挑戰 (CDiscount Image Classification Challenge), 前三名獎金高達 35,000 美元 (http://bit.ly/kaggleCD)。在 Kaggle 上能夠輕鬆找到大型的影像資料集, 請充分利用它們來累積經驗, 甚至參加挑戰贏得獎金吧!

- **appen (前身為 Figure Eight)**：這間藉由群眾外包來從事資料標記的公司提供了數十種影像資料集供大眾使用, 若想找特定類型的影像, 可上該公司網站 https://appen.com/resources/datasets/ 用關鍵字「image」搜索。

- 網路上也有熱心人士整理了很多資料集, 例如 AI 研究人員 Luke de Oliveira 將最為人所知的資料集整理成一份清單, 可上 bit.ly/LukeData 查看網頁內 Computer Vision 那一區。

16.1.2 藝術生成

在用 GAN (對抗式生成網路) 生成藝術方面, 第 14 章介紹的 Quick Draw！資料集還很有得玩喔！bit.ly/QDdata 網站上提供多種塗鴉類別可以嘗試, 您甚至可以「混用」多種類別的塗鴉看 GAN 有沒有辦法生成出來。

其他像是 MNIST 手寫數字資料集、 Fashion-MNIST 服飾圖片資料集, 也都可以拿來嘗試訓練 GAN 生成看看喔！

> **★ 編註** 成功用 GAN 生成新影像後, 這些資料就可以在訓練分類模型時用到, 這是很好的循環。當然, 用 MNIST 以外的影像來訓練分類模型, 一定會遇到很多挑戰, 畢竟 MNIST 是已經妥善整理好的資料集, 這時就很考驗調校模型、甚至資料預處理的能力！關於以自製手寫數字圖片做測試, 有興趣的讀者可以閱讀參考書目 Ref 3.「**tf.keras 技術者們必讀！深度學習攻略手冊**」一書, 該書有相當詳盡的實驗, 該書所用的數字圖片甚至不是 GAN 生成的, 是自己寫的！

16.1.3 自然語言處理

在建構自然語言模型方面, Xiang Zhang 與他來自 Yann Le Cun 實驗室的同仁建立了 8 組自然語言資料集, 詳情可參考他們的論文[*註], 這些資料集可從 bit.ly/NLPdata 下載, 你也藉此開發出獨一無二的 NLP 專案。

這 8 組資料集的規模隨便一個都比第 12、13 章所用的 IMDb 電影情感資料集 (含 25,000 筆訓練資料) 大, 可以挑戰更複雜的深度學習模型, 或是更高維度的詞向量空間。在這 8 組資料集中, 底下這兩組只有二元標籤, 可像之前分析 IMDb 資料集一樣採用單一輸出搭配 sigmoid 激活函數來處理:

- **Yelp Review Polarity**: 眾網友於 Yelp 網站上針對某個服務與地點發表的心得。該資料集含有 560,000 個訓練樣本與 38,000 個驗證樣本, 正面 (4 到 5 顆星) 與負面 (1 到 2 顆星) 評價都有。

- **Amazon Review Polarity**: 電商巨擘 Amazon 收集的正負面商品評論, 訓練樣本多達 360 萬份, 驗證樣本也有 40 萬份。

至於其他 6 組資料集則有超過兩種類別標籤, 輸出層的多個神經元必須搭配 softmax 函數來做多元輸出, 挑戰更高。

當然還有其他管道, 您一樣可以從 Kaggle、appen (在 https://appen.com/resources/datasets/ 搜尋關鍵字「sentiment」或「text」) 或是 Luke de Oliveira 列的清單 (在 bit.ly/LukeData 的「Natural Language」那一段) 找到, 你可以用上這些豐富的資源為基礎, 紮實地打造出自己的專案。

[*註] 參見 Zhang, X., et al.(2016).Character-level convolutional networks for text classification. arXiv: 1509.01626, 相關內容在「Large-scale Datasets and Results」一節。

16.1.4 遊戲對局

針對遊戲對局所使用的深度強化式學習 (DRL) 專案, 可以從以下幾個方向發想新專案。

更改環境

第 15 章應付《木棒平衡滑車》遊戲的 DQN 代理人也可以應付其他的的 OpenAI Gym 環境, 只要把該章範例《ch15-cartpole_dqn.ipynb》當中 **gym.make()** 內的字串參數改掉就可以切換環境, 例如可以從以下兩個環境嘗試起, 程式中其他要調整的地方就留給讀者挑戰。

● **過山車** (Mountain Car):字串參數設 **'MountainCar-v0'**。

● **結冰湖面** (Frozen Lake):字串參數設 **'FrozenLake-v0'**。

更改代理人類型

15.5 節介紹過 DQN 以外的代理人訓練方式 (例如 Actor-Critic), 雖然技術跨的有點廣, 但十分值得嘗試。有些設計上相當精良, 即使像 OpenAI Gym 提供的 Atari 遊戲環境 (gym.openai.com/envs/#atari) 或 Unity 提供的 3D 環境等複雜的環境 (見第 4 章) 都能應付自如。一旦能掌握先進的代理人, 可進一步將它們投入 DeepMind Lab 等環境 (如第 4 章所介紹), 或是將同一代理人用於多種環境中, 總之深度強化式學習非常有得玩喔!

★編註 推薦讀者可以閱讀參考書目 Ref 6.「**深度強化式學習**」, 該書對各種 DRL 演算法有相當完整的介紹。

實作深度強化式學習的絕佳幫手：SLM Lab

SLM Lab (http://github.com/kengz/SLM-Lab) 是加州軟體工程師 Wah Loon Keng 與 Laura Graesser (分別任職於手遊商 MZ 與 Google Brain 團隊) 開發出的深度強化式學習框架, 提供非常方便的功能：

- 提供 DQN、Actor-Critic 等多種代理人訓練方式。

- 提供模組化的代理人組件, 可以輕鬆打造夢想中的新型 DRL 代理人。

- 可輕鬆將 OpenAI Gym、Unity 等環境函式庫的代理人投入到另一個完全不同的環境。

- 可在多個環境 (甚至跨不同環境函式庫) 中訓練同個代理人。比方說, 訓練出一個既能玩 OpenAI Gym 的《木棒平衡滑車》、也能玩 Unity 的運球遊戲《Ball2D》的代理人。

- 可在指定環境中讓自己建立的代理人與其他人所建立的一較高下。

更棒的是, SLM Lab 也可以輕鬆地搭配不同超參數組合, 方便評估代理人的訓練成效, 例如下圖是在《木棒平衡滑車》環境中實驗不同 DQN 架構、超參數的結果：

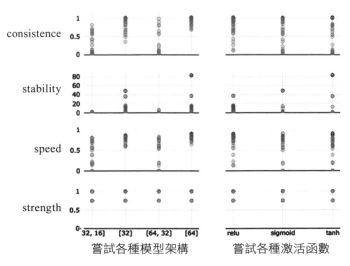

▲ 圖 16.2：用 SLM Lab 比較各種超參數對訓練的影響

撰寫本文時, SLM Lab 只能於 macOS 等 Unix 類作業系統上安裝, 關於 SLM Lab 的細節已超出本書範圍, 有興趣的讀者可以進一步研究這個便利工具！此函式庫的詳細使用可參見 kengz.gitbooks.io/slm-lab。

16.2　晉升更高階的專案

若想做出比上節建議的專案更猛的案子, 作者將一些有用資源列在 jonkrohn.com/resources, 裡面提供的相關連結包括：

● 開源資料集 (大部份規模都不小)。

● 硬體與雲端設施的介紹, 可用來訓練更大的深度學習模型。

● 深度學習重要論文與其相關實作。

● 互動式深度學習展示。

● 用於金融方面等時間序列預測的循環神經網路範例。

在 jonkrohn.com/resources 網頁中, 我們希望讀者特別注意「Problems Worth Solving」這一區, 這裡整理了目前社會急需解決的全球性問題, 我們鼓勵有朝一日讀者能用深度學習技術來解決它們。例如其中一項研究[註]是麥肯錫全球研究院的作者分別探討了 10 個對社會影響重大的領域：

❶ 平等與包容

❷ 教育

❸ 健康與飢餓問題

---

*註　Chui, M. (2018).Notes from the AI frontier: Applying AI for social good.McKinsey Global Institute. bit.ly/aiForGood。

4 安全與正義

5 資訊確認與驗證

6 危機反應

7 經濟賦權

8 公共與社會領域

9 環境

10 基礎設施

他們還列出這些領域所看好的深度學習技術，本書所介紹的都包含在內喔！

● 能挖掘出資料潛藏規則的深度學習技術 (從第 5 章講到第 9 章的密集神經網路)：上述提到的 10 個領域都適用。

● 手寫辨識等影像分類 (第 10 章)：除公共與社會領域外都適用。

● 情感分析等自然語言處理 (第 11~13 章)：除基礎設施外都適用。

● 內容生成 (第 14 章)：特別適用於平等與包容、公共與社會領域。

● 強化式學習 (第 15 章)：特別適用於健康與飢餓問題。

16.3 模型建構流程建議

當您開始自建深度學習專案，本節提供一些建模的經驗供您參考。影響模型成效的最大關鍵應該是「超參數」的調整，但若模型成效不彰時要先從哪些超參數調整起呢？你可大致照以下順序來進行。

16.3.1　超參數的調整順序

❶ **初始化參數：** 如第 9 章所述, 最好在合理範圍內取隨機值來設模型參數的初始值, 我們建議用第 9 章提到的 Xavier Glorot 方法來初始化權重, 偏值的初始值則一律設為 0 (註：tf.Keras 會自動用這種設定來初始化參數)。

❷ **損失函數的選擇：** 若要處理分類問題, 交叉熵會比較適合；而迴歸問題則改用均方誤差。**https://keras.io/api/losses/** 上面有列更多種, 有需要可研究並實驗看看。

❸ **改善模型效能的方式**：若一開始的模型效能不如預期, 可考慮以下策略：

- **簡化問題：** 例如要分類 MNIST 數字資料集, 自建的模型表現不好, 可以考慮先把要分的類別從 10 類減少到 2 類。

- **簡化架構：** 也許您會直接把書中某一模型拿來用, 但若模型深度太誇張, 而訓練資料又不夠多時, 就容易發生梯度消失的問題, 導致模型學習能力提不上來, 此時就試著減少神經網路的層數與神經元數量吧。

❹ **神經層的架構調整：** 一旦模型進展到某種程度, 便可嘗試改變神經層的設定, 看效果會不會更好。例如：

- **改變神經層數量：** 可按照第 8 章的說明增加或移除單一神經層；若是依第 10 章建構卷積塊 (conv-pool) 的話, 就嘗試增加或減少整個卷積塊區段。

- **改變神經層類型：** 某些類型的神經層可能在處理特定問題或特定資料集上明顯勝過其他類型, 但有時也可以跳脫思維多方嘗試。例如第 12、13 章我們在影評分類的例子, 不只用 RNN (第 13 章)、一開始也用密集神經網路、CNN 來實作 (第 12 章), 效果也不錯。

- **改變神經元的數量：** 試驗各層的神經元數量時可以用 2 的次方來增減, 可以照第 8 章的做法, 一層層做增減 (128、64、32、16...)。

❺ **避免過度配適**：第 9 章提到, 要增進模型對訓練資料以外資料的普適性, 可以使用丟棄法、資料擴充 (適用於影像等資料)、批次正規化等技巧。此外, 也別忘了第 12、13 章各範例一再提到的, 若模型在後段週期出現過度配適, 載入前幾個週期的模型參數是個明智之舉。

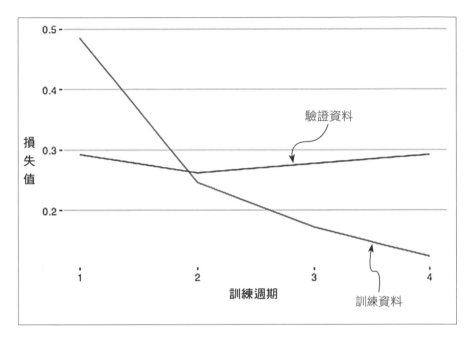

▲ 圖 16.3：常見的訓練週期走勢, 第 2 週期後發生過度配適 (驗證資料的損失值開始增加), 就可以載入第 2 週期時的權重參數來用

❻ **學習率**：如第 9 章所述, 你可自行調整學習率, 不過像 Adam 和 RMSprop 等高級優化器是一種自適應學習速率的優化器, 意思是會在訓練過程中自動調整學習率[註]。

❼ **批次量**：筆者認為這個超參數是相對最沒影響力的, 故建議留最後再調。

---

*註　但也不是必然如此。以第 14 章（GAN）與第 15 章（強化式學習代理人）的範例來說, 我們發現調整學習率也會影響結果, 即使是 Adam 和 RMSProp 等優化器也會。

16.3.2　自動化搜索超參數組合

　　深度學習模型的超參數要一個個調整起來可是沒完沒了, 所以開發人員當然會研究出自動化搜索超參數組合的方法 (因為他們都很懶!), 16-7 頁提到的 SLM Lab 可用於強化式學習測試不同超參數組合。至於一般的深度學習模型, 則可用 Spearmint[註1], 有興趣的讀者可自行研究[註2]。

16.4　軟體 2.0 (Software 2.0)

　　由於深度學習函式庫的出現, 建模的難度大減, 軟體世界也因此徹底改變, 著名資料科學家 Andrej Karpathy 在部落格發文 (bit.ly/AKsoftware2) 表示, 深度學習正在推進「軟體 2.0」的時代, 他將 Python、Java、JavaScript、C++ 等電腦程式語言歸類為「軟體 1.0」。在「軟體1.0」, 我們得在程式中提供明確的指令, 以使計算機根據要求輸出結果。

▲ 圖 16.4:Andrej Karpathy 是著名汽車與能源公司 Tesla 的 AI 總監。Karpathy 的職業生涯遍及本書提過的眾多機構, 包括 OpenAI、史丹福大學 (他在李飛飛指導下拿到博士學位)、DeepMind、Google (他曾是 TensorFlow 的開發人員)⋯等

---

*註1　Snoek, J., et al.(2012).Practical Bayesian optimization of machine learning algorithms. Advances in Neural Information Processing Systems, 25. 程式碼可於此下載：github. com/JasperSnoek/spearmint。

*註2　不管是用哪種超參數組合搜索方法, 蒙特婁大學的 James Bergstra 和 Yoshua Bengio 已經開示, 隨機選取 (random search) 超參數組合會比固定距離的格點搜尋更容易找到最佳超參數組合, 這個簡單概念先記起來有個印象喔。Bergstra, J., & Bengio, Y. (2012).Random search for hyper-parameter optimization.Journal of Machine Learning Research, 13, 281－305。

至於軟體 2.0 則是以求出近似函數為目標的深度學習模型, 用途包括本書提過的分類手寫數字、預測房價、分析影評情感、生成蘋果塗鴉、求出最佳動作價值函數以順利進行《木棒平衡滑車》等。如今, 擁有幾百萬甚至幾十億參數的「量產化」深度學習模型, 已漸漸用卓越的表現證明自己比一行一行編寫的軟體 1.0 更能適應變化, 而且用途更廣、威力更強。不過, 軟體 2.0 無法取代軟體 1.0, 因為沒有軟體 1.0 提供的數位基礎建設, 軟體 2.0 無法憑空誕生。

Karpathy 指出, 軟體 2.0 有以下長處：

❶ 計算上的均質性 (homogenous)：深度學習模型是由均質單元 (例如 ReLU 神經元) 組成, 可高度優化與擴展矩陣計算。

❷ 可掌握的執行時間：當量產化系統正式上線, 深度學習模型不管遇到何種輸入, 計算量都相近。而軟體 1.0 可能會因為內含無數的 if-else 敘述, 使得計算量會因輸入不同而有極大差別。

❸ 相對簡單：讀完這本書, 你就至少掌握 4 大領域的建模能力, 在深度學習問世之前, 光掌握單一領域都很不簡單。

- **機器視覺** (如第 10 章的 MNIST 手寫數字辨識)：傳統的機器學習需要針對視覺特徵來編寫程式, 沒累積個幾年的專業知識是很難做的。而深度學習模型不僅效果更好, 還能自動學習特徵, 只需要一點點影像方面的知識就能做出堪用的模型。

- **自然語言處理** (如第 12、13 章的影評情感分析)：老式的機器學習方法要仰賴多年的語言學經驗, 包括對語法、語義的理解, 才能針對單一語言建構出有效的演算法。在這方面, 深度學習模型當然表現更棒, 您也看到了, 第 12、13 章我們並沒有鑽研過多語言學的專業知識。

- **用機器生成藝術與影像** (如第 14 章的生成蘋果塗鴉)：結合了深度學習模型的 GAN 能輕鬆生成寫實又逼真的影像, 現有的其他方法實在難以望其項背[*註]。

- **遊戲對局** (第 15 章的 DQN)：我們介紹的是木棒平衡台車來實作, 不過 DQN 也用在大名鼎鼎的 AlphaZero。不管是圍棋、西洋棋還是將棋, AlphaZero 都能輾壓所有軟體 1.0 或古早機器學習的方法, 而且效率更高。

16.5 通用人工智慧 (AGI) 的進展

生物的視覺從三葉蟲發展到我們人類所具備的全彩視覺, 整個演變長達數億年, 相形之下, 從第 1 個電腦視覺系統發展到能達到或超越人類表現, 大概只過了數十年, 不過電腦視覺、影像分類只是一種**弱人工智慧 (ANI)**, 由於發展迅速, 所以許多研究人員認為有生之年應可看到**通用人工智慧 (AGI)**、甚至是**超級人工智慧 (ASI)** 的誕生。本章就來簡單探討一下。

首先, 下面這 4 項因素的確推動了 ANI 的快速發展, 也可能加速 AGI 與 ASI 的發展：

● **資料**：近年來, 數位領域的資料量每 18 個月會往上翻一倍, 這種指數級增長速度毫無減緩的跡象, 雖然其中有許多資料的品質不佳, 但資料集規模越來越大, 也會更有組織 (第 1 章提到的 ImageNet 就是其中一種)。

● **計算能力**：雖說 CPU 的性能提升速度可能會放緩, 但靠 GPU 或伺服器 (每個伺服器可能有多顆 CPU 與 GPU) 間的大規模平行處理來做矩陣運算, 可以繼續提高計算能力。

[*註] Shan Carter 和 Michael Nielsen 在 http://distill.pub/2017/aia 闡述如何使用 GAN 來加強人工智慧, 裡頭的影片可以看到如何與 GAN 模型做互動來生成影像。

- **演算法**：遍布全球、分散在各個學術與商業領域的科學家與工程師正朝著不同資料迅速集結, 他們努力地研發出各種資料探勘的技術, 每隔一段時間, 就會有像第 1 章提到 AlexNet 這樣的突破進展, 深度學習就是靠這幾年的突破慢慢建立起來的。

- **基礎建設**：有了開源作業系統與程式語言等軟體 1.0 基礎建設, 加上軟體 2.0 的函式庫與技術 (藉由 arXiv 與 GitHub 即時與全世界分享), 再結合 Amazon 網頁服務、微軟 Azure、Google 雲端平台等雲端運算供應商提供的低成本服務, 就成了可高度擴展的應用程式搖籃, 能用來實驗的資料集也越來越大。

　　雖然說, 人類花了幾千年還在苦苦掙扎的認知任務 (例如下棋、解矩陣線性代數方程式、優化金融投資組合等), 現在靠機器就能輕鬆完成, 但也有些認知任務是人類在幾百萬年前就可以輕鬆解決 (例如應對社交訊息、將嬰兒安全地抱上樓 (編：幾百萬年前是將嬰兒抱上樹, 更難)...等), 但機器到現在都還做不到。因此, 儘管機器學習很令人期待, 但通用的人工智慧 (AGI) 目前只停留在「理論上可行」的階段, 要成為現實, 還有很長的路要走。

　　當代深度學習要發展成 AGI, 要克服的重大障礙[*註] 有：

- 深度學習需要用超多樣本來訓練, 但大規模資料集並非到處都有, 而大多數生物 (包括小老鼠或小嬰兒) 只要有一個樣本就能學習了, 兩者有天壤之別。

- 深度學習模型大都像個「黑盒子」。儘管有 Jason Yosinski 等人發展的 DeepViz (bit.ly/DeepViz) 等工具, 但那算是少部份例外。

---

*註　關於深度學習的極限, 可參考 Marcus, G. (2018).Deep learning: A critical appraisal. arXiv:1801.00631。

- 深度學習模型只能根據輸入 x 預測輸出 y, 通用人工智慧的發展要能突破, 必須從「根據某組變量預測另一變量」, 進展到「釐清變量間的因果關係」。

- 深度學習模型常常會出現讓人尷尬的離譜錯誤[註1], 而且有時候超好騙, 將輸入影像的像素改掉一兩個就能把它騙過去了[註2]。

也許你有興趣去解決這些障礙, 甚至考慮將自己職業生涯押在這上頭！雖說我們無法預知未來, 但由於資料、計算能力、演算法與基礎建設都如爆炸般增長, 我們可確信的是, 現階段可以很容易找到使用深度學習的良機。

16.6 總結

作為本書結尾, 本章總結了專案題材、進階學習資源、訓練模型的通用流程、神經網路如何推進軟體革新等內容。未來幾年一定還有更多精彩的出現, 希望你能從中得到樂趣。

讀者們可以透過以下方式與作者交流:

- 作者專門開設的推特帳號: twitter.com/JonKrohnLearns, 一旦有新內容會發佈在此。

- 作者在 Medium 上有長期部落格專欄: medium.com/@jonkrohn

---

*註1 這邊有個很慘烈的例子: bit.ly/googleGaffe。

*註2 所謂的對抗式攻擊 (adversarial attack) 是一種藉由輸入刻意準備的對抗式樣本來讓機器學習演算法表現變樣的攻擊手法。相關的論文很多, 其中有篇敘述了如何將影像改掉單一像素製成對抗式樣本來攻擊 CNN: Su, J., et al.(2017).One pixel attack for fooling deep neural networks. arXiv: 1710.08864。)

● 作者為本書讀者開設了一個 Google 群組，若有問題可在此論壇上提出，讓其他讀者 (甚至是我們！) 協助回答問題。網址如下：bit.ly/DLIforum

● 你可以隨時把作者加入自己的 LinkedIn (linkedin.com/in/jonkrohn)，不過請務必告知是本書讀者喔！

　　最後，我們希望你喜歡這種視覺化、互動式的深度學習教學。非常感謝你與我們一起在這段旅程中付出的時間與精力。親愛的朋友們，告辭了 ——三葉蟲敬上。

編輯報告

很高興參與這本書的編輯，最後要說明的是，本書所有範例都是最精簡的版本，以方便引領讀者理解 AI 的原理。**"師父領進門，修行在個人"**，AI 才在萌芽階段，以後海闊天空，鼓勵大家不斷精進、勇往直前！

本書延伸參考書目

Ref 1. 用 Python 學運算思維

MIT Open Course Ware 講師
Ana Bell 著、魏宏達 譯、施威銘研究室 監修

Ref 2. 決心打底！
Python 深度學習基礎養成

我妻 幸長 著, 吳嘉芳 譯, 施威銘研究室 監修

Ref 3. tf.keras 技術者們必讀！
深度學習攻略手冊

施威銘研究室 著

Ref 4. GAN 對抗式生成網路

Jakub Langr、Vladimir Bok 著、哈雷 譯

Ref 5. 強化式學習：
打造最強 AlphaZero 通用演算法

布留川 英一 著, 王心薇 譯, 施威銘研究室 監修

Ref 6. 深度強化式學習

Alexander Zai、Brandon Brown 著, 黃駿 譯

Ref 7. NumPy 高速運算徹底解說

吉田 拓真、尾原 颯 著, 吳嘉芳、蒲宗賢 譯, 施威銘研究室 監修

Ref 8. Python 技術者們 - 實踐！
帶你一步一腳印由初學到精通 第二版

施威銘研究室 著

Ref 9. Python 技術者們 - 練功！
老手帶路教你精通正宗 Python 程式

Python 軟體基金會主席 Naomi Ceder 著, 張耀鴻 譯, 施威銘研究室 監修

使用 Google 的
Colab 雲端開發環境

Google Colaboratory (簡稱 Colab) 是 Google 免費提供的雲端程式開發環境, 只要使用瀏覽器就可撰寫 Python 程式, 並使用各種套件來實作深度學習。這裡帶您熟悉如何新增、儲存檔案, 並開啟本書的範例程式來使用。

連到 Google Colab 開發環境

首先，請利用搜尋引擎搜尋「Google Colab」或直接輸入 https://colab.research.google.com/notebooks/intro.ipynb 進入官方網站：

新增記事本

Colab 用來儲存程式碼的檔案格式比較特別, 副檔名為 **.ipynb**, 就是所謂的「筆記本」(notebook), 有點像一般文字檔和程式編輯器的綜合體，你可以在程式碼前後寫筆記。我們來建立一個新的 .ipynb 筆記本試試：

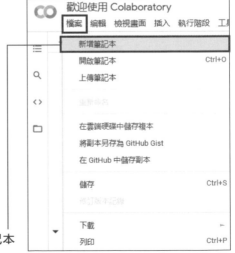

點選**檔案**選單內的**新增筆記本**

　　點下去後, 會跳出一個新畫面, 這便是筆記本的編輯畫面, 本書都是在這個畫面撰寫和執行程式:

在程式碼儲存格 (cell) 內執行程式碼

　　在上面的畫面中, 前面有著 ▶ 的地方就是輸入和執行程式之處, 這格子稱為一個 cell (程式碼儲存格)。您可以試試看在這裡輸入算式, 比如 $8+9$:

　　想要執行這行程式, 點一下前面的 ▶ 就可以了。另一個執行方式是點一下儲存格後, 按鍵盤的 Shift + Enter, 如此一來除了執行程式外, 也會在底下新增新的儲存格, 方便您繼續輸入其他程式:

```
[1]  8+9

 ➜  17
```

　　在上圖中, 可看到下方出現一個前面有著 ➜ 的格子, 裡面就是執行結果, 而上方 [ ] 內的數字代表您在這個筆記本執行的第 N 個儲存格。

★ 編註 若筆記本中有許多程式儲存格, 執行**執行階段**選單當中的**全部執行**, 會由上而下執行這個筆記本中所有的程式儲存格。你也可以按鍵盤的 Ctrl + F9 來全部執行。

儲存筆記本

凡是在 Colab 中建立的筆記本,一般會定時自動儲存, 或者您也可以按下 Ctrl + S 手動儲存, 存下來的檔案會固定放在 Google 雲端硬碟的 **Colab Notebooks** 資料夾中。建議您可以在電腦端安裝**雲端硬碟電腦版** (https://www.google.com/intl/zh-TW_tw/drive/download/), 如此一來就可以在電腦上看到雲端硬碟內的程式檔, 後續開檔、管理檔案會比較方便:

檔案都儲存在 Google 雲端硬碟的此資料夾中

裝好雲端硬碟電腦版後, Windows 的檔案總管就會出現此項目

剛才存的新檔案

開啟檔案 (使用本書範例檔)

如果要開啟已建立好的 .ipynb 筆記本, 或者您想要開啟本書的範例程式 (可從 **https://www.flag.com.tw/bk/st/F1383** 下載取得), 可參考以下步驟來操作。

　　底下是以開啟本書範例檔案為例來示範, 請先利用上一頁的網址下載範例程式後, 將檔案複製到 Google 雲端硬碟當中的 Colab Notebooks 資料夾, 然後如下操作：

1 切換到您想開啟的章節資料夾

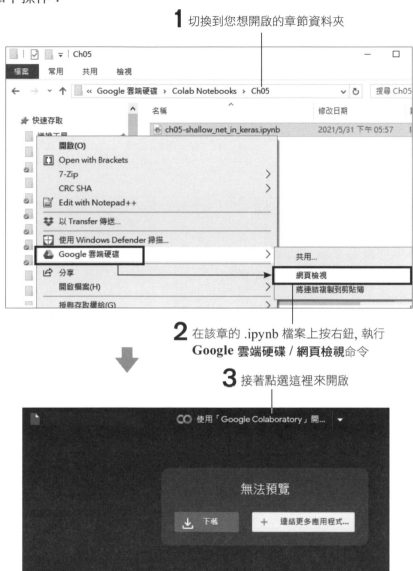

2 在該章的 .ipynb 檔案上按右鈕, 執行 **Google 雲端硬碟 / 網頁檢視**命令

3 接著點選這裡來開啟

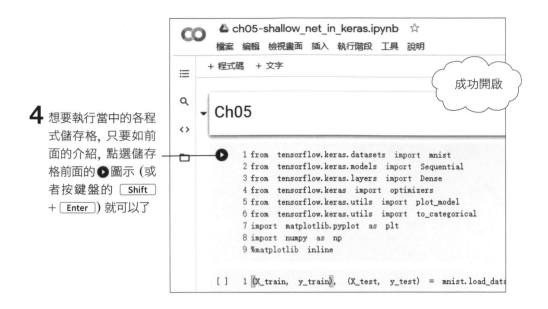

4 想要執行當中的各程式儲存格, 只要如前面的介紹, 點選儲存格前面的 ⏵ 圖示 (或者按鍵盤的 Shift + Enter) 就可以了

如果您沒有安裝 Google 雲端硬碟電腦版, 也可以透過網頁版 https://drive.google.com/ 開啟 *.ipynb 範例 :

1 登入您的帳號後, 將範例上傳到雲端硬碟, 然後在想開啟的檔案上按右鈕

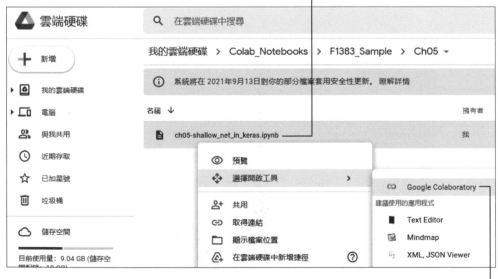

2 執行**選擇開啟工具 / Google Colaboratory** 就可以在 Colab 開啟此範例了